Thrall

Twilight of the Aspects

월드 오브 워크래프트의 다른 이야기들도 놓치지 마세요!

부서지는 세계: 대격변의 전조
크리스티 골든 저

스톰 레이지
리차드 A. 나크 저

아서스: 리치왕의 탄생
크리스티 골든 저

NIGHT OF THE DRAGON
리차드 A. 나크 저

BEYOND THE DARK PORTAL
아론 로젠버그, 크리스티 골든 공저

TIDES OF DARKNESS
아론 로젠버그 저

RISE OF THE HORDE
크리스티 골든 저

CYCLE OF HATRED
케이트 R. 드캔디도 저

WAR OF THE ANCIENTS:
BOOK ONE—THE WELL OF ETERNITY
리차드 A. 나크 저

WAR OF THE ANCIENTS:
BOOK TWO—THE DEMON SOUL
리차드 A. 나크 저

WAR OF THE ANCIENTS:
BOOK THREE—THE SUNDERING
리차드 A. 나크 저

DAY OF THE DRAGON
리차드 A. 나크 저

LOAD OF THE CLANS
리차드 A. 나크 저

THE LAST GUARDIAN
제프 그럽 저

WORLD OF WARCRAFT®

THRALL

TWILIGHT OF THE ASPECTS

크리스티 골든 지음 / 김지현 옮김

제우미디어

스랄: 위상들의 황혼

초판 1쇄 | 2014년 8월 27일
초판 8쇄 | 2019년 2월 25일

지은이 | 크리스티 골든
옮긴이 | 김지현

펴낸이 | 서인석
펴낸곳 | 제우미디어
출판등록 | 제 3-429호
등록일자 | 1992년 8월 17일
주소 | 서울시 마포구 독막로 76-1 한주빌딩 5층
전화 | 02-3142-6845
팩스 | 02-3142-0075
홈페이지 | www.jeumedia.com

ISBN | 978-89-5952-321-4
• 파본은 본사나 구입하신 서점에서 교환해드립니다.

제우미디어 소설 공식 카페 | cafe.naver.com/jeunovels
제우미디어 페이스북 | www.facebook.com/jeumedia

만든 사람들
출판사업부 총괄 손대현 | **책임 편집** 신한길 | **기획** 전태준, 김용진, 홍지영, 김혜리, 여인우, 윤여은 | **디자인 총괄** 디자인수
제작 김금남 | **영업** 김응현, 김영욱, 박임혜
도와주신분 백영재, 김유수, 배윤호, 양유신, 정향, 김준형, 블리자드코리아 현지화팀, 홍보팀, 커뮤니티팀, 마케팅팀, 웹서비스팀

이 책은 상처받은 세상을 치유하는 이야기이니,
나는 이 세상을 치유하는 데에 헌신한 스승과 치료사들에게
이 책을 바치고자 한다.

제프리 엘리어트

그렉 게리첸

킴 해리스

페기 진스

앤 리드야드

메리 마틴

아나스타샤 너트

캐서린 로스케

리처드 서더스

데이비드 트레세머

릴라 소피아 트레세머

몬티 윌번

푸른 용군단

위상

💀 말리고스 마법의 지배자

💀 신드라고사	사라고사 💀	케리스트라자 💀
전 배우자	전 배우자	억지로 맺어진 배우자

배우자들

헬레

대섭정

아리고스	키리고사	발락고스 💀
사라고사의 아들	딸	어미를 모르는 아들

자녀들

타이리고사	안도르고스	칼렉고스
칼렉고스의 약혼자		안비나 티그의 연인

푸른 용족

💀 사망

붉은 용군단

위상

알렉스트라자 생명의 어머니

이세라
자매

💀 티라나스트라즈 | 배우자들 | 코리알스트라즈
첫번째 배우자 | | 현 배우자

💀 밸라스트라즈 | 자녀들 | 켈레스트라즈 💀
아비를 모르는 아들 | | 아비를 모르는 아들

칸드로스트라즈 | | 케리스트라자 💀
코라스트라자 | 붉은 용족 | 랠로라즈
남매 | | 남매

💀 사망

녹색 용군단

위상

이세라 깨어남 여왕

알렉스트라자

자매

☠ 에라니쿠스

배우자

메리스라

딸

베스세라

발리스리아

녹색 용족

이타리우스

☠ 사망

청 동 용 군 단

위상

노즈도르무 시간의 지배자

소리도르미

배우자

아나크로노스

아들/후계자

안도르무

남매; 공동 지도자

시간의 수호자들의 지도자

노자리

남매; 공동 지도자

에로지온

시간의 수호자들

사트

잘라도르무

제피르

지도르미

검은 용군단

위상

넬타리온/데스윙

신타리아/시네스트라
황혼 용족을 육성
배우자

다르고낙스 💀

 💀 오닉시아
딸

 네파리안 💀
아들

사벨리안
아들

자녀들

넬타라쿠
족장

황천날개 용족

카리나쿠
여족장

 모르데나쿠
넬타라쿠와 카리나쿠의 아들

💀 사망

제 1 장

한때 위대하고 막강한 호드의 대족장이었던 스랄은 이제 그저 한 명의 주술사에 지나지 않았다. 스랄은 다른 주술사들과 함께 바다 위로 솟아오른 조그마한 땅덩어리 위에 위태롭게 발을 딛고 서 있었다. 바다는 고통에 겨워 출렁거리며 요동쳤고, 땅은 위 아래로 거칠게 날뛰었다. 주술사들은 눈을 꼭 감고서 제대로 서 있으려고 안간힘을 써야 했다.

예전에 용의 위상 데스윙이 광란에 사로잡혀 아제로스를 찢어발긴 적이 있었다. 지금 그 데스윙이 또다시 풀려나오려 하면서 이 세계가 걷잡을 수 없이 부서져가고 있었다. 주술사들이 수습한다 하더라도 이 땅을 예전 그대로의 모습으로 되돌릴 수는 없을 터였다.

지금 주술사들이 서 있는 곳은 세계의 중심부, 이른바 '혼돈의 소용돌이'라는 땅이었다. 오랫동안 바닷속에 묻혀 있던 그 땅이 수면 위로 솟아오르고 있었고, 주술사들은 그곳에 모여서 부서진 땅들을 치유하려 혼신의 힘을 다하고 있었다.

그들은 대지고리회에 소속된 강력한 주술사로서, 각자 맡고 있던 중요한 책무들을 내던지고 이곳으로 달려왔다. 주술사 한 명만으로는 한계가 있기 때문이다. 현명하고 노련한 주술사들이 여럿 모여 힘을 합치면 훨씬 더 많은 일을 할 수 있다.

주술사들은 미끌미끌한 암초 위에 한 명씩 혹은 두세 명씩 흩어져 있었다. 그들은 마구 흔들리는 땅에 힘겹게 발을 붙이고, 명령하는 듯하면서도 간청하는 듯한 자세로 두 팔을 들어올리고 있었다. 육체적으로는 서로 떨어져 있어도 영적으로는 연결되어 있는 그들은 치유의 주문에 깊이 몰입했다.

그 주문은 땅의 정령들을 위로하고, 그들이 스스로를 치유할 수 있도록 격려하는 주문이었다. 정령들은 상처를 입었을지라도 주술사들보다 훨씬 강력했다. 정령들이 충분히 차분해져서 자신의 능력을 기억해낸다면, 본연의 회복력을 최대치로 끌어낼 수 있을 것이다. 하지만 이 땅은 또 다른 상처로 아파하고 있었다. 배신감이라는 상처로. 검은용의 위상 데스윙은 한때 넬타리온이라고 불리던 대지의 수호자였다. 아제로스의 등뼈와도 같은 이 대지를 보호하고 그 비밀을 지켜주는 존재였던 것이다. 그런데 이제 넬타리온은 땅에 아무 신경도 쓰지 않고, 땅을 무차별적으로 찢어발기며 막대한 피해와 고통을 퍼뜨리고 있었다.

땅이 격렬하게 몸부림을 쳤다. 땅이 우르릉거리며 비명을 지르고 성난 파도가 요란하게 철썩거리는 가운데, 누군가의 음성이 또렷하게 울려퍼졌다.

"진정하고 집중하십시오!"

그건 뒤틀린 드레나이 최초의 주술사인 노분도의 목소리였다. 노분도는 정해진 차례에 따라 이번 의식의 집전을 맡았고, 지금까지 능수능란하게 진행하고 있었다.

"그대들의 형제 자매들에게 마음을 여십시오! 그들의 존재를 느끼고, 그들의 안에서 영광스러운 불꽃처럼 밝게 타오르는 생명의 정령을 보십시오!"

스랄은 암초들 중에서도 그나마 큰 바위 위에 서 있었다. 그의 옆에는 아그라가 있었다. 아그라는 마그하르이자 서리늑대 부족의 후예로, 스랄이 나그란드에서 처음 만나 사랑하게 된 여자였다. 피부는 갈색이고, 머리는 적갈색의 포니테일만 남겨두고 말끔하게 깎고 있었다. 아그라는 강인한 손으로 스랄의 손을 꽉 움켜잡았다.

이 일은 부드럽거나 섬세한 작업이 아니었다. 응급 부상자 처리 현장처럼 긴박한 상황이었다. 주술사들은 깎아지른 듯한 절벽 가장자리에 용감하게 버티고 서 있었고, 그 밑의 바다에서는 격렬한 파도가 일어나 삐쭉삐쭉한 바위에 부딪혀 산산이 부서지고 있었다. 본격적인 치유를 시작하려면 모두가 침착해야 했지만 위험천만한 상황임은 분명했다.

스랄은 근육이 경직되는 느낌이 들었다. 저 굶주린 바다와 날카로운 바위 위로 굴러떨어지지 않기 위해 몸의 균형을 잡는 것만도 힘든데, 동시에 마음의 평정까지 유지하려니 아슬아슬한 곡예를 하는 것만 같았다. 하지만 정신을 평온하게 가다듬어 깊은 영적 차원까지 도달해야만 생명의 정령에 닿을 수 있었다. 생명의 정령이란 적절한 준비를 거친 숙련된 주술사들의 영혼에 깃드는 것으로서, 주술사가 자연의 정령들과 접촉하고, 소통하고, 다른 주술사들과 연합하게 해주는 매개체였다.

동료들의 정신이 그에게 손을 뻗는 감각이 전해져 왔다. 혼돈 속에서도 오아시스처럼 잔잔한, 영혼의 정수(精髓)가 느껴졌다. 스랄은 자신의 내적 심연에 빠져들려 안간힘을 썼다. 그러자 비로소 호흡이 정상으로 돌아왔다. 아까처럼 숨을 급하게 몰아쉬다가는 마음의 두려움과 불안이 육체까지 집어삼키고야 말 터였다. 스랄은 소금기가 밴 축축한 공기를 깊이 들이쉬고 내쉬었다.

'코로 들이마시고…… 입으로 내쉬고…… 발밑의 땅을 느끼며…… 마음을 다해 땅 속으로 파고들어야 한다. 아그라를 꼭 붙잡되, 매달리지는 말아야 한다. 육체의 눈을 감고, 영혼의 눈을 떠야 한다. 중심을 찾아야 한다…… 중심에서 평온을 찾아야 한다. 그 평온으로 동료들과 이어져야 한다.'

슬슬 손에 땀이 배었다. 그러다가 체중이 다른 쪽으로 슬쩍 쏠리는 듯싶더니, 일순간 발이 미끄러졌다. 스랄은 부리나케 균형을 잡고 다시 심호흡을 하려 애썼다. 그런데 몸이 말을 듣지 않았다. 마치 스랄의 육체가 저항하는 것만 같았다. 가만히 서서 침착하게 호흡이나 하고 있기는 싫다고, 뭔가 행동을 하고 싶다고, 싸우고 싶다고 버티는 것 같았다.

그때 난데없이 번개가 내리쳤다.

눈을 감고 있는데도 시야가 환해질 만큼 눈부신 번개였다. 곧이어 아주, 아주 가까운 거리에서 소름끼치는 '꽝' 소리가 울려퍼졌다. 우르릉 하는 진동과 함께 땅이 더욱 격하게 흔들거렸다. 스랄이 눈을 떠보니, 겨우 몇 미터 앞에 있는 커다란 암초 하나가 번갯불을 맞아 부서져가고 있었다. 그 위에 서 있던 고블린과 드워프가 비명을 내지르며 다른 암초에 있는 주술사들을 붙잡았다. 하지만 그 주술사들도 휘청거리며 파도에 휩쓸리기 일보직전이었다.

"꽉 잡아요!"

고블린의 손을 필사적으로 붙잡은 타우렌이 그렇게 소리치고는, 발굽으로 땅을 단단히 딛고서 손을 힘껏 끌어당겼다. 드워프 쪽은 드레나이가 끌어올리고 있었다. 고블린과 드워프는 숨을 헐떡거리며 마침내 안전한 땅으로 올라왔다.

"후퇴, 후퇴! 대피소로 이동하시오! 어서!"

노분도가 외쳤다. 어차피 코앞의 암초가 박살나는 꼴을 보고서도 그대로 남아 있을 자는 없었다. 오크, 타우렌, 트롤, 고블린, 드워프, 드레나이 주술사들은 즉시 각자의 이동용 날짐승 위에 올라탔다. 짐승들은 하나같이 두려워 떨고 있었지만, 주술사들이 모는 대로 대피소를 향해 날아갔다. 그동안 하늘에서는 빗줄기가 쏟아져 주술사들의 살갗을 세차게 때리고 있었다. 스랄은 아그라가 자기 동물 위에 확실히 올라탄 걸 확인한 다음에야 와이번을 몰고 공중으로 날아올랐다.

대피소라고 해봤자, 암초들 중에서 그나마 크고 내륙에 가까운 땅덩어리 위에 얼기설기 지어놓은 임시 천막들에 불과했다. 천막들은 원 모양으로 늘어서 있었고, 그 중앙의 넓은 빈터는 의식을 올리는 곳으로 사용되었다. 천막 한 채당 주술사 한 명, 혹은 두 명씩 배정받아 쓰고 있었다. 천막들에는 화가 난 정령들의 힘으로부터 주술사들을 지켜줄 보호 마법이 걸려 있었지만, 벼락 정도는 막을 수 있어도 지진이 일어난다면 어쩔 도리가 없을 터였다. 언제 어디서 무슨 일이 터질지 모르는 상황이었다.

대피소에 도착한 스랄은 아그라를 먼저 들여보낸 뒤 곰 가죽 천막을 닫아 여몄다. 천막을 거세게 두들기는 폭우가 문을 열어달라고 항의라도 하는 듯했다. 맹렬히 몰아치는 바람에 천막이 조금씩 흔들렸다. 하지만 이 정도에는 버틸 수 있을 것이다.

스랄은 쫄딱 젖은 로브를 벗으며 몸서리를 쳤다. 아그라도 묵묵히 옷을 벗었다. 번갯불에 타 죽는 사태는 면한다 해도, 젖은 옷을 오래 입고 있다가는 틀림없이 죽을 터였다. 두 오크는 젖은 몸을 닦고 궤짝에서 깨끗하고 보송보송한 로브를 꺼내 입었다.

스랄은 작은 화로에 불을 붙였다. 자신을 바라보는 아그라의 시선이 느껴졌고, 천막 안에는 무거운 정적이 흘렀다. 마침내 아그라가 입을 열었다.

"고엘."

아그라의 깊고 허스키한 목소리에서 걱정이 배어났다.

"아무 말도 하지 마세요."

스랄은 그렇게 대답하고 찻물을 끓이면서 바쁘게 손을 놀렸다. 아그라는 그를 노려보다가 눈을 한 번 굴리고는 입을 다물었다. 억지로 말을 삼키는 티가 빤했다. 아그라의 말문을 막아버린 게 미안했지만, 스랄은 이번 일에 대해 토론할 기분이 아니었다.

주문은 실패했다. 스랄은 그게 자기 탓이라는 걸 알고 있었다.

둘은 어색하게 마주 앉아 침묵했다. 그동안 밖에서는 폭풍이 몰아치고 땅은 우르릉거리고 있었다. 그러다가 마침내 울다 지쳐 곯아떨어지는 아이처럼 땅이 잠잠해졌다. 평온을 되찾고 치유된 건 아니어도 어쨌든 조용해지긴 했다.

언제 다시 시작될지는 모르지만.

밖에서 다른 주술사들의 목소리가 들려왔다. 스랄과 아그라가 천막 밖의 잿빛 세상으로 나가보니, 주술사들이 저마다 기진맥진하고도 심각한 표정으로 빈터에 모여들고 있었다. 스랄과 아그라는 젖은 땅을 맨발로 디디며 그쪽으로 걸어갔다. 노분도가 그들의 기척을 알아채고 돌아보았다.

노분도는 한때 드레나이였다. 하지만 튼튼하고 훤칠하고 위풍당당한 체격의 보통 드레나이들과는 달리, 노분도의 몸은 기형적으로 구부정하게 휘어 있었다. 지옥의 마력에 노출된 후유증 때문이었다. 노분도와 같은 '뒤틀린 드레나이'들은 대부분 타락해서 사악해졌지만 노분도는 아니었다. 오히려 영력을 마음 가득 받아들이고 그 축복을 자기 일족에게 베푼 위대한 주술사였다. 지금 그는 미끈하고 말쑥한 생김새의 드레나이 몇 명과 같이 있었지만, 노분도는 그 존재감 때문에 다른 그 어떤 드레나이들보다도 빛나 보였다.

그토록 고귀한 주술사의 시선이 스랄에게 닿자, 스랄은 눈을 피하고 싶어졌다. 스랄을 비롯해 여기 모인 주술사들은 모두 노분도를 마음 깊이 존경했으며, 실망을 안기고 싶어하지 않았다. 그런데 스랄은 노분도를 실망시키고 말았다.

노분도가 커다란 손으로 스랄을 손짓해 불렀다.

"이리 오시게, 내 친구여."

노분도는 조용하고 친절한 말투였지만, 다른 주술사들 대부분은 그처럼 너그럽지 않았다. 노분도에게 다가가면서 스랄은 자신에게 쏟아지는 성난 시선들을 느낄 수 있었다. 그 외의 주술사들은 그저 묵묵히 이 비공식적인 회합에 참여하려 모여들었다. 노분도가 차분한 어조로 말했다.

"그대는 땅을 위로하고 진정시키는 주문을 잘 알고 있소. 확실히 까다로운 주문이긴 하오만, 그걸 구현하는 방법은 우리 모두가 익히 알고 있지 않소. 그런데 어째서 그대는……."

"빙빙 돌리지 말고 단도직입적으로 말하죠."

레가르가 으르렁거렸다. 레가르는 전투에서 입은 흉터들이 두드러지는 거대한 몸집의 오크였다. 겉으로만 봐서는 정신적인 활동과는 거리가 멀 것 같은 인상이지만, 실제로는 탁월한 주술사였다. 본래 검투사였으나 온갖 인생 역정을 거쳐 노예 상인이 되었다가 이제는 스랄의 충직한 친구이자 조언자가 되었다. 그러나 지금 분노한 레가르의 모습은 몹시 위압적이어서, 스랄과 같은 전대 호드 대족장 급이 아닌 보통의 오크라면 겁을 집어먹고도 남을 정도였다.

"스랄…… 대체 정신을 어디다 빼놓은 거요? 망령이라도 들린 거요, 뭐요? 우리 모두가 느꼈소! 댁은 집중을 안 하고 있었어!"

스랄은 자기도 모르게 주먹을 꽉 쥐었다가 풀었다. 그리고 조용하지만 날이 선 목소리로 대꾸했다.

"레가르, 무례한 언동을 용서하겠소. 오로지 그대가 내 친구이기 때문이오."

"레가르의 말이 맞소, 스랄."

멀른 어스퓨리가 우르릉 울리는 깊은 음성으로 말했다.

"그건 힘든 작업이긴 하지만 그대의 능력 밖의 일은 결코 아니었소. 충분히 익숙한 주문이지 않소? 그대는 일족의 모든 의식과 제례를 경험한 노련한 주술사요. 드렉타르는 오랜 세월 침묵을 지키던 정령들이 그대에게만은 말을 걸었다고, 그대를 일족의 구원자로 일컫기도 했소. 경험이 없는 초심자도 아니고, 얼러주고 떠먹여줘야 할 어린 애도 아니란 말이오. 그대가 영예롭고 강인한 주술사가 아니었다면 애초에 대지고리회의 일원으로서 이 자리에 있지도 않았을 거요. 그런데 그대는 그 중대한 순간을 망쳐버렸소. 우리는 지진을 충분히 잠재울 수 있었는데 그대가 망가뜨렸단 말이오. 대체 뭐가 문제인지 말을 하시오. 그래야 우리가 도울 게 아니오?"

"멀른……."

아그라가 입을 열었지만, 스랄이 손을 들어올려 가로막았다.

"아무것도 아니외다. 고된 일이라서 지쳤고, 마음에 중압감이 심했소. 그뿐이오."

레가르가 욕지거리를 내뱉었다.

"마음에 중압감이 심하다고? 하! 그건 우리도 마찬가지요. 박살나는 세상을 구하는 것 같은 사소한 일들 때문에 말이지!"

순간 스랄의 시야가 시뻘겋게 변했다. 그러나 스랄이 뭐라고 울컥 내뱉기도 전에 멀른이 먼저 입을 열었다.

"레가르, 스랄은 호드의 대족장이었소. 스랄이 그 자리에서 어떤 책임을 져왔는지 그대는 전혀 모르지 않소? 그리고 얼마 전까지만 해도 노예 주인이었던 그대가, 스랄을 도덕적으로 비판할 자격이 있다고 생각하시오?"

멀른이 스랄을 돌아보았다.

"그대를 비난하는 게 아니오, 스랄. 나는 그저 그대를 돕고 싶을 뿐이오. 그 래야 그대도 우리를 더 잘 도울 수 있지 않겠소."

스랄이 으르렁거리며 말했다.

"그대가 뭘 하고 있는지는 잘 알고 있소. 그리고 거절하오."

멀른은 상황을 수습하려고 애썼다.

"당분간 좀 쉬시는 편이 좋을 것 같소. 이렇게 고된 일을 하다 보면 아무리 강한 자라도 지치게 마련이지요."

스랄은 동료 주술사에게 마땅한 예우를 갖추어 대답하지도 않고, 묵묵히 고개만 끄덕이고 자기 천막으로 돌아가버렸다.

스랄이 이렇게 화가 난 적은 오랜만이었다. 그 누구보다도 자기 자신에게 화가 났다.

그는 기계의 불량 부품과 같은 존재였다. 가장 결정적인 순간에 필요했던 고도의 집중 상태를 깨뜨려버렸다. 자신의 내면으로 깊게 들어가지 못했고, 결국 생명의 정령과 접촉하는 데에 실패했던 것이다. 설령 다시 기회가 주어진다 해도 성공할 수 있을지 자신이 없었다. 스랄 때문에 이번 주술 전체가 실패로 돌아갔다.

자기 자신도, 주술이 실패한 것도, 옹졸하게 말다툼을 벌인 것도…… 모든 게 속상했다. 그런데 찬찬히 곱씹어보니, 이런 착잡한 기분은 오래 전부터 내내 그를 따라다니던 감정이었다.

몇 달 전 스랄은 어려운 결정을 내렸다. 이곳 혼돈의 소용돌이로 오기 위해 호드의 대족장 자리에서 물러나기로. 즉 지도자보다는 주술사의 길을 따르기로 선택한 것이다. 아제로스에 대격변이 일어나기 전, 정령들의 동요를 일찍이 감지했던 스랄은 그들을 진정시키고 미연의 사태를 방지하기 위하여 어떤 조처를 내려야겠다고 판단했다. 그래서 죽은 그롬 헬스크림의 아들인 가로쉬 헬스크림에게 대족장 자리를 물려주고, 자신의 조모인 게야 대모에게 수련을 받기 위해 나그란드로 떠났다.

나그란드에서 스랄은 아그라를 처음 만나 함께 수련을 했다. 아그라는 아름다운 여자였지만 곧잘 스랄의 신경을 긁곤 했다. 스랄을 심하게 몰아붙이고, 까다로운 질문에 대답을 강요하며 마음 깊은 곳까지 파고들도록 다그쳤다. 그러다가 둘은 사랑에 빠졌다. 대격변이 일어나자, 스랄은 연인과 함께 주술사로서의 의무를 다하기로 마음먹고 이곳 혼돈의 소용돌이까지 건너왔다.

어려운 선택이었지만 당시로서는 그게 최선이었다. 올바른 결정이라고 생각했다. 친숙하고 소중한 것을 버리고 더 큰 대의에 헌신하는 셈이었으니까. 하지만 지금 스랄은 회의감이 들었다.

스랄이 나그란드에서 수련 중일 때, 스랄의 소중한 친구인 타우렌 대족장 케른 블러드후프가 가로쉬에게 죽임당했다. 전통적인 결투 의식을 통한 정당한 승부였지만, 알고 보니 가로쉬는 케른의 오랜 정적(政敵)인 마가타 그림토템에게 속아 자기도 모른 채 독이 발린 도끼로 케른을 죽이는 반칙을 저지른 것이었다. 애초에 스랄이 아제로스를 떠나지 않았더라면, 케른은 가로쉬에게 지도자로서의 자질이 없다고 비난할 필요도 없었을 테고, 따라서 죽지도 않았을 것이다.

그래도 아그라에게는 기대가 있긴 했지만…… 정확히 뭘 기대하는지는 스랄 스스로도 잘 몰랐다. 어쨌든 아그라와의 관계는 이전과는 많이 달라졌다. 처음에는 아그라의 거칠고 퉁명스러운 말투에 짜증만 났는데, 차차 그 특유의 매력을 알아갔고 사랑하게 되었다. 그러나 이제 와서 생각해보면, 스랄을 한 결같이 지지하고 북돋아주는 동료는 사라지고 그 대신 스랄을 비판하는 사람만 한 명 늘어난 것 같기도 했다.

더군다나 스랄은 대지고리회의 일에도 도움이 못 되고 있었다. 그가 호드의 대족장으로서의 책무도 버려두고 소중한 친구의 참혹한 죽음도 견뎌내며 여기까지 온 건, 오로지 대지고리회와 함께 정령들을 진정시키기 위해서였는데.

되는 일이 하나도 없었다. 무엇 하나 스랄의 계획대로 되어주질 않았다. 호드의 대족장으로서도, 전사로서도, 주술사로서도, 도무지 아무것도 할 수 없을 것만 같았다.

이런 자괴감이라니, 스랄에게는 낯선 감정이었다. 스랄은 오랜 세월 호드를 성공적으로 이끌었다. 전술도 외교술도 능숙했고, 지도자로서 주위의 말을 들어야 할 때, 말을 해야 할 때, 행동해야 할 때를 구분할 줄도 알았다. 이렇게 막막한 불안감에 사로잡혀본 적은 일찍이 없었다. 몹시 이상하고도 불쾌한 기분이었다.

천막이 젖혀지는 소리가 났지만 스랄은 돌아보지 않았다. 등 뒤에서 아그라의 허스키한 목소리가 들려왔다.

"레가르를 한 대 후려쳐주고 싶었는데 차마 그렇겐 못 하겠더군요. 나도 레가르와 똑같은 말을 당신에게 하려고 했었으니까."

스랄이 나지막이 신음을 내뱉었다.

"당신은 늘 그렇게 아주 교묘한 방식으로 나를 위로하곤 하죠. 그거 참 고맙군요. 엄청나게 큰 힘이 됩니다. 이제 밖에 나가면 아무 문제 없이 주술에 집중할 수 있을 것 같습니다. 어쩌면 그동안 호드를 다스려야 했던 건 내가 아니라 당신이었을지도 모르겠군요. 그랬다면 진작 호드와 얼라이언스가 연합하고 모든 종족의 아이들이 오그리마와 스톰윈드에서 뛰노는 세상이 되었을지도 모르지."

아그라가 키득키득 웃었다. 따뜻한 목소리였다. 스랄의 어깨 위에 얹은 아그라의 손 역시 따스했다. 스랄은 그 손을 확 떨쳐내고 싶은 충동을 애써 참고, 한사코 침묵하며 미동도 하지 않았다. 아그라는 손에 힘을 꽉 줬다가 풀더니 스랄의 앞으로 다가와서 그를 마주 보았다.

"고엘, 나는 당신을 처음 만났을 때부터 쭉 지켜봤어요."

아그라가 스랄의 눈동자를 바라보며 말을 이었다.

"처음에는 화가 나서 그랬고, 나중에는 사랑하고 염려해서 그랬어요. 그래요, 지금 제가 당신을 바라보는 것도 사랑과 염려 때문이에요. 그런데 내 눈에 보이는 당신의 모습 때문에 나는 마음이 심란해져요."

스랄은 아무 대답도 하지 않았지만 아그라의 말을 귀 기울여 들었다. 아그라는 스랄의 강건한 얼굴을 부드럽게 어루만지고 깊은 주름이 패인 녹색 이마를 손가락으로 훑었다.

"당신은 평생 수많은 시련을 겪었지만, 제가 당신을 처음 만났을 때만 해도 이마에 이렇게 깊게 패인 주름은 없었어요. 이 눈도…… 하늘처럼 바다처럼 푸르른 이 눈동자도 지금처럼 슬프진 않았고요. 이 심장도……."

아그라가 스랄의 넓은 가슴 위에 손을 얹었다.

"이렇게까지 무겁진 않았지요. 당신의 안에 무언가 문제가 생긴 게 분명해요. 그게 당신을 좀먹고 있는 거죠. 겉으로 드러나는 문제가 아니라서 어떻게 해결해야 할지 갈피를 못 잡고 있을 뿐."

스랄은 약간 당황해서 눈을 가늘게 떴다.

"계속 얘기하세요."

"당신은 쇠약해졌어요. 몸이 아니라 마음이요. 육체는 여전히 튼튼하고 강건하지만, 영혼은 그렇지 못해요. 영혼의 일부가 세찬 비바람에 부스러지고 닳아버린 것처럼…… 당신은 상처를 입었다고요. 이대로 가만 놔두면 그게 당신을 망칠 거예요. 그리고 나는……."

아그라가 갈색 눈동자에 돌연 매서운 표정을 띠었다.

"절대로 그렇게 놔두지 않을 거예요."

스랄은 끙 하는 신음을 흘리고 고개를 돌렸지만, 아그라가 그의 얼굴을 재차 마주했다.

"이건 영혼의 병이에요. 당신은 호드를 이끌던 일상에 너무나 깊이 파묻혀 살아온 나머지, 당신 영혼의 일부를 그곳에 놔두고 온 거예요."

"더 이상 듣고 싶지 않습니다."

스랄이 경고했지만 아그라는 꿈쩍도 하지 않았다.

"당연히 듣기 싫겠죠. 당신은 비판을 싫어하니까. 모두가 당신의 말을 귀 기울여 들어야 하고, 이견이 있더라도 정중하게 꺼내야 한다고 생각하잖아요? 결국 모든 결정권은 당신에게 있다고, 그렇게 생각하지요. 대족장님이니까요."

아그라는 빈정거리는 어조가 아니었지만, 말의 내용만으로도 스랄은 신경이 거슬렸다.

"그게 무슨 소리요? 내가 비판을 안 듣는다니? 나는 다양한 의견들을 늘 곁에 두어왔습니다. 내 계획에 반대하는 말도 기꺼이 용납했어요. 심지어는 내 일족의 이익을 위해서라면 적에게 손을 내밀기도 했고!"

아그라는 침착하게 대답했다.

"네, 그건 사실이에요. 하지만 그렇다고 해서 당신이 비판을 '잘' 받아들일 줄 안다는 뜻은 아니죠. 만노로스의 갑옷 아래에서 케른을 만났을 때를 생각해봐요. 케른이 당신의 선택이 틀렸다고 주장하자, 당신은 그에게 어떻게 반응했었죠?"

스랄은 움찔했다. 케른…… 그 소중한 친구가 죽기 전 마지막으로 만났던 날이 떠올랐다. 스랄이 호드를 맡을 임시 지도자로 가로쉬를 임명하자, 케른은 스랄을 찾아와서 매우 직설적으로 항의했었다. 그건 중대한 실수라고. 그래서 스랄은 이렇게 말했다.

"이 문제에 관한 한 그대가 내게 동의해주기를 바라오, 케른. 나는 그대의 비난이 아니라 지지가 필요하오."

그 말에 케른은 대답했다.

"그대는 내 지혜와 상식이 필요하다고 했는데, 나는 딱 한 가지 대답밖에 할 게 없소. 가로쉬에게 권력을 주지 마시오. 이것이 나의 지혜요, 스랄."

"그러면 피차 더 이상 할 말이 없겠군."

스랄은 그렇게 대꾸하고 뒤돌아 걸어가 버렸다. 그날 이후로, 스랄은 두 번다시 케른을 만날 수 없었다.

고통스러운 기억을 떠올린 스랄은 거친 목소리로 말했다.

"아그라, 당신은 그때의 상황을 직접 본 게 아니잖아요. 당신은 그 일을 이해 못해요. 그때 나는 어쩔 수 없는……."

"하!"

아그라는 날파리를 쫓아내듯 손을 휘저으며 스랄의 변명을 일축해 버렸다.

"케른과 나눈 대화 자체가 문제가 아니에요. 그때 당신이 정말로 옳았을 수도 있겠죠. 나는 당신이 옳았는지 아닌지를 따지는 게 아니라, 당신이 케른의 말을 들어주지 않았다는 얘길 하는 거예요. 당신은 폭풍우가 새어들지 않도록 천막을 여미는 것처럼 귀를 꽉 닫아버리고 케른의 말을 아예 안 들으려 했잖아요. 안 그래요? 물론 어떻게 해도 케른을 설득할 수는 없었을지도 몰라요. 하지만 그의 말을 제대로 듣기는 했나요?"

스랄은 대답하지 않았다.

"당신은 오랜 친구의 충고를 무시했어요. 만약 당신이 그의 말을 귀담아 듣기라도 했다면, 케른은 가로쉬에게 결투 신청까지는 하지 않았을지도 몰라요. 어떻게 알겠어요? 그런데 이제 케른은 죽었으니 당신이 그의 말을 들어줄 기회도 영영 사라진 거예요."

스랄은 엄청난 충격을 받았다. 만약 아그라가 스랄을 주먹으로 쳤다고 해도 그렇게 충격적이진 않았을 것 같았다. 그는 아그라의 말을 피하려고 반사적으로 뒷걸음을 치기까지 했다. 아그라는 스랄이 한 번도 입 밖으로 꺼내본 적 없지만 내심으로는 늘 후회했던 일을 정확히 지적하고 있었다. 잠이 오지 않는 밤이면 스랄은 케른에게 그렇게 대응하지 말았어야 했다는 회한에 빠지곤 했다. 그때 스랄이 호드를 가로쉬에게 맡기고 나그란드로 떠난 것 자체는 올바른 결정이었다. 그 상황에서는 그럴 수밖에 없었다. 하지만…… 그때 케른과 조금만 더 깊이 대화를 나누기만 했더라면…… 어떻게 되었을까? 그랬다, 아그라의 말이 맞았다. 하지만 인정하고 싶지 않았다.

"나는 반대 의견도 항상 귀담아 들었습니다. 제이나만 해도 그렇죠! 제이나는 내게 동의하지 않을 때가 많고, 이견을 곧이 곧대로 꺼내는 사람입니다. 그런데도 나는 제이나와 회담을 한단 말입니다!"

아그라가 코웃음을 쳤다.

"그 인간 여자가, 오크에게 가혹하게 말하는 법을 어떻게 알겠어요? 제이나 프라우드무어는 당신에게 전혀 위협적이지 않아요. 당신에게 도전하는 존재가 아니라고요."

아그라는 얼굴을 찡그리고 사려 깊은 표정을 지었다.

"타레사도 마찬가지였고요."

"당연히 위협적이지 않죠! 타레사는 내 친구였으니까!"

아그라가 이 괴상한 말다툼에 타레사 폭스턴까지 끌고 들어오자 스랄은 정말로 화가 치밀었다. 타레사는 인간 여성으로, 어릴 때부터 스랄과 친구 사이였다. 당시 스랄은 에델라스 블랙무어라는 인간 밑에서 노예 검투사로 붙잡혀 살고 있었고, 타레사는 스랄이 에델라스 블랙무어의 손아귀에서 탈출하도록 도와주었다. 그 일의 대가로 타레사는 목숨을 잃어야 했다.

"나를 위해 그렇게 큰 희생을 한 사람은 세상에 몇 없어요. 그리고 타레사는 인간이었고!"

"그렇군요. 어쩌면 그게 당신의 문제인지도 모르겠군요, 고엘. 당신의 삶에서 가장 중요한 여자 두 명이 모두 인간이었다는 점이."

스랄이 눈을 가늘게 떴다.

"입 조심하세요."

"아, 이것 봐요. 당신은 듣기 싫은 말은 안 들으려고 하잖아요. 그냥 입을 막아버리려고 한단 말예요!"

아그라의 말은 뼈아프지만 사실이었다. 스랄은 심호흡을 하고 분노를 삼키려 애썼다.

"그럼 어디 말해보시죠. 무슨 뜻입니까?"

"아제로스에 당신의 그 문제를 둘러싸고 소문이 무성하더군요. 아제로스에 잠깐 머무른 내 귀에까지 들어올 정도였으니 말 다 한 거죠. 당신이 제이나와 사귄다느니, 타레사와 애인 사이였다느니…… 술집에서 다들 그딴 소릴 떠들

고 있더군요. 너무 열 받아서 속이 뒤집어질 정도였어요. 당신도 당연히 화가
날 테죠!"

아그라는 격앙된 어조로 넌더리를 냈다. 스랄을 향한 분노인지, 그 소문 자
체에 대한 분노인지는 알 수 없었다. 어느 쪽이건 스랄은 개의치 않았다.

"아그라, 당신 지금 말 실수 하는 거요. 제이나 프라우드무어는 강인하고 용
감하고 총명한 여성이고, 나를 도우려고 목숨까지 걸었습니다. 타레사 폭스턴
도 마찬가지였고 실제로 목숨을 잃기까지 했습니다. 그런데 그들이 오크가 아
니라는 이유만으로 모욕하다니, 당신의 그런 편협한 비방을 절대로 용납할 수
없습니다."

스랄은 아그라에게 성큼성큼 다가서서 얼굴을 바싹 마주하고 으르렁거렸
다. 그런데도 아그라는 꿈쩍도 하지 않고 눈썹만 치켜올릴 뿐이었다.

"고엘, 정말이지 말을 들어먹질 않는군요. 나는 떠도는 소문의 내용을 그대
로 전했을 뿐이에요. 그걸 믿는다고 하지는 않았어요. 나는 인간 여자가 오크
를 비판하는 법을 모른다고 말했을 뿐, 그 여자들을 흠 잡은 적도 없어요. 그들
은 오히려 인간도 우리의 존경심을 불러일으킬 수 있다는 것을 보여주는 증인
이라고 봐야겠죠. 하지만 스랄, 그들은 오크가 아닙니다. 그리고 당신은 인간
이 아니라 오크고요. 그런데 당신은 자기 동족 여자와 맞서는 방법조차 전혀
모르고 있어요. 아니, 그 누구와도 제대로 맞설 줄을 모르는 것 같다고요!"

"이딴 소리를 하다니 어처구니가 없군!"

"어처구니가 없긴 나도 마찬가지예요! 어떻게 지금까지도 내 말을 듣질 않냔
말야!"

이제 둘 다 언성을 높이고 있었다. 스랄은 그들의 목소리가 천막 밖으로 새
어나가리라는 데에 생각이 미쳤다. 하지만 아그라는 가차없이 말을 이었다.

"당신은 이제껏 대족장의 역할 뒤에 숨어서 그런 문제들을 덮고 지내온 거예요. 지금 그 역할에서 벗어나기를 그토록 어려워하는 것도 그 때문이고요."

아그라는 스랄과 코가 맞닿을 만큼 얼굴을 바짝 들이대고 나지막이 말했다.

"당신은 스랄이라는 이름을 쓰고 있죠. 노예라는 뜻의 이름. 네, 그 이름대로 당신은 노예인 셈이에요. 호드의 노예. 당신은 호드가 당신의 의무라고 생각하고, 그 의무에 노예처럼 얽매여 있죠. 그리고 그걸 방패 삼아 휘두르죠. 죄책감, 두려움, 후회 같은 걸 모두 그 방패로 막아내고, 자기 자신에게도 남들에게도 충실하려 애쓰죠. 항상 앞날을 계획하는 데에만 매달릴 뿐, 이제까지얼마나 멀리 걸어왔는지, 지나온 삶이 얼마나 근사했는지 돌이켜볼 짬은 없죠. 당신은 내일만 생각해요. 하지만 현재는? 지금 이 순간, 작고 사소한 것들은……?"

아그라의 목소리가 누그러지고 눈빛이 다정해졌다. 그리고 놀라울 만큼 부드럽게 스랄의 손을 잡았다.

"지금 당신의 손을 잡은 이 굳센 손은?"

짜증이 치민 스랄은 손을 뿌리쳐버렸다. 넌더리가 났다. 이미 대지고리회에서 한바탕 쓴소리를 들었는데, 이제는 그를 지지해주어야 할 아그라까지이러다니. 스랄은 등을 휙 돌려 천막을 나가려 했다. 그러자 아그라가 뒤에서 말했다.

"고엘. 당신은 호드를 벗어난 자기 자신이 누구인지 모르고 있어요."

고엘은 스랄의 부모님이 지어준 이름이었다. 스랄은 그의 부모에 대한 기억이 전혀 없었고, 그 이름을 한 번도 쓴 적이 없었다. 그런데도 아그라는 언제나그를 고엘이라고 불렀다. 이제껏 천 번도 넘게 그걸 들었는데도 스랄은 새삼울컥 화가 났다.

"나는 고엘이 아닙니다! 그렇게 부르지 말라고 대체 몇 번이나 말해야 합니까?"

아그라는 서글픈 목소리로 말했다.

"그것 봐요. 당신은 자기가 누군지도 모르잖아요. 그런데 뭘 해야 하는지는 어떻게 알겠어요?"

스랄은 아무 대꾸도 하지 않았다.

제 2 장

"이번 회담은 썩 유쾌하진 않을 거야."

생명의 어머니이자 위대한 붉은 용의 위상, 알렉스트라자가 말했다. 그러자 그 남편인 코리알스트라즈는 키득키득 웃었다.

"내 사랑, 당신은 정말 언어순화에 재능이 있는 것 같아."

두 붉은 용은 용의 형상이 아니라 엘프의 형상을 취하고 루비 성소에서 대화를 나누고 있었다. 루비 성소는 모든 용군단에게 하나씩 주어져 있는, 시공간에서 벗어난 마법적 차원에 존재하는 은신처였다. 각각의 성소는 해당 용군단의 속성에 걸맞는 모습을 띠고 있었다. 루비 성소의 경우, 과거 스컬지가 나타나기 전 하이엘프의 땅과 비슷한 풍경이었다. 완만한 언덕 위에 따스한 진홍빛 잎사귀의 나무들이 우거진 곳. 하지만 최근 두 차례의 습격을 당한 뒤로 그곳은 무참히 파괴되었다. 한 번은 검은 용군단의 소행이었고, 또 한 번은 스스로를 황혼의 용군단의 일원이라 칭한 용 하나가 독단으로 침입해 벌인 짓이었다. 그 뒤로 파괴의 참상은 차차 회복되고 있었지만, 루비 성소의 유일한 출입구는 이전보다 경비가 삼엄해졌다.

두 용의 주위에는 수백 개의 알들이 널려 있었다. 알렉스트라자와 코리알스트라즈가 낳은 알도 있었고, 다른 용들의 알도 있었다. 붉은 용들이 모두 루비 성소에만 알을 낳는 것은 아니었다. 용들에게는 온 세상이 집이나 마찬가지였으니까. 하지만 이 성소는 그중에서도 가장 안전하고 특별한, 붉은 용만의 전용 공간이었다.

"푸른 용들은 대부분 말리고스가 살해당한 일 때문에 심란한 상태야. 당연한 일이지. 아무리 피치 못할 상황이었다지만, 어찌 충격을 받지 않을 수 있겠어."

알렉스트라자가 말했다. 말리고스는 마법의 지배자이자 푸른 용군단의 위상으로, 비극으로 얼룩진 삶을 살았다. 데스윙 때문에 만 년 동안이나 광기에 빠져 있었던 말리고스가 얼마 전 마침내 회복되었을 때, 증오심으로 가득 찬 검은 용군단을 제외하면 모든 용들이 기뻐 마지 않았었다. 그러나 그 기쁨과 행복은 오래 가지 못했다. 이성을 되찾은 말리고스는 아제로스에서 마법이 어떤 식으로 쓰이고 있는지 점검했고, 비전 마법이 걷잡을 수 없이 남용되고 있다는 판단 끝에 무시무시한 결정을 내리고 말았다. 필멸자들에게서 마법을 빼앗기로 한 것이다.

말리고스는 아제로스의 땅 밑에 순환하는 마력을 몰수해서 자기 권좌인 마력의 탑으로 돌려놓았다. 그 결과 어마어마한 파국이 일어났다. 지표면이 쪼개지고, 뒤틀린 황천이라 불리는 마법의 차원의 구조까지 무너졌다. 비전 마법의 남용을 바로 잡고자 했던 말리고스의 조치는 중대한 잘못이었으며 반드시 막아야만 했다. 어떤 대가를 치르든 간에.

그리하여 용들은 말리고스와 맞서 싸우기로 했다. 이것이 바로 용들 간의 격렬했던 마력 전쟁이었다. 그리고 만 년의 광기에서 막 깨어난 말리고스를 죽여야 한다는 비통한 결단을 내린 장본인이 바로 생명의 어머니 알렉스트라자였다.

알렉스트라자와 그녀의 용군단은 키린 토의 마법사들과 동맹을 맺었다. 다른 용군단들도 어쩔 수 없이 그 혈투에 동참하기로 동의했다. 그때 용들이 결성한 연맹을 '고룡쉼터 용군단 연합'이라 부른다. 그들은 다 같이 연합해 말리고스를 무찔러 죽였고, 비로소 전쟁은 끝났다. 그러나 수장을 잃은 푸른 용군단은 비탄에 빠졌다.

지금 알렉스트라자는 말리고스의 죽음 이후로 처음 열리는 용군단 연합 회담에 참석하려 준비하고 있었다. 회담은 고룡쉼터 사원에서 열릴 예정이었다. 전쟁이 끝난 뒤 연합의 역할은 더더욱 절실했지만 전쟁의 여파로 그만큼 미약해져 있었다.

"솔직히 나는 그들이 대화를 할 상태가 아닐 거라고 봐. 적어도 이치에 닿는 대화는 못 할 것 같은데."

코리알스트라즈가 말하자, 알렉스트라자는 다정한 눈빛으로 미소를 지으며 그의 턱을 어루만졌다.

"내 사랑, 최근에 바로 이 신랄한 혀 때문에 당신 인기가 매우 많아졌지. 지나칠 정도로 말이야."

코리알스트라즈는 멋쩍게 어깨를 으쓱하고는 알렉스트라자의 손에 얼굴을 기댔다.

"부정하지 않겠어. 당신의 다른 남편들에 비해 나는 평판이 그리 좋은 편은 아니었으니까. 이제 나는 당신의 유일한 배우자가 되었는데, 다른 용들의 심기를 너무 긁는 게 아닐까 걱정스럽긴 해. 하지만 나는 생각하는 바를 정직하게 말해야 해. 그것이 나의 의무니까. 내가 당신을 가장 잘 보필할 수 있는 방법이기도 하고."

"그래, 그래서 내가 당신을 사랑하지. 하지만 다른 용군단들은 당신의 그런 점을 썩 달가워하진 않는다는 걸 알았으면 좋겠군. 말리고스가 벌인 그 일은…… 그의 독단이었을 뿐, 푸른 용군단 전체가 동조한 것이 아니었어. 그런데도 그 일 때문에 푸른 용들 모두를 나쁘게 보는 건 편견에 지나지 않아. 그들은 이미 충분히 고통을 겪었잖은가. 비늘 색깔이 파랗다는 이유만으로 배신자로 몰리기까지 하면 안 될 노릇이지."

코리알스트라즈는 머뭇거렸다.

"나는…… 내가 칼렉고스를 좋아한다는 걸 당신도 알잖아. 푸른 용들 중에도 상황을 냉철하게 보는 이들이 분명 있긴 있어. 하지만 대부분은 자기가 손해본 것 이상으로 멀리 생각하지 못해. 누군가를 원망하지 않고는 못 배기는 거야. 그리고 푸른 용들이 가장 많이 원망하는 건 바로 우리 붉은 용군단이야."

알렉스트라자의 매끈한 이마에 잠깐 주름이 잡히더니, 날이 선 목소리로 말했다.

"내 배우자의 직설적인 조언은 참으로 고맙지만, 내 용군단 전체가 그대와 똑같이 생각하는 건 아니라서 다행스럽군."

"당신은 아제로스에서 가장 자애로운 존재야. 하지만 가끔은 사랑에 너무 치우치면……."

"내가 상황을 냉철하게 보지 못한다고 생각하는 건가? 이 알렉스트라자가? 나는 내 용군단을 직접 이끌고 나의 동료 위상을 처단하러 나서기까지 했어. 우리의 시간으로는 하루살이에 불과한 생명들을 구하려고 말이야. 코리알스트라즈, 당신은 필멸자들의 세계를 곧잘 돌아다니곤 하지. 하지만 그렇다고 해서 당신 혼자만 객관적인 판단을 할 수 있는 건 아니야."

코리알스트라즈는 반박하려는 듯 입을 열더니 다시 다물었다.

"나는 걱정이 돼서 한 말일 뿐이야."

알렉스트라자가 곧바로 누그러졌다.

"알아. 하지만 푸른 용들에 대한 당신의 그…… 걱정은, 이번 회담에서 좋은 반응을 얻진 못할 거야."

코리알스트라즈가 슬며시 웃었다.

"언제는 안 그랬나. 결국 아까 하던 얘기로 다시 돌아왔군."

코리알스트라즈는 알렉스트라자의 가느다란 두 손을 잡아 올려 양쪽 손바닥에 입을 맞췄다.

"나의 사랑, 그럼 나 없이 혼자 가도록 해. 당신은 위상이야. 당신의 목소리는 모두가 귀 기울여 듣겠지. 반면 나는 비늘 사이에 낀 돌멩이처럼 성가신 존재에 지나지 않아."

알렉스트라자가 불꽃처럼 새빨간 머리카락을 흩날리며 고개를 끄덕였다.

"이번 회담은 전쟁 이후 처음이니 긴장이 팽팽할 거야. 차후에 구체적인 계획을 논의하는 단계가 되면 당신의 통찰력을 빌려주면 좋겠어. 오늘은 단순히 화합과 치유를 도모하는 자리가 될 테지."

알렉스트라자가 머리를 기울였다. 둘의 부드럽고 달콤한 입술이 맞닿았다. 엘프의 형상을 취했을 때 가장 즐거운 점은, 비늘에 뒤덮인 몸보다 더 예민한 감각으로 서로를 만질 수 있다는 점이었다. 둘은 물러서서 미소를 지었다. 방금 오고 갔던 말다툼은(그걸 말다툼이라고 부를 수나 있다면 말이지만) 어느새 까맣게 잊혔다.

"좋은 소식을 가지고 돌아오도록 하지."

알렉스트라자가 한 걸음 물러섰다. 웃음 띤 얼굴이 번뜩이는 진홍색으로 변하더니 위풍당당한 주둥이가 생겨나고 황금빛 눈동자가 커다래졌다. 방금 전까지만 해도 엘프 아가씨였던 알렉스트라자는 눈 깜짝할 사이에 장엄한 붉은 용으로 변신했다.

코리알스트라즈 역시 변신했다. 그는 두 형상 모두 좋아했지만, 지금의 이 거대하고 강력한 파충류의 육체가 코리알스트라즈의 자연적인 본모습이었다. 두 붉은 용은 이제 누구든 한눈에 알아보지 않을 수 없을 정도의 웅장한 모습으로 루비 성소에 나란히 서 있었다.

알렉스트라자가 뿔을 내밀어 코리알스트라즈의 몸에 비볐다. 만약 다른 종족이 보았다면 그토록 거대한 생명체의 몸짓이라고는 믿지 못했을 만큼 섬세한 움직임이었다. 알렉스트라자는 우아하게 공중으로 날아올라 그 튼튼한 날개를 두어 번 퍼덕이더니 금세 사라졌다.

코리알스트라즈는 알렉스트라자가 떠나는 모습을 애틋한 눈길로 바라보다가 주위에 흩어져 있는 알들을 돌아보았다. 아직 부화되지 않은 자식들을 보고 있자니 긍지와 애정으로 가슴이 부풀어올랐다. 그는 자신이 무척 좋아하는 인간의 어떤 풍습을 떠올리고, 커다란 눈에 주름을 잡으며 웃음을 지었다.

"요 녀석들, 옛날 이야기라도 들려주랴?"

알렉스트라자는 성소를 가로질러 날아가면서 근심을 떨치고 아름다운 풍경을 만끽하는 데에만 집중했다. 용의 알들이 사방에 놓여 있었다. 우묵한 골짜기에도, 붉은 나무들 밑에도, 우뚝 솟은 바위들 근처의 특별한 둥지에도. 성소의 입구 양편에는 건장한 용기병들이 보초를 서고 있었다. 그들의 임무는 알껍질 속에서 조용히 잠들어 있는 순결한 새끼들을 보호하는 것이었다. 이곳에는 미래가 있었고, 그 미래는 소중하게 보호받고 있었다. 알렉스트라자는 뿌듯한 기분에 휩싸였다. 그랬다. 지금 이 순간부터 또 다른 미래가 세워질 것이다. 네 용군단의 회합으로 말미암아.

검은 용군단도 원래는 덕망 있고 믿음직한 용들이었다. 비옥한 땅처럼 보호받아야 마땅한 세계의 일부였다. 그런데 그들은 미친 수장 데스윙의 뒤를 따라 악에 물들어버렸다. 검은 용들은 이제 더 이상 다른 용들에게 관심이 없었다. 음흉하게 히죽거리던 검은 용군단의 대사(大使) 날리스조차도 사원을 떠나버렸다. 알렉스트라자는 붉은 용, 푸른 용, 녹색 용, 청동 용, 검은 용의 다섯 용족이 회합하는 광경을 두 번 다시는 보지 못할지도 모른다고 생각했다. 그러자 불현듯 서글퍼졌지만, 이 슬픔에는 익숙했다. 그보다는 회담에서 긍정적인 결과가 나오기를 기대하는 마음이 더 컸다.

알렉스트라자는 루비 성소를 안전하게 지키는 관문을 빠르게 통과해서 고룡쉼터 사원 꼭대기로 날아올랐다. 그곳은 수천 년 동안 용군단들이 사용해온 성소로서, 아래에서부터 한 층씩 올라갈수록 좁아지는 모양의 탑이었다. 우아하고 날렵하게 하늘로 솟아오른 그 탑은 얼음으로 뒤덮인 아치들과 나선형 구조물들로 이루어져 있었다. 사원 위로는 노스렌드의 고요한 회청색 하늘에 흰 구름 몇 조각이 흘러갔고, 그 아래로는 눈이 시릴 만큼 새하얗고 깨끗한 설원이 펼쳐졌다.

탑 꼭대기층의 원형 바닥에는 꽃무늬와 기하학적 문양이 새겨져 있었다. 그 바닥 위의 허공에는 푸른색과 흰색으로 아른거리며 빛깔이 변하는 아름다운 구슬이 떠 있었다. 그것은 용군단 연합의 화합을 상징하는 물건이었다. 그 외에 다른 기능은 전혀 없지만, 그 상징적 목적만으로도 매우 중요했다.

그 '화합의 구슬' 아래로 서성거리는 용들이 보였다. 붉은 용과 푸른 용 몇몇이 도착해 있었고, 녹색 용도 꽤 많았다. 검은 용은 당연히 없었다. 검은 용이 나타났다면 진작 피바람이 일어났을 것이다. 그런데 청동 용마저 한 마리도 보이지 않는다는 데에 알렉스트라자는 실망하지 않을 수 없었다. 심지어 그 쾌활하고도 강인한 크로미마저도 눈에 띄지 않았다.

청동 용의 위상이자 시간의 지배자인 노즈도르무는 현재 행방불명이었다. 게다가 시간의 길이 어떤 불가사의한 용들에게 습격을 받고 있었다. 스스로를 무한의 용군단이라 칭하는 그 용들은 알 수 없는 의도로 시간의 길을 주도면밀하게 파괴하려 들었다. 노즈도르무를 비롯한 청동 용들은 아마 그들을 막느라 버거워서 참석하지 못한 것 같았다.

알렉스트라자가 상륙장으로 다가가자, 누군가가 날카롭게 외치는 목소리가 들렸다.

"감히 위상을 죽였단 말야!"

그건 아리고스의 목소리였다. 아리고스는 푸른 용군단의 일원으로, 말리고스와 그가 총애하는 배우자 사라고사 사이의 자식이었다. 활기차고 솔직한 성격인 아리고스는 마력 전쟁 당시 공공연하게, 무조건적으로, 확고하게 자기 아버지의 편을 들었다. 심지어 지금까지도 그는 말리고스를 지지하고 있는 모양이었다.

"붉은 용군단이 나서서 용의 위상을 살해하기로 작당한 거라고. 그것도 용족도 아닌 마법사 무리와 짜고서 말야! 위상이라고 해야 다섯밖에 없잖아. 아니, 파괴자 데스윙을 제외한다면 고작 넷뿐이지! 어떻게 자기 동족을 해칠 수가 있지? 다음 번엔 또 누굴 죽이려 들까? 온화한 이세라? 우직한 노즈도르무? 알렉스트라자는 이번 일에 어떻게든 책임을 져야 해. 소위 '생명의 어머니'라는 자가, 자기가 필요하면 거리낌 없이 남을 죽이다니!"

아리고스의 말을 듣고 있던 몇몇 용들이 고개를 들더니, 생명의 어머니 당사자가 나타난 걸 보고는 침묵했다. 알렉스트라자는 아리고스의 옆에 우아하게 날아앉아 차분한 어조로 말했다.

"내 임무는 생명의 존엄성을 사수하는 것일세. 그런데 말리고스는 생명을 위험에 빠뜨리고 있었어. 아리고스, 나도 자네 아버지의 죽음이 대단히 슬프네. 나 역시 고통스러웠어. 허나 그는 너무나 많은 생명들을 해치고 있었고, 그대로 방치했다가는 이 세계가 무너질 수도 있었네."

아리고스가 재빨리 뒷걸음을 치더니 눈을 가늘게 뜨고는 그 푸른 머리를 들어올렸다.

"현재 우리에게 알려진 정보들로 미루어 보면, 그때 내 아버지의 의도 자체는 틀리지 않았다고 보오. 필멸자들이 마법을 부적절하게 남용하고 있는 건 분명 사실이었으니까. 심각하게 우려할 만한 상황이었소. 그래, 그걸 해결하려는 그분의 방법이 다소 무모했을 수는 있소. 허나 그분을 살해하지 않고도 막을 수 있는 방법은 얼마든지 있었을 거요!"

"아까 자네가 직접 말했듯이, 말리고스는 위상이었네. 그리고 그때는 멀쩡히 제 정신이었고. 광기에 빠져 분별을 잃고 저지른 실수가 아니라, 엄연한 위상으로서 벌인 폭압이었단 말일세. 아리고스, 자네가 정녕 아버지를 지키고 싶었다면, 그를 평화롭게 막을 수 있는 방법을 찾았어야 했네."

"생명의 어머니시여."

그때 다른 푸른 용이 한 걸음 걸어나와 끼어들었다. 잔뜩 동요한 아리고스와는 달리 차분한 목소리였고, 고개를 숙여 인사하는 자세는 정중하면서도 당당했다. 사내다운 외양의 그 젊은 용의 이름은 칼렉고스였다.

"아리고스는 당시에 옳다고 믿었던 일을 했을 뿐입니다. 푸른 용군단의 상당수가 그러했듯이 말이지요. 이제 아리고스는 자기 용군단을 재건하고 모두와 함께 책임을 지기를, 그리하여 앞으로 나아가기를 그 누구보다 간절히 원하고 있을 것입니다. 우리 모두가 그래야 하듯이 말입니다."

알렉스트라자는 칼렉고스가 참석해줘서 기뻤다. 칼렉고스는 코리알스트라즈가 아주 마음에 들어하는, 상식적으로 대화할 수 있는 상대라고 평가했던 바로 그 용이었다. 그는 코리알스트라즈의 평가가 옳았음을 벌써부터 증명해 보이고 있었다.

"내 생각은 내가 직접 말할 수 있어."

아리고스가 짜증스러운 눈빛으로 칼렉고스를 노려보며 으르렁거렸다.

푸른 용들의 대다수가 자신이 다른 용군단에게 핍박을 당한다고 여기긴 하지만, 아리고스는 그중에서도 가장 피해의식이 심한 엘리트주의자(소수 정예주의자) 같았다. 아마 그가 살면서 겪어온 일들 때문에 다른 용군단에 의존하는 성향이 강해져서 그런 듯했다.

알렉스트라자는 아리고스의 여동생 키리고사를 떠올리고 다시금 마음이 아파졌다. 키리고사는 전쟁 중 실종되어 행방이 묘연했고, 그 배우자는 살해당했다. 정황상 키리고사 역시 죽었다고 보는 게 현실적이었다. 젊은 나이에 첫 알까지 밴 상태로 전사했다는 것만도 비극적인데, 푸른 용군단의 동족에게 살해당했을 가능성도 있었으니 실로 참혹했다. 키리고사는 늘 아리고스에게 반발했고, 전쟁 때 말리고스에게 등을 돌린 소수의 푸른 용들 중 하나이기도 했으니, 충분히 원한을 샀을 법했다.

"돌아가신 아버지가 하신 일이 부정적인 영향을 미쳤다는 건 알고 있소."

아리고스가 마지못한 티가 역력한 말투로 그렇게 말했다. 그러자 오래 전부터 알렉스트라자를 드러내 놓고 지지해 온 붉은 용, 아프라사스트라즈가 입을 열었다.

"그 부정적인 영향이 지금도 이어지고 있지. 바로 이 세상에 말이야. 푸른 용군단의 위상이 이 세상을 직접 망가뜨렸고, 자네와 다른 이들이 그 일에 조력했던 걸세. 젊은 아리고스여, 단지 실수를 인정하는 것만으로는 부족하네. 자네는 이 사태를 해결해야 해."

아리고스가 눈을 가늘게 떴다.

"해결을 하라니? 아프라사스트라즈, 그러는 당신은 해결할 수 있소? 아니면 알렉스트라자, 당신은? 당신네는 내게서 아버지를 빼앗았소. 푸른 용군단 전체가 위상을 잃었다고! 당신네가 그분을 되돌려줄 수 있소?!"

아리고스의 목소리와 몸 전체에서 분노와 모욕감과 깊은 고통이 배어나왔다. 그러자 칼렉고스가 끼어들었다.

"아리고스! 말리고스는 당시에 광기에 빠진 상태가 아니었어. 멈추려면 얼마든지 멈출 수도 있었다고. 그런데 그러지 않았잖아."

알렉스트라자가 말했다.

"아리고스, 나라고 해서 그를 죽이는 게 좋았을 리가 없지 않은가. 지금까지도 비통해서 가슴이 저미네. 우리 모두가 너무나 많은 것을 잃은 게야. 모든 용군단이, 모든 위상이 말이야. 이제는 그 상처를 치유해야 할 시간일세. 서로에게 등을 돌리는 게 아니라 손을 잡아야 할 때야."

"맞습니다."

누군가의 조용하면서도 또렷한 목소리가 들려왔다. 그러자 말다툼은 즉시 멈췄다.

"우리는 서로 손을 잡아야 합니다. 지금 당장. 황혼의 시간이 다가오고 있으니 대비를 해야 합니다."

암컷 녹색 용 하나가 부드럽고 리드미컬한 억양으로 그렇게 말하고는, 수줍은 듯 조심스럽게 앞으로 걸어나왔다. 다른 용들이 몇 걸음 뒤로 물러서서 길을 터주었다. 그 용은 여느 용들처럼 과격하게 활보하지 않고 춤을 추듯이 단아하게 움직였다. 영겁의 세월 동안 감겨 있었던 그 눈은 이제 활짝 열려 무지개빛의 눈동자를 드러냈다. 그는 당장이라도 무언가 새로운 것을 발견하려는 듯 자꾸만 고개를 두리번거리고 있었다.

"'황혼의 시간'이라는 게 무엇이니, 이세라?"

알렉스트라자가 물었다. 이세라는 알렉스트라자의 여동생이었고, 녹색 용의 위상이었다. 만 년 동안 에메랄드의 꿈 속에 빠져 있었던 이세라는 이제 비로소 깨어났지만, 알렉스트라자를 비롯한 많은 이들은 이세라의 의식이 완전히 돌아오진 않았다고 추측했다. 이세라는 여전히 이 세상에 붙박혀 있지 않고 다른 어딘가를 부유하는 듯했다. 심지어는 같은 녹색 용들조차도 자기 위상을 어떻게 대해야 할지 잘 모르는 것 같았다. 자연을 수호하고 에메랄드의 꿈에서 지속적으로 머물기는 녹색 용군단 전체가 마찬가지인데도, 이세라만은 유독 현실의 세계에 적응을 못하는 듯 불안정해 보였다.

"꿈에서 본 것이니?" 알렉스트라자가 재차 물었다.

"나는 모든 걸 꿈에서 보았지."

"그건 아무 도움도 안 되잖소."

아리고스가 녹색 용의 위상에게 쏠렸던 좌중의 주의를 자신에게로 되돌렸다.

"이세라, 당신은 분명 위상이지만 이제 더 이상 '꿈의 여왕'은 아니오. 당신이 모든 것을 꿈속에서 보았다면, 그중에는 실체 없는 것도 있지 않겠소?"

"아, 그건 사실일세."

이세라가 아리고스에게 선뜻 동의하는 걸 지켜보며, 알렉스트라자는 내심 난감했다. 이세라의 언니인 알렉스트라자조차도 '깨어난 여왕'이 된 그를 어떻게 이해해야 할지 당혹스러웠다. 물론 이세라는 제정신이었지만, 자신이 꿈속에서 목격한 수많은 것들을 일관성 있게 조합하지 못해 애를 먹고 있었다. 오늘 회담에서 이세라는 별 도움이 못 될 듯했다.

"황혼의 시간이라는 그때가 오기 전에 우리가 단합한다면 분명 바람직하겠지."

알렉스트라자는 칼렉고스와 아리고스를 돌아보고 말을 돌렸다.

"자네들 푸른 용군단은 새로운 위상을 세울 방법을 결정하고, 보상을 할 방법도 강구하게. 우리가 다시 푸른 용군단을 믿어도 된다는 증거를 보여줘야 하네. 자네들도 분명 이해하겠지."

아리고스가 반박했다.

"우리가? 어째서? 알렉스트라자, 당신이 뭔데 우리 용군단의 일에 이래라 저래라 하는 거요? 대체 무슨 자격으로? 우리가 새로운 위상을 세워야 하는 이유는 애초에 당신 탓인데, 당신은 보상 비슷한 것도 해주지 않았잖소. 그런데 우리가 당신을 어떻게 믿겠소?"

모욕적인 발언에 알렉스트라자는 눈을 약간 치떴지만 아리고스는 가차없이 말을 이었다.

"예컨대 내가 만약 위상이 된다면, 당신이 나를 죽이지 않으리란 보장이 있냔 말이오. 더군다나 당신의 남편…… 크라서스라는 이름을 즐겨 쓰는 그자는, 우리 용군단에게 적대적이오. 그는 몇 번이고 우리를 비판하는 발언을 서슴지 않았소. 어째 오늘 이 자리에는 나오지 않았군 그래. 당신도 그가 나오는 게 불편했나보지?"

칼렉고스가 나서서 반박했다.

"아리고스, 코리알스트라즈는 자네의 목숨을 구했어! 자네 아버지가 광기에 휘말려 자네를 내버렸을 때 말이야!"

그건 아리고스에게 **뼈아픈** 과거였다. 보통은 감히 그 문제를 아리고스의 앞에서 들먹이지 않았다. 하지만 말리고스가 미쳤을 당시 아리고사와 키리고사를 비롯한 자식들의 알을 죄다 버렸던 건 사실이었고, 방치된 그 알들을 발견하여 구해준 용이 바로 코리알스트라즈였다. 그 알들은 노즈도르무에게 맡겨졌다가 이후에는 붉은 용군단의 보호 하에 맡겨졌다. 세 용군단의 상호 협동을 보여주는 훌륭한 사례라 할 만했다. 부화하기 전의 무력한 새끼들은 무조건 돌볼 것, 붉은색이든 푸른색이든 녹색이든 청동색이든 본연의 색깔을 띠고 알을 깨고 나오게 할 것. 이는 모든 용군단이 지키는 공통의 원칙이었다.

칼렉고스가 이야기를 계속했다.

"그리고 나는 코리알스트라즈와 의견이 충돌할 때가 있더라도 그를 존경해. 현명하고 합리적인 분이라고. 우리 용군단에 대해서도, 내가 스스로 비판한 적 없는 부분에 대해서는 한마디도 입에 올리지 않았어."

"정말? 그럼 너는 대체 어느 편이지, 칼렉고스?"

"그만!"

알렉스트라자가 말을 잘랐다. 회담이 부드러운 분위기로 흘러가기를 기대하지는 않았지만, 그렇다고 이렇게까지 마구잡이로 다투는 식이면 곤란했다.

"우리 용들이 맞서야 할 적들은 충분히 많네. 우리끼리 싸우는 데에 낭비할 시간이 없다고! 그 어느때보다도 강력해진 데스윙이 돌아와 아제로스를 산산조각 내려 벼르고 있네. 게다가 이제는 자기 용군단 외에도 황혼의 망치단 세력까지 동맹군으로 얻었어. 이세라가 말하는 황혼의 시간이 뭔지는 몰라도, 황혼의 '용군단'은 당장 우리 눈앞에 닥친 위협이란 말일세. 루비 성소도 이전 침공의 피해에서 벗어나지 못하고 있네. 사소한 문제 따윈 젖혀두고 시급히 대책을 세우지 않으면……."

"당신은 내 아버지를 살해했소! 그게 어떻게 사소한 문제란 말이오?!"

알렉스트라자는 웬만하면 화를 내지 않는 성격이었지만, 이쯤 되니 참을 수가 없었다. 알렉스트라자는 아리고스에게 성큼성큼 다가가 을렀다.

"그만하라고 했잖나! 우리 모두가 앞으로 나아가야 해. 과거는 지나간 일이야. 우린 지금 당장 위험에 처해 있다고! 내 말 못 들었나? 이해가 안 돼? 데스윙이 돌아왔다니까!"

알렉스트라자는 거의 아리고스와 코가 맞닿을 만큼 얼굴을 바싹 들이대고, 귀를 납작하게 누이고 있었다.

"우리의 세계가 이렇게 위태로웠던 적은 일찍이 없었네. 실로 강력한 존재인 우리 용들조차도 두려워해야 마땅한 일이 벌어지려 한단 말일세. 아리고스, 우리도 이 세상에서 살아가는 존재야. 세상을 지키고 치유해야 한다고. 그러지 않으면 심지어 우리도 파괴되고 말 거야. 자네의 푸른 용군단조차도! 이제……."

그때 용들이 문득 고개를 들어 하늘을 보았다. 알렉스트라자도 위를 올려다보고는, 하늘을 수놓은 어떤 용들을 목격했다.

알렉스트라자는 잠깐이나마 그게 청동 용군단이기를 바랐지만, 그 색깔을 알아보고 단숨에 기대를 접었다. 그 용들의 정체를 깨달은 알렉스트라자는 공포에 사로잡혔다.

"황혼 용이다!"

황혼의 용군단이 고룡쉼터 사원에 날아들고 있었다.

제 3 장

비록 알렉스트라자가 원한 방식은 아니었지만, 황혼 용들의 등장은 연합 용군단이 단합하게 해주는 계기가 되었다. 그들은 단 일초도 지체하지 않고 즉시 하늘로 날아올라 이 성스러운 사원을 지키기 위해 공격 태세를 갖추었다.

살풍경한 전투에는 어울리지 않을 만큼 아름다운 일대장관이었다. 루비, 에메랄드, 사파이어 빛깔의 용들이 일제히 공중을 선회했다. 반면 적들은 보라색, 자주색, 남색과 같은 밤의 색채를 두르고서 우아하고도 무자비하게 돌격해왔다. 그리고 모두의 귀에 누군가의 음성이 울려퍼졌다.

"이렇게 많이들 한 자리에 모여주다니 참으로 친절하군. 덕분에 너희 약골들을 간편하게 쓸어버릴 수 있겠어."

알렉스트라자는 황혼 용 세 마리를 향해 똑바로 돌진하면서, 그들의 아가리에서 뿜어 나오는 보랏빛의 입김을 피해 하강했다. 곁눈으로 보니 푸른 용 한 마리가 잠깐 멈춰서서 주문을 외우고 있었다. 그 푸른 용은 고드름처럼 생긴 얼음덩이들을 불러놓곤 날개를 접고 급강하했다. 알렉스트라자도 재빨리 몸을 틀어 고드름의 폭풍을 피했다. 황혼 용 한 마리는 몸을 무형(無形)으로 만들어 피했지만, 나머지 두 마리는 너무 늦어 타격을 입었다. 알렉스트라자는 그 기회를 놓치지 않고 위로 날아올라 거대한 아가리로 황혼 용 하나의 목을 물어 버렸다. 변신할 힘이 부족했던 그 용은 하릴없이 물린 채로 비명을 내지르며 쪽빛의 날개를 미친 듯이 퍼덕거리다가, 검은 발톱을 휘둘러 알렉스트라자의 뱃가죽을 긁었다. 비늘 덕분에 충격이 좀 완화되긴 했지만 화끈한 통증이 배를 타고 퍼졌다. 알렉스트라자가 더욱 깊이 이빨을 박아넣자, 그제야 놈의 움직임이 완전히 멈췄다. 알렉스트라자는 입을 열어 축 늘어진 몸뚱이를 홱 팽개치고는 다시 눈길도 주지 않았다.

"너는 누구냐!"

알렉스트라자는 자신의 목소리를 크게 증폭시켜 차갑고 청명한 공기 중으로 퍼뜨렸다.

"모습을 드러내고 정체를 밝혀라. 그러지 못한다면 겁쟁이가 허풍만 치는 것뿐이다!"

"나는 겁쟁이도 아니고, 허풍을 치는 것도 아니야. 나는 황혼의 아버지라 알려져 있다. 내가 사랑하는 자식들은 모두 나를 그렇게 부르지."

알렉스트라자는 정확히 이유도 모른 채 오싹해졌다. 만약 저 이름대로라면 그는 놈들의 수장이라는 뜻이었다.

"그러면 나와서 네 아이들을 지켜라, 황혼의 아버지여. 그러기 싫다면 우리가 네 자식들을 하나씩 죽이는 꼴을 감상이나 하든가!"

황혼 용 둘이 각각 반대 방향에서 알렉스트라자에게 돌진해왔다. 정체 모를 음성의 진원지를 파악하는 데에만 너무 집중했던 알렉스트라자는 하마터면 그 두 마리를 눈치 채지 못할 뻔했다. 그녀는 놈들이 꼬리 하나 정도의 거리까지 다가왔을 때에야 가까스로 날개를 접고서 바위가 추락하듯이 아래로 뚝 떨어져 내렸다. 몸을 뒤집어 위를 올려다보니, 황혼 용 두 마리가 충돌하기 직전

어둑한 안개로 변신해 서로의 몸을 통과하고 있었다.

거만하고 냉혹한 웃음소리가 알렉스트라자를 둘러쌌다.

"명색은 생명의 어머니라면서 그야말로 작고 어리석은 소녀 같군. 곧 닥쳐올 일에 네가 갈가리 찢기는 꼴을 보면 아주 기쁘겠어."

귀청을 찢는 고함이 울려 퍼졌다. 붉은 용 한 마리가 추락하고 있었다. 자신의 동족이 너덜너덜 찢어진 날개를 퍼덕이며 공중에 떠 있으려 부질없이 애쓰는 모습을 보고, 알렉스트라자는 가슴이 무너지는 듯했다. 그녀는 동료를 죽인 황혼 용 둘에게 포효를 내지르며 불길을 토해냈다. 그중 한 마리는 재깍 공기 중으로 사라져 불길을 피했는데, 다른 하나는 용감한 건지 멍청한 건지 마법으로 날카로운 단도들을 불러내 알렉스트라자에게 날리고 나서야 변신에 들어갔다. 놈은 목숨으로 자만을 부린 대가를 치러야 했다. 변신이 완전히 끝나기도 전에 알렉스트라자의 불길이 놈의 몸 전체를 덮쳤기 때문이다. 여느 붉은 용의 입김과는 비할 수 없이 강력한 그 불꽃에, 그 황혼 용의 살점은 뼈까지 타들어갔고 그 위를 뒤덮은 검푸른 멍 같은 빛깔의 비늘까지 순식간에 오그라들었다. 공기로 채 변신하지 못하고 남은 몸뚱이의 절반이 알아볼 수도 없을 만큼 처참하게 타버린 그 용은 극도의 고통에 몸부림치며 곤두박질쳤다.

옆을 보니, 이세라 역시 평소의 온화한 면모를 찾아볼 수 없이 격렬하게 싸우고 있었다. 이세라는 이제 여름날의 꽃처럼 달콤한 입김이 아니라 치명적인 독성을 띤 녹색 가스를 내뿜었다. 그 입김을 맞은 황혼 용 둘이 숨을 헐떡거리고 날개를 퍼덕이며 몸부림을 쳤다. 놈들의 주의가 흩어진 틈에 이세라는 발톱을 뻗고 거대한 아가리를 벌려 마법을 걸었다. 그러자 놈들은 공포로 울부짖으며 서로 맞붙어 싸우기 시작했다. 동료를 적으로 인식하게 된 것이다. 불과 몇 초 뒤면 놈들은 자기들끼리 싸우다가 죽을 터였다.

알렉스트라자에게 또 다른 적의 공격이 들어왔다. 그녀는 공격을 막아내고 그 황혼 용의 뒤로 돌아가, 막강한 꼬리를 휘둘러서 놈의 목을 부러뜨렸다. 죽어버린 몸뚱이가 땅으로 떨어지는 걸 보면서 알렉스트라자는 두 가지 사실을 깨달았다.

첫째, 지금 이곳에는 용의 위상이 둘이나 있었다. 게다가 둘 다 최상의 전투력을 낼 수 있는 상태였다. 그들을 다 죽이기에는 황혼 용의 수가 너무 적었다. 더구나 성소들의 입구를 지키는 정예 용기병들까지 긴급히 출격해 합세하고 있었다. 용기병들은 날지 못하니 공중전에서 함께 싸우지는 못하지만, 땅에서 기다리고 있다가 부상당한 적들이 추락하면 신속히 처치하고 있었다. 이 전투는 지나치게 쉬웠다.

그리고 둘째, 적들이 오로지 한 지점만을 공략하고 있었다.

어째서?

황혼의 용군단 측에게는 용군단 연합을 분산시키는 편이 유리할 터였다. 연합의 용들이 수비하려 하는 고룡쉼터 사원 건물을 무기로 역이용해, 한 마리씩 꼬여내서 포위해 공격하는 편이 훨씬 나았을 것이다. 그런데 황혼 용들은 오직 사원의 상공에만 개미 떼처럼 빽빽하게 몰려들고 있었다. 이세라와 알렉스트라자가 자기들을 쉽게 공격할 수 있도록 도와주기라도 하듯이.

불현듯 소름끼치는 공포가 치밀었다. 뭔가 끔찍하게 잘못되어가고 있었다.

"적에게서 떨어져라!"

알렉스트라자가 우렁차고 선명한 음성으로 외쳤다.

"적을 사원에서 다른 곳으로 유인해 하나씩 죽여라!"

그 말을 들은 아군이 일제히 사방으로 흩어졌다. 그런데 황혼 용들은 그 자리에 밀집한 채 남아 있었고, 겨우 몇 마리만이 본대에서 떨어져 나왔을 뿐이었다. 놈들의 대형은 거의 먹잇감을 쫓아 몰려든 무리처럼 보였다.

그 순간 알렉스트라자는 진실을 깨달았다. 놈들은 공격을 하러 온 게 아니었다. 연합 용군단의 주의를 딴 데로 돌리려고 온 것이다…….

그때 어마어마한 폭발이 일어났다. 그 충격에 알렉스트라자는 폭풍에 휘말린 연약한 새끼 용처럼 공중을 휙 날아갔다. 걷잡을 수 없이 빙글빙글 돌던 그는 추락을 멈추려고 날개를 뻗었다가 날카롭게 울부짖었다. 날개가 거의 뜯겨 나갈 만큼 찢어져 있었던 것이다. 그래도 가까스로 균형을 잡을 수는 있었지만, 몸 전체가 산봉우리에 충돌한 것처럼 아팠고 귀가 먹먹해서 아무 소리도 들리지 않았다.

하지만 눈앞을 볼 수는 있었다. 온몸이 부서지는 듯 한 고통 속에서 알렉스트라자는 자기 앞에 펼쳐진 광경이 사실이 아니기를 바랐다.

고룡쉼터 사원은 무너지지는 않았다. 간신히 형태만 유지하고 있었다. 우아하고 장엄한 아치형 구조물들 일부가 박살나고 남은 그 탑은 녹아가는 얼음처럼 보였다. 게다가 탑의 토대부에서 붉은 마법의 기운이 소용돌이치고 있었다.

그곳에는…….

"성소가! 우리 아이들이!" 누군가가 고함 쳤다.

용들이 부리나케 아래로 하강했다. 영원처럼 느껴지는 그 순간 알렉스트라자는 말문이 턱 막혔다.

루비 성소…… 아이들…… 코리알스트라즈……!

마침내 말을 할 수 있게 되었을 때, 그는 스스로도 믿고 싶지 않은 명령을 내렸다.

"결집하라! 더 이상은 누구도 죽어선 안 된다! 적들을 물리쳐라, 나의 군단이여! 놈들이 더 이상 우리를 해치지 못하게 해라!"

알렉스트라자의 절박한 외침에 화답한 용들은 단지 붉은 용군단만이 아니었다. 수많은 용들이 분노와 공포와 비탄을 한데 끌어모아 맹렬한 살의를 내뿜었다. 사납게 공격해오는 용들의 어마어마한 사기에 황혼 용들은 흠칫 놀란 듯싶더니, 금세 후퇴하기 시작했다.

알렉스트라자는 적을 추격하지 않고 곧장 성소를 향해 하강했다. 그곳이 어떻게 되었을지 두려워 심장이 미친 듯이 날뛰었다.

황혼의 신부(神父)는 용의 안식처에 있는 많은 산봉우리 중 하나의 꼭대기에 올라서 있었다. 후드 달린 망토가 바람에 세차게 펄럭거렸지만 그는 전혀 추위를 타지 않는 듯 무심한 손길로 후드를 여몄다. 다른 한 손으로는 세밀하게 세공된 조그마한 은제 체인을 꽉 쥐고 있었다. 후드의 그림자에 묻힌 그의 험악한 얼굴은 잿빛 수염으로 뒤덮여 있었고, 푹 꺼진 두 눈은 앞을 응시하고 있었다. 그는 전투를 즐겁게 지켜보던 참이었다. 모습을 드러내지 않고 음성만으로 조롱을 던지니 생명의 어머니가 당황해 마지않는 꼴이 얼마나 유쾌하던지, 그는 아이처럼 싱글싱글 웃기까지 했다.

그러나 연합 용군단을 무참히 파괴한 그 폭발 때문에 흥이 싹 가셨다. 예상치도 못한 실망스러운 사건이었다.

커다랗고 다부진 체격의 그 남자 옆에는 젊고 아름다운 여자가 서 있었다. 길고 검푸른 머리카락이 바람에 흩날려 창백한 뺨에 분홍빛의 얼룩을 드리웠고, 황혼의 신부가 든 가느다란 사슬은 그 여자의 미끈한 목에 우아한 목걸이처럼 걸려 있었다. 여자도 마찬가지로 추위를 타지 않는 듯했는데, 얼굴에는 눈물이 얼어붙어 있었다. 여자가 미소를 짓자 눈물의 얼음이 부서져 차가운 돌바닥에 떨어졌다.

황혼의 신부가 천천히 그 여자를 돌아보았다.

"어떻게 그들에게 비밀을 누설한 거냐? 대체 어떻게? 누가 널 도왔지?"

여자가 더 크게 웃음 지었다.

"그토록 충성스러운 당신의 추종자들이 나를 도울 리가 있나? 나는 아무것도 누설하지 않았다. 글쎄, 아마 전능하신 황혼의 아버지보다 더 똑똑한 누군가가 스스로 알아차린 모양이지."

황혼의 신부를 따르는 여느 숭배자들과 달리, 그 여자는 존경심이 아니라 반항적인 경멸을 담아 그의 호칭을 발음했다.

"네 계획은 실패했어."

황혼의 신부가 여자에게 한 발짝 다가서서 키득키득 웃었다.

"멍청하긴. 선택지는 늘 있다. 무릇 현명한 자는 계획을 여럿 짜두는 법이니까."

그가 사슬을 쥔 손에 힘을 주자, 여자가 숨을 헐떡이며 손으로 목을 더듬었다. 사슬이 하얗게 달아오르면서 여자의 살갗이 타들어가고 있었다. 살이 타는 냄새가 풍기자 황혼의 신부는 미소를 짓고서 아무렇지도 않게 마법을 풀어주었다. 여자는 무릎을 꿇고 주저앉거나 하지는 않았지만, 숨을 몰아쉬며 덜덜 떠는 모습만으로도 신부의 기분이 누그러지기에는 충분했다.

확실히 계획에 차질이 생기긴 했다. 실로 엄청난 차질이었다. 그러나 황혼의 신부가 그의 죄수에게 한 말은 사실이었다. 현명한 자는 언제나 차선책을 세워두는 법이고, 황혼의 신부는 지극히 현명했다.

패배라고 단정짓기에는 아직 한참 일렀다.

모든 게 사라졌다.

성소들이 몽땅 사라졌다. 애초에 존재하지도 않았던 것처럼, 각 용군단에게 속하는 다섯 개의 성스러운 차원 전체가 말끔히 지워져버렸다. 형언할 수 없이 귀중한 보물과도 같은 알들도 마찬가지였다. 수천 수만의 자손들이 숨을 한 번 들이쉬거나 날개를 펼 기회조차 없이 학살당하고 말았다.

알렉스트라자는 성소의 수호자들을 대동하고 수색에 착수했지만 조사할 게 아무것도 남아 있지 않았다. 성소가 내부에서부터 자체적으로 파열한 것 같았다. 어떻게 했는지는 몰라도, 황혼의 용군단은 성소를 파괴하는 데에 쓴 마력 외에 아무런 흔적조차 남기지 않았다. 그 방법과 동기를 밝히는 건 나중에, 머리가 식고 마음이 차분해지면 할 일이었다. 지금 당장은 모든 용들이 한 자리에 모여 절망과 상실감을 나누었다.

아무런 가망도 보이지 않았지만 그래도 알렉스트라자는 희망을 잃지 않았다. 생명을 관장하는 본연의 마법을 통해, 무한한 사랑의 힘을 발휘해, 자신이 누구보다도 사랑하는 단 한 존재의 자취를 찾아 헤맸다. 코리알스트라즈와 그의 유대감은 아주 깊으니, 설령 영혼이 어딘가 다른 곳으로 떠나버렸다 하더라도 아직 살아 있기만 하다면 그 존재를 느낄 수 있을 터였다. 이제까지 늘 그랬듯이.

"코리알스트라즈."

이름을 불렀지만 침묵만 돌아왔다.

"내 사랑."

여전히 아무것도 느껴지지 않았다.

성소, 알, 용군단의 미래와 함께 코리알스트라즈도 사라진 것이다.

알렉스트라자는 비틀거리며 눈 덮인 땅에 쭈그려 앉았다. 연합 의회의 청지

기인 토라스트라자가 그 옆에 서서 위안을 건네려 애썼지만, 이렇게 끔찍하고 무지막지한 비극 앞에서는 당분간 그 어떤 위로도 소용이 없을 것 같았다. 아니, 위로가 되는 날이 오기나 할는지도 아득했다.

타리올스트라즈가 토라스트라자에게 다가와 말을 걸었다.

"이야기 좀 할 수 있겠소?"

토라스트라자가 알렉스트라자를 살짝 건드렸다.

"잠시만 실례하겠습니다."

알렉스트라자는 공허한 눈빛으로 그를 올려다보았다가, 토라스트라자의 말을 뒤늦게 알아듣고 고개를 끄덕였다.

"아, 물론…… 그렇게 하시오."

'내 사랑, 내 심장, 내 목숨…… 그때 성소에 머물라고 하지 말았어야 했는데. 같이 회담에 갔더라면 그대는 살았을 텐데…….'

사방에서 격앙된 목소리가 들려왔다. 분노와 고통에 사무친 용들이 저마다 울부짖거나 고함을 지르고 있었다. 알렉스트라자는 충격으로 감정이 마비되다시피 한 덕분에 겨우 무너지지 않을 수 있었지만, 현실이라고는 믿을 수 없는 이 악몽이 계속되자 감정도 서서히 돌아오고 있었다.

문득 누군가가 목덜미를 부드럽게 어루만지는 느낌이 났다. 돌아보니 이세라가 무지갯빛 눈동자에 연민을 가득 담고 그를 바라보고 있었다. 이세라는 아무 말도 하지 않고 다만 알렉스트라자의 곁에 가만히 엎드린 채 옆구리를 맞댔다.

잠시 뒤, 토라스트라자가 돌아왔다.

"생명의 어머니시여. 코리알스트라즈가……."

토라스트라자는 그렇게 운을 떼더니 채 말을 잇지 못했다. 알렉스트라자는 애써 고개를 들어 그를 보았다.

"나도 알고 있소."

그 사실을 스스로 인정하려니 가슴이 저며왔다. 말로 내뱉고 나니 정말로 돌이킬 수 없는 현실이 되어버린 것 같았다.

"그도 성소에 있었소…… 내 반려는 죽었소."

그런데 이상하게도 토라스트라자가 고개를 저었다. 그것만으로도 알렉스트라자의 가슴이 비합리적인 희망으로 부풀었다.

"살아 있단 말이오?"

"아뇨, 그게 아니라…… 자살을 한 것 같습니다."

알렉스트라자는 그게 무슨 헛소리냐는 눈초리로 토라스트라자를 쳐다보다가, 앞발로 땅을 쾅 후려쳤다.

"말도 안 되는 소리 하지 마시오!"

"그는…… 이 일은 그가 벌인 짓입니다. 성소를 파괴한 마력에 코리알스트라즈 고유의 자취가 남아 있었습니다. 아주…… 생생하고 강렬합니다."

이세라가 여전히 침착하고 초연한 태도로 물었다.

"지금 내 언니가 총애하는 배우자가, 우리의 성소와 알들을 파괴하고 스스로 죽었다고 말하는 것이오?"

"그렇습니다. 그 외에는…… 설명할 길이 없습니다."

알렉스트라자는 토라스트라자를 노려보며 돌덩이처럼 딱딱한 목소리로 말했다.

"그럴 리가 없어. 그대도 코리알스트라즈를 알잖소. 그런 짓을 할 리가 없다는 걸 잘 알잖소."

그때 아리고스의 목소리가 끼어들었다.

"황혼의 망치단과 한 패였을 수도 있지! 그동안 내내 당신 옆에 들러붙어서 부추기고 있었던 거야. 우리 아버지를 죽이라고, 마력의 탑을 공격하라고. 그러면서 뒤에서는 우리 일족 전체를 몰살시킬 계략을 짜고 있었던 거요!"

알렉스트라자의 핏속에서 분노가 불길처럼 끓어올랐다. 그는 벌떡 일어서서 아리고스에게 천천히 다가갔다.

"네 아비가 미쳐서 낑낑거릴 때 코리알스트라즈와 나는 아제로스를 위해 싸웠다. 우리는 최선을 다해 조력자들을 찾아 동맹을 맺었고, 시간의 흐름을 바꾸기도 했고, 이 세계를 위해 죽음을, 아니, 죽음보다 더한 위험까지 무릅썼다. 그때마다 코리알스트라즈는 한결같이 내 곁을 지키며 성심껏 임했어. 심지어 그는 아리고스 너조차도 사랑했고, 너와 키리고사를 비롯해 수많은 아이들의 생명을 구했다. 그는 몇 번이고 우리 종족과 세상을 구했단 말이다. 그런데 지금 네가 감히, 코리알스트라즈가 데스윙과 한 패라고 말하는 것이냐? 바라는 것이라고는 세상이 끝장나는 것밖에 없는 그 극악무도한 패거리랑? 그딴 망발을 우리 더러 믿으라고 하는 소리냐?"

칼렉고스가 나서서 설득하려 했다.

"아리고스. 다른 이유가 있었을 거야."

그 말이 맞았다. 분명 다른 이유가 있었다…… 있어야만 했다. 있을 것이다. 그런데 그게 무엇일까. 알렉스트라자가 필사적으로 궁리하는 동안, 토라스트라자가 말했다.

"황혼의 용군단은 우리가 사원의 상공에서만 싸우도록 붙잡고 있었습니다. 교란 작전을 폈던 거죠. 그렇게 고룡쉼터의 수호자들을 꼬여낸 틈을 타서……."

토라스트라자가 문득 입을 다물고는 아래를 내려다보았다. 존경해 마지않는 생명의 어머니의 가슴을 찢어놓을 말을, 차마 눈을 마주보고 꺼낼 자신이 없었던 것이다. 잠시 침묵이 흐르자 칼렉고스가 부드럽게 말을 걸어왔다.

"알렉스트라자님. 오늘 부군께선 어째서 오지 않으셨는지요? 분명…… 저는 잘 모르지만, 아마도…… 당신이 그분에게 참석하지 말라고 당부하신 거겠지요?"

칼렉고스는 그렇다고 말해달라고 흡사 애원하는 투였다. 알렉스트라자는 코리알스트라즈와 나누었던 대화를 떠올리고 더더욱 억장이 무너졌다. 그 대화가 영영 마지막이라니.

'나의 사랑, 그럼 나 없이 혼자 가도록 해. 당신은 위상이야. 당신의 목소리는 모두가 귀 기울여 듣겠지. 반면 나는 비늘 사이에 낀 돌멩이처럼 성가신 존재에 지나지 않아.'

성소에 남겠다고 먼저 제안한 쪽은 코리알스트라즈였다.

"아니야."

알렉스트라자가 말했다. 그건 칼렉고스의 질문에 대한 답변이기도 했고, 진실을 부정하고만 싶은 마음의 발로이기도 했다. 그러나 아무리 부정하려 해도 이 사건의 범인은 코리알스트라즈가 분명했다.

칼렉고스가 침통한 얼굴로 그를 바라보았다.

"저는…… 증거가 있는데도…… 모든 정황이 입증하고 있는데도…… 크라서스가 학살을 저질렀다고는 믿을 수 없습니다! 제가 아는 크라서스는 그럴 분이 아닙니다!"

"꼭 위상이 아니더라도 광기에 빠질 수는 있는 건가보지."

아리고스가 그렇게 빈정거린 순간, 알렉스트라자의 자제력은 완전히 무너졌다.

알렉스트라자는 머리를 젖히고 포효를 내질렀다. 그 비통한 절규가 공기를 부수고 얼어붙은 땅을 뒤흔들었다. 그는 쿵쾅거리는 심장 박동에 맞추어 날갯짓하며 날아올라, 아름다운 화합의 구슬을 쳐다보았다.

그리고 구슬을 향해 똑바로 돌진했다.

알렉스트라자는 적에게 달려드는 숫양처럼 머리를 숙이고서 구슬을 들이받았다. 그의 거대한 뿔이 섬세한 구슬에 부딪히자, 상황에 어울리지 않게 쨍그랑 소리가 영롱하게 울려퍼졌다. 화합의 구슬은 수천 조각으로 박살나 용들의 머리 위로 비처럼 쏟아져내렸다.

여기서 나가야 했다. 더 이상은 저 용들과 함께 있을 수 없었다. 언제나 최선을 다해 노력해온 동료가 최악의 만행을 벌였다고 그토록 손쉽게 믿어버리다니. 푸른 용군단이나 녹색 용군단만이 아니었다. 코리알스트라즈를 잘 아는 붉은 용들까지도 그렇게 오해하고 있었다.

하지만…… 그들이 정말로 코리알스트라즈를 잘 알았나? 알렉스트라자가 아는 그의 모습은 과연 진짜였나?

아니, 아니다. 그런 한 자락의 의혹마저도 용납할 수 없다. 용납하지 않을 것이다. 알렉스트라자는 마음을 다잡았다. 누구보다도 신뢰를 받아 마땅한 이를 배반하는 생각 따윈 절대로 하지 않을 것이다.

토라스트라자, 이세라, 칼렉고스가 어느새 그를 따라오고 있었다. 세 용이 옆에서 나란히 날면서 무어라고 말을 했지만 무슨 말인지 귀에 들어오지 않았다. 알렉스트라자는 빙글 돌아서 그들을 공격하기 시작했다.

세 용이 화들짝 놀라서 도망쳤다. 알렉스트라자는 구태여 쫓아가지 않았다. 그들을 죽일 생각은 없었다. 그저 혼자 있고 싶을 뿐이었다. 이루 말할 수도 없고 상상할 수도 없는 참사가 벌어진 이곳을 얼른 떠나고 싶을 뿐이었다. 앞으로는 사원을 볼 때마다 이 끔찍한 일이 떠오를 테고, 지금은 그런 생각을 도저히 견딜 수 없었다.

아무것도 견딜 수가 없었다.

사무치는 절망 속에서 알렉스트라자는 딱 한 가지의 생각에만 매달렸다. 이대로 빨리, 더 빨리 날아서 기억 밖으로 날아갈 수 있기를.

알렉스트라자는 자신을 따라온 동료들을 진심으로 죽이려 한 게 아니라, 단지 울컥해서 덤볐을 뿐이었다. 그래서 이세라, 토라스트라자, 칼렉고스는 그 공격을 쉽게 피할 수 있었다.

이세라도 고통스럽긴 마찬가지였다. 이세라가 직접 낳은 건 아니라도 그의 용군단에 속하는 알들 역시 무수히 파괴되었으니까. 그러나 그 정도는 언니가 겪는 고통에 비하면 아무것도 아니라는 걸 알고 있었다. 알렉스트라자는 배우자, 자식, 희망까지 한꺼번에 잃은 것이다.

이세라는 가슴이 무거워진 채 사원으로 돌아왔다. 그 와중에도 머릿속은 언제나처럼 수수께끼 같은 퍼즐 조각들을 짜맞추고 있었다.

사원의 용들은 치를 떨거나 망연자실해하면서 저마다 무리지어 떠나가고 있었다. 아무도 남아 있고 싶어 하지 않는 이곳에는 한때 무척 소중했던 것의 잔해만이 뒹굴고 있었다. 화합의 구슬. 고룡쉼터 용군단 연합은 그 상징인 구슬과 함께 부서지고 말았다. 이 사원은 이제 아무 의미도 없었다.

그러나 이세라는 떠나지 않았다. 그는 사원 주위를 날면서 건물을 찬찬히 살피다가 땅에 내려앉았다. 그리고 나이트엘프의 형상으로 변신해 두 발로 탑 주변을 걸어 다녔다. 사방에 시체가 즐비했다. 붉은 용, 푸른 용, 녹색 용, 황혼 용의 주검이 여기저기에 뒹굴고 있었다. 코리알스트라즈가 성소를 파괴하는 데에 썼던 마력도 느껴졌다. 그런 잔혹한 재난의 주범이라고는 믿을 수 없을 만큼 희망찬 생명의 기운이었다. 그 기운이 지표면으로 스며들자 벌써 흰 눈 속에서 새싹들이 올라오고 있었다.

이세라는 서글프게 머리를 흔들었다. 이렇게 활기찬 생명력으로 그런 학살을 저지르다니. 이세라는 녹색의 긴 잎사귀 하나를 어루만지고는 계속 정처없이 서성거렸다. 눈은 뜨고 있었지만, 눈앞에 보이는 것에 딱히 주의를 주지는 않았다.

이세라는 아까 회담에서 다른 용들에게 자신의 꿈을 설명하려 애썼다. 그러나 불가능한 일이었다. 그들이 이세라와 똑같이 수만 년의 꿈에서 막 깨어나 그 꿈을 모두 종합하는 입장이 되어보지 않고서야, 이 문제를 진정으로 이해할 수는 없을 것이다. 이세라는 미친 건 아니었지만, 광기에 빠진 자들의 심정이 어떨지 사뭇 공감이 갔다.

황혼의 시간. 이세라는 회담에 참석한 이들에게 세상의 붕괴에 대해 경고했지만, 그 경고는 쉽게 묻히고 말았다. 깨진 도자기의 파편들이 빗자루질에 휙 쓸려 없어지는 것처럼.

이세라는 아랫입술을 깨물며 생각에 잠겼다.

그는 용군단에게 닥쳐올 어마어마한 시련을 예감했다. 하지만 싸워야 할 적이 정확히 누구인지는 알 수 없었다. 싸움이 일어날 시기조차 불분명했다. 금방이라도 터질지도 모르고, 아주 오랜 후에야 일어날지도 모른다. 데스윙의 귀환과 관련이 있을까? 그래, 분명 그럴 것이다. 그 일은 이제껏 아제로스에 일어난 온갖 사건 중에서도 가장 끔찍한 결말이 될 것이다.

하지만 구체적으로 어떤 결말인지는 설명할 수 없었다. 하물며 다른 이들에게 그 심각성을 일깨울 수도 없었다. 답답하고 초조한 마음에 한숨만 터져

나왔다.

그래도 한 가지만은 확실했다. 이 골치 아픈 퍼즐을 어떻게 맞춰야 할지는 몰라도, 그 퍼즐에서 딱 하나의 핵심적인 조각이 무엇인지는 알고 있었다. 매우 이상하고 납득이 안 되긴 했지만, 그 조각이 퍼즐 전체에 어떻게 들어맞을지 조차도 불확실하긴 하지만, 그게 퍼즐의 주요한 조각이라는 사실만큼은 분명했다.

그 조각은 한 남자였다. 이세라가 꿈속에서 보았던 어떤 남자. 그 남자가 아제로스에서 어떤 역할을 하는지는 잘 알고 있다고 생각했는데, 이제 와 돌이켜 보면 그가 이 세계에 얼마나, 어떻게 이바지하는지 이세라는 아직 정확히 알지 못했다.

그 남자는 용이 아니었다. 하지만 의식적으로든 아니든 간에 용군단들과 동일한 관심사를 마음속에 간직하고 있었다. 그는 여러 세상에 발을 걸치고 있으면서도 그 세상들을 다스리거나 휘두르거나 파괴하려고 하지는 않았다. 실로 독특한 존재였다.

이세라는 고개를 갸웃했다. 긴 녹색 머리카락이 바람결에 흩날렸다. 그래, 바로 그런 독특한 특성 때문에 그 남자가 중요한 퍼즐 조각인지도 모른다. 용의 위상들은 특별한 능력들을 갖고 있을 뿐 유일무이한 존재는 아니었다. 태초에 티탄들이 아제로스를 보호하기 위해 힘을 나누어준 용들은 하나가 아니라 다섯이었으니까. 지금은 넷밖에 없지만, 푸른 용들이 새로운 지도자를 선택하고 나면 다시 다섯이 될 것이다.

그러나 그 남자는 오로지 한 명뿐이다.

스랄은 단 한 명밖에 없었다.

제 4 장

스랄은 잠이 오지 않았다. 옆에 누운 아그라는 벌써 곯아떨어졌는데 스랄은 뒤숭숭한 마음이 영 가라앉질 않았다. 그는 털가죽 위에 반듯이 누운 채 가죽 천막만 멀뚱히 쳐다보고 있다가, 결국은 일어나서 옷과 망토를 주워 입고 밖으로 나갔다.

축축한 공기를 깊이 들이쉬고 밤하늘을 올려다보았다. 그래도 별들은 평화로워 보였다. '빛의 여왕'과 '푸른 아이'라 불리는 두 달도 데스윙의 부활에 아무런 영향을 받지 않는 듯 했다. 지금 이 순간만큼은 이곳 혼돈의 소용돌이의 정령들도 잠잠했다. 그러나 그들의 평화에 스랄이 조금이라도 도움이 된 건 아니었다. 그 생각에 얼굴이 절로 찌푸려졌다.

스랄은 정처 없이 걸음을 옮겼다. 그저 몸을 움직이고 싶었다. 혼자 조용히 서성거리다가 머리가 좀 진정되고 나면 잠이 오지 않을까 싶었다.

주술에 실패한 일도 충격이었지만, 그 이후에 대지고리회나 아그라와 겪은 갈등은 더욱 심란했다. 그들의 말이 혹시 옳은 건 아닐까. 여기서 나는 정확히 뭘 돕고 있는 걸까? 모든 걸 포기하고 여기까지 왔는데도 막상 도움이 되기는커녕 방해만 되고 있지 않은가. 오늘은 다른 동료들이 일하는 동안 혼자 대피소에 남아서 종일 쉬기만 했다. 말이 휴식이지, 수치스럽고 고통스러운 시간이었다.

스랄은 나직하게 신음을 내뱉고 걸음을 재촉했다.

스랄이 지도자의 역할 뒤에 숨어 살아왔으며 그 의무에 노예처럼 묶여 있다던 아그라의 말은 정말이지 믿고 싶지 않았다. 만약 그게 정녕 사실이라면, 어째서 그 역할을 벗어던지고 주술사로서의 일에 몰입하지 못하는 걸까?

"난 대체 왜 이러는 거야?"

스랄은 주먹으로 다른 쪽 손바닥을 퍽퍽 때리면서 중얼거렸다. 그런데 난데없이 어떤 여자 목소리가 들려왔다.

"그 질문에 대한 대답은 나로서는 잘 모르겠군. 어쩌면 나중에는 알게 될 수도 있겠지만."

스랄은 화들짝 놀라 뒤를 돌아보았다. 몇 발짝쯤 떨어진 곳에 훤칠하고도 호리호리한 여자가 서 있었다. 두건을 푹 덮어써서 얼굴은 보이지 않았지만 온몸을 둘러싼 망토가 여성적인 체형을 드러냈다. 목소리만 들어서는 누구인지 알 수 없었다. 스랄은 미간을 약간 찌푸리다가, 고개를 끄덕여 인사했다.

"나 역시 언젠가는 알게 될 수도 있겠지요. 나는 스랄이라고 하오."

"알고 있다. 너를 만나러 왔으니까."

여자의 음성은 노랫소리 같았고, 최면을 거는 듯 몽환적이었다. 스랄은 눈을 깜빡였다.

"나를……? 당신은 누구시오?"

"글쎄…… 설명하기가 어렵구나."

여자가 문득 고개를 젖혔다. 스랄에게는 들리지 않는 어떤 소리에 귀를 기울이는 듯한 분위기였다.

"이름을 설명하기가 어렵다니?"

"아, 그건…… 그런 건 아니다. 내가 어렵다고 하는 건 다른 문제다. 그러니까…… 스랄, 나는 네게 작은 임무를 하나 맡기고자 한다."

스랄은 성가시다기 보다는 오히려 흥미가 일었다.

"임무? 대지고리회의 일이오?"

"아니다. 한 마을의 일이다."

"마을?"

"페랄라스에 있는 작은 마을이다. 사실 마을이라기 보단 야영지에 가까울 정도로 작지. 이름이…….'"

여자가 말하다 말고 뭐가 우스운지 혼자 키득거렸다.

"'꿈꾸는 자의 휴식처'라고 한다. 그곳이 고통을 겪고 있어. 땅도, 오래된 숲도, 그 근처에 사는 드루이드들도. 이 상처받은 세상의 여러 곳들과 마찬가지로, 그곳의 정령들도 걷잡을 수 없이 날뛰고 있다. 가만히 놔뒀다가는 마을이 파괴되고 말 거야. 오로지 주술사만이 그 정령들을 위로하고 조화를 되찾을 수 있다."

스랄은 흥미가 싹 가셨다. 그는 여자가 재미없는 농담을 하고 있다고 생각하고, 퉁명스럽게 대꾸했다.

"그러면 그 마을의 주술사에게 부탁하시죠."

"그 마을은 너무 작아서 주술사가 없다. 드루이드뿐이다."

여자가 간략하게 대답했다. 그걸로 모두 설명이 된다는 듯이. 스랄은 심호흡을 하며 자신을 가다듬었다. 저 여자가 말하는 일은 신참 주술사도 얼마든지 할 수 있을 만큼 쉽고 시시한 일이었다. 그런데 왜 굳이 스랄에게 부탁하러 찾아왔는지 알 수 없는 노릇이었다. 별로 궁금하지도 않았다.

"그 일을 도와줄 주술사는 나 말고도 많을 거요."

스랄은 짜증을 삼키며 최대한 정중하게 말했다. 어쩌면 대지고리회에서 스랄의 무언가를 시험하려고 이 여자를 보냈는지도 모른다. 여자가 아무리 미적거리며 성가시게 굴더라도 섣불리 울컥 화를 내면 안 될 것 같았다.

그런데 여자는 단호히 고개를 내젓더니, 스랄에게 더 가까이 다가와서 말했다.

"아니다. 다른 주술사는 없다. 너 같은 주술사는 아무도 없다."

얼토당토 않은 소리였다.

"당신은 대체 누구요? 누구길래 내게 그런 임무를 맡기려는 거요?"

그 말에 여자가 웃음을 지었다. 얼굴은 어둠에 잠겨 보이지 않아도, 빛을 발하는 두 눈동자가 소름끼치도록 달콤한 미소를 띠는 건 보였다. 나이트엘프일까?

"이걸 보면 똑똑히 알겠지."

스랄이 뭐라고 대꾸하기도 전에 여자가 갑자기 공중으로 높이 뛰어올랐다. 아무리 엘프라도 그렇게까지 높이 뛰는 건 불가능했다. 여자는 얼굴을 들어올리고 두 팔을 펼치며 하늘로 솟구쳤다. 그러자 망토가 벗겨져 떨어지면서 나이트엘프의 몸이 드러나더니, 그 몸이 눈 깜짝할 사이에 거대한 용의 형체로 변신하는 것이었다. 용은 스랄을 내려다보면서 날개를 퍼덕여 다시 땅에 내려앉았다.

"나는 깨어난 여왕, 이세라다."

스랄은 숨을 헉 들이켜며 뒷걸음을 쳤다. 이세라의 이름은 당연히 알고 있었다. 에메랄드의 꿈을 수호하는 자. 이른바 '꿈꾸는 여왕'이 꿈에서 깨어난 것이다. 대격변 이후로 정말로 많은 것이 변하긴 한 모양이었다.

"이 일을 해라, 스랄."

이세라의 음성은 여전히 상냥했지만 나이트엘프의 몸이었을 때보다 울림이 훨씬 깊었다. 스랄은 반사적으로 "네, 하겠습니다."라고 대답하려다가 입을 다물었다. 얼마 전의 실패가 떠올랐기 때문이었다. 말 자체만 들으면 쉽게 처리할 수 있을 것 같았지만, 이세라가 직접 부탁할 정도라면 분명 매우 중요한 일일 듯했다. 스랄은 지금 상태로 그렇게 중요한 일을 덜컥 맡아도 될지 자신이 없었다.

"위대한 이세라님이시여…… 제게 고민할 시간을 좀 주시겠습니까?"

이세라는 실망스러운 눈치였다.

"수락해주기를 바랐다만."

"그…… 그냥 작은 야영지인 게 맞습니까?"

이세라는 더욱 실망하는 듯 보였다.

"그렇다. 작은 야영지다. 작은 일이고."

스랄은 무안해서 얼굴이 달아올랐다.

"그래도 생각할 시간이 필요합니다. 내일 아침에 다시 와주실 수 있으신지요. 그때 대답을 드리겠습니다."

이세라는 목을 우르릉 울리며 깊고 우울한 한숨을 내쉬었다. 그 입김에서 촉촉하고 향긋한 풀냄새가 났다. 이세라는 고개를 끄덕이고 날아오르더니, 날갯짓을 몇 번 하고는 온데간데없이 사라졌다.

스랄은 털썩 주저앉았다.

용의 위상이 친히 부탁을 하러 찾아왔는데 감히 내일 다시 오라고 퇴짜를 놓다니. 대체 무슨 생각으로 그런 짓을 한 건지 어처구니가 없었다. 하지만…….

스랄은 두 손에 얼굴을 파묻고 관자놀이를 꾹꾹 문질렀다. 쉬워야 할 일들이 너무나 어렵기만 했다. 이성적으로 생각하기 힘들 뿐만 아니라, 스스로의 감정조차 파악하기 힘들었다. 길을 잃어버린 느낌이었다.

지난밤의 말다툼 이후로 스랄은 가능한 아그라와 마주치지 않으려 했다. 하지만 지금 달과 별만을 벗 삼아 혼자 앉아 있노라니 아그라와 상의를 해야겠다는 생각이 들었다. 요즘 들어 아그라의 말이 유난히 귀에 거슬리기는 하지만 그가 지혜롭고 통찰력 있는 여자라는 건 사실이었다. 용의 위상 앞에서조차 스스로 결정을 내리지 못하는 상태인 스랄에게는 누군가의 도움이 필요했다.

스랄은 천천히 일어나서 천막으로 돌아갔다. 안의 어둠속에서 아그라의 목소리가 들려왔다.

"달들이 인도해 주던가요?"

스랄이 일어나는 기척에 진작 잠에서 깼던 모양이었다. 아무리 조용히 움직이려 했어도 아그라가 듣지 못했을 리가 없었던 것이다. 스랄은 솔직히 대답했다.

"아니요. 하지만…… 주술사로서 당신에게 묻고 싶은 게 있습니다."

빈정거리는 대답이 돌아올 줄 알았는데, 의외로 아그라는 똑바로 일어나 앉아서 스랄을 진지하게 바라보았다.

"말씀하세요."

스랄은 아그라 옆에 다가가 앉았다. 그리고 이세라와 만난 일에 대해 이야기했다. 아그라는 몇 대목에서 눈이 휘둥그레해지긴 했지만 끝까지 잠자코 이야기를 들었다.

"사실 좀…… 모욕적이었습니다. 아무래도 사소한 일이니까요. 내 도움이 절실히 필요한 이곳에서 떠나 페랄라스의 조그마한 마을을 구하라는 게……."

스랄은 고개를 설레설레 젓고 말을 이었다.

"이게 시험인지 함정인지 뭔지 잘 모르겠어요. 도통 이해할 수가 없어요."

"그 용이 이세라라는 건 분명한가요?"

"거대한 녹색 용이었습니다."

스랄은 퉁명스레 대꾸했다가 작은 목소리로 덧붙였다.

"그리고…… 느낄 수 있었습니다. 이세라가 맞다는 걸."

"시험인지 함정인지 같은 건 중요하지 않아요. 사소해 보여도 상관없어요. 이세라의 부탁이라면 당연히 가야 해요."

"하지만 여기 일이……."

아그라가 스랄의 손을 잡았다.

"필요없어요. 지금 당장은요. 여기서 당신은 필요한 일을 해내지 못하고 있는걸요. 어제 직접 겪어서 알잖아요. 이 시점에서 당신은 아무에게도 도움이 못 되고 있어요. 대지고리회에도, 호드에도, 제게도, 당신 자신에게도."

스랄은 얼굴을 찡그렸지만, 아그라의 목소리는 비난조가 전혀 아니었다. 오히려 그 어느 때보다 다정했다. 스랄의 손을 맞잡은 손길까지도.

"사랑하는 고엘, 그곳으로 가서 그 일을 하세요. 큰 일인지 작은 일인지는 신경 쓰지 말고, 가서 용의 위상이 청하는 임무를 하세요. 그리고 배움을 얻어 돌아오도록 해요."

아그라가 장난스럽게 미소 지었다.

"예전에도 성가신 일을 하면서 무언가를 배운 적이 있잖아요. 안 그래요?"

스랄은 가라다르에서 치렀던 주술사의 입문식을 떠올렸다. 이제 와 돌이켜보니 매우 오래 전 일처럼 느껴졌다. 그때 스랄은 정해진 규칙에 따라 아무 무늬도 없는 단순한 로브를 입어야 했다. 그건 주술사의 긍지와 동시에 겸손함을 상징하는 의복이라고 들었다.

용의 위상의 부탁을 거절하는 건 결코 겸손한 처신이 아닐 터였다.

스랄은 숨을 깊이 들이쉬었다가 천천히 내쉬었다.

"가겠습니다."

황혼의 신부는 솔직히 김이 좀 샜다. 붉은 용, 푸른 용, 녹색 용들이 너무 빨리 퇴각했기 때문이었다. 그들이 더 결사적으로 싸워주기를 기대했는데. 어쨌든 덕분에 일이 쉬워지긴 했고, 황혼의 신부를 무조건적으로 따르는 추종자들은 그를 더더욱 숭배하게 되었다. 힘들게 싸워서 이겼을 때의 뿌듯한 승리감은 없더라도 결과적으로는 잘 된 일이었다.

황혼의 신부는 용들이 도망치는 광경을 지켜보았다. 혼자 날아가는 용들도 있었고, 두셋 씩 혹은 무리를 지어 이동하는 용들도 있었다. 시체를 제외한다면 용군단 연합의 용들은 한 마리도 남지 않았고, 이제는 그의 추종자들만이 해안가에 빽빽이 모여 있었다. 곳 끄트머리에 몰려서서 추위에 몸을 떠는 그들은 오크, 트롤, 인간, 나이트엘프 등 종족은 다양할지라도 모두 한결 같이 열렬한 숭배감을 드러내고 있었다.

"우리의 기나긴 여행은 끝나가는 것이 아니라 이제 시작된 것이다. 여기서 우리는 힘을 모아 더욱 강력해질 것이다. 티탄들이 직접 지었다고 알려진 이 고룡쉼터 사원은, 본래 용군단 연합의 막강한 힘을 상징하는 곳이었다. 용들은 이곳을 신성불가침의 영역으로 지켜왔다. 그런데 오늘 우리는 놈들이 이곳을 버리고 떠나는 것을 똑똑히 보았다. 심지어 위상 둘마저도! 이제부터 이곳은 우리의 집이다. 그러나 언젠가 우리는 이 고대의 성소마저도 무너뜨릴 것이다. 다른 모든 것들과 마찬가지로 말이다!"

수백 명의 함성이 울려퍼졌다. 황혼의 신부는 두 손을 들어 올려 자신에게 쏟아지는 열광의 물결을 받아들이다가, 함성이 잦아들 즈음 다시 말을 이었다.

"이 사원의 일부가 부서져 있기에 우리에겐 더더욱 어울린다. 승리의 순간에도 종말은 늘 우리의 곁에 있는 것이다. 자…… 이제 우리 몫이 된 것을 취하도록 하자."

공손하게 하늘을 날아다니던 거대한 황혼 용들 중 하나가 내려왔다. 그 암컷 용은 고분고분한 애완동물처럼 황혼의 신부 앞으로 다가와, 그가 자기 등 위에 쉽게 올라탈 수 있도록 납작하게 엎드려 연보라색 뱃가죽을 차가운 돌바닥에 붙였다.

황혼의 신부가 그 용에게 한 걸음 다가가는데, 그가 손에 쥐고 있던 사슬이 팽팽해졌다. 뒤를 돌아보니 그의 죄수가 움직이지 않고 버티고 서서, 혐오감과 경멸이 가득한 눈으로 그 황혼 용을 쳐다보고 있었다. 황혼의 신부는 짐짓 상냥한 목소리로 어르듯이 말했다.

"아이쿠, 아가씨. 우물쭈물하면 안 되지. 응? 이런 식으로 집에 돌아오기를 바라진 않았겠지만 말이야."

죄수는 황혼의 신부를 돌아보고는 눈을 가늘게 떴다. 노골적으로 멸시하는 시선이었지만 한 마디도 하지 않고 얼음장 같은 침묵만을 고수했다. 그 죄수는 말리고스의 딸이자 아리고스의 여동생, 키리고사였다.

고룡쉼터 사원으로 날아가던 중, 키리고사는 저 아래의 지상에서 그들과 같은 방향으로 움직이고 있는 썰매를 보았다. 인간 십수 명이 탈 수 있을 만큼 커다란 썰매가 땅을 가로지르고 있었다. 썰매를 끄는 눈사태 숲 사슴들은 척 보기에도 힘겨워하고 있었고, 급기야 한 마리가 주저앉고 말았다.

썰매가 멈추더니 황혼의 망치단 수행사제 네 명이 내렸다. 사제들은 순록을 멀쩡한 놈으로 교체하고, 기진맥진한 순록을 다른 곳으로 끌고 갔다. 그 순록은 절뚝거리며 끌려 가다가 또 눈밭에 주저앉고는 애원하듯이 머리를 들어올렸다. 그러자 수행사제 한 명이 오크들에게 손짓으로 신호를 주었다. 오크들이 각자가 타고 있던 검은 늑대의 등 위에서 내렸고, 늑대들은 주인을 쳐다보며 가만히 기다리다가 명령이 떨어지자 일제히 뛰어올라 순록을 덮쳤다. 몸부림치는 순록 주위의 흰 눈이 순식간에 새빨간 색으로 물들었고, 순록의 처참한 비명은 늑대들이 으르렁대는 소리에 묻혔다.

키리고사는 눈을 돌렸다. 어쨌든 순록이 얼어죽게 내버려두느니 저렇게 죽여주는 편이 조금 더 자비로웠다. 그리고 늑대들에게도 먹이가 필요했다. 늑대들은 그 주인들과는 달리 악의가 없는 무고한 짐승일 뿐이었다.

키리고사는 썰매 쪽으로 주의를 돌렸다. 썰매는 천으로 덮여 있었지만, 그 속에 무언가 거대하고 울퉁불퉁한 것이 있다는 걸 알 수는 있었다. 그 모양이 어쩐지 마음에 걸렸다.

"궁금하지?"

황혼의 신부가 키리고사에게 말을 걸었다. 그들이 타고 있는 용의 날갯짓 소리에 묻히지 않게끔 큰 목소리로.

"머지 않아 다 밝혀질 테니 기다려. 저게 바로 우리가 여기 있는 목적이야. 현명한 자는 늘 차선책을 세워두는 법이라고 했던 내 말이 무슨 뜻인지, 곧 알게 될 거다."

키리고사는 그의 말투에 소름이 끼쳤다. 그들이 탄 황혼 용은 고룡쉼터 사원을 향해 나아가고 있었다. 고개를 돌려보니 아까 그 썰매는 저 뒤로 멀어져가고 있었다. 거기에 실린 화물이 황혼의 망치단이 세워둔 '차선책'이라면, 그 정체가 뭔지 알고 싶지 않았다.

용이 고룡쉼터 사원에 도착했다. 황혼의 신부는 사원의 세공된 바닥에 내려섰다. 바닥은 용들의 새빨간 선혈로 얼룩져 있었고, 박살난 화합의 구슬 파편들이 널려 있었다. 키리고사는 돌덩이처럼 침묵했다.

황혼의 신부는 키리고사를 묶은 사슬을 수행사제에게 건넸다. 그들은 키리고사를 다루는 법을 잘 알고 있었다. 사슬을 특정한 방식으로 힘주어 잡아당기면 교묘한 고통을 유발할 수 있었다. 또한 사슬은 키리고사가 변신하지 못하도록 막는 기능도 했다. 용의 몸으로 변신하면 인간 여성의 몸일 때보다 훨씬 더 다루기 골치 아파질 테니까.

"조용히 있게 해라. 재미 삼아 괴롭히지 말고."

황혼의 신부의 지시에 그 트롤 수행사제는 실망한 눈치였다. 그러나 키리고사를 너무 많이 고문하면 고통에 무감각해져 버릴 테니 자제해야 했다. 트롤은 한 기둥 근처로 키리고사를 끌고 가서 바닥에 밀어뜨렸다. 그리고 그 옆에 서서 다른 명령이 내려올 때까지 기다렸다.

황혼의 신부는 망토 안자락에서 작은 구슬을 꺼내더니, 피에 젖은 바닥 위에 경건히 내려놓았다. 즉시 구슬이 고동치면서 희미하게 빛났다. 그 안에서 검은 안개가 부글부글 끓는 것만 같았다. 그러다 구슬은 안에서 들끓는 강력한 힘을 못 배긴 듯이 쩍 갈라졌고, 거기서 검은 안개가 뿜어 나왔다. 아니, 그건 안개가 아니라 연기였다. 주홍색 불티가 흩날리는 짙고 매캐한 연기가 뭉게뭉게 피어오르며 구름처럼 엉겨 붙었다. 밤하늘보다 새까맣고 기괴한 그 구름은 광포하게 소용돌이치다가 어떤 형체를 이루었다. 황혼의 신부를 꿰뚫을 듯 쳐다보는 화염 같은 오렌지빛의 사악한 눈동자, 검은 강철로 이루어진 거대한 아가리. 그 아가리가 슬쩍 벌어지며 미치광이 같은 미소를 띠자 키리고사는 흠칫 움츠러들지 않을 수 없었다.

'데스윙!'

황혼의 신부가 구슬 앞에 무릎을 꿇었다.

"내 주군이시여."

"성공했느냐?"

데스윙이 거두절미하고 물었다. 그 깊은 음성이 진동을 일으켜 사원 전체를 흔드는 것 같았다. 데스윙이 실제로 이곳에 있기라도 한 것처럼.

"어떤 의미에서는…… 그렇습니다."

황혼의 신부는 말을 더듬지 않으려 안간힘을 썼다.

"용군단들을 고룡쉼터 사원에서 몰아냈습니다. 알렉스트라자와 이세라도요. 황혼의 망치단이 이곳을 점령했으니, 이제 이곳은 위대한 당신의 요새입니다."

광기 어린 눈이 가늘게 좁아졌다.

"계획은 그게 아니었을 텐데. 계획은 용들을 몰살하는 것이었다. 사원만 정복하는 게 아니라!"

"내 주군이시여, 그것은 사실입니다. 허나…… 미처 예상치 못한 상황이 있었습니다."

황혼의 신부가 재빨리 해명하자, 데스윙은 잠자코 그의 말을 들었다. 성을 내며 윽박지르는 것보다 그 침묵이 더 무시무시했다. 연기가 계속 움직이는데도 데스윙의 형상은 선명했고, 심지어 너덜너덜한 불꽃의 날개가 퍼덕이는 소리까지 들렸다. 황혼의 신부가 설명을 마치자 데스윙은 곰곰이 생각에 잠긴 듯 머리를 기울였다. 길고 불편한 침묵이 흘렀다.

"변한 건 없다. 너는 실패한 것이다."

황혼의 신부는 추위에도 불구하고 땀이 났다.

"위대한 분이시여, 과정상 차질이 생겼을 뿐입니다. 실패가 아닙니다. 그리고 오히려 긍정적인 파급효과가 있을 수도 있습니다. 용군단이 물러갔고, 당신의 가장 큰 적인 생명의 어머니는 이번 일에 엄청난 충격을 받아 만신창이가 된 모양이니 말입니다."

"그런 건 상관없다. 내가 지시한 목적을 이룰 다른 방법을 어떻게든 찾아내라. 그러지 못하면, 결정적인 순간에 너처럼 실패하지 않는 다른 장군에게 일을 맡길 것이다."

"알겠…… 습니다."

황혼의 신부는 키리고사에게 흘끔 시선을 던지고는 데스윙을 다시 돌아보았다.

"맡겨주십시오. 이미 조치를 취했습니다. 곧바로 시작될 겁니다."

"내 말을 끊지 마라, 하등한 짐승아."

데스윙이 으르렁거렸다. 두건에 가려진 황혼의 신부의 얼굴이 창백하게 질렸다.

"위대한 분이시여, 제가 어찌 감히 그런 짓을 하겠습니까. 저는 다만 당신에게 충성하고 싶을 따름입니다."

"내가 명령을 내릴 때만 충성해라. 그 전에 먼저 움직이지 마라. 알아들었나?"

황혼의 신부는 그저 고개를 끄덕였다. 그런데 데스윙은 자기 말을 끊었다고 화를 냈으면서도 막상 한참을 침묵한 뒤에야 말을 꺼냈다.

"아마…… 새로운 방해물이 있을 것이다. 나는 용군단이 버티지 못할 거라고 기대했다. 우리가 도우려는 그자와 너희 황혼의 망치단이 결합하면, 용군단을 능히 쓰러뜨리고 승리할 거라 기대했단 말이다. 그런데 넌 이세라가 도망쳤다고 했지. 이세라를 놓치지 말았어야 했다."

"무슨 말씀이신지…….”

황혼의 신부는 침을 꿀꺽 삼켰다. 데스윙이 으르렁거렸다.

"너 때문에 이세라가 살았다. 그래서 이세라는, 나를 반대할 운명인 자와 만나 이야기를 나누었다. 그자가 끼어들면 균형이 깨질 수 있다.”

황혼의 신부는 새로운 소식에 머리가 아찔해졌다. 깨어난 여왕이 무슨 짓을 한 걸까? 무슨 강력한 존재를 소환하기라도 한 걸까? 데스윙이 저렇게 깊은 근심에 잠길 정도라니…… 공포에 질려 목이 깔깔해진 황혼의 신부는 가까스로 입을 열었다.

"이세라가 동맹을 맺은 자가 누구입니까?”

"하등한 짐승이다.”

데스윙이 씹어뱉듯 말했다. 황혼의 신부는 자기가 똑바로 들은 게 맞는지 긴가민가했다.

"네? 하지만 분명…….”

"오크란 말이다!”

침묵이 맴돌았다. 그 한 단어만으로도 황혼의 신부는 모든 걸 알아들었다. 옛날에 데스윙은 오크가 자신을 죽일 것이라는 경고를 받은 적이 있었다. 비천한 존재들 중에서도 가장 비천한 오크 하나가 데스윙을 무찌를 것이라고. 황혼의 신부는 물론이고 아무도 그 경고에 주의를 기울이지는 않았었다. 황혼의 신부는 대수롭지 않게 넘어가려 했다.

"주군이시여, 예언이란 워낙 수수께끼 같은 것이 아닙니까. 당신은 이 세상을 산산조각내신 위대한 데스윙이십니다. 용들도, 심지어 강력한 위상까지도 당신의 맞수가 되지 못하는데, 천한 오크 따위가 어찌…….”

"그 오크는 다르다. 언제나 비범했다. 무궁무진한 경험을 해왔고, 용들과는 생각하는 방식이 다르다. 바로 그렇기 때문에 용들을 구할 수 있을지도 모른다."

황혼의 신부는 못내 미심쩍었지만 내색하지 않았다.

"주군이시여, 얼마 못 가 죽을 그 오크의 이름을 알려 주십시오. 제가 그를 죽이도록 허락해주십시오."

"스랄이라고 한다. 죽이는 것만으로는 부족하다. 그 오크의 모든 것을 철저히 파멸시켜야 한다. 그러지 않으면 놈이 모든 것을 망칠 것이다. 모든 것을!"

"맹세코 그리 하겠습니다."

"아무렴 그래야지."

데스윙이 아래턱을 벌려 깔쭉깔쭉한 금속 이빨을 드러내, 용의 웃음을 기괴하게 흉내 냈다.

"'아버지'여, 네겐 시간이 부족하다. 그러나 절망하진 말라. 내 너를 도울 수도 있으니. 나는 아주 오래 살았지만 무한한 인내심을 갖고 있지는 않다. 다음번엔 더 기쁜 소식으로 연락하도록."

데스윙의 형상을 띤 연기가 서서히 흩어지더니, 소용돌이치는 검은 안개가 되어 바닥으로 내려왔다. 이윽고 안개는 구체 형태로 합쳐져 투명한 무색의 수정구 같은 구슬로 변했다. 황혼의 신부는 인상을 찌푸리며 구슬을 품에 갈무리했다. 그러자 키리고사가 말했다.

"쉬울 줄 알았겠지. 거창하고 복잡하기 그지없는 그 계획을 손쉽게 이룰 수 있을 줄 알았지? 하지만 네 주군의 말마따나, 그 스랄이라는 오크를 없애기에는 시간이 부족할 거야. 상황은 변하고 있는데 너는 늦었지. 황혼의 신부여, 너는 너 자신을 속이고 있다. 데스윙을 섬길 날도 얼마 남지 않았다. 넌 패배할 거야."

황혼의 신부가 자신의 죄수를 돌아보고는 성큼성큼 다가갔다. 키리고사는 반항적으로 그를 올려다보았다.

"작고 가엾은 용 같으니. 넌 내 계획에 대해 눈곱만큼도 모르고 있어. 스랄은 벼룩 새끼에 불과하다. 네가 상상도 못할 만큼 간단히 짜부라질 목숨이야."

그가 키리고사의 사슬을 잡았다.

"이리 와라. 네게 보여줄 것이 있다. 그걸 보고 다시 이야기해보시지. 속고 있는 게 나인지, 아니면 너인지."

황혼의 신부가 키리고사를 끌고 원형 바닥의 가장자리로 다가가서 밖을 가리켰다. 아까 그 썰매가 탑 앞에 도착해 있었다. 썰매를 끌 필요가 없게 된 눈사태 숲 사슴들은 모조리 늑대의 먹잇감이 되었다. 그 굶주린 포식자들은 뼈만 남기고 몽땅 먹어치웠다. 어두운 빛깔의 로브를 걸친 수행 사제들은 그들이 숭배하는 아버지의 지시를 기다리며 이쪽을 올려다보고 있었다. 황혼의 신부가 손을 들어올리자, 그들은 과장된 동작으로 썰매를 덮고 있던 천을 걷어냈다.

키리고사는 숨을 헉 들이켜며 손으로 입을 가렸다.

거대한 썰매 위에는 한 용의 시체가 있었다. 평범한 용이 아니었다. 일단 그 몸이 어마어마하게 컸다. 용의 위상보다도 훨씬 더. 게다가 모양도 정상이 아니었다. 창백한 피부에 생긴 흉한 멍 같은 칙칙한 보랏빛의 비늘 색깔도 그 랬지만, 무엇보다도 엽기적이고 무서운 점은 머리가 한 개가 아니라는 것이었다.

머리가 무려 다섯 개였다. 키리고사는 현재 인간의 몸이라 시력이 약했지만, 그 다섯 개의 머리가 각각 다른 색깔이라는 건 알아볼 수 있었다. 붉은색, 검은색, 금색, 녹색, 파란색. 그 용의 정체가 무엇인지는 분명했다. 키리고사는 쉰 목소리로 중얼거렸다.

"오색 용……."

오색 용은 데스윙의 아들인 네파리안이 만들어낸 괴물로, 자연의 법칙에 정면으로 위배되는 혐오스러운 존재였다. 자기 아버지만큼이나 사악한 검은 용 네파리안은 용군단을 말살하기 위해 다섯 용군단의 힘을 결합한 새로운 용군단을 창조하려 했다. 그러나 그 실험은 실패로 돌아갔다. 수많은 새끼들이 부화하기도 전에 죽었고, 겨우 알을 깨고 나온 새끼들도 대부분 기형이거나 상태가 불안정했기 때문이다. 마법을 통한 인위적인 성장 과정을 거쳐 무사히 성룡이 된 오색 용은 극소수에 불과했다.

지금 키리고사의 앞에 있는 오색 용은 분명 성룡이었다. 하지만 미동도 않고 있었다.

"오색 용들은 대부분 죽었다고 알고 있는데…… 저것도 죽은 게 아닌가? 시체 따위를 뭐 하러 두려워한단 말인가?"

황혼의 신부가 덤덤히 대꾸했다.

"아, 물론 죽었지. 하지만 곧 살아날 거야. 저 용은 네파리안님이 만드신 마지막 피조물, 크로마투스라 한다. 너도 알다시피 네파리안님은 많은 실패작을 만들었지만, 원래 누구나 실패를 통해 배우는 게 아니더냐?"

키리고사가 역겨운 눈빛으로 그를 쳐다보자, 황혼의 신부는 수염을 실룩이며 친근하게 웃어 보였다.

"네파리안님이 여러 실험을 통해 깨우친 지식의 결정체가 바로 크로마투스다. 안타깝게도 네파리안님은 크로마투스에게 생명의 불꽃을 내려주시기 전에 살해당하셨지만 말이야."

"네파리안은 괴물이야. 그놈을 죽인 건 역사상 가장 위대한 선행이었다."

키리고사의 말에 황혼의 신부는 재미있다는 표정을 지었다.

"네가 놀랄 만한 이야기를 해줄까? 네파리안 님은 살아나셨다. 어떤 의미에서는 말이야. 언데드이긴 하지만 아주 활발히 움직이고 계시지. 그리고 그분의 피조물인 크로마투스 역시 조만간 생명의 맛을 느끼게 될 것이다…… 내 다생각해둔 바가 있거든."

키리고사는 눈을 뗄 수가 없었다.

"그러니까…… 이게 바로…… 네 목적이었단 말이냐? 존재할 자격도 없는괴물에게 생명을 불어넣기 위해 그 모든 짓을 벌였다는 거야?"

"이런, 이런."

황혼의 신부가 조롱조로 말했다.

"키리고사, 무례하게 굴면 안 되지. 너도 이번 일에서 아주 중요한 역할을 할텐데."

키리고사의 눈이 휘둥그레졌다.

"안 돼…… 더 이상의 실험은……."

황혼의 신부가 키리고사를 묶은 사슬을 트롤 수행사제에게 건네주었다.

"이제는 알겠지? 시간이 부족한 건 너야."

제 5 장

이세라는 약속한 날 스랄을 다시 만나러 오지 않았다. 스랄은 어리벙벙했고 짜증이 났지만, 이내 자신의 그런 반응이 부끄러워졌다. 녹색 용의 위상에게는 주술사 한 명의 대답을 기다리는 것보다 더 중요한 일이 많을 게 분명했다. 어쨌든 스랄은 이세라가 내린 임무를 기꺼이 수행하기로 각오했다.

혼돈의 소용돌이에서 페랄라스까지 가는 여정은 길고 고되었다. 이세라가 휘하의 녹색 용을 보내 스랄을 태워주었더라면 훨씬 빠르고 수월하게 이동할 수 있었을 테지만, 주어진 여건에서 최선을 다하는 수밖에 없었다. 그래서 스랄은 자신의 와이번과 배와 늑대를 갈아타면서 먼 길을 나아갔다.

이세라의 말에 따르면 꿈꾸는 자의 휴식처는 쌍둥이 바위산 기슭에 있다고 했다. 스랄은 자신이 아끼는 충성스러운 서리늑대인 '스노우송'을 타고서 무성한 수풀을 헤치며 달렸다. 공기가 너무 후텁지근해서 진이 빠졌다. 이곳의 기후는 스랄이 유년기를 보냈던 로데론의 온화한 날씨와도, 오그리마의 건조한 열기와도 전혀 달랐다.

어디선가 타는 냄새가 나는 듯싶더니, 저 멀리 연기가 피어오르는 게 보였다. 스랄은 늑대를 전속력으로 달려 그쪽으로 향했다. 페랄라스 특유의 진하고 축축한 풀냄새에 어울리지 않는 매캐한 악취가 풍기고 있었다. 더 가까이 다가가자, 스랄은 주어진 임무에 대한 불만이 눈 녹듯 사라지는 기분이었다.

이곳은 실로 도움이 필요했다. 그리고 녹색 용의 위상은 스랄이 이곳을 도와주기를 원했다. 왜 반드시 스랄이어야 하는지는 모르지만, 그런 건 상관없었다.

스랄은 이곳을 반드시 구하고야 말겠다고 결심했다.

모퉁이 하나를 돌자 목적지가 떡하니 나타났다. 스랄은 늑대를 부리나케 멈춰 세우고 눈앞에 펼쳐진 광경을 둘러보았다. 올빼미 조각상, 오래된 폐허, 달샘 따위가 눈에 띄었다. 스랄은 중얼거렸다.

"나이트엘프인가."

이세라는 '꿈꾸는 자의 휴식처'라는 야영지에 그저 드루이드가 있다고만 말했다. 그 드루이드들이 타우렌이 아니라, 오크에게 적대적인 나이트엘프일 수도 있다는 점은 미처 깜빡한 모양이었다. 혹시 함정은 아닐까? 스랄은 이전에도 얼라이언스에게 붙잡혀서 화물 취급 받으며 끌려가다가 전혀 생각지도 못한 자들에게 구출되었던 적이 있었다. 또다시 그런 식으로 이용당할 수는 없었다.

스랄은 땅에 내려선 뒤 스노우송에게 가만히 기다리라고 손짓했다. 그리고 야영지 쪽으로 살금살금 다가갔다. 그곳은 들은 바대로 조그마했고, 인적은 전혀 없어 보였다. 아마 주민들이 전부 불을 끄러 가고 없어서 그런 듯했다.

위험할 만큼 가까이 다가가자, 암자색의 정자 몇 채 뒤로 야영지 맞은편의 나무들이 눈에 들어왔다. 그건 울창한 숲의 가장자리였다. 이세라의 말대로 이곳의 숲은 과연 오래된 것 같았다. 격렬하게 너울거리는 정령들의 분노와 불안이 느껴졌고, 자욱한 연기 때문에 눈에 눈물이 맺혔다. 빨리 어떻게든 막지 않으면…….

그때 스랄의 목덜미에 무언가 날카롭고 단단한 것이 와 닿았다. 스랄은 그 자리에 우뚝 멈춰 섰다.

"갈퀴발톱의 드루이드들에게 무슨 해를 끼치려 온 건지 말하라, 오크. 천천히 또박또박 말하도록."

여자 목소리였다. 딱딱한 어조를 들으니 말대꾸는 용납하지 않을 기세였다. 스랄은 속으로 욕을 뇌까렸다. 정령들의 고통에 너무 정신이 쏠린 나머지 방심하고 말았다. 그래도 저 엘프가 스랄에게 말을 할 시간은 주고 있으니 천만다행이었다.

"나는 그대들을 도우라는 지시를 받고 온 주술사요. 원한다면 내 짐을 수색해보시오. 주술사의 토템이 나올 테니."

여자가 코웃음을 쳤다.

"오크가 나이트엘프를 도우러 왔다고?"

"주술사로서 성난 땅을 진정시키고 치유하러 온 거요. 호드도 얼라이언스도 이 세상을 구할 방법을 찾고 있지 않소. 드루이드에게 세나리온 의회가 있듯이 우리 주술사들에게는 대지고리회가 있고, 나 역시 그 단체의 일원이요. 내 가방 안에 토템을 보관하는 주머니가 있으니 수색해도 좋소. 나는 다만 그대들을 돕고 싶을 뿐이오."

스랄의 등을 누르던 뾰족한 물체가 치워졌다. 하지만 스랄은 그 틈을 타 반격할 만큼 어리석지 않았다. 저 엘프는 분명 혼자가 아닐 터였다. 이윽고 누군가가 스랄의 등에 묶여 있던 둠해머를 풀어냈다. 스랄은 뻣뻣하게 경직된 채 자신의 무기를 도로 빼앗고 싶은 충동을 참았다. 누군가가 스랄의 가방을 뒤져 토템 주머니를 꺼내는 듯싶더니, 이번에는 남자 목소리가 들려왔다.

"토템이 맞군. 염주도 차고 있고. 오크, 뒤를 돌아라."

스랄은 천천히 뒤를 돌았다. 나이트엘프 두 명이 그를 마주보고 있었다. 한 명은 녹색 머리카락에 보라색 피부를 한 파수꾼이었고, 다른 한 명은 녹색 머리를 틀어 묶고 깨끗하게 면도를 한 남자였다. 남자 쪽의 피부는 짙은 암자색이었으며 눈동자는 금색으로 빛났다. 둘 다 검댕과 땀으로 범벅된 걸 보니 한참 불길과 싸우다가 온 듯했다. 이제 다른 나이트엘프들도 하나 둘씩 모여들고 있었다. 다들 경계심이 역력했지만 호기심도 엿보였다.

파수꾼 여자는 스랄의 얼굴을 살펴보더니 놀란 표정을 지었다.

"스랄이잖아!"

여자는 믿기지 않는 투로 말하고는, 땅에 놓여 있는 둠해머와 스랄을 번갈아 보았다.

"뭐? 호드의 대족장이라고?"

몰려든 엘프들 중 누군가가 되물었다. 그러자 여자가 고개를 저었다.

"아니, 이제는 대족장이 아닐걸. 소문에 따르면 스랄은 대족장 지위를 내려놓고 떠났다고 하니까. 정확히 어디로 갔는지는 파수꾼들도 들은 바가 없지만."

여자가 스랄을 돌아보고 말을 이었다.

"나는 파수꾼 에리나 윌로본이라 하오. 이쪽은 갈퀴발톱의 드루이드 데샤린 그린송이오. 나는 예전에 외교 수행단으로 오그리마에 가본 적이 있소."

에리나는 방어 태세로 들고 있던 검을 내렸다.

"당신처럼 중요한 인물이 우리의 작은 야영지에 오다니. 누구의 지시를 받은 거요?"

구체적으로 어떤 임무인지 언급하지 않고 넘어갈 수 있기를 바랐던 스랄은 내심 한숨을 쉬었다.

"그대가 들은 소문은 사실이오. 나는 대격변으로 망가진 아제로스를 치유하기 위해 대지고리회와 함께 혼돈의 소용돌이로 떠났소. 그런데 거기서 깨어난 여왕 이세라를 만났소. 그분은 이곳 '꿈꾸는 자의 야영지'가 곤경에 처했다고, 정령들을 위로할 주술사가 없는 곳이니 내 도움이 필요하다 하셨소."

"나더러 그 얘길 믿으란 거요?"

에리나가 반문하자, 데샤린이 말을 가로챘다.

"난 믿어."

에리나는 놀란 눈빛으로 데샤린을 돌아보았다. 데샤린은 말을 계속했다.

"스랄은 대족장이었을 때도 온건하기로 정평이 난 오크였어. 이제 대지고리회에서 일한다니, 정말로 그런 지시를 받고 왔을 만도 하잖아."

에리나가 비꼬는 투로 대꾸했다.

"용에게 지시를 받았다고? 아니, 그냥 용도 아니고 에메랄드의 꿈의 수호자인 바로 그 이세라에게 직접 지시를 받아, 둠해머를 들고 왔다 이거지?

"이세라만큼 드루이드를 걱정하는 존재가 또 누가 있겠어? 그리고 둠해머는 스랄의 소유물이 맞잖아. 안 그래? 어딜 가든 항상 지니고 다니는 것도 당연해."

그때 또 다른 나이트엘프가 다가왔다. 그는 긴 녹색 머리카락을 풀어헤치고 짧은 수염이 난 남자로, 늙직한 얼굴에 지혜로운 눈빛이 돋보였다. 그가 스랄을 찬찬히 살펴보자, 에리나가 정중하게 말했다.

"텔라론, 이곳은 당신의 야영지입니다. 우리가 할 일을 일러 주십시오. 이자는 우리의 적인 오크입니다."

텔라론이라 불린 그 엘프가 대답했다.

"허나 그는 주술사이기도 하지. 정령들의 친구라는 뜻이야. 그리고 정령들은 너무나 고통에 빠져 있어서 우리는 정령들이 우리의 친구인지 아닌지 따질 겨를이 없네. 대지고리회의 스랄이여, 그대에게 시험을 내리겠소. 따라오시오."

스랄은 텔라론을 따라 언덕으로 올라갔다. 불길이 가까워지고 있었다. 야영지 근처의 나무들에는 물을 흠뻑 끼얹어놓은 덕분에 다행히도 아직 불이 옮겨 붙지 않았지만, 커다란 고목들을 제외한 작은 수풀들은 모조리 타 없어진 상태였다.

눈앞의 광경에 스랄은 마음이 저몄다.

큰 나무들의 상당수가 손 쓸 도리가 없을 만큼 숯이 되어 있었다. 불길은 급속도로 번지며 남은 나무들마저 살라먹으려 활활 타오르고 있었다. 오그리마를 휩쓸었던 화재가 떠올랐다. 스랄은 부랴부랴 주머니에서 불의 토템을 꺼내고, 앞으로 나아가 맨발을 땅에 단단히 딛은 채 두 손을 하늘로 들어올렸다. 스랄은 눈을 감고 온 마음을 다해 정령들에게 말을 걸었다.

'불의 정령들이시여, 당신들을 괴롭히는 것이 무엇입니까? 제가 돕겠습니다. 당신이 이 진귀하고 오래된 숲을 더 이상 해치지 않아도 되도록, 살아 숨 쉬는 생명들을 따뜻하게 품어줄 수 있도록 내가 돕겠습니다.'

스랄의 말에 한 정령이 응답해왔다. 그런데 이상할 만큼 엄격한 태도가 느껴졌다. 몇 달 전 오그리마를 파괴하려 했던 불똥이 내뿜던 어두운 분노와도 비슷했지만, 이번에는 더 결연한 구석이 있었다.

'나는 해야 할 일을 하고 있을 뿐이다. 정화를 하는 것이다. 너도 알지 않느냐? 무릇 불이란 부정한 것들을 태워서 땅으로 되돌리고, 자연의 순환을 새롭게 하는 것이니. 이것은 나의 의무다, 주술사여!'

스랄은 한 대 얻어맞기라도 한 듯 움찔했지만 감은 눈을 뜨지는 않았다.

'의무라고요? 불의 정령이여, 물론 당신은 당신의 의무를 결정할 수 있습니다. 그런데 어째서 이 오래된 나무들이 정화되어야 한다고 생각하십니까? 그 나무들이 병들었습니까? 저주를 받았습니까?'

'그런 것은 아니다.'

불의 정령의 대답이 스랄의 정신으로 전해져 왔다.

'그렇다면 왜입니까? 말해주십시오. 이해하고 싶습니다.'

불의 정령은 선뜻 대답하지 않더니, 일순간 더욱 뜨겁고 밝게 타올랐다. 스랄은 그 엄청난 열기를 피해 얼굴을 돌려야 했다.

'나무들은 혼란에 빠졌다. 무언가 잘못되어 있다. 그들은 자기가 아는 게 무엇인지도 모르고 있다. 파괴되어야 한다!'

스랄은 어리둥절했다. 모든 것에 정령이 있다는 것은 그도 잘 알고 있었다. 심지어는 생명이 없는 돌이나 불에도. 그러나 지금 불의 정령이 하는 이야기는 이해할 수가 없었다.

'나무들이 무엇을 알고 있다는 것입니까?'

'잘못된 것을!'

'잘못되었다 함은, 이상이 생겼다는 뜻입니까, 아니면 그릇되었다는 뜻입니까?'

'그릇되었다는 뜻이다.'

스랄은 절박하게 고민에 빠졌다.

'그렇다면 나무들이 옳은 것을 다시 배울 수는 없습니까?'

정령과의 연결이 끊어졌다. 정령은 한참을 마구잡이로 동요하며 날뛰기만 했다. 설득이 먹히지 않는 것 같았다. 그런데 다행히도 정령은 스랄에게 다시 말을 걸었다.

'예전에는 그들도 알고 있었다. 그러니 다시 배울 수는 있을 것이다.'

'불의 정령이시여, 그렇다면 파괴하지 마십시오. 청컨대 부디 물러나 주십시오. 어둠을 밝히고, 음식을 익히고, 추위를 녹여주는 불이 되어 주시고, 이 나무들은 더 이상 해치지 말아주십시오. 그렇지 않으면 그들은 무엇이 옳은지 다시 배울 기회를 영영 잃고 말 것입니다!'

스랄은 근육이 잔뜩 경직된 채로 기다렸다. 자신의 말이 제대로 먹혀들었기를, 불이 그의 말을 따라주기만을 간절히 바랄 뿐이었다. 그러나 아무리 기다려도 아무 일도 일어나지 않았다. 불은 계속 타닥타닥 타오르며 나무들을 집어삼키고만 있었다.

그러다가 마침내 대답이 들려왔다.

'네 말이 맞다. 그들은 무엇이 진실인지 다시 배워야 한다. 누군가가 그들에게 가르쳐주어야 할 것이다. 안 그러면 불타야 한다. 불타 없어져야 한다.'

이윽고 불길이 서서히 잦아들더니 사라졌다. 스랄은 눈을 퍼뜩 뜨고 주저앉았다. 주술에 몰입했던 피로감이 한꺼번에 몰려들고 있었다. 주위에서 환호성이 들려왔고, 텔라론이 튼튼한 손으로 그를 잡고 미소를 지었다.

"잘 했소, 주술사여. 정말 잘 했소! 진심으로 감사드리오. 부디 오늘 밤은 이곳에 머물러 주시오. 그대를 마땅히 명예로운 손님으로 대접하겠소."

긴 여행과 힘겨운 주술의 여파로 녹초가 된 스랄은 그 제안을 받아들였다. 낮에는 보통 잠을 자는 나이트엘프들도 피곤하기는 마찬가지였다.

그날 밤, 스랄은 스노우송을 데리고 엘프들의 잔치에 참석했다. 나이트엘프 드루이드들, 파수꾼들과 다 같이 어울려 먹고 마시고 웃고 있으려니 놀라움을 금할 수 없었다. 예전에 나이트엘프와 타우렌 양측의 드루이드 열 명이 한 자리에 모였던 적이 있었다. 교역로 문제를 논의하기 위한 평화 회담이었는데, 정체불명의 적들에게 기습당해 모두 죽고 타우렌의 대드루이드인 하뮬 룬토템 한 명만이 살아남았다. 그 일로 얼라이언스도 호드도 격분했다. 그 습격의 배후가 가로쉬 헬스크림이라는 소문이 있었지만 증명된 바는 없었다. 아무리 가로쉬의 성정이 다혈질이라 해도 스랄은 그가 그런 짓을 벌일 리가 없다고 생각했다.

스랄은 서글픈 기분이 들었다. 만약 그 회담이 성사되었더라면, 두 진영이 이렇게 모여 앉아 노래를 부르고 옛날이야기를 나누며 밤을 보내는 일도 드물지 않았을 텐데. 모든 종족이 좀 더 화합할 수 있었을 테고, 더 나아가 힘을 합쳐 세상을 치유할 수도 있었으리라.

나이트엘프들이 별을 향해 부르는 노래와 음악처럼 귓가에 감기는 자연의 소리를 들으며, 스랄은 털가죽으로 몸을 감싸고 손을 베개 삼아 잠을 청했다. 그리고 오랜만에 깊이 잠들었다.

새벽녘에 누군가가 스랄을 부드럽게 흔들어 깨우더니, 칼도레이 특유의 음악 같은 목소리로 말했다.

"스랄. 나는 데샤린이오. 일어나시오. 보여드릴 게 있소."

숱한 전투를 거쳐온 스랄은 즉시 잠에서 깨어나 정신을 차리는 데에는 능숙했다. 그는 조용히 일어나서 데샤린을 따라갔다. 주위에 널브러져 잠들어 있는 나이트엘프들의 몸을 밟지 않으려 조심해야 했다. 데샤린은 달샘과 정자들을 지나 스랄을 숲속으로 이끌었다.

"여기 서서 조용히 귀를 기울여 보시오."

데샤린이 속삭였다. 스랄이 가만히 귀를 기울이니, 화재의 피해에서 살아남은 나무들이 움직이는 소리만이 들려왔다. 가지가 삐걱이고 잎사귀가 바스락 거리는 소리 외에는 아무것도 들리지 않았다. 스랄은 고개를 저으며 데샤린을 돌아보았다.

"아무 소리도 안 들리오만."

데샤린이 미소를 지었다.

"스랄. 바람이 없지 않소."

그제야 스랄은 깨달았다. 공기는 바람 한 점 없이 잠잠한데 나무들이 흔들리고 있었던 것이다.

"주의 깊게 보시오."

스랄은 나무들을 유심히 보았다. 나무 기둥의 옹이, 마디, 삐죽한 가지들 하나하나까지…… 그러다가 눈을 크게 떴다. 저 나무들의 정체가 무엇인지, 아니, 누구인지를 비로소 깨달았다. 이런 나무에 대해 들어본 적이야 있었지만 직접 보는 건 처음이었다.

"고대정령이로군요."

데샤린이 고개를 끄덕였다. 스랄은 경외심에 젖어 나무들을 바라보았다. 어떻게 이 사실을 이제야 발견했는지 의아하기만 했다.

"나는 단지 숲을 살리라는 말만 듣고 온 거였소. 그래서 그냥 평범한 나무들인 줄로만 알았는데……."

"아까는 그들이 잠들어 있어서 평범한 나무처럼 보였던 거요. 지금은 깨어났소. 그대 때문이오."

"나 때문에? 어째서?"

스랄은 고대정령들에서 눈을 뗄 수 없었다. 그들은 억겁의 시간을 거슬러 올라온 지혜를 품고 있는, 매우 오래된 존재였다. 고대정령들은 끊임없이 움직이고 삐걱이고 있었다. 이제 보니 꼭 무언가 말을 하고 있는 듯했다. 스랄이 그 말을 들으려고 안간힘을 쓰자, 깊고 부드러운 어조의 음성이 머리로 들어왔다.

"우리는 꿈을 꾸고 있었다. 너무 혼란스러운 꿈이어서 불이 났는데도 깨어나지 못했다. 주술사가 정령과 교감하는 오래된 의식의 소리를 듣고서야 비로소 깨어날 수 있었다. 네가 우리를 구한 것이다."

스랄은 아까 불의 정령이 한 말을 떠올리고, 그대로 옮기려 애썼다.

"불은 당신을 정화하려 한다고 말했습니다. 당신들이…… 부정해졌다고, 혼란에 빠졌다고요. 당신들은 잘못된 걸 알게 되었는데, 스스로 무엇을 알고 있는지도 모르고 있다고 불은 말했습니다. 그래서 제가 당신들이 올바른 것을 배울 수도 있지 않겠냐고 물었더니, 불은 그럴 수 있다고 수긍하고는 당신들을 태우지 않기로 결정했던 겁니다."

이제 보니 고대정령들의 나뭇가지 사이에 작은 동물들이 있었다. 마치 조그마한 용처럼 생긴 날짐승이었다. 나비처럼 현란한 색깔의 날개가 돋보였고, 머리에는 깃털 같은 더듬이가 달려 있었으며 눈이 반짝거렸다. 그중 한 마리가 이쪽으로 파닥파닥 날아오더니 데샤린의 어깨 위에 내려앉아 코를 비볐다. 데샤린이 그 작은 동물을 쓰다듬으며 설명했다.

"이 친구는 화살요정용이라 하오. 용은 아니지만, 에메랄드의 꿈을 마법으로 수호하는 존재이지요."

스랄은 문득 진실을 깨달았다. 고대정령, 화살요정용, 데샤린의 녹색 머리카락을 모두 연결 짓고 보니 알 수 있었다.

"당신은 녹색 용이군요."

스랄이 중얼거렸다. 그건 질문이 아니라 선언이었다. 데샤린은 부정하지 않고 고개를 끄덕였다.

"내 임무는 자네를 지켜보는 일이었네."

스랄은 얼굴을 찌푸렸다. 예전의 그 짜증이 또 불쑥 치솟았다.

"저를 지켜보았다고요? 이건 시험이었군요. 제가 이세라님의 기대에 잘 부응했습니까?"

"그런 게 아닐세. 자네의 능력을 평가하기 위한 것은 아니었다네. 자네가 우리를 어떤 마음으로 돕는지, 어떤 방식으로 이 문제에 접근하는지를 알아보려한 게지. 스랄, 듀로탄과 드라카의 아들이여. 자네가 또 해야 할 일이 있네. 우리는 자네가 그 일을 할 준비가 되어 있는지 확인하려고 이곳으로 부른 걸세."

고대정령들이 가지를 바스락거리며 예의 그 이상한 언어로 말을 했다.

"우리는 이 세상의 오랜 역사를 기억한다. 우리는 다른 이들이 잊어버린 지식을 오랫동안 지켜왔다. 그러나 불의 정령이 한 말대로, 무언가 잘못되었다. 우리가 가진 기억이 흐릿하고 혼란스러워지고 있다. 시간 자체에 이상이 생긴것 같다."

스랄은 불의 정령의 말을 곱씹었다.

'그들은 무엇이 진실인지 다시 배워야 한다. 누군가가 그들에게 가르쳐주어야 할 것이다. 안 그러면 불타야 한다. 불타 없어져야 한다.'

"불의 정령의 말이 이제야 이해가 되는군요. 불은 고대정령들의 기억이 잘못되었다는 걸 알고 있었던 겁니다. 하지만 기억을 다시 올바르게 돌려놓을 수도있다고 판단했던 게지요. 그렇다면 아직 희망은 있다는 뜻입니다."

데샤린이 고개를 끄덕였다.

"고대정령들의 기억에 문제가 생긴 게 분명하네. 그러나 우리와 달리, 고대정령들은 오래 산다고 해서 과거의 기억이 왜곡되지 않아. '과거 자체'가 왜곡

되지 않는 한은. 그렇다면 시간 자체에 이상이 생겼다고 볼 수밖에 없겠지.”

데샤린이 스랄을 마주보고 엄숙하면서도 들뜬 어조로 말을 이었다.

“그렇군. 그러면 자네는 시간의 동굴로 가야 하네. 거기서 무슨 일이 일어난 건지 알아보고 시간의 길을 정상으로 되돌리게.”

스랄은 아연해졌다.

“시간의 길이라니…… 그게 실제로 존재했단 말입니까? 저는 그게 그냥…….”

“엄연히 존재하지. 노즈도르무를 비롯한 청동 용군단이 관장하는 영역일세. 자네는 노즈도르무에게 찾아가 이곳의 소식을 알려야 하네.”

“제가? 그분이 어째서 저와 말을 섞으려 하겠습니까? 같은 용족이 나서는 편이 더 낫지 않겠습니까?”

과거로 돌아가서 역사를 바꾸라니, 엄두도 안 날 만큼 엄청난 일이었다. 전혀 자신이 없었다. 처음에는 시시한 잔심부름이라고만 생각했던 일이 이제는 무지막지하게 중대한 일이 되어가고 있었다.

“원한다면 내가 동행하겠네. 하지만 우리의 위상은 자네가 중요한 인물이라고 확고히 믿고 계시네. 이런 말을 불쾌하게 여기지 않았으면 하네만, 나 또한 그분이 어째서 그대를 그토록 중히 여기시는지 궁금하다네.”

데샤린은 씩 웃었다. 아주 오랜 세월을 살았을 용의 나이에 걸맞지 않을 만큼 앳되어 보이는 웃음이었다.

“적어도 자네의 피부는 녹색이니.”

스랄은 그 말에 발끈하려다가 자기도 모르게 피식 웃고 말았다.

“당신의 도움과 인도를 기꺼이 받아들이겠습니다. 그리고 이세라님이 저를 그렇게 특별히 보아주신다니 영광일 뿐입니다. 최선을 다해 임하겠습니다.”

스랄은 고대정령들을 돌아보았다.

"여러분도 최대한 도와 드리겠습니다."

고대정령들이 바스락거리더니 무언가를 땅에 떨어트렸다. 작은 물체 하나가 데굴데굴 굴러와 스랄의 발치에서 멈추자, 데샤린이 옆에서 말했다.

"자네를 위한 선물일세."

스랄이 그것을 주워 보니, 눈으로 보기엔 평범한 도토리였다. 하지만 매우 귀하고 뜻깊은 물건임이 분명했다. 스랄은 전율을 느끼며 그 도토리를 손으로 꼭 감싸 쥐었다가 주머니에 집어넣었다. 데샤린이 엄숙하게 말했다.

"잘 간직하시게. 그 도토리에는 그것을 맺은 나무의 모든 지식이 담겨 있으니. 뿐만 아니라 그 나무의 씨앗을 맺은 나무, 또 그 나무의 씨앗을 맺은 나무…… 그리고 태초의 나무까지 거슬러 올라가는 지식이 담겨 있는 걸세. 그 지식이 자라기에 적합한 땅을 골라 심도록 하시게."

스랄은 이 엄청난 선물과 임무에 압도되어 목이 메어왔다.

"그리하겠습니다."

데샤린이 동이 터오는 하늘을 올려다보았다.

"오크 친구여, 그럼 이제 시간의 동굴로 가도록 하지."

제 6 장

데샤린은 자신이 용으로 변신할 테니 그 등을 타고 가라고 권했다. 그래야 빨리 갈 수 있을 거라고. 스랄은 동의했지만, 그러자면 스노우송을 꿈꾸는 자의 야영지에 남겨두고 갈 수밖에 없었다. 텔라론은 스노우송을 잘 보살피겠다고 직접 약속했다.

"그대와 제이나 여군주의 우정은 잘 알려져 있지요. 그분을 통하면 그대의 늑대 친구는 안전히 돌려보낼 수 있을 거요. 그때까지 우리가 잘 돌볼 테니 걱정하지 마시오. 스노우송은 고귀한 짐승이니 마땅히 대우를 받아야 하오."

물론 드루이드들이라면 동물을 아주 세심하게 돌볼 테고, 제이나는 스노우송을 집으로 돌려보낼 평화로운 방법을 주선해줄 것이다. 스노우송을 맡기기에 그보다 더 적합한 사람들도 없는 셈이었다. 스랄은 스노우송의 귀 뒤를 마지막으로 긁어주고, 이미 용의 몸으로 변신한 데샤린의 곁으로 다가갔다.

"저를 태워주시다니 실로 영광입니다."

스랄이 그 녹색 용에게 말했다.

"이세라님의 지령을 받은 자네를 도울 수 있으니 오히려 내가 영광이지. 무서워하지 말게나. 신속하고도 안전하게 태워드릴 터이니. 내 말은 믿어도 좋네. 우리의 위상을 실망시키느니 차라리 죽는 게 나아."

"그분이 노하실 땐 무서운가요?"

"일단 화를 내시면 그렇지. 그분은 위상이고, 위상께서 휘두르시는 힘은 엄청나니까. 그러나 그분의 마음은 상냥하다네. 우리는 두려움이 아니라 사랑으로 그분을 모시고 있어. 그분에게 슬픔을 안겨드리게 되면 나는 견딜 수 없을 걸세."

한 마디 한 마디에 존경과 경애가 묻어났다. 이세라가 자기 용군단에 불러일으키는 깊은 충성심에 스랄은 감동하지 않을 수 없었다. 이번 모험은 퍽 기이하기는 해도 수락하기를 정말 잘했다는 생각이 들었다.

스랄은 거대한 용의 등 위에 천천히 올라탔다. 그러자 데샤린은 스랄이 이제껏 타본 그 어떤 동물보다 가뿐하게 공중으로 날아올랐다.

데샤린에게서 뿜어나오는 마력과 힘에 숨이 막혀올 정도였다. 그는 지극히 손쉽게 하늘로 날아오르고 있었고, 힘차게 퍼덕이는 날갯짓에 시원한 바람이 불어와 스랄의 살갗을 스쳤다. 마침내 숨통이 트이자 스랄은 소리 내 웃고 싶어졌다. 이전에는 날 수 있는 짐승을 타고 다녔다면, 지금은 스스로가 날 수 있게 된 기분이었다.

"당신에 대해 좀 더 이야기해줄 수 있겠소? 다른 용들에 대해서도요. 들은 바가 없지는 않지만, 어디까지가 신화이고 어디부터가 사실인지 잘 알지 못합니다."

데샤린이 깊고 온화한 음성으로 웃었다.

"내 친구 스랄이여, 당연히 말해주겠네. 하지만 나도 에메랄드의 꿈속에 있다가 얼마 전에야 깨어난 참이라, 최근의 역사만 알려줄 수밖에 없겠어. 그래도 아는 건 최대한 이야기해주겠네. 한 가지만은 분명해. 위상들은 필멸자들의 일에 거의 관여하지 않는다는 것. 위상이 아닌 용들은? 상당수가 필멸자들에게 호기심이 있다네. 오만하게도 '하등한 종족'이라 부르기는 하지만. 때로는 자네들과 같은 몸으로 변신하는 걸 즐기기도 하지."

"당신이 칼도레이의 몸으로 변신하듯이 말이죠?"

"그렇지. 칼도레이뿐 아니라 어떤 모습이든 될 수 있긴 하네만, 개개의 용마다 각자 선호하는 형체가 있다네. 그런데 각 용군단에 따라서도 많이 취하는 형체가 또 다르네. 예컨대 우리 녹색 용은 칼도레이를 선호하는 경향이 있어. 오랫동안 우리와 꿈을 공유해온 대드루이드 말퓨리온 스톰레이지와의 관계 때문이지."

스랄은 고개를 끄덕였다.

"그리고 붉은 용들은 신도레이로, 푸른 용들은 인간으로 즐겨 변하는 것 같더구먼. 청동 용군단은 그들이 하는 일의 특성상 다양한 형태로 변하곤 하지만, 그중에서도 선호하는 쪽은…… 노움인 것 같네."

스랄이 웃었다.

"그분들은 용의 어마어마한 몸과는 반대로 조그맣고 무해해 보이는 형체로 변하는 게 재미있는가봅니다."

"그럴지도. 만나거든 직접 물어보시게나."

"글쎄요…… 그러지 않는 게 좋을 것 같습니다."

"현명하시구면."

"살면서 나름대로 처세술을 터득했지요. 흠, 그러면……."

스랄은 어깨를 으쓱했다.

"뭐라고 표현해야 하나…… 용들이 필멸자들의 어떤 사회적인 권한을 취하는 경우도 있습니까?"

"보통은 그러지 않네. 데스윙과 그 딸 오닉시아는 그렇게 했지만."

데샤린이 으르렁거리고는 말을 이었다.

"그리고 크라서스는…… 키린 토의 강력한 일원이기도 했네. 이제는 아니지만."

"이제는 아니라니요?"

"그는 이 세상을 떠났네."

데샤린은 그 이상 아무 말도 하지 않았다. 복잡한 문제인 모양이었다. 스랄은 화제를 바꾸기로 했다.

"다섯 용군단 외에 다른 종류의 용들도 있다고 들었습니다."

"그렇네. 모두 검은 용군단을 섬기고 있고, 따라서 우리의 적이네. 예컨대 데스윙의 아들인 네파리안은 오색 용이라는 새로운 용족을 창조했네. 마법 실험을 통해 다섯 용군단의 특질을 모두 결합한 용을 만들려 한 거야. 다행히도 그렇게 태어난 새끼들은 대개 기형이거나 일찍 죽어서 하나도 살아남지 못했지. 그리고 비슷하게 창조된 황혼의 용군단도 있는데, 그쪽은 시네스트라가 고대 용의 유물과 황천 용들의 힘을 결합하는 방식으로 만들어냈네. 그쪽은 오색 용보다 안정적이고 오래 사는데다가…… 안개처럼 무형으로 변하는 능력도 있다네."

"강력한 적이로군요."

"실로 그렇네. 검은 용군단이 조종하기에 더더욱."

어느덧 페랄라스의 짙은 녹음이 멀어지고 드넓은 수면이 펼쳐졌다. 버섯구름 봉우리였다. 스랄은 수면 위로 작은 섬처럼 올라와 있는 버섯구름 봉우리들의 뾰족한 꼭대기를 내려다보며 고개를 설레설레 내저었다. 세상이 급변했다는 게 새삼 실감이 되었다. 이곳이 침수되었다는 소식을 듣기는 했지만, 이렇게 공중에서 그곳을 내려다보니…… 대지고리회의 주술사들도 이 광경을 보았을지 궁금해졌다. 아직 못 보았다면 꼭 봐야 한다는 생각이 들었다.

데샤린은 타나리스의 사막 상공으로 날아갔다. 삐죽삐죽한 이빨 같은 날카로운 바위들, 높게 치솟은 언덕들, 그리고 기이한 건축물들이 무너지고 남은 폐허가 보였다. 거기엔 기울어진 탑, 부서진 돔, 오크의 오두막처럼 생긴 건물, 그리고…… 찢어진 돛 같은 게 있었다.

위를 올려다보니 스랄의 머리 위로 청동 용 두 마리가 날아다니고 있었다. 데샤린이 엄숙하게 말했다.

"이곳은 시간의 동굴 앞마당일세. 여기서부터는 걸어가야 하네. 우리가 어떤 용건으로 왔는지 청동 용들이 알고 싶어 할 거야."

"응당 그렇겠지요."

데샤린이 땅으로 하강했다. 착지했을 때 스랄이 내리려 하자, 데샤린은 제지했다.

"그대로 있게. 그 짧은 다리로 굳이 고생할 필요는 없잖은가."

데샤린은 스랄을 태운 채로 부드러운 모래밭을 밟으며, 저 앞에 보이는 건물의 아치형 입구를 향해 걸어갔다. 돔이 씌워진 그 건물은 삐죽삐죽한 바위 속에 반쯤 박혀 있는 형상이었다. 그때 하늘에서 선회하던 청동 용들 중 하나가 내려오더니 성난 목소리로 말했다.

"녹색 용, 이곳은 그대의 영역이 아니다. 어서 가라. 그대는 이곳에서 볼 일이 없다."

"내 청동 형제여. 나는 우리 위상의 지시로 이곳에 왔소."

데샤린이 정중하게 말하자, 청동 용은 눈을 가늘게 뜨더니 데샤린의 등에 올라탄 스랄을 흘끔 돌아보았다. 그는 살짝 놀란 듯싶더니 데샤린에게 주의를 돌리고는 약간 누그러진 투로 말했다.

"이세라님을 대신해 왔다고 했소? 나는 시간의 동굴 문지기인 크로날리스라 하오. 왜 왔는지 이야기해보시오. 들여보내줄 수도 있으니."

"내 이름은 데샤린이라 하고, 이 오크를 도우려고 같이 왔소. 이쪽은 호드의 전대 대족장이자 현재 대지고리회의 일원인 스랄이오. 깨어난 여왕 이세라께서는 스랄이 노즈도르무님을 찾아 대화해야 한다고 생각하시오."

"아, 스랄은 나도 알지."

크로날리스가 피식 웃고는 스랄을 마주보았다.

"내가 알기로, 너는 필멸자치고는 그리 하찮은 존재가 아니라 들었다. 하지만 아무리 그래도 네가 노즈도르무님을 찾을 수 있을 것 같지는 않군. 그분 휘하의 용군단인 우리도 그분을 못 찾는데 말이다."

스랄은 호드의 대족장이었던 자신이 청동 용군단에게 알려져 있다는 사실이 놀랍지는 않았다. 다만 노즈도르무가 행방불명이라는 말에는 놀라지 않을 수 없었다.

"스랄은 우리가 하지 못하는 일을 할 수도 있소."

데샤린이 싹싹하게 말하자, 크로날리스는 호기심 어린 투로 스랄에게 물었다.

"깨어난 여왕 이세라를 직접 만났느냐?"

스랄은 고개를 끄덕이고 이세라와 만난 일을 이야기했다. 자신을 실제보다 더 낮게 포장하지는 않았다. 자신이 그 임무를 사소하다고 여겼다는 것까지도 정직히 털어놓고, 그 숲이 고대정령들의 거처였으며 이세라가 맡긴 일은 매우 중요한 임무였다는 것을 나중에야 깨달았노라고 말했다. 또한 숲을 해치지 말아달라는 간청에 불의 정령이 어떻게 응답했는지도 이야기했다. 크로날리스는 열심히 들으면서 고개를 끄덕였다.

"다른 이들이 찾지 못하는 노즈도르무님을 제가 어떻게 찾을 수 있을지는 모릅니다. 하지만 최선을 다하겠다고 약속드릴 수 있습니다."

스랄은 무뚝뚝하게 말을 맺었다. 크로날리스는 생각에 잠겼다.

"우리는 원래도 시간의 길을 지키는 일을 도와줄 외부인들을 이 동굴로 들이곤 했으니, 새삼스러운 일은 아니다. 헌데…… 이건 참 공교롭군. 아무튼 나를 따라와라. 데샤린, 그대도 동행하고 싶거든 같이 오시오."

"공교롭다니요?"

스랄은 거대한 용 두 마리를 따라 모래가 깔린 보도를 걸어가면서 물었다. 그 길은 비스듬한 건물들 중 하나로 들어가는 진입로인 줄 알았는데, 이제 보니 산의 동굴 속으로 이어지는 길이었다. 크로날리스가 스랄을 돌아보고 말했다.

"청동 용군단과 시간의 지배자 노즈도르무의 임무는 시간의 길을 정상으로 지키는 것이다. 시간의 길이 훼손되거나 왜곡되면 네가 아는 이 세상은 존재할 수 없게 되기 때문이다. 아까 말했듯이, 참된 시간의 길을 복구하는 데에 필멸자들의 힘이 도움이 될 때도 있다. 그런데…… 최근에 시간의 길이 습격을 받았다. 무한의 용군단이라는 정체불명의 무리에게. 목적은 아직 모르지만, 무한의 용군단은 여러 시간의 길을 오염시켜 역사를 바꾸려 하고 있다. 그들이 바꾸려 한 사건들 중 하나는, 바로 네가 던홀드 요새에서 탈출한 사건이었다."

스랄은 크로날리스를 쳐다보았다.

"뭐라고요?"

"네가 던홀드에서 탈출하지 못했다면 이 세상은 지금과 달라졌을 것이다. 너는 동족을 수용소에서 해방시키지 못했을 테고, 호드를 세우지도 못했겠지.

불타는 군단에 맞서 싸우는 일에 일조하지도 못했겠지. 그랬다면 아제로스는 파괴되었을 게다."

그 이야기에 데샤린은 스랄을 생경한 눈빛으로 바라보았다.

"흠, 위상께서 자네를 중요하게 여기시는 것도 당연하군요."

스랄은 머리를 흔들었다.

"그렇게 말씀하시니 저 자신에 대해 더 생각하게 되기는 합니다만, 그래도…… 부끄러울 따름입니다. 부디…… 시간의 길을 지키려 싸우는 이들에게 저를 도와주어서 고맙다고 전해주십시오. 그리고……."

스랄은 작은 목소리로 말을 이었다.

"혹시 타레사를 보게 된다면 잘 대해 달라고도요."

"그들이 타레사를 만난다면, 그리고 모든 게 잘 풀린다면, 너는 예전 그대로 타레사와 헤어질 것이다."

그들은 산의 내부로 깊이 들어갔다. 스랄은 정신이 말짱한데도 예전에 영계 탐색{vision quest: 단식하고 자연으로 나가서 정령들과 교류를 구하는 의식. 본래 북미 원주민 부족에서 남자들이 행하던 통과 의례다. - 역주}을 치르기 위한 약물을 마셨을 때처럼 눈앞이 어찔어찔해졌다. 동굴의 석벽 속에 반쯤 박혀 있는 집이 있는가 하면, 또 다른 집은 이상한 각도로 기울어져 있었고, 그 위의 하늘은 기이한 보랏빛과 자줏빛으로 일렁이는 에너지의 띠로 물들어 있었다. 애초에 산 속의 동굴에서 하늘이 보인다는 것부터가 이상한 일이었다. 아무것도 받치지 않은 채 우뚝 치솟아 있는 기둥들도 보였고, 물도 햇빛도 없는데 무성하게 자라난 나무들도 있었다. 더 걷다 보니 묘지도 보였다. 스랄은 거기에 누가 묻혔는지 궁금했지만 묻지 않기로 했다. 또 한 곳에는 다양한 모양의 돌들이 둥둥 떠 있었고, 배와 오크식 탑 같은 것도 보였다.

동굴 안에는 청동 용으로 추정되는 존재들이 거닐고 있었고, 뿐만 아니라 아제로스의 거의 모든 종족의 어른과 아이들이 이곳에 있었다. 다리가 여섯 개인 황금 비늘의 용혈족이 침입자를 대비해 순찰을 도는 모습도 보였다. 그 위에서는 본래의 모습을 한 청동 용들이 조용히 날개를 움직이고 있었다.

스랄은 문득 뒤를 돌아보았다가, 용들이 모래밭을 밟고 지나온 발자국이 몇 초 뒤면 사라진다는 걸 깨달았다.

"이건 평범한 모래가 아니다. 이곳에서는 너의 흔적이 전혀 남지 않는다. 저기를 봐라."

크로날리스가 가리킨 곳을 본 스랄의 눈이 휘둥그레졌다.

공중에 웬 모래시계가 떠 있었다. 보통의 모래시계가 아니라, 고블린 또는 노움이나 만들 수 있을 법한 정교한 기계 장치였다. 시계 위에 설치된 모래통 세 개가 끊임없이 시계에 모래를 쏟아 넣고 있었다. 그리고 그 밑의 모래통 세 개는, 모래를 '위로' 쏟아 올리고 있었다.

시계는 구불구불한 모양의 틀로 휘감겨 있었지만 틀과 시계가 닿지는 않았다. 시계는 천천히 회전하면서 모래를 위 아래로 흘려보내고 있었다. 이제 보니 그 모래는 시간의 모래인 것 같았다.

"세상에, 이건 정말……."

스랄은 적당한 표현을 찾지 못하고 경이로움에 머리를 흔들기만 했다. 그러자 데샤린이 스랄에게 내리라는 듯 멈춰 섰다. 스랄이 땅으로 미끄러져 내려가자, 데샤린은 엘프의 몸으로 변신해 스랄의 어깨에 손을 얹었다.

"용이 아닌 존재들은 이해하기 어려운 물건이지. 심지어 용들이라 해도, 청동 용이 아니라면 그 구조를 완전히 파악하진 못하네. 그래도 걱정 말게. 자네의 임무는 시간의 길을 이해하는 것이 아니니."

스랄은 약간 비꼬듯이 대답했다.

"그렇죠. 저는 그냥 시간의 지배자를 찾기만 하면 되는 거죠. 시간의 길을 완벽히 이해하고, 아무도 행방을 찾지 못하는 그분 말입니다."

"바로 그걸세."

데샤린이 스랄의 등을 가볍게 치고 소리 내 웃었다. 스랄은 빙긋 웃었다. 이 녹색 용에게는 썩 호감이 갔다. 별나고 엉뚱한 이세라, 냉담한 크로날리스에 비하면 데샤린은 무척 소탈한 성격인 것 같았다.

"이제부터 어떻게 할 생각이오?"

크로날리스의 질문에 스랄은 데샤린을 돌아보았다. 데샤린이 말했다.

"일단은 적응할 시간이 좀 필요할 것 같소. 마음이 안정이 되어야만 냉철하게 행동할 수 있는 법인데, 스랄은 지금 보이는 광경에 압도된 것 같으니 말이오. 충분히 그럴 만도 하고요."

크로날리스가 금빛 머리를 숙였다.

"그러도록 하시오. 어디든 마음대로 둘러봐도 좋지만, 시간의 길만은 들어가서는 안되오. 그랬다가는 파멸하고 말 거요. 그 어떤 상황에서도 우리 청동 용과 상의 없이 들어가지 않도록 하시오. 그 이유는 설명하지 않아도 알겠지."

스랄은 고개를 끄덕였다.

"이해합니다. 크로날리스여, 저를 받아주어서 감사합니다. 최선을 다해 돕겠습니다."

"네 말을 믿는다."

크로날리스가 공중으로 뛰어오르더니, 순식간에 흐릿해지며 사라졌다.

"이 무슨……?"

스랄은 데샤린에게 물으려다가 말고 스스로 상황을 이해했다. 크로날리스는 시간의 주인이기에, 시간을 빨리 흐르게 해서 자기 주둔지로 돌아간 것이다. 스랄은 경탄해 마지않았다.

스랄과 데샤린은 주위에 보이는 청동 용들을 지나 걸어갔다. 그들은 각자의 일을 하느라 바쁜 것 같았다. 심지어 아이들조차도. 하지만 저마다 더할 나위 없이 진중한 표정과 태도로 자기 역할에 임하는 걸 보면, 진짜 철없는 어린 아이라 할 만한 용은 없어 보였다. 그리고 여기저기에 상록수들이 서 있었다. 모래에 뿌리를 내린 상록수들은 괴이했지만, 괴이한 것은 그 외에도 많았으므로 스랄은 그저 어깨를 으쓱하고 그러려니 넘어갔다. 나무들이 풍기는 산뜻하고 청량한 솔향이 코끝을 스치자 불현듯 스랄은 던홀드에서 자라던 유년 시절로 돌아간 기분이 들었다. 훈련을 받기 위해 요새 밖으로 풀려날 때면 꼭 이런 소나무 냄새를 맡을 수 있었기 때문이다. 냄새란 얼마나 강력하게 옛 기억을 되살리는지, 생각하면 할수록 신기하기만 했다. 좋은 기억도 나쁜 기억도 줄줄이 떠올랐다. 스랄을 돕기 위해 모든 걸 희생한 여자, 술에 취하면 스랄을 죽기 직전까지 두들겨 팼던 주인…… 스랄은 내내 그렇게 살다가 언덕마루에서야 처음으로 같은 오크를 만났고, 자기 동족을 괴물이라고 생각했었다.

"들떠 있는 것 같구먼. 단지 이곳의 광경 때문만은 아닌 것 같은데."

데샤린이 조용히 말을 걸었다. 스랄은 부정할 수 없었다.

"유년 시절을 추억하고 있었습니다. 그리 즐거운 기억은 아닙니다만."

"그랬군. 내 친구 스랄이여, 이제 시간의 길을 탐사하기 전에 잡념을 없애고 명상할 곳을 찾아보도록 하세. 청동 용들과는 달리 우리에게 과거는 과거일 뿐, 현재에 지나친 짐이 되어서는 안 되네. 구태여 심란한 생각에 잠기지 않아도 이미 곤란한 문제가 많지 않은가."

그들은 한동안 말없이 걸었다. 그러다가 데샤린이 한 지점에서 멈춰 섰다.

"이 정도면 조용해 보이는군. 방해될 만한 게 없는 듯해."

데샤린은 우뚝 치솟은 나무들 중 한 그루의 밑에 앉아서 두 손을 무릎 위에 올렸다. 스랄도 그와 나란히 앉아 똑같은 자세를 취했다.

스랄은 긴장했다. 이곳에서 보고 들은 것이나 과거의 기억 때문만이 아니라, 얼마 전 명상에 잠기려다가 무참히 실패했던 일이 마음에 걸렸기 때문이었다. 데샤린도 스랄의 불안함을 알아차린 듯했다.

"자네는 경험이 많은 주술사가 아닌가. 명상은 충분히 익숙할 텐데, 어째서 그리 어려워하는가?"

"그럼 당신은 녹색 용이니 깨어 있는 것보다 잠자는 데에 더 익숙하겠군요."

스랄이 쏘아붙였다. 데샤린은 불쾌한 기색 없이 그저 긴 머리카락을 쓸어 넘기고는, 이내 눈을 감고 심호흡을 했다.

정신을 가다듬으려 애쓰다 보니, 어느 순간부터 스랄은 자기도 모르게 데샤린과 똑같이 심호흡을 하고 있었다. 데샤린의 말대로 명상은 스랄에게 정말로 익숙했던 것이다. 그는 잠시 데샤린을 바라보며 딴생각에 빠졌다. 최근에 일어난 일들이 하나하나 떠올랐다. 호드의 대족장 자리를 떠난 것, 나그란드로 가서 아그라를 만난 것, 케른의 죽음, 세상을 뒤집어엎은 대격변, 주술에 좀처럼 집중하지 못하고 짜증만 냈던 자기 자신, 이세라가 내린 임무와 고대정령들과의 만남…… 그리고 지금 그의 앞에 앉아 있는 데샤린. 그 녹색 용은 그야말로 명상 중인 나이트엘프처럼만 보였다.

이곳은 너무 강렬하고 압도적이었다. 눈을 감고 자기 내부를 탐사하기보다는, 이 시간의 동굴을 구석구석 탐사하고 싶어서 좀이 쑤셨다. 하지만 조급해하지 않아도 얼마 뒤면 실컷 탐사하게 될 테고, 그렇게 중요한 임무를 시작하기 전에 최대한 마음의 준비를 해둬야 했다. 스랄은 마지못해 눈을 감고 차분히 숨을 들이쉬고 내쉬었다.

그때 칼날이 공기를 붕 가르는 선뜩한 소리가 들렸다.

너무나 순식간에 일어난 일이었다. 스랄이 퍼뜩 눈을 떴을 땐, 데샤린의 머리가 이미 잘려나간 뒤였다.

스랄은 즉시 옆으로 굴러서 벌떡 일어섰다. 새로 사귄 친구의 시체에는 눈길도 주지 않았다. 데샤린은 죽었다. 조심하지 않으면 스랄도 똑같이 죽게 될 터였다. 그래서 스랄은 눈앞에 나타난 적만을 똑바로 응시하면서 둠해머를 움켜쥐었다. 그 적은 오크만큼은 아니지만 체격이 꽤 컸고, 검은색의 판금 갑옷을 입고 있었다. 팔꿈치, 어깨, 무릎에서 뾰족한 징이 솟아 있었고, 건틀릿을 낀 손에는 빛이 번뜩이는 커다란 양날검을 들고 있었다.

스랄은 적의 복부를 겨냥하고 능숙한 손놀림으로 둠해머를 휘둘렀다. 그런데 저 싸구려 양철 같은 갑옷에 맞아야 할 둠해머는 텅 빈 공기만 갈랐을 뿐이었다.

적은 겨우 손가락 하나 정도의 거리만 남겨두고 둠해머를 슬쩍 피했다. 스랄은 너무 놀란 나머지 휘두르던 동작을 멈추고 연속 공격을 준비하는 데에 약간 지체하고 말았다. 다시 공격하려 했을 땐 적이 이미 거대한 양날검을 들고서 달려들고 있었다. 번쩍번쩍 빛나는 그 날을 보니 마법을 걸어놓은 검인 것 같았다. 적은 그렇게 무거운 갑옷을 입고서도 믿을 수 없을 만큼 민첩하게 반격해왔다. 스랄은 더럭 겁이 났다. 이 적은 대체 누구인가? 사납고, 빠르고, 강한…….

스랄은 자신이 휘두른 둠해머의 원심력을 따라 움직여서 본능적으로 적을 피했다. 그리고 한 손을 들어 올려 강력한 돌풍을 불러와 적에게 날려보냈다. 돌풍에 휘말려 휘청거리는 적의 모습을 보니, 갑옷의 크기나 형태로 보아서 종족은 인간인 것 같았다. 스랄은 공기의 정령에게 다시 부탁해 모래 한 줌을 적의 얼굴로 날려보냈다. 적은 투구를 눌러쓰고 있었지만, 모래가 그의 눈에 들어가는 걸 완전히 막을 수는 없었다. 일시적으로 시력을 잃은 적은 분노와 고통에 찬 고함을 내뱉으며 검을 들어 올려 얼굴을 가리려 했다.

그 양날검은 자기 주인과 똑같이 화가 난 듯 붉은빛을 뿜으며 고동치더니, 스랄을 향해 저절로 겨누어졌다.

스랄은 눈앞의 적이 날렵하고 강할 뿐만 아니라, 그 적이 쓰는 무기 또한 둠해머만큼이나 특별하다는 것을 깨달았다.

데샤린은 적의 기척을 알아차리지도 못하고 살해당했다. 터무니없는 일이었다. 적은 대체 어떤 방법으로 자기 존재를 숨겼기에, 녹색 용도 호드의 전대 대족장도 모르도록 접근할 수 있었단 말인가? 다른 청동 용들은 대체 어디에 있나? 스랄은 청동 용들을 불러볼까 생각했지만 너무 멀리 있어서 들리지 않을 것 같았다. 간섭을 받지 않고 명상을 하려고 일부러 외딴 곳까지 찾아왔으니까. 지금 돌이켜보면 어리석은 선택이었다.

'땅의 정령이시여, 저를 도와주시겠습니까?'

스랄이 요청하자, 검은 갑옷을 입은 사내의 발 밑 땅이 푹 내려앉았다. 적은 무릎을 꿇고 주저앉고는, 이전의 우아하고 위력적인 몸놀림이 무색할 만큼 볼썽사납게 버둥거리며 일어서려 안간힘을 썼다. 스랄은 그 틈을 놓치지 않고 으르렁거리며 둠해머를 들어 올려 힘껏 내리쳤다.

그런데 적이 검으로 둠해머를 막았다. 깡 소리가 울려 퍼지고, 마법의 기운이 치직거리며 검신을 타고 흘렀다. 적이 스랄을 세차게 떠밀자, 스랄은 거인의 손에 집어던져진 듯이 뒤로 휙 날아가고 말았다.

적은 일어서서 스랄에게 다가왔다. 그리고 빛나는 검을 들어 올려 내리꽂았다.

스랄은 옆으로 몸을 굴렸지만 조금 늦었다. 몸통을 꿰뚫리는 건 간신히 면했지만 옆구리가 살짝 베이고 말았다. 스랄은 펄쩍 뛰어 일어섰다.

그때 그들의 위로 거대한 그림자가 드리워지더니, 뭐가 어떻게 되고 있는 건지 파악할 새도 없이 커다란 발톱이 스랄을 휙 낚아챘다. 용이 구하러 온 것이다. 좀 거칠게 구하기는 했지만.

"침입자는 우리가 상대한다! 너는 노즈도르무님을 찾아라!"

용이 소리쳤다. 그 용은 스랄을 들고 시간의 길로 이어지는 입구로 향하고 있었다. 정확히 어떤 시간으로 통하는 길인지는 알 도리가 없었다. 빙글빙글 어지럽게 휘도는 입구만이 보일 뿐.

스랄이 뭐라 한마디 하거나 숨을 제대로 들이쉴 틈도 없이, 청동 용은 다짜고짜 스랄을 입구로 던져 넣었다. 스랄은 시간의 길 속으로 사라지기 직전에 밖에서 소리치는 적의 목소리를 들을 수 있었다. 이상할 만큼 귀에 익은 목소리였다.

"스랄, 그렇게 호락호락 빠져나가진 못할 거다! 오랫동안 거기에 숨어 있진 못할 테고, 일단 나오기만 하면 나는 널 찾아낼 거야! 반드시 널 찾아서 죽일 거다! 내 말 들리나?!"

제 7 장

스랄은 힘껏 달렸지만 모래밭에 발이 푹푹 꺼져서 속도가 더뎠다. 그런데 갑자기 모래밭이 끝나고 단단한 땅과 풀밭이 나왔다. 위를 올려다보니, 시간의 동굴 속의 기이한 하늘이 아니라 별이 총총 빛나는 밤하늘과 소나무 숲이 펼쳐져 있었다. 스랄은 멈춰 서서 주위를 둘러보았다.

익숙한 소나무 향기와 흙 내음이 났다. 안개가 깔린 서늘한 공기 때문에 냄새가 더욱 짙게 느껴졌다. 몇 미터 너머에 개울이 흐르고 있었고, 지나가는 여우의 하얀 꼬리도 언뜻 보였다. 스랄은 정확히 이 장소에는 와본 적이 없었지만, 이 지역이 어디인지는 알 수 있었다. 여기서 나고 자랐으니까.

이곳은 동부 왕국의 언덕마루 구릉지였다. 시간대가 언제인지는 알 수 없지만.

그랬다. 스랄은 지금 시간 여행을 하고 있는 것이다. 얼마 전까지만 해도 가능할 거라고는 생각지도 못했던, 극소수만이 겪어 보았을 바로 그 체험을.

그래서, 이곳은 언제일까?

불현듯 아찔해졌다. 스랄은 나무에 털썩 기대서서 둠해머를 땅에 떨어트렸다. 데샤린의 급작스러운 죽음과 불가사의한 적과의 싸움에 너무 정신이 팔린 나머지, 자신이 얼마나 엄청난 상황에 처했는지 미처 실감하지 못했었다.

옆구리의 상처에 통증이 일었다. 스랄은 한 손을 옆구리에 얹고 정령에게 치유를 요청했다. 그러자 손에서 부드러운 빛과 온기가 돌면서 벌어진 상처가 스르르 붙었다. 스랄은 피에 젖은 로브를 벗어서 시냇물로 씻은 다음 둘둘 말아서 가방에 집어넣었다. 그리고 깨끗한 로브를 꺼내 걸치는데, 어딘가에서 여러 명이 두런거리는 목소리가 들려왔다.

오크들의 목소리였다.

스랄은 빨아놓은 로브를 도로 꺼내 둠해머를 재빨리 감싸서 가방 안에 쑤셔넣었다. 둠해머는 누구나 쉽게 알아보는 물건이라 이곳 오크들의 눈에 띄면 위험했기 때문이다. 스랄은 오크들과 마주치면 뭐라고 변명할지 머리를 쥐어짜는 동시에 그 오크들의 정체를 파악하려 애썼다. 이윽고 오크들 중 한 명이 들고 있는 깃발이 눈에 띄었다. 붉은 배경에 검은 산 모양이 새겨진 깃발이었다.

둠해머를 보이지 않게 숨겨둬서 천만다행이었다. 그 오크들은 검은바위 부족이었다. 지금이 역사상 어느 시간대인지에 따라 그 부족이 어떤 상태인지도 다르겠지만, 스랄은 대부분의 검은바위 부족민들을 존경하지 않았다. 횡포한 족장 블랙핸드도, 그 아들 렌드와 마임도.

그러나 검은바위 부족 출신 중에서 훌륭한 오크도 한 명 있었으니, 그가 바로 오그림 둠해머였다. 죽은 스승이자 친구를 떠올린 스랄은 가슴이 설레었다. 혹시 오그림 둠해머가 살아 있는 시절로 돌아온 게 아닐까. 어린 시절 그와 처음 만났던 순간이 기억났다. 오그림은 평범한 여행자인 척 변장하고 스랄에게 싸움을 걸었고, 스랄에게서 정직하고 선량한 오크의 분노를 이끌어내 자신을 공격하도록 유도했으며, 스랄이 자신을 이기자 진심으로 기뻐했다. 스랄에게 오크식 전술을 가르쳐준 스승도 그였고, 임종의 순간에 자신의 유명한 갑옷과 둠해머를 물려주며 스랄을 호드의 대족장으로 임명한 오크도 그였다.

오그림. 스랄은 문득 그 위대한 오크를 다시 만나고 싶다는 열망에 사로잡혔다. 지금 이곳에서는 가능할지도 모른다.

검은바위 오크 하나가 스랄에게 다가와 도끼를 뽑아들었다.

"너는 누구냐?"

"스…… 스라카쉬라고 한다."

스랄은 재빨리 얼버무렸다. 이 시간대에 이런 장소에서 주술사라고 소개할 수는 없었다. 어떻게 그럴 수 있겠는가?

"흑마법사다."

경비병이 스랄을 위아래로 훑어보았다.

"옷 입는 취향 한번 특이하군. 해골과 자수 천은 어디 갔지?"

스랄은 꼿꼿하게 서서 위협적인 태도로 경비병에게 다가섰다.

"우리가 어둠 속에서 일하는 목적은 애초에 남들의 눈에 띄지 않기 위한 것이다. 나를 믿어라. 검은 옷과 뼈다귀로 자기가 위험한 인물이라고 자랑하고 다니는 건 약한 놈들이나 하는 짓이다. 진짜 흑마법사들은 스스로 무엇을 할 수 있는지 잘 알기에 과시하지도 않는다."

경비병은 한 걸음 물러서더니 주위를 둘러보았다.

"너는…… 우리의 이번 작전을 도우러 파견된 건가?"

그 목소리에는 어쩐지 날이 서 있었다. 스랄은 내심 꺼림칙했지만, 의심을 불식시키는 것이 우선이었으므로 일단 수긍했다.

"물론이다. 그렇지 않다면 내가 왜 여기 있겠는가?"

"이상하군. 흑마법사를 보내다니."

경비병이 눈을 가늘게 떴다. 스랄이 그의 주도면밀한 시선을 태연히 받아내자, 경비병은 어깨를 으쓱했다.

"뭐, 좋아. 내 임무는 질문을 하는 게 아니라 명령을 수행하는 거니까. 내 이름은 그루카다. 작전에 들어가기 전에 처리해야 할 일들이 좀 있다. 막사 근처의 불가로 데려다주마. 오늘 밤은 꽤 추우니."

"고맙다, 그루카."

스랄은 그루카를 따라 구릉지를 걸어갔다. 붉은색과 검은색의 작은 천막이 보였다. 천막의 입구는 여며져 있었고, 그 양편에 오크 둘이 보초를 서고 있었다. 그들은 호기심 어린 시선으로 스랄을 쳐다보았지만, 그루카가 그랬듯이 얼마 못 가 흥미를 잃었다.

"여기서 기다려라. 금방 돌아오겠다."

그루카가 조용히 말했다. 스랄은 고개를 끄덕이고 근처에 있는 모닥불 쪽으로 다가갔다. 다른 경비병 몇 명이 그 앞에 모여 앉아서 손으로 불을 쬐고 있었다. 스랄은 그들의 행동을 따라하면서 최대한 주의를 덜 끌려 노력했다. 그러고 있으려니 천막 안에 있는 오크들이 이야기를 나누는 소리가 들려왔다.

지금은 한 명만 말을 하고 있었다. 다 알아들을 수는 없었지만 굴단에 대한 이야기인 것 같았다. 스랄은 유심히 귀를 기울였다. 굴단은 오크들을 배신한 자였다. 그는 혼자 강해지겠다는 욕심으로 악마들과 동맹을 맺고 어둠의 의회를 만들어 자기 부족의 기반을 해쳤다. 최악의 만행은 드레노어의 최고위 오크들에게 악마의 피를 마시게 한 일이었다. 그 후유증이 오래도록 오크들을 따라다니며 괴롭혔다. 피를 마시지 않은 오크들조차도 가면 갈수록 살육을 갈구하게 되었고 피부는 녹색으로 변해버렸다. 그 피의 주인인 악마 만노로스를 스랄의 친구인 그롬 헬스크림이 죽이고 나서야 오크들은 해방될 수 있었다.

그러나 지금 이 시점은 그때보다 한참 더 전의 과거였다. 굴단이 배신한 지

얼마 안 된 때일 것이다. 상황을 보아하니, 누군가가 오그림 둠해머에게 굴단을 타도하라고 설득하고 있는 것 같았다.

천막 안에서 엄숙한 어조로 이어지던 이야기가 마침내 끝났다. 그리고 한동안 침묵이 흘렀다.

이윽고 스랄은 두 번 다시 들을 수 없으리라 생각했던 목소리를 들었다. 스랄의 기억보다 더 높고 앳된 음성이었지만, 듣자마자 바로 알 수 있었다.

"오랜 친구들이여, 자네들을 믿네."

오그림 둠해머. 스랄은 목이 메어왔다.

"그리고 맹세컨대 나는 굴단의 계획을 옹호하지 않을 걸세. 자네들과 함께 어둠에 맞서 싸울 거야."

그 말을 들으니 의문이 들었다. 혹시 지금 이 시점은 스랄이 태어나기도 전이 아닐까? 둠해머에게 이런 설득을 하러 올 만큼 용감한 자가 대체 누가 있었던가…….

불현듯 스랄은 그게 누구인지 깨닫고 숨이 턱 막혀왔다.

"내 직속 경비병이 자네들을 안전한 곳으로 안내할 걸세. 근처에 개울도 있고, 이 시기에는 숲에 사냥감도 많으니 굶주릴 일은 없겠지. 나는 자네들을 위해 할 수 있는 일을 하겠네. 그리고 제때가 되면 우리가 함께 힘을 합쳐 배신자 굴단을 처단할 걸세."

하지만 그런 일은 일어나지 않았다. 실제로는…….

그때 텐트가 열리고 오크 세 명이 나왔다. 한 명은 둠해머였다. 젊고 건강하고 자부심으로 넘치는 그 얼굴에서, 훗날 나이를 먹은 뒤의 둠해머의 얼굴이 어른거렸다. 그런데 스랄은 방금 전까지만 해도 오그림의 얼굴을 다시 보고 싶다고 간절히 바랐는데도 불구하고 그 옆의 다른 오크 둘에게 눈이 돌아갔다.

그들은 부부였다. 이 날씨에는 지나치게 두꺼운 털가죽 옷을 입고 있었고, 옆에는 커다란 서리늑대 한 마리를 데리고 있었다. 스랄도 잘 아는 늑대였다. 위풍당당한 자세로 서 있는 부부는 둘 다 긍지 높은 전사로 보였다. 그리고 여자 쪽의 품에는 갓난아기가 안겨 있었다.

스랄은 그 아기가 누구인지 잘 알았다. 스랄 자신이었다.

그리고 그 부부는 스랄의 친부모였다.

기쁨과 충격과 공포에 휩싸인 스랄은 그들을 멀거니 쳐다볼 따름이었다.

"듀로탄, 드라카. 이쪽으로 오십시오. 스라카쉬와 제가 여러분을 안전한 야영지로 안내하겠습니다."

어느새 돌아온 그루카가 말했다. 그때 드라카의 품에 안긴 아기가 칭얼거리자, 드라카는 아기를 내려다보고는 엷게 웃었다. 오크답게 강인하고 위엄 있는 얼굴에 자애로운 미소가 번졌다.

'어머니……'

드라카가 문득 스랄 쪽으로 고개를 돌렸다. 스랄과 시선이 마주친 드라카가 말했다.

"스라카쉬라고 했나? 눈이 꽤 특이하군. 눈이 파란 오크는 내 아들 말고는 처음 보는걸."

스랄이 대답을 고민하는데, 그루카가 이상한 눈길로 스랄을 보더니 말을 돌렸다.

"서두릅시다. 눈 색깔에 대한 이야기는 안전한 곳에 간 뒤에 해도 늦지 않을 겁니다."

스랄은 어쩔 줄을 몰랐다. 살면서 이렇게까지 당황하기는 처음인 것 같았다. 그는 말없이 그루카를 따라 자신의 부모를 이끌고 걸었다. 그루카가 가는 방향을 보니, 스랄이 처음 이 시간대로 들어왔을 때 도착했던 그 지점 쪽인 것 같았다. 걸으면서 스랄은 이 상황의 의미를 생각하고 아찔해졌다.

이곳에서라면 부모님을 구할 수 있다.

잔인하고도 한심한 악당 에델라스 블랙무어에게 붙잡혀 노예 검투사로 자랐던 자신의 과거도 바꿀 수 있다. 굴단을 타도하는 일을 도울 수도 있고, 그러면 오크들이 악마의 피에 오염되지 않도록 막을 수 있다. 게다가 타레사도 구할 수 있다.

모두를 구할 수 있는 것이다.

예전에 오그림 둠해머와 나눴던 대화가 생각났다. 스랄에게는 아주 오래 전의 일이지만, 지금 이 시간대에서는 미래의 일이었다.

"제 아버지가 당신을 찾으셨습니까?"

스랄의 질문에 오그림은 이렇게 대답했다.

"그랬지. 허나 내가 그들을 곁에 두지 않는 바람에 비극이 벌어졌네. 너무나 후회스러워. 그때는 그렇게 하는 편이 내 전사들에게도 듀로탄에게도 좋을 거라고 생각했었다네. 듀로탄 부부가 자네를 데리고 찾아와서 굴단의 배신에 대해 말했고, 나는 그 말을 믿었는데……."

오그림과의 대화를 회상하는 와중에도 스랄은 부모님을 계속 쳐다보고 있었다. 호흡을 멈출 수 없는 것과 마찬가지로 눈을 뗄 수가 없었다. 얼마나 간절히 그리워했던 얼굴인지. 어린 시절 스랄은 부모님을 빼앗겼고, 영영 얼굴도 보지 못한 채 자라야 했다. 이제 곧 벌어질 사건 때문에.

부모님이 스랄의 집요한 시선을 눈치 챘다. 듀로탄은 의아해하는 눈치일 뿐 별 말은 하지 않았는데, 드라카는 재미있어하며 스랄에게 왜 그러냐고 캐물었다.

"자네는 우리가 신기한가 보군. 서리늑대를 처음 보는가? 아니면 이 푸른 눈의 아기 때문에 그러나?"

스랄은 도저히 뭐라고 말문을 열 수가 없었다. 다행히도 주변이 야영하기에 적당한지 살펴보고 있던 듀로탄이 때마침 끼어든 덕분에 화제가 끊어졌다. 듀로탄은 고적한 풀밭을 가리키며 드라카에게 미소를 지었다.

"내 옛 친구는 역시 든든해. 조금만 더 가면……."

듀로탄이 문득 말을 멈추더니 아주 잠잠해졌다. 스랄이 무슨 일인지 미처 알아차리기도 전에, 서리늑대 부족장 듀로탄은 고함을 지르며 도끼로 손을 뻗었다. 그리고 눈 깜짝할 사이에 적들이 나타났다.

세 명의 적이 각각 다른 방향에서 달려들었다. 한 명은 듀로탄에게, 한 명은 드라카에게, 그리고 또 한 명은 서리늑대에게. 늑대는 자기 동료들을 지키려 앞으로 뛰어올랐고, 스랄도 거칠게 고함치며 둠해머를 움켜쥐었다. 그러자 누군가가 스랄의 팔을 붙잡았다.

"지금 뭐 하는 거야?"

경비병 그루카가 으르렁거렸다.

그제야 비로소 스랄은 진실을 깨달았다. 예전에 부모님의 죽음에 대해 오그림 둠해머와 이야기를 나누었을 때 오그림은 분명 이렇게 말했었다. "확실히는 모르지만, 듀로탄 부부를 안전한 곳으로 안내하라고 맡겼던 경비병이 도리어 자객들을 불렀던 것 같네."라고. 과연 그루카는 부부를 공격할 태세를 갖추고 있었고, 스랄도 당연히 그래야 한다고 생각하는 눈치였다.

그리고 스랄은 더욱 참혹한 사실을 깨달았다.

참된 시간의 길을 지키기 위해서는, 지금부터 일어날 일을 막아서는 안 된다는 것.

부모님이 죽게 놔둬야 한다. 스랄 자신이 블랙무어에게 끌려가 검투사로 자라도록 놔둬야 한다. 그래야 수용소의 오크들을 해방시킬 테고, 스랄이 현재 살고 있는 세상이 무너지지 않도록 지킬 수 있으니까.

스랄은 딱딱하게 얼어붙은 채로 고뇌했다. 온몸의 세포 하나하나가 당장 나서서 싸우라고 말하고 있었다. 자객들을 무찌르고 어머니, 아버지를 구하고 싶어 미칠 지경이었다. 하지만 그래서는 안 되었다.

드라카는 젖먹이 스랄을 바닥에 내려놓고 아이와 자기 자신을 지키려 맹렬히 싸웠다. 그러면서 스랄에게 분노와 경멸과 증오로 가득 찬 시선을 던졌다. 스랄은 그 눈빛에 꿰뚫린 듯 아팠다. 죽을 때까지 잊지 못할 아픔이었다. 드라카는 난투를 벌이면서 상대 오크와 스랄을 향해 욕설을 내뱉었고, 조금 떨어진 곳에서는 듀로탄이 다리에 치명상을 입고 피를 줄줄 흘리며 상대의 목을 조르려 하고 있었다. 한편 늑대는 단말마의 비명을 지르고 쓰러졌다.

젖먹이 스랄은 땅에 놓인 채 공포에 질려 울고 있었다.

스랄은 넌더리를 내며 그저 지켜만 볼 수밖에 없었다. 죽어가는 아버지가 적의 목을 간신히 부러뜨리는 모습을.

그때 늑대를 죽였던 자객이 그루카 쪽으로 몸을 돌렸다. 그루카는 너무 놀라서 무기를 뽑을 생각도 못하고 소리쳤다.

"안 돼! 나는 너희 편이야! 목표는 내가 아니라 저쪽……."

거대한 양날검이 그루카의 목을 베어버렸다. 잘린 머리가 휙 날아가면서 스랄의 로브에 피를 흩뿌렸다. 그리고 자객은 스랄을 돌아보았다.

놈은 중대한 실수를 저지른 것이다.

적어도 이건 스랄이 할 수 있는 일이었다. 자기 몸을 지키는 것. 언젠가는 복수도 할 수 있겠지만, 오늘은 아니다. 스랄은 고함을 지르면서 슬픔과 공포와 분노를 모두 공격에 쏟아 부었다. 스랄의 맹공에 적은 화들짝 놀랐지만, 노련한 자객답게 평정을 잃지 않고 맞섰다. 치열한 접전이었다. 스랄과 자객은 휘두르고, 뛰어오르고, 걷어차고, 피하고, 으르렁거리며 뒤얽혔다.

드라카의 시체 앞에서 듀로탄이 울부짖는 소리가 들려왔다. 스랄은 마음이 저몄지만 약해지지 않았다. 오히려 더욱 맹렬한 에너지를 내뿜으며 적에게 달려들었다. 더럭 겁을 먹은 자객은 뒤로 밀려나다가 결국은 자빠지고 말았다.

스랄은 한 발로 놈을 짓밟고 둠해머를 높이 쳐들었다. 그리고 그 오크의 머리를 깨부수기 직전, 그는 우뚝 멈췄다.

시간의 길을 바꿔서는 안 된다. 만약 이 사악한 자객이 스랄이 상상치도 못하는 이유로 살아야 할 필요가 있다면 어쩌나?

스랄은 으르렁거리고 그 오크의 얼굴에 침을 뱉었다. 그리고 펄쩍 뛰어 물러나, 놈의 커다란 검을 짓밟고 섰다.

"가라. 그리고 두 번 다시는 내 눈에 띄지 마라. 알아들었나?"

자객은 뜻밖의 행운에 왈가왈부하지 않고 전력으로 도망쳤다. 놈이 완전히 사라졌을 때에야 스랄은 부모님을 돌아보았다.

드라카는 죽었다. 몸이 거의 토막 나 있었고, 얼굴은 힘껏 저항하던 상태 그대로 일그러져 있었다. 그리고 남은 한 명의 자객이 듀로탄의 두 팔을 잘라버리던 참이었다. 죽기 전에 마지막으로 아들을 안아볼 수조차 없도록. 스랄은 잔혹한 광경을 숱하게 보았지만 이 장면 앞에서는 몸이 딱딱하게 얼어붙었다.

"내 아들을…… 데려가줘……."

듀로탄이 쉰 목소리로 말하자, 자객은 그의 옆에 무릎을 꿇고 앉아 말했다.

"애는 짐승들 먹잇감으로 놔두고 갈 거다. 어쩌면 들짐승들이 아들을 갈기갈기 찢어발기는 꼴을 볼 수 있을지도 모르지."

그 순간 스랄은 이성을 잃었다. 정신을 차려 보니 그는 이미 한달음에 공터 저편으로 달려가, 목이 아플 만큼 고함을 내지르며 적과 싸우고 있었다. 그의 손에 들린 둠해머가 보이지도 않을 만큼 빠른 속도로 움직였다. 저 자식을 조각조각 난도질해버리고 싶은 충동으로 마음이 타들어가는 듯했지만 이번에도 스랄은 적을 놔줄 수밖에 없었다. 놈이 도망친 뒤에야 제정신이 돌아왔다. 스랄이 바닥에 털썩 엎드려서 울음을 터뜨리는데, 듀로탄의 속삭임이 들려왔다.

"내 아들을……."

아버지가 아직 살아있었다!

스랄은 엉금엉금 기어가서 아기를 안아들었다. 자신의 푸른 눈을 내려다보고, 조그마한 얼굴을 어루만져보았다. 그리고 아버지의 곁으로 다가갔다. 아버지의 몸을 반듯이 눕히자 그 입에서 고통에 겨운 신음이 터져 나왔다. 스랄은 서리늑대의 문장을 수놓은 포대기에 싸인 아기를 듀로탄의 가슴에 놓아주었다.

"안아줄 팔이 없으시니, 당신의 심장 위에 놓아드립니다."

스랄의 목소리는 탁했고, 푸른 눈은 듀로탄의 가슴에 뉘인 아기의 눈처럼 눈물로 젖어 있었다. 듀로탄은 스랄이 상상도 못할 고통으로 얼굴을 일그러뜨린 채 고개를 끄덕였다.

"너는 누구냐? 너는 우리를 배신하고…… 나와 내 아내가 죽게 놔뒀으면서…… 적들을 공격하고……."

스랄은 고개를 저었다.

"듀로탄, 가라드의 아들이시여. 말씀드려도 믿지 못하실 겁니다. 하지만 부디 청컨대…… 선조들의 이름으로 빌건대, 이 말만은 믿어 주십시오. 당신의 아들은 살 것입니다."

흐릿해져가는 듀로탄의 두 눈에 희망의 빛이 깜박였다. 스랄은 듀로탄의 숨이 꺼져들기 전에 재빨리 말을 이었다.

"아들은 살 테고, 강하게 클 겁니다. 오크로 산다는 게 어떤 의미인지 기억하고, 전사이자 주술사로 성장할 겁니다."

듀로탄은 숨을 가쁘게 들이쉬고 내쉬면서 죽지 않으려고, 스랄의 말을 들으려고 안간힘을 썼다.

"우리 일족은 굴단이 몰고 온 어둠에서 헤어나와 치유될 것입니다. 강력하고 자랑스러운 국가를 일굴 것입니다. 그리고 당신의 아들은 용감한 아버지와 어머니를 잊지 않고, 거대한 땅 하나에 당신의 이름을 붙일 겁니다."

"어떻게…… 아는 건가……?"

스랄은 눈물을 삼키고, 어린 자기 자신이 안겨 있는 아버지의 가슴 위에 손을 얹었다. 아버지의 심장 박동이 잦아들고 있었다. 스랄은 감정에 북받쳐 흔들리는 목소리로 말했다.

"저는 압니다. 믿으십시오. 당신의 희생은 헛되지 않을 겁니다. 당신의 아들은 세상을 바꿀 겁니다. 약속드립니다."

스랄은 아무 생각 없이 말하고 나서야 자신의 말이 사실이라는 걸 새삼 깨달았다. 그랬다. 그는 살았고, 세상을 바꾸었다. 일족을 해방하고, 악마를 무찌르고, 오크들에게 조국을 만들어줌으로써.

"약속드립니다."

스랄이 재차 말했다. 그러자 듀로탄의 얼굴이 살짝 누그러지더니 입가에 엷은 미소가 번졌다.

스랄은 아기를 주워들고 오랫동안, 아주 오랫동안 안고 있었다.

아기가 마침내 잠에 들었다. 아기를 안고 어르면서 밤을 지새우는 내내 스랄은 마음이 터져나갈 것 같았다.

부모님이 스랄을 지키려다가 돌아가셨다는 사실은 알고 있었지만, 그 광경을 직접 목격하는 건 다른 문제였다. 자신이 부모님에게 얼마나 깊이 사랑받았는지 뼈저리게 깨달았다. 그 시절의 스랄은 아무것도 이루지 않은 갓난아기였다. 누군가의 목숨을 구하지도, 전투에서 싸우지도, 악마를 무찌르지도 않았고, 그냥 울고 웃고 칭얼거리고 배냇짓을 할 뿐이었다. 그런데도 다만 스랄이 스랄이기 때문에 사랑받았던 것이다.

그 어느 때보다도 스랄은 부모님을 구하고 싶다는 열망으로 사무쳤다. 그러나 시간의 길은 무자비했다. 일어나야 할 일은 일어나야 한다. 그러지 않으면 청동 용군단이 다시 역사를 원래대로 바로잡을 것이다.

'바로잡는다'는 것이란 얼마나 비정한가. 선량하고 무고한 사람들이 죽게 놔둬야 한다니, 참혹한 일이었다. 그러나 스랄은 이해할 수 있었다.

문득 고개를 들어보니 학살당한 부모님의 시체가 보였다. 스랄은 움찔하고 개울 쪽으로 애써 시선을 돌렸다. 그런데 시냇물에 무언가가 비쳐 어른거리는 게 보였다. 반짝이는 황금빛의 비늘 같은 것이…….

혹시 청동 용일까? 스랄은 수면에 반사되는 것이 무엇인지 찾으려고 주위를 두리번거렸다. 하지만 아무리 둘러봐도 나무와 땅과 하늘만 펼쳐져 있을 뿐, 거대한 용 같은 것은 보이지 않았다. 스랄은 아기를 안고 일어서서 시냇물을 들여다보았다.

커다란 눈 하나가 스랄을 마주보고 있었다.

"노즈도르무?"

이렇게 작은 개울에 용이 들어가 있을 성싶지는 않았다. 무언가가 수면에 반사된 모습일 게 분명한데…….

그때 품 안에 안긴 아기 스랄이 빼액 울었다. 배가 고파서 깬 것 같았다. 스랄은 아기를 내려다보며 부드러운 목소리로 얼러주다가 다시 개울을 돌아보았다. 그런데 황금빛의 그 물체는 그새 사라져 있었다.

스랄은 주위를 두리번거렸다. 아무것도 없었다. 하지만 분명히 보았는데…….

그때 웬 인간의 목소리가 숲의 정적을 꿰뚫었다.

"어휴, 이거 원 너무 시끄럽군요!"

그 인간은 아기 스랄이 시끄럽게 우는 게 마치 자기 탓이라도 된다는 듯이 쩔쩔매며 사과하는 말투였다.

"중위님, 그냥 돌아가는 편이 좋겠습니다. 이렇게 시끄러워서야 사냥감이 죄다 도망가겠어요."

"타미스, 넌 내가 한 말을 귓등으로 들었나? 저녁거리가 필요하기도 하지만 무엇보다도 저 빌어먹을 요새에서 나와 있고 싶다고 했잖아. 뭔진 몰라도 실컷 울어 젖히라지."

이 목소리는 스랄도 아는 사람이었다. 스랄에게 칭찬을 하기도 하고, 수없이 분을 터뜨리며 욕설을 쏟아내기도 했던 목소리. 그는 스랄의 운명을 결정하는 데에 일조한 남자였으며, 스랄이 아직도 '스랄'이라는 이름을 쓰고 있는 원인이기도 했다. 스랄이 한때는 노예였으나 더 이상은 아니라는 것을 만인에게 똑똑히 알리는 그 이름을.

저 남자는 에델라스 블랙무어였다.

블랙무어가 이쪽으로 오고 있었다. 블랙무어와 같이 있는 동료는 그의 하인이자 타레사 폭스턴의 아버지인 타미스 폭스턴인 것 같았다. 이제 곧 블랙무어는 아기 스랄을 발견해 데려갈 것이고, 싸우는 법과 죽이는 법. 그리고 전략을 짜는 법을 가르칠 것이다. 그리고 훗날 스랄에게 죽임당할 것이다.

스랄은 어린 자기 자신을 가만히 땅에 내려놓았다. 그리고 조그마한 검은 머리, 포대기의 천을 잠시 어루만졌다.

"아주 감동적이고도 해괴한 장면이군."

어디선가 또 다른 목소리가 들렸다. 스랄은 즉시 둠해머를 들고서 아기를 가로막고 섰다.

시간의 동굴에서 스랄을 공격했던 정체불명의 자객이 몇 발짝 앞에 서 있었다. 청동 용들이 그자를 죽였을 줄 알았는데 실패한 모양이었다. 탈출하는 스랄의 등에다 대고 분노하며 악을 쓰던 그놈은 결국은 청동 용들을 피해서 용케도 이 시간의 길까지 쫓아온 것이었다.

그런데 스랄은 또다시 이상한 기시감을 느꼈다. 저 갑옷, 목소리……

"나는 널 안다."

스랄이 말했다. 그러자 사내는 유쾌하다는 듯 대꾸했다.

"그럼 이름을 대보시지."

스랄은 으르렁거렸다.

"이름은 기억이 나지 않는다. 아직은. 하지만 어쩐지 네가……"

"사실 나는 지금 꽤 고마운 심정이야. 나는 너를 죽이라는 임무를 받았는데, 너는 막강한 스랄답게 내 손을 빠져나가버렸지. 아마 또 그럴 수도 있을 거야. 하지만 너는 한 가지를 잊고 있다. 아주 작은 것을……"

자객은 마지막 세 마디와 함께 한 발짝씩 앞으로 다가왔다. 그자의 말이 무슨 뜻인지 깨달은 스랄은 둠해머를 꽉 쥐고 꼿꼿하게 몸을 세웠다. 상대는 인간 치곤 체격이 컸지만 그래도 오크에 비하면 훨씬 작았다.

"너는 이 아기를 해칠 수 없다!"

검은 갑옷의 사내가 대꾸했다.

"과연 그럴까? 이봐…… 지금 누군가가 여기로 오고 있지 않아? 너는 그자를 해치고 싶지 않을 거야. 왜냐하면 그자를 해치면 네 부모를 살려두는 것만큼이나 역사가 뒤바뀔 테니까. 그래, 에델라스 블랙무어가 그 조그마한 초록색 아기를 주워다가 검투사로 키우게 놔둬야지. 그 특별한 순간에 네가 모습을 보이면 안 되지 않겠나?"

'빌어먹을 개자식.'

스랄은 속으로 욕을 뇌까렸다. 놈의 말이 맞았다. 블랙무어를 죽여서도, 다치게 해서도 안 되고, 애초에 스랄 자신을 그에게 보여서도 안 되었다.

아직은.

"그러니까 넌 이제 가봐야 할 텐데, 한편으로는 어린 너 자신도 지켜야 해서 갈등이 될 거야. 왜냐하면 내 임무는 너를 죽이는 일인데……. 다 큰 오크보다야 갓난아기를 두 동강내는 게 훨씬 쉬우니까. 뭐, 다 큰 오크도 많이 죽여보긴 했지만 말야. 그럼 너는 이제 어떡할래? 이제 어쩌나……?"

"도통 안 그치는데."

블랙무어가 투덜거리는 소리가 들렸다. 이젠 정말로 거리가 가까워져 있었다. 타미스가 말했다.

"다친 짐승은 아닐까요? 그럼 도망칠 수도 없겠지요."

"그럼 얼른 주워서 죽여주자고."

검은 갑옷의 사내가 낄낄대며 웃었다. 그때 스랄은 무엇을 해야 할지 깨달았다.

고함을 내지르고 싶어서 속이 타들어갔지만, 스랄은 조용히 몸만 움직여 자객에게 달려들었다. 둠해머가 아니라 몸 자체를 날렸다. 그런 공격을 전혀 예상치 못했던 적은 무기를 미처 들지도 못했고, 스랄은 그대로 몸을 부딪어 적과 함께 콸콸 흐르는 시냇물로 빠져버렸다.

"뭐야, 방금 뭐가 빠졌나본데?"

에델라스 블랙무어 중위가 술을 길게 한 모금 들이켜고는 말했다.

"근처에 사는 큰 거북이가 아닐까 싶습니다."

타미스가 말하자, 이미 얼근히 취한 블랙무어는 그러려니 하고 고개를 끄덕였다. 그런데 그의 말인 밤노래가 별안간 멈춰 섰다. 블랙무어가 앞을 내다보니, 오크 세 명과 커다란 흰 늑대 한 마리의 시체가 널브러져 있었다.

그리고 울음소리가 줄기차게 나는 곳에는 블랙무어가 평생 본 그 무엇보다도 흉측한 것이 있었다. 오크 아기였다. 오크들 나름대로는 포대기랍시고 쓰는 듯한 천에 둘둘 싸여 있는 아기.

블랙무어는 말에서 내려 그쪽으로 걸어갔다.

제 8 장

고룡쉼터 사원 습격 이후로 며칠이 지났다. 칼렉고스는 말리고스의 비극적인 죽음 이후로 용군단들이 단합할 수 있기를 간절히 바랐지만 어리석은 희망이었다. 회담에서 그의 꿈은 산산이 부서지고 말았다.

한 명의 동족이 모든 용군단의 수많은 알들을 일거에 학살한 사건은 실로 무시무시한 참극이었다. 그 후유증에서 영영 회복될 수 없을 만큼. 게다가 범인인 코리알스트라즈는 칼렉고스가 너무나도 신뢰했던 친구인데…… 칼렉고스는 슬픔에 잠겨 고개를 수그렸다.

이세라는 꿈에서 깨어났지만 여전히 불안정하고 붕 떠 있었다. 그리고 녹색용들의 이야기를 들어보니 최근에는 어딘가로 떠나고 없는 모양이었다. 노즈도르무는 일찍이 행방불명된 상태였고, 알렉스트라자는 크라서스의 배신으로 충격을 받아 망가져 버렸다. 말리고스는 살해당했다. 그리고 데스윙은 활개치고 다니며 모두를 파괴할 계략을 짜고 있었다.

가장 나이가 많은 고룡들조차도, 데스윙이 처음 배신한 사건 이래 이렇게까지 절망적인 아수라장은 본 적 없다고 말했다.

각 용군단은 이제 자기들끼리만 뭉쳤다. 칼렉고스는 다른 용군단에도 친구가 여럿 있었지만 그들과 연락할 때면 팽팽한 긴장이 흘렀다. 게다가 녹색 용군단, 붉은 용군단, 청동 용군단의 세 위상은 모두 행방이 묘연하기는 해도 살아 있는 반면, 푸른 용군단의 위상은 죽어버렸다. 지난 며칠 간 푸른 용들은 그 사태를 수습하는 데에 집중하고 있었다.

푸른 용들은 그들의 터전인 마력의 탑에 모여들어, 그 차가운 동굴 안에서 수많은 이야기를 나누고 문제를 분석하고 가설을 세우고 마법에 관련된 규칙을 논의했다. 하지만 이렇다 할 성과는 별로 없었다.

칼렉고스가 보기에, 푸른 용들은 새로운 위상을 세우려 긴급히 움직이기보다는 위상을 어떤 원칙과 방식으로 정할지 토론하는 데에 훨씬 열을 올리는 것 같았다. 하긴 새삼스러운 일은 아니었다. 푸른 용들은 워낙 지적인 성향이 강하니까. 상당수의 푸른 용들은 엘리트주의자이고, 필멸자들을 '열등한 종족'이라 여겨 경멸했다. 그들이 크라서스처럼 필멸자의 모습으로 변신해 다른 마법사들(예컨대 키린 토 회원들)과 어울리려 하지 않는 것도 그 때문이었다. 그들은 티탄들이 말리고스를 마법의 지배자로 세웠으므로 비전 마법을 사용할 수 있는 냉철한 지적 능력은 푸른 용들이 당연히 갖고 태어나는 권리라고 생각했다. 이 세상에 생겨난 지 얼마 되지도 않은 종족들은 거기에 참견할 자격이 없다는 게 그들의 생각이었다. 그런 식으로 생각하는 푸른 용들이 너무 많아서 칼렉고스는 자못 불편했다.

새 위상을 정하는 방법에 대해 모든 푸른 용들이 저마다의 의견을 냈다. 제안의 가짓수가 푸른 용들의 수만큼 많은 셈이었다. 아니, 어쩌면 푸른 용들의 비늘 개수만큼 많을지도 모른다. 칼렉고스는 답답한 마음에 콧김을 뿜었다.

처음에는 다들 공포에 젖은 분위기였다. 그러나 젊은 푸른 용 하나가 나서서 고룡들에게 이렇게 물었을 때, 공포는 금세 진정되었다.

"우리가 새로운 위상을 세울 수 없다면 어떡합니까? 티탄들이 만든 마법의 위상은 말리고스였잖습니까. 만약 오로지 티탄들만이 위상을 만들 수 있는 거라면, 그런데 다른 용군단들이 우리의 위상을 죽인 거라면, 우리는 앞으로 영원히 위상 없이 살아야 하는 게 아닙니까?"

나이 든 용들은 전혀 걱정하지 않는 투로 고개를 저었다.

"티탄들이 아주 강력하다는 건 우리 모두가 아는 사실이지만, 그들은 그만큼 현명하기도 하셨다네. 언젠가 이런 일이 일어나리라는 것을 예상하셨을 게야. 그러니 우리 학자들이 충분한 조사만 거치면 적합한 방법을 찾아낼 걸세."

칼렉고스는 그 말을 믿었다. 까마득한 옛날에 위상들을 만들었던 티탄들이라면 분명 지혜롭게 대비책을 마련해 두었으리라는 것을. 그러나 다른 푸른 용들은 자기 용군단 자체의 우월한 능력을 더 믿는 것 같았다. 물론 그들은 뭔가해내기는 할 것이다. 이론이 부족할 일은 없을 테니까.

전설에 따르면, 위상들이 처음으로 창조되었을 때 하늘의 두 달이 기이한 형태로 배치되었다고 한다. 그런 배치는 지난 수백 년 동안 한 번도 나타나지 않았는데, 마침 며칠 전부터 달들이 딱 그 모양으로 떠 있었다. 대다수의 푸른 용들은 이러한 천문학적 사건이 새 위상을 세우는 일에 중대한 영향을 미친다는 학설을 지지했다. 특히 낭만적인 용들이 이 이론에 열렬히 환호했다. 어떤 이들은 "그 현상은 평범한 푸른 용을 위상으로 전환하기 위한 마법을 적절히 시전하는데에 필수적이다."라고 말했고, 어떤 이들은 단순히 '타이밍이 딱 좋다'고 표현했다.

반면 새 위상을 다수결로 선출해야 한다고 말하는 이들도 있었다. 어느 실용주의적인 마법학자는 이렇게 주장했다.

"어떤 식으로든 위상이 생기기는 할 거요. 두 달이 푸른 용 하나를 선택해 마법으로 물리적 변화를 일으켜 위상으로 만들 수도 있겠지요. 허나 만약 그게 안 된다 해도, 누가 우리의 지도자로 가장 적합한지 우리 스스로 결정하면 되잖소."

그러자 아리고스는 말했다.

"그리고 위대한 말리고스님이 자손을 남기지 않고 돌아가신 게 아니지 않소. 말리고스님과 그가 가장 총애한 반려의 자식이 바로 나요. 위상의 자격은 혈통으로 세습되는 것일지도 모르오. 이 또한 중대하게 고려해야 하오."

칼렉고스는 반박했다.

"그렇게 생각할 근거가 딱히 없잖아. 애초에 위상들끼리도 다 같은 혈족은 아닌데."

칼렉고스는 아리고스의 사고방식이 못마땅했다. 그리고 아리고스 역시 그를 '건방진 놈'쯤으로 여기며 위협을 느낀다는 걸 칼렉고스는 알고 있었다. 용들이 각각의 군단으로 나뉘어 있듯이, 푸른 용군단도 두 패로 나뉘었다. 말리고스의 뜻을 따라 이 세상의 마법을 몰수했어야 했다고 생각하는 아리고스와 같은 자들, 그리고 칼렉고스처럼 푸른 용군단이 다른 종족과 용군단들과 더불어 살아가야 더 강해지고 풍요로워질 거라고 믿는 자들. 말리고스의 망령이 아직까지도 푸른 용군단에 남아 영향을 미치고 있는 것이다.

황혼의 용군단이 습격하기 전까지는 그 경계가 미묘했다. 하지만 이제는 두 파벌의 차이가 확연히 벌어져 있었다. 칼렉고스는 이 상황이 달갑지 않았지만, 그런 문제를 없는 셈치고 무시할 만큼 순진하지는 않았다.

위상을 '선출'한다는 개념 자체도 마음에 들지 않았다. 위상의 지위가 진짜 권능이라고는 없는, 그저 텅 빈 직함이라는 뜻으로 느껴졌기 때문이다. 위상은 고대정령들을 제외하면 세상 그 누구도 기억하지 못할 만큼 오랜 옛날부터

이 세상의 일부였는데, 그 자리가 순전히 경쟁을 통해 얻을 수 있는 상품 따위로 전락하다니. 아마 가장 인기가 많거나 다른 용들을 장악할 수 있을 만큼 힘이 센 푸른 용이 그 자리를 차지하게 되리라.

칼렉고스는 분을 못 이겨 고개를 흔들며 회의장을 나가버렸다. 아리고스가 뒤에서 소리쳤다.

"칼렉고스! 어딜 가는 거냐?!"

"답답해서 바람 좀 쐬러 나간다."

묵직한 갑옷을 입은 그 자객은 돌덩이처럼 물속으로 가라앉으면서 부질없이 허우적거렸다. 그는 거대한 검을 손에서 놓고 스랄의 로브 자락을 움켜쥐었고, 스랄도 그에게 딸려서 밑으로 가라앉았다. 스랄은 자객의 팔을 무기로 눌러서 떨어뜨리려 했지만 수압 때문에 움직임이 더뎌서 그럴 수가 없었다. 그래서 적의 손을 움켜쥐고 손가락을 바깥쪽으로 힘껏 젖혔다.

적의 손이 스랄의 로브에서 떨어지고, 투구에서 공기방울이 부글부글 올라왔다. 적이 다른 쪽 손을 내뻗었지만 스랄은 그를 걷어차서 저 멀리로 떠밀어 버렸다.

그제야 이 개울이 밖에서 봤던 것보다 훨씬 깊다는 데에 생각이 미쳤다. 터무니없을 만큼 깊었다. 그때 무언가가 반짝이는 게 언뜻 눈에 들어와서 고개를 돌려보니, 아까 물 밖에서 보았던 것과 똑같은 거대한 청동 용의 황금빛 비늘이 보였다. 그리고 숨을 쉬지 못해 타들어가듯 화끈거리던 폐의 통증이 갑자기 뚝 멎었다.

이건 시간의 길에서 일어나는 마법현상이리라. 스랄은 직감적으로 그 사실을 깨닫고, 아름다운 황금빛 비늘에 시선을 고정한 채 그쪽으로 헤엄쳐갔다.

주위의 물이 아른아른 빛나면서 비늘이 사라지더니, 이상한 온기와 함께 간질간질한 감각이 전신에 퍼졌다. 그리고 스랄은 불쑥 수면 밖으로 올라갔다.

물 밖으로 고개를 내밀어보니, 그곳은 바다였다. 스랄은 주위를 둘러보며 이곳이 어디인지 가늠해보았다. 낯익은 배 몇 척이 보였다. 배라기보다는 배가 부서지고 남은 잔해에 가까웠지만, 그게 무슨 배인지 알아보기에는 충분했다.

그건 스랄이 그롬 헬스크림을 비롯한 오크들과 함께 동부 왕국을 떠나 칼림도어로 갈 때 탔던 배였다. 어느 이상한 예언자가 그렇게 하라고 조언했기에, 인간들의 배를 훔쳐서 바다를 건넜던 기억이 났다.

지금 스랄은 다른 이들을 따라 물을 헤치고 해안으로 나아가고 있었다. 그는 주위에 떠다니는 잔해들을 둘러보다가, 나무 상자 하나를 잡아서 해변 쪽으로 떠밀었다. 상자를 바닥에 끌어다 놓았을 때 누군가가 그를 부르는 소리가 들렸다.

"대족장님!"

그 직함으로 불린 지는 무척 오랜만인데도 스랄은 반사적으로 그쪽을 돌아보았다. 그런데 그를 부른 오크는 스랄이 아니라 다른 오크를 향해 걸어가고 있었다.

스랄은 아연히 혼잣말을 했다.

"저건 나잖아?"

눈앞에 또 다른 스랄이 서 있었다. 아까는 갓난아기였던 스랄 자신을 보았다면, 이번에는 성장한 스랄을 목격하게 된 것이다. 스랄은 이 시간대의 자기 자신에게 눈에 띄지 않으려 애쓰면서 대화에 귀를 기울였다. 영계 탐색을 하면서 자신의 모습을 보았을 때보다 훨씬 이상한 기분이었다. 자기 자신과 물리적으로 겨우 몇 미터 거리를 두고 떨어져 있으니.

"험한 혼돈의 소용돌이를 지나느라 배가 심하게 파손되었습니다."

그 오크의 말에 스랄은 또다시 이상한 감각이 들었다. 혼돈의 소용돌이. 그가 떠나온 곳, 데스윙이 파괴해놓은 곳, 대지고리회가 치유하려 절박하게 애쓰고 있는 곳. 스랄은 몇 년 만에 얼마나 많은 것이 변했는지 새삼 실감하며 머리를 흔들었다.

"수리할 가망이 없는 상탭니다."

오크가 계속 툴툴거리자, 과거의 스랄은 고개를 끄덕였다.

"알고 있다. 지금 우리 위치가 어디지? 여기가 칼림도어인가?"

"대족장님이 지시하신 대로 서쪽으로 이동했으니, 분명 칼림도어일 겁니다."

"좋다."

이 과거는 8년 전이었다. 스랄은 그때를 돌이켜보며 당시 자신에게 가장 중요한 문제가 뭐였는지 생각했다.

"그럼 헬스크림의 흔적은 발견했나?"

과거의 스랄이 물었다.

"아뇨. 서로 떨어진 뒤로는 종적을 찾을 수 없습니다."

"흐음. 출발할 채비를 해라. 우리 동료들이 여기 도착했을 수도 있으니 해안선을 따라 찾아보도록 하자."

현재의 스랄은 길게 펼쳐진 모래밭을 돌아보았다. 그런데 또다시 반짝이는 황금빛 물체가 언뜻 보이더니 사라졌다. 어쩌면 모래에 햇빛이 반사되어 그렇게 보였을 수도 있겠지만, 그런 단순한 현상이 아니라는 걸 스랄은 알고 있었다.

오크들은 파손된 배들을 뒤져 보급품을 해안으로 날라 오느라 분주했다. 얼마 뒤면 야영지가 마련될 것이다. 그 일은 과거의 스랄에게 맡겨두기로 하고,

현재의 스랄은 발길을 돌려 아른거리는 금빛 비늘들이 보이는 곳을 향해 서쪽으로 걸어갔다.

가다 보니 땅에 짐승이 파놓은 굴 같은 조그마한 구멍이 있었다. 황금색의 빛은 그 구멍 주위를 둘러싸고 있었다. 그게 시간의 길로 통하는 관문일 터였다.

노즈도르무가 정말로 어딘가에 갇혀 있는 걸까? 아니면 단지 스랄을 이리저리 끌고 다니면서 숨바꼭질이라도 하는 건 아닐까? 스랄이 그런 의문에 잠긴 채 앞으로 걸어가는데, 구멍이 넓어지더니 스랄을 집어삼켜 버렸다. 앗 하는 사이에 그는 시간의 관문 맞은편으로 튀어나가게 되었다.

눈앞에 풀밭이 펼쳐져 있었다. 거기에 웬 커다란 검은 새 한 마리가 머리를 젖히고 서서, 번뜩이는 붉은 눈동자로 그를 뚫어져라 쳐다보고 있었다. 새가 부리를 열어 말했다.

"어서 오게, 듀로탄의 아들이여. 자네가 길을 찾을 줄 알고 있었다네."

스랄은 그 새가 누구인지 대번에 알아차렸다. 위대한 마법사 메디브였다! 이전에 메디브는 스랄의 꿈속에 찾아와 자신을 따르라고 한 적이 있었고, 그때 스랄이 끈기 있게 그 말을 따르자 보답해 주었다. 하지만 이 대화를 나누었을 당시 메디브는 인간의 모습을 취하지 않았던가?

스랄은 자신이 그때 뭐라고 말했는지 기억해내서 그대로 되풀이했다.

"꿈에서 보았던 것이 당신이었군요. 누구십니까? 어떻게 저를 알죠?"

까마귀는 앙상한 고개를 젖혔다.

"젊은 대족장이여, 나는 자네와 자네의 민족에 대해 많은 것을 안다네. 지금 자네가 노즈도르무를 찾고 있다는 것 역시."

스랄이 입을 쩍 벌렸다.

"자네는 여러 의미로 시간을 벗어나 있지…… 나는 미래를 보았네. 불타는 어둠이 자네의 세상을 집어삼키는 광경도, 그 외에 다른 것들도 여럿 보았다네. 내 자네에게 알려줄 수 있는 건 알려주도록 하겠네. 그러나 나머지는 자네가 알아서 해야 하네."

스랄은 자신이 놀랐던 게 새삼 어이가 없어서 실소했다. 저자는 메디브가 아닌가. 메디브라면 시간을 자유자재로 넘나드는 일도 충분히 가능할 법했다.

"이전에도 당신의 말을 들어서 큰 덕을 보았지요. 이번에도 그러리라 생각하지 않을 수 없군요."

"스랄, 자네 천을 짜는 법에 대해 잘 아나?"

뜻밖의 질문에 스랄은 당황해서 대답했다.

"베틀을 쓰는 걸 본 적은 있습니다만…… 제가 할 줄 아는 기술은 아닙니다."

"직접 할 수 없더라도 원리를 이해할 수는 있지. 씨실과 날실이 얽히는 패턴을 보고, 북을 놀리고, 창조하기 전에는 존재하지도 않았던 무언가를 이해하고, 베틀이 하나의 작은 세상이라는 걸 헤아리는 것. 그리고 그렇게 만든 직물을 풀려면 실 하나를 끌어당기기만 하면 된다는 것."

스랄은 천천히 고개를 내저었다.

"마법사님, 영 당혹스럽습니다. 오늘 저는 제 부모님이 죽임당하는 광경을 보았습니다. 무한의 용군단이 보낸 듯한 정체불명의 자객과 싸우기도 했고요. 그리고 제가 찾고 있는 시간의 지배자는 저와 숨바꼭질이라도 하는 것만 같습니다. 그런데 당신은 제게 천 짜는 법에 대해 생각하라고 조언하시는 겁니까?"

새는 머리를 수그리고 어깨를 으쓱했다.

"내 말을 듣게. 안 들어도 되고. 자네가 무엇을 쫓고 있는지는 나도 알고 있네만, 올바른 것을 쫓아가도록 주의하게. 이곳은 환상으로 넘쳐나니까. 오로지 딱 한 가지 길만이 자네가 찾는 것으로 인도할 걸세. 자네 자신을 찾는 길 말일 세. 잘 가게, 고엘, 듀로탄과 드라카의 아들이여."

새가 날개를 퍼덕이더니 몇 초 만에 시야에서 완전히 사라졌다. 스랄은 어안 이 벙벙해져 자기도 모르게 중얼거렸다.

"무슨 말인지 전혀 모르겠지만…… 정령들이 그의 말을 믿으라 하는군."

스랄은 스스로 내뱉은 말에 흠칫 놀랐다. 그건 메디브와 처음 만났을 때 자 신이 했던 말이었고, 그때와 마찬가지로 지금도 변함없이 진실이었다. 정령들 은 실제로 스랄에게 그 마법사를 믿으라 말하고 있었던 것이다.

스랄은 눈을 감았다. 그리고 땅의 정령, 공기의 정령, 불의 정령, 물의 정령, 그리고 언제나 그의 가슴속에 있는 생명의 정령을 향해 영혼의 눈을 떴다. 여 전히 메디브의 말은 얼토당토않게만 느껴지고 무슨 뜻인지 이해할 수 없었다. 하지만 마음이 한결 차분해졌고, 언젠가 때가 되면 그 의미를 이해할 수 있으 리라는 확신이 들었다. 스랄은 정령들에게 부탁했다.

'저를 이끌어 주십시오. 저는 진심으로 돕고 싶으나, 제가 찾아야 하는 위대 한 존재를 찾을 길이 보이지 않습니다. 그분의 자취와 암시는 보입니다만, 그 자취를 아무리 따라가도 나 자신의 과거만 나타날 뿐 그분과 더 가까워지지 않 습니다.'

스랄은 눈을 떴다.

바로 앞에 노즈도르무가 있었다. 아니, 노즈도르무의 투명한 상이 있었다. 그 거대한 용은 입을 벌려 무언가를 말했지만 스랄의 귀에는 아무것도 들리지 않았다.

"시간의 지배자여, 당신이 바라는 것이 무엇입니까? 저는 당신을 찾고 있습 니다!"

노즈도르무가 앞발을 내밀어 스랄을 불렀다. 스랄이 그쪽으로 달려가
자…….

또 다시 햇빛에 반짝이는 노즈도르무의 청동 비늘만이 눈앞에 보였다. 그 환
영은 나타나는 빈도가 점점 잦아지고 있었다. 아직도 스랄은 올바른 시간대에
이르지 못한 모양이었다.

언젠가 아주 오래 전에 케른이 한 말이 떠올랐다.

'올바른 때가 되면 운명이 그대를 찾을 것이오.'

그 올바른 때가 대체 언제냐고, 스랄은 소리쳐 묻고 싶어졌다. 스랄을 놀리
고, 속이고, 엉뚱한 시간의 길로 끌어들이기만 하는 듯한 이 불가사의한 환영
을 뒤쫓는 데에 신물이 났다.

노즈도르무의 환영을 따라갈 때마다 스랄 자신의 과거로 돌아가게 되었다.
다시 볼 수 있어서 기뻤던 장면도 있었고, 돌이켜보고 싶지 않을 만큼 고통스
러운 장면도 있었다. 어느 쪽이든 모두 스랄의 삶에서 중대하고 결정적인 순간
들뿐이었고, 매번 노즈도르무의 모습이 보였다. 스랄은 정체불명의 자객이 또
나타날까봐 경계했지만 그 집요한 인간이 다시 돌아올 기미는 없어 보였다. 놈
이 까마득히 깊은 그 개울물 속에서 익사했기를, 그 기묘하게 낯익은 그 갑옷
의 무게에 짓눌려 가라앉았기만을 바랄 뿐이었다. 하지만 희망은 희망일 뿐 스
랄은 긴장을 늦추지 않았다.

먹지도 자지도 않은 지 너무 오래 되었다는 데에 생각이 미쳤을 즈음, 스랄
은 또 다른 시간의 관문을 지나 어느 숲에 이르렀다. 황혼의 빛에 물든 그 숲의
풍경은 무척 친숙해 보였다.

"또 언덕마루인가."

스랄은 얼굴을 문지르며 중얼거렸다. 그래도 이 근방은 익숙하니 길을 헤맬

염려는 없지만, 스랄이 처음 시간 여행을 왔을 때에 비해 숲의 이모저모가 달라졌다는 게 눈에 띄었다. 시간 여행을 한 지 대체 얼마나 된 걸까? 뱃속에서 꼬륵거리는 소리가 나고 몸이 노곤한 걸 보면 거의 하루는 되었으리라. 어쨌든 이 숲의 나무들은 부모님이 이곳에서 죽었을 당시보다 더 자란 듯 보였다. 그러니 그때보다 시간이 더 흐른 시점일 것이다. 그리고 완연한 가을이라서 짐승 고기도 과일도 넉넉히 구할 수 있을 듯했다. 이곳에서 또 무슨 체험을 하게 될지는 모르지만 적어도 굶지는 않아도 될 것 같았다.

스랄은 작은 짐승을 잡을 덫을 놓고, 먹을 것을 찾아 숲을 걸어 다니며 고즈넉한 황혼의 풍경을 즐겼다. 올가미 하나에 토끼가 잡혔다. 여느 오크들과 달리 날고기보다는 익힌 고기를 더 좋아하는 스랄은 능숙한 솜씨로 모닥불을 피워서 고기를 구워 먹었다. 그런 뒤 불가에 드러누워 부족한 잠을 청했다.

얼마 뒤 스랄은 퍼뜩 잠에서 깼다. 무언가 차가운 금속 같은 것이 그의 목을 누르고 있었다. 스랄은 미동도 하지 못했다.

"멍청하고 역겨운 오크들 같으니."

누군가가 그렇게 뇌까렸다. 여자 목소리였고, 오랫동안 말을 하지 않았던 듯 음색이 탁했다.

"내가 너한테서 돈을 뜯어낼 수 없었다면 진작 죽여버렸을 거다."

돈? 아마 현상금 얘기인 것 같았다. 혹시 얼라이언스 측에서 스랄의 머리에 현상금을 걸어놓아서 저 여자가 어둠속에서도 스랄의 얼굴을 재깍 알아본 걸까? 아니다, 그럴 리는 없다. 만약 여자가 스랄을 알아보았다면 오크 전체를 뭉뚱그려 욕하지 않고 스랄을 딱 꼬집어 말했을 테니까. 스랄은 최대한 차분한 어조로 말했다.

"나는 너를 해치지 않겠다."

여자가 그의 목에 대고 있는 것은 나팔총의 총신이었다. 스랄은 그 총을 움 켜쥐어 다른 쪽으로 돌릴 수 있을지 생각해보았지만, 아무리 재빨리 움직여도 여자가 먼저 총을 쏴버릴 것 같았다.

"아, 당연하지. 그랬다가는 내가 네 머리통을 날려버릴 테니까. 일어나. 그 리고 천천히 앞으로 걸어가라. 너를 죽이는 것보단 살려두는 편이 내게 더 이 득이긴 하지만, 네가 말썽을 일으키는 걸 참아주면서까지 그깟 쩨쩨한 포상금 을 벌고 싶은 마음은 없다."

스랄은 여자가 시키는 대로 천천히 걸으면서 두 손을 여자가 볼 수 있도록 들 어올렸다.

"저기 왼쪽에 있는 나무까지 가서 나를 돌아봐라."

스랄은 그 나무에 이르러서 천천히 몸을 돌렸다가, 숨을 헉 들이쉬었다.

스랄의 앞에 있는 여자는 작고 깡마른 체구였고 옅은 금발을 짧게 깎고 있었 다. 30대 초반쯤 된 듯했고, 실용적인 바지와 부츠 그리고 셔츠 차림이었다. 달 빛 때문에 광대뼈와 눈 밑에 그늘이 져서 얼굴이 까칠해 보였지만 낮이라고 해 도 그리 온화한 얼굴로 보이진 않을 듯했다. 한때는 아름다운 얼굴이었으리 라. 아니, 한때는 정말로 아름다웠다. 스랄은 나지막이 중얼거렸다.

"타레사……."

제 9 장

타레사는 스랄의 넓은 가슴에 나팔총을 똑바로 겨눈 채 눈을 가늘게 떴다.

"내 이름을 어떻게 아는 거지?"

스랄은 혼란에 빠져 완전히 넋을 잃었다가 뒤늦게 상황을 파악했다. 이곳은 청동 용군단이 바로잡으려 한다는 잘못된 시간의 길 중 하나인 게 분명했다. 가슴 아프지만, 어렸을 적 스랄의 유일한 친구였던 타레사 폭스턴은 20대 중반에 죽었으니까.

"이상한 헛소리로 들리겠지만, 이제부터 내가 하는 말을 부디 믿어주었으면 좋겠어."

스랄은 최대한 침착하게, 자신의 말이 제정신으로 들리도록 안간힘을 썼다. 그러자 타레사가 한쪽 눈썹을 추켜올렸다.

"냄새 나는 초록 놈치고는 말솜씨가 나쁘지 않군."

늘 스랄을 친형제처럼 생각했던 타레사가 그에게 악담을 하는 걸 들으니 마음이 아팠지만 스랄은 내색하지 않았다.

"그건 내가 인간에게 교육을 받았기 때문이야. 나는 에델라스 블랙무어 영주의 밑에서 검투사로 자랐고, 전술과 더불어 읽고 쓰는 법도 확실히 배웠거든.

145

네 어머니인 클라니아 씨가 젖먹이였던 나를 길러주셨어. 내 이름은······ 스랄이라고 해."

타레사가 쥔 총이 아주 잠깐 흔들렸다. 타레사의 자세를 보니 총을 다루는 데에 익숙하다는 걸 알 수 있었다.

"웃기지 마. 그 오크는 태어난 지 며칠 만에 죽었어."

스랄은 아찔해졌다. 그러니까 이 시간의 길에서 스랄은 갓난아기였을 때 죽었다는 뜻이었다. 받아들이기가 너무 힘들었지만, 스랄은 어떻게든 타레사를 설득하려 했다.

"타레사, 용에 대해 들어본 적 있어?"

타레사가 코웃음을 쳤다.

"나를 모욕하지 마라. 당연히 들어봤지. 그게 지금 내 인내심을 시험하고 있는 이 오크 놈이랑 무슨 상관인지 의문이군."

타레사는 너무나 거칠고 표독스러웠다. 그래도 스랄은 굴하지 않고 말을 이었다.

"그러면 청동 용군단이라 불리는 용들이 있다는 것도 알겠지. 그 용군단의 지도자는 노즈도르무라고 하고, 그들은 시간과 역사가 올바르게 흘러가도록 관리하는 일을 해. 그리고 네가 살고 있는 이곳이 아닌 또 다른 역사에서는, 내가 죽지 않고 살아남아서 블랙무어의 뜻에 따라 검투사로 성장했어. 그때 너는 책에 쪽지를 숨겨서 나와 대화를 주고받았고, 나와 친구가 됐어."

"오크와 친구가 됐다고? 말도 안 되는 소릴."

타레사의 목소리가 날카롭게 치솟았다.

"그렇지. 정말로 말도 안 되고 또 정말로 경이로운 일이야. 너는 너희 어머니 손에서 자란 나를 기억했고, 좋아하게 됐어. 그리고 사람들이 나를 가혹하게 다루는 데에 질색했고. 이것 봐, 나는 방금 너를 만났는데도 너에 대해 이렇게 많은 걸 알고 있잖아? 스스로 방어할 능력이 없는 약자에게 폭력을 휘두르는 사람들을 네가 싫어한다는 것도 난 알아."

총이 또 한 번 흔들리더니, 타레사가 잠깐 시선을 돌렸다가 다시 스랄을 돌아보았다. 스랄은 희망으로 가슴이 설레었다. 그토록 상냥했던 소녀가 이렇게 거칠고 매정한 성격으로 변하기까지 어떤 일이 있었는지는 몰라도, 스랄이 기억하는 타레사가 여전히 그 이면에 숨어 있다는 걸 알 수 있었다. 그렇다면 타레사의 마음의 문을 열 수도 있을 테고, 어떤 식으로든 도울 수 있을 것이다. 스랄이 살아온 시간의 길에서는 구하지 못했던 타레사를 이 시간의 길에서는 구할 수도 있을 것이다.

"너는 내가 탈출하도록 도와줬고, 덕분에 나는 수용소에 갇혀 있던 내 동족들을 해방할 수 있었어. 나는 블랙무어를 처단하고 던홀드를 무너뜨렸고, 이후에는 인간과 오크와 다른 종족들이 다 같이 연합해서 불타는 군단이라는 사악한 세력과 맞서 세상을 지키기 위해 싸우기도 했어. 그 모든 게 네 덕분이었어, 타레사. 내 세상의 역사는 네게 큰 은혜를 입은 거야."

"재밌는 이야기군. 오크라고는 상상하기 힘들 만큼 영리한 놈이야. 하지만 그건 거짓말이다. 이 세상은 그런 식으로 돌아가지 않았고, 내가 알고 있는 세상은 여기뿐이다."

"내게 증거가 있다면?"

"웃기지 마!"

"나는 증명할 수 있어."

타레사는 여전히 경계를 늦추지 않았지만, 점점 커져가는 호기심이 표정에 드러났다.

"어떻게?"

"갓난아기였던 그 오크를 너도 본 적이 있지? 그 아기의 눈 색깔이 뭐였는지 기억해?"

"파란색. 눈이 파란색인 오크는 그 녀석 빼고는 본 적 없다."

타레사가 단번에 대답했다. 스랄은 자신의 얼굴을 가리켰다.

"타레사, 내 눈이 파란색이야. 그리고 나 역시 파란 눈의 오크는 나 외엔 본 적 없어."

타레사가 콧방귀를 꼈다.

"한밤중에 네 눈 색깔을 확인하라는 구실로 나를 가까이 다가오게 할 수작이군. 시도는 좋았어."

타레사가 왼쪽을 고갯짓했다.

"계속 걷기나 해, 초록둥이."

"잠깐만! 증거가 하나 더 있어."

"작작하시지."

"내 가방에 증거가 있어. 가방을 한번만 봐줘. 그 안에 작은 주머니가 있는데…… 그걸 열어보면 네가 아는 물건이 나올 거야."

스랄은 자신의 말이 먹혀들기만을 애타게 바랐다. 그 주머니에 들어 있는 물건은 많지 않았다. 토템, 고대정령들이 준 도토리, 각 정령들의 모습이 새겨져 있는 임시 제단, 그리고…… 개인적으로 아주 소중한 물건. 잃어버렸다가 겨우 되찾은, 죽을 때까지 간직할 물건.

"만약 이게 속임수라면 네 몸에 커다란 총구멍을 내놓겠어……."

타레사는 낯을 한껏 찌푸리면서도 조심스럽게 무릎을 꿇고 앉아서 스랄의 가방을 뒤졌다.

"무슨 물건을 찾으라는 건데?"

"내 예상이 맞다면…… 네가 보면 그냥 알 거야."

타레사는 뭐라 투덜거리면서 총을 오른손으로 바꿔 들고 왼손으로 주머니를 꺼냈다. 그리고 내용물을 쏟아내서 하나씩 헤집었다.

"뭐야, 그냥 돌이랑 깃털밖에 없……."

타레사는 문득 입을 다물었다. 그가 내려다보는 곳에는 달빛에 반짝이는 조그마한 목걸이가 있었다. 그 순간 타레사는 스랄에 대해 까맣게 잊어버린 듯 떨리는 손으로 목걸이를 집어들었다. 그리고 은줄에 걸린 초승달 펜던트를 보더니, 입을 벌린 채 스랄을 돌아보았다. 아까까지만 해도 험상궂게 뒤틀려 있던 얼굴이 완연한 충격과 경이감으로 물들어 있었다.

"내 목걸이잖아."

타레사가 작고 부드러운 목소리로 중얼거렸다.

"그래. 내가 던홀드를 탈출할 때 네게 받은 거야. 그때 너는 용처럼 생긴 바위 근처에 있는 어느 쓰러진 나무속에 그 목걸이를 숨겨서 내게 전해줬었어."

타레사는 더 이상 스랄을 쳐다보지도 않고 천천히 총을 내려뜨렸다. 그리고 낡은 리넨 셔츠 안에 손을 집어넣어서 자신이 걸고 있던 목걸이를 들어올렸다. 스랄의 주머니에서 꺼낸 것과 똑같은 목걸이였다.

"내 목걸이에는 어렸을 때 펜던트를 찌그러뜨린 자국이 남아 있어. 바로 여기에……."

타레사는 두 목걸이를 비교했다. 그리고 둘 다 정확히 같은 위치가 같은 모양으로 찌그러져 있다는 것을 깨달았다. 초승달의 아래쪽 끝이 살짝 일그러져 있었던 것이다.

타레사가 스랄을 올려다보았다. 그 눈에서 스랄은 자신이 기억하는 바로 그 타레사를 볼 수 있었다.

스랄이 천천히 타레사에게 다가가서 그 옆에 꿇어앉자, 타레사는 두 번째 목걸이를 꼭 움켜쥐었다가 그에게 내밀었다. 그리고 스랄의 커다란 녹색 손바닥 위에 목걸이를 떨어트렸다. 스랄을 마주보는 타레사의 얼굴엔 어느덧 두려워하는 기색이 사라지고 미소가 번져 있었다.

"네 눈, 정말 파랗구나."

스랄은 타레사가 자신의 황당무계한 이야기를 믿어주어서 기뻤지만, 놀라지는 않았다. 스랄은 반박할 수 없을 만큼 확실한 증거를 보여주었고, 스랄이 알고 있는 타레사는 그런 객관적인 증거를 선입견 없이 받아들일 수 있는 사람이었으니까. 그리고 지금 그의 눈앞에 있는 여자는 비록 스랄이 기억하는 상냥하고 솔직한 소녀와 많이 다르긴 해도 여전히 타레사였다.

둘은 오랫동안 대화를 나누었다. 스랄은 자신의 세상에 대해 이야기해 주되, 그 세상의 타레사가 죽었다는 말은 꺼내지 않았다. 만약 타레사가 물어봤다면 구태여 거짓말을 하지는 않았겠지만, 타레사가 그런 질문을 하지 않았기에 스랄은 자기 시공간의 역사와 이세라가 맡긴 임무에 대해서만 털어놓았다. 타레사 역시 모닥불을 뒤적거리면서 이 비틀린 시공간의 이모저모에 대해 이야기해주었다.

"아, 여기도 블랙무어가 있긴 있지."

이야기가 그 끔찍한 인간에 대한 화제로 흘러가자, 타레사는 씁쓸한 투로 말했다.

"하지만 네 세상의 블랙무어 쪽이 더 마음에 드는군."

스랄은 끙 앓는 소리를 냈다.

"오크 군대를 양성해서 반역을 일으키려 했던 그 교활하고 이기적인 술꾼이 마음에 든다니?"

"이곳의 블랙무어도 교활하고 이기적이긴 마찬가지야. 그런데 술꾼은 아니지. 말짱히 제정신이라서, 굳이 오크 군대를 만들지 않고도 반역을 일으킬 수 있는 놈이라고."

타레사는 스랄의 건장한 몸에 눈길을 던지고는 말을 이었다.

"너는 강력한 전사라고 했지? 딱 봐도 그런 것 같아. 블랙무어가 너를 이용한 역모 계획에 너무 많이 의존했다가, 네가 죽고 나니 정신을 차리고 혼자 힘으로 모든 걸 해내야 했던 거지."

"보통은 그런 식으로 자립하는 건 바람직한 일일 텐데."

"보통은 그렇지. 하지만 블랙무어는 워낙…… 보통하고는 거리가 머니까."

그 말을 하는 타레사의 표정이 어딘가 떨떠름해졌다. 내밀한 분노와…… 수치심 같은 게 언뜻 비쳤다.

"너는…… 이곳에서도 그자의 정부였구나."

스랄은 뒤늦게 덧붙였다.

"미안해."

타레사가 깔깔 웃었다.

"정부라고? 스랄, 정부는 파티에 어엿이 참석할 수 있는 여자를 뜻하는 거야. 귀족 나리들은 자기 정부에게 보석과 드레스를 선물하고, 같이 사냥도 떠나고, 그 여자 가족까지 후하게 대접해주지. 하지만 나는 그렇게까지 대단한 존중을 받은 적이 없어."

타레사는 심호흡을 하고 말을 이었다.

"나는 그냥 심심풀이였어. 블랙무어는 나한테 금방 질렸고. 적어도 그건 고마운 일이지."

"너희 부모님은…… 그분들은 어떻게 됐어?"

타레사는 미소를 지었지만 눈까지 웃지는 않았다.

"너를 죽게 놔뒀다는 이유로 처벌을 받았어. 내 남동생 파랄린이 죽은 지 얼마 안 되었을 때였지. 아버지는 마구간 청소하는 하인으로 강등되었고, 어머니는 내가 여덟 살 때 돌아가셨어. 그때가 겨울이었는데 블랙무어는 어머니가 의사를 만나게 허락하지도 않더군. 그로부터 몇 년 뒤에 아버지마저도 돌아가셨고, 나는 부모님이 모아두신 얼마 안 되는 돈을 갖고 뒤도 안 돌아보고 떠났어. 그때쯤에는 블랙무어가 내게 전혀 신경을 쓰지 않았거든. 나라를 다스리느라 바빠서 말야."

스랄이 입을 딱 벌리고 반문했다.

"나라를 다스린다고?"

"물론 그 작자가 로데론의 정당한 국왕이라고 인정하는 사람은 아무도 없어. 하지만 감히 끌어내리려 하는 사람도 없지."

스랄은 몸을 푹 젖히고 타레사의 말을 이해하려 노력했다.

"계속 얘기해줘."

"블랙무어는 애초부터 인기가 많았어. 자기 군사들을 극도로 치밀하게 훈련시켜서 완벽하게 만들었거든."

그건 블랙무어가 스랄에게 끝없이 검투 시합을 시켰던 것과도 비슷했다. 지극히 블랙무어다운 행동이라 할 만했다. 비록 그 방식은 기괴하게 비틀려 있었지만.

"그러다가 용병들을 고용해서 똑같은 방식으로 훈련시켰어. 그리고 검은바위 첨탑 전투 이후부터…… 아무도 블랙무어를 막을 수 없게 됐지."

"거기서 무슨 일이 있었길래?"

"블랙무어가 오그림 둠해머를 결투로 죽였거든."

타레사는 무뚝뚝하게 말하고 스랄이 모아놓은 산딸기를 한 움큼 집었다. 스랄은 자기 귀를 믿을 수가 없었다. 블랙무어가? 그 칭얼거리고 술이나 퍼마시는 겁쟁이가, 호드의 대족장이었던 오그림 둠해머에게 일대일 결투로 도전했다니? 더군다나 이기기까지 했단 말인가?

"그 사건으로 초록둥이들…… 아, 미안. 오크들은 완전히 낙담했어. 이곳의 오크들은 노예가 되어서 기개를 꺾인 채 살아가고 있어. 여긴 네가 말한 그런 수용소조차도 없어. 야생에서 발견되는 오크는 무조건 정부에서 사들이고, 몸이 망가져서 일을 못하거나 너무 반항적으로 구는 오크는 죽여버리는 식이야."

"그래서 네가 나를 살려두려 했던 거군."

타레사가 고개를 끄덕였다.

"야생 오크를 나라에 넘기면 내가 일년은 족히 먹고 살 만큼의 포상금을 받거든. 그래…… 우리 세상은 그런 식으로 돌아가. 언제나 그랬고. 하지만……."

타레사는 얼굴을 찌푸리고 말을 이었다.

"나는 항상…… 음, 이건 좀 아니라는 느낌이 들었어. 도덕적으로 잘못됐다는 뜻만이 아니라, 어딘가 정상이 아닌 듯한……."

스랄은 타레사의 말뜻을 이해하고 단호히 말했다.

"당연한 거야. 실제로 이건 정상이 아니니까. 이 세상의 역사는 잘못됐어. 올바른 역사는 블랙무어가 죽고, 오크들이 자기 나라를 세우는 거야. 그리고 내가 너를 만난 걸 시작으로 인간들과 친구가 되는 거야."

스랄이 빙긋 웃었다. 타레사도 마주 살짝 웃더니 고개를 흔들었다.

"희한하지만…… 그렇게 되는 게 맞다는 생각이 들어."

타레사가 잠시 주저하더니 말을 돌렸다.

"그런데 네 세상에서 내가 어떻게 됐는지는 별 말을 안 해주네."

스랄은 움찔했다.

"그건 묻지 않길 바랐는데…… 아무래도 궁금하겠지."

"나는…… 음, 네가 그렇게 칭찬하는 제이나 프라우드무어처럼 잘 되지는 않은 모양이네."

타레사는 짐짓 가벼운 투로 말했지만 불안감이 배어나왔다. 스랄은 주의 깊게 타레사를 응시하고, 더할 나위 없이 진지한 얼굴로 물었다.

"정말로 알고 싶어?"

타레사는 낯을 찌푸리곤 또 모닥불을 뒤적거리더니, 부지깽이 삼아 들고 있던 나뭇가지를 불 속에 밀어 넣었다.

"그래. 알고 싶어."

당연한 일이었다. 타레사는 불편하다고 해서 피해버리는 성격이 아니니까. 스랄은 타레사가 이 이야기를 듣고 자신에게 등을 돌릴까봐 걱정스러웠지만, 그렇다고 해서 사실 그대로를 말하지 않는 건 잘못이었다.

스랄은 잠시 침묵하며 생각을 정리했다. 타레사는 재촉하지 않았다. 모닥불이 타닥타닥 타는 소리, 야행성 동물들이 나지막이 우는 소리만이 들려왔다. 스랄이 마침내 입을 열었다.

"너는 죽었어. 네가 나를 도와줬다는 걸 블랙무어가 알았거든. 놈은 네가 나를 만나러 갈 때 미행을 붙였고…… 네가 돌아오자, 죽였어."

타레사는 아무 말도 하지 않았지만 얼굴이 약간 실룩거렸다. 그리고 이상할 만큼 차분한 목소리로 물었다.

"계속 얘기해. 어떤 식으로 죽였는데?"

"정확히는 나도 몰라. 하지만……."

스랄은 눈을 질끈 감았다. 부모님이 살육당하는 장면을 본 것도 모자라서 이제는 이런 고역을 치르게 되다니.

"네 머리를 잘라서 자루에 넣었어. 그리고 내가 던홀드로 돌아와서 오크 죄수들을 해방하라고 요구했을 때…… 블랙무어는 그 자루를 내게 던졌어."

타레사는 두 손에 얼굴을 파묻었다.

"놈은 그렇게 하면 내가 이성을 잃고 무너질 줄 알았나봐. 그래, 이성을 잃기는 했어. 하지만 놈이 원한 방식은 아니었어."

스랄은 그 순간을 돌이키며 나지막이 말했다.

"나는 분노했어. 놈이 저지른 짓이…… 그런 짓을 하는 작자에게는 자비를 보일 필요가 없다고 생각하게 됐지. 결과적으로 네 죽음은 블랙무어의 죽음을 몰고 온 셈이야. 나는 그때의 기억을 자주 떠올리곤 해. 너를 살릴 방법이 없었을까 몇 번이고 곱씹곤 해. 타레사, 구해주지 못해서 미안해. 정말 미안해."

타레사는 계속 얼굴을 가리고 있다가 탁한 목소리로 말했다.

"한 가지만 말해줘. 나도 무언가 중요한 역할을 하긴 했어?"

스랄은 타레사가 어떻게 그런 질문을 할 수 있는지 어안이 벙벙했다. 지금까지 스랄이 한 모든 이야기를 타레사는 이해하지 못한 걸까?

"타레사. 네가 친절하게 대해준 덕분에 나는 인간들 중에도 신뢰할 수 있는 사람이 있다는 걸 알았어. 내가 제이나 프라우드무어와 기꺼이 동맹을 맺을 생각을 할 수 있었던 것도 다 그 때문이야. 그리고…… 내가 그저 녹색 피부의 괴물이 아니라는 걸 알려준 사람도 너였어. 나를 비롯한 모든 오크들이 짐승 취급을 받을 만큼 비천한 존재가 아니라는 걸."

스랄은 타레사의 어깨에 손을 얹었다. 고개를 들어 그를 올려다본 타레사의 얼굴에 눈물이 흘러내리고 있었다.

"타레사…… 내 소중한 친구, 내 영혼의 누이. 너'도' 중요한 역할을 한 게 아니야. 너'만이' 해낸 일이야."

스랄이 그렇게 말했는데도 타레사는 불안하게 떨리는 미소를 지었다.

"너는 이해 못 해. 난 무슨 역할이라곤 전혀 해본 적이 없어. 늘 있으나 마나한 사람이었다고. 지금껏 살면서 그 누구에게도 무엇에도 영향을 주지 못했어."

"하지만 네 부모님이……."

타레사가 실소를 흘렸다.

"네 세상에서 내 부모님은 더 인자했던 사람들이었던 것 같아. 여기서는 달랐어. 나는 여자애라서 별 쓸모가 없는 자식이었거든. 우리 가족 모두가 먹고 사는 데에만 허덕일 뿐이었어. 그래서 네가 말하는 그런 교육, 나는 한 번도 받아본 적 없어. 스랄, 난 읽고 쓰는 법도 모른다고."

스랄은 타레사가 문맹이라는 걸 상상도 할 수 없었다. 애초에 둘이 엮이게 된 계기도 책 때문이 아니었던가. 타레사가 책에 편지를 끼워 편지를 전하지 않았더라면 스랄은 탈출할 엄두도 내지 못했을 것이다. 스랄은 실제 역사에서 타레사가 맞은 운명이 가혹하다고, 그토록 선량하고 다정한 사람이 그런 죽음을 맞다니 부당하다고만 생각해왔다. 그러나 이곳의 역사에서 타레사가 살아온 삶은 심지어 더 나쁜 것 같았다.

예전에 영계 탐색에서 타레사를 보았던 기억이 떠올랐다. 당시 함께 참여했던 아그라는 어떤 의미에서 타레사를 만났다고 할 수 있었다. 그때 스랄이 타레사는 죽지 말았어야 했다고 말하자, 아그라는 이렇게 대답했었다.

"그게 타레사의 운명이 아니었다는 걸 당신이 어떻게 알죠? 만약 그게 타레사가 태어난 목적이라면? 본인 외에는 아무도 모르는 거예요.”

가슴이 철렁했다. 아그라의 말이 맞았다. 타레사는 자신의 숙명을 알고 있었던 것이다. 스랄이 속한 시공간에서도, 지금 이 시공간에서도.

“나 때문에 무언가가 바뀌었다니…… 한 사람만이 아니라 나라 전체가, 아니, 세계의 역사가 바뀌었다니. 그게 내게 어떤 의미인지 넌 모를 거야. 내가 죽었다는 건 상관없어. 어떤 방식으로 죽었든 상관없다고. 내가 중요한 존재이기만 했다면!”

스랄은 절박하게 말했다.

“넌 중요한 존재야. 예전에도, 지금도. 이 세상에서의 너는 아직 아무것도 바꾸지 못했을 수도 있지만, 앞으로도 그런 건 아니야.”

“야생 오크를 나라에 넘기면 내가 일년은 족히 먹고 살 만큼의 포상금을 받거든. 그래…… 우리 세상은 그런 식으로 돌아가. 언제나 그랬고. 하지만…… 나는 항상…… 음, 이건 좀 아니라는 느낌이 들었어. 도덕적으로 잘못됐다는 뜻만이 아니라, 어딘가 정상이 아닌 듯한…….”

“그래, 그렇다고 했지.”

스랄은 눈을 깜빡였다. 그건 예리한 통찰이긴 했지만 왜 뜬금없이 지금 그 얘기를 다시 꺼내는지 이해할 수 없었다. 그런데 타레사는 얼굴을 찌푸리고는 도리어 반문했다.

“그렇다니 뭘?”

그러고 보니 공기가…… 뭔가 달라져 있었다. 스랄은 벌떡 일어서서 타레사의 총을 집어들었다. 그러자 타레사는 당황하지 않고 재깍 스랄의 옆에 붙어서서 주변의 숲을 둘러보았다. 돌발 상황에서 침착하게 대처하는 건 언제나 변치 않을 타레사의 강점이었다.

"왜? 무슨 소리 들었어?"

타레사가 물었다. 그런데 어느새 스랄은 타레사의 옆에 앉아 있었다.

"넌 중요한 존재야. 예전에도, 지금도. 이 세상에서의 너는 아직 아무것도 바꾸지 못했을 수도 있지만, 앞으로도 그……."

스랄은 말을 뚝 멈췄다. 이제야 뭐가 어떻게 된 건지 알 듯했다.

"너도 나도 알다시피, 이 시간의 길은 잘못됐어. 너무 심하게 어긋난 나머지 시간이 정상적으로 흐르지도 못하고 있는 거야. 아까의 상황이 자꾸 반복되잖아. 시공간이 흐트러지고 있는 것 같아."

타레사의 얼굴이 창백해졌다.

"이 세상이 끝장날 거라는 뜻이야?"

"무슨 일이 벌어질지는 나도 몰라. 하지만 어떻게든 막을 방법을 찾아야 해. 그리고 내가 이 시간의 길에서 벗어날 방법도. 그러지 않으면 모든 게…… 네 세상과 내 세상뿐 아니라, 수많은 다른 시공간들까지 파괴될 거야."

타레사는 공포에 질린 채 모닥불을 내려다보며 아랫입술을 깨물었다.

"네 도움이 필요해."

타레사는 스랄을 올려다보고 미소 지었다.

"도와줄게. 세상을 바꾸고 싶어…… 다시 한 번."

제10장

세상이 고요해졌다.

분노나 고통이나 기쁨의 함성도 없고, 나지막한 숨소리 하나도 없었다. 날갯짓 소리도, 심장 박동도, 눈이 깜빡이거나 나무가 뿌리를 내리는 것 같은 미세한 소리도 들리지 않았다.

아니다. 아주 고요하지만은 않았다. 바다가 움직이고 있었으니까. 파도가 해안으로 밀려들고 빠져나가고 있었다. 그러나 그 속에는 아무것도 존재하지 않았다. 바람이 집들의 차양을 흔들었지만 그 안에는 아무도 살지 않았고, 바람에 물결치는 풀밭은 노랗게 시들어 있었다.

이곳에서 살아 있는 존재는 이세라뿐이었다. 이세라는 초조해지다가 슬슬 겁이 났고, 급기야 공포에 휩싸였다.

황혼의 시간이 도래한 것이다.

이세라는 생명이 사라진 땅에 앞발을 얹었다. 이 땅은 두 번 다시 생명을 키우지 않을 것이다. 이세라의 숨결도 더 이상은 푸르른 신록을 길러내지 못할 것이다. 이세라는 모든 대륙을 돌아다니며 어딘가 단 한 군데라도 무사한 곳을 절박하게 찾아다녔지만, 모든 게 죽어 있었다. 용, 인간, 엘프, 오크, 물고기,

새, 나무, 풀, 곤충도. 발을 내딛는 곳마다 공동 묘지였다.

그런데 이세라는 어떻게 살아 있는 걸까?

그 질문에 대답하기가 겁이 났다. 이세라는 몸을 움츠렸다가, 계속 발길을 옮겼다.

무법항, 오그리마, 썬더 블러프, 어둠골, 잊혀진 땅…… 어디에나 시체가 즐비했다. 시체의 고기를 먹는 짐승들까지 죄다 죽었기에 하나같이 그 자리에서 썩어가고만 있었다. 그 어마어마한 광경 앞에서 머리가 살짝 이상해지려고 하자 이세라는 바짝 정신을 차렸다.

'우리 사원은……'

그곳이 어떻게 되었는지는 차마 보고 싶지 않았지만, 확인해야만 했다.

고룡쉼터 사원의 토대에 올라선 이세라는 한때 감겨 있었던 그 눈을 커다랗게 떴다.

이곳에서는 날갯짓 소리가 났다. 숨소리도, 증오심에 사로잡힌 자들이 내지르는 승리의 함성도. 공기가 들썩일 만큼 온갖 소리를 내는 그들은 황혼의 용군단이었다. 만물의 시체를 짓밟고 이 세상에 유일하게 살아남은 자들. 고룡쉼터 사원의 1층에는 강력한 위상들의 시신이 널려 있었다. 불에 타 죽은 알렉스트라자는 갈비뼈가 새까맣게 그을린 채 툭 불거져 있었고, 얼굴이 보이지 않는 푸른 용의 위상은 극도의 고통에 사로잡힌 채 딱딱하게 얼어붙어 있었다. 시간의 지배자 노즈도르무는 시간 속에 정지되어 돌덩이처럼 미동도 하지 않았다. 그리고 신록과 생명의 기운으로 넘쳐흘렀던 이세라 자신의 몸뚱이는 시든 덩쿨에 친친 감겨 있었고 목구멍까지 그 덩쿨로 틀어막혔다. 각 위상은 자기 고유의 힘에 의해 자멸한 듯 보였다.

그러나 이세라가 공포에 질려 싸늘하게 식은 까닭은 그 때문이 아니었다.

깨어난 여왕 이세라의 앞에는 거대한 몸뚱이가 있었다. 지나치게 고요하고 활기 없는 노스렌드의 하늘에는 부풀어 오른 듯한 주홍색의 태양이 뉘엿뉘엿 져가고, 침침하고 음울한 황혼의 빛이 그 몸을 비추고 있었다.

그 몸은 고룡쉼터 사원의 첨탑에 꿰뚫려 있었다.

이세라는 덜덜 떨면서 털썩 주저앉았다. 시선을 돌리고 싶었지만 그럴 수가 없었다.

"데스윙……."

이세라는 억지로 정신을 차리고 마음을 가라앉혔지만 몸은 여전히 부들부들 떨리고 있었다. 이세라는 고개를 내저으며 중얼거렸다.

"안 돼, 안 돼, 안 돼……."

이건 꿈이다. 하지만 단순히 꿈만은 아니라는 걸 알 수 있었다. 이 미래는 바꿀 수도 있을 것이다…… 한 명의 오크의 손으로.

'스랄, 네가 정확히 어떤 역할을 해야 하는지는 모르지만, 제발 간청하건대…… 제발, 제발, 실패하지 말아다오. 이 세상이 이렇게 고요해지지 않도록 해다오.'

스랄과 타레사는 고민에 빠졌다. 시간의 길을 어떻게 하면 바로잡을 수 있을까?

"내가 죽었을 때부터 일어난 모든 일을 말해줘."

스랄이 말했다.

"너무 많은데…… 뭐, 알았어. 아까 말했듯이, 블랙무어는 자기 목표에 매진했어. 군대를 양성하고 용병들을 고용했고, 검은바위 첨탑 전투 이후에도 사병단을 해체하지 않았지. 그리고 오크들이 투항하자마자 블랙무어는 얼라이

161

언스가 질겁할 만한 비밀 거래를 제안했어. 자신의 군대에 편입해서 테레나스 국왕을 비롯한 다른 왕들을 죽여라, 그러면 살려주겠다. 그래서 오크들이 어떻게 했을 것 같아?"

스랄이 고개를 끄덕였다.

"당연히 응했겠지. 어차피 적과 싸우는 거니까. 그래서 테레나스는 죽었겠군."

"맞아. 빛의 수호자 우서도, 안두인 로서도."

스랄의 시공간에서 로서는 검은바위 첨탑 전투에서 둠해머와 싸우다가 전사했다.

"바리안 왕자는?"

"바리안도, 테레나스의 아들 아서스도 싸우기에는 너무 어렸지. 둘 다 무사히 도주해서 살아남았어."

아서스. 타락한 성기사…… 리치 왕.

"이곳에 이상한 전염병이 돈 적은 없어? 곡식이 병들거나?"

타레사는 고개를 저었다.

"아니, 그런 일은 없었는데."

스랄은 한 대 얻어맞은 듯한 충격에 빠졌다. 블랙무어가 살아남은 세상은 이런 것이었다. 충분히 혐오스러운 역사였지만, 어쨌든 타레사는 살았고…… 수많은 무고한 자들이 스컬지도 포세이큰도 되지 않고 살아남은 것이다.

"켈투자드라는 이름은 혹시 들어봤어?"

스랄의 시공간에서 켈투자드는 달라란의 상원의원이었고, 강해지려는 욕망 때문에 타락하여 생명과 죽음의 경계를 허무는 실험에 빠져들었다. 그런 금단의 실험을 저지른 켈투자드가 아서스에 의해 리치로 부활한 것은 섬뜩하도록 잘 어울리는 귀결이었다.

"아, 블랙무어의 최고 고문관 말이군."

타레사가 얼굴을 찡그리며 말했다. 그러니까 이 시공간에서도 켈투자드가 강해지려는 욕망에 굴복한 건 마찬가지였다. 고대의 악이 아니라 인간들 사이의 정치적 권력에 이끌렸다는 차이가 있을 뿐.

"안토니다스와 달라란은 켈투자드와 완전히 교류를 끊었어. 그리고 달라란은 중립적인 입장인 것 같지만, 로데론보다 스톰윈드에 더 충성한다는 소문이 돌더라. 물리적인 위치는 로데론과 훨씬 가까운데 말야."

타레사가 어깨를 으쓱했다.

"그게 사실인지는 나도 몰라. 남녘해안에 갈 때마다 이런 저런 소문을 듣곤 하거든. 그뿐이야."

그러면 달라란도 아직 존재하고, 안토니다스는 여전히 마법사들의 수장이라는 뜻이었다. 그 도시는 무너지지 않았고, 노스렌드로 이전되지도 않은 것이다.

"아서스와 바리안은 지금 어떻게 됐어?"

"바리안은 스톰윈드의 국왕이야. 아서스랑 같이 있지. 둘이 친형제처럼 친해서, 아서스 결혼식 때 바리안이 신랑 들러리를 서기도 했어."

"아서스가 제이나 프라우드무어와 결혼했나보군."

스랄이 나지막이 말하자 타레사가 고개를 끄덕였다.

"어린 아들도 있어. 우서 왕자."

이 시공간에는 역병도, 리치 왕도 없었다. 아직까지는. 아서스는 결혼해서 한 아이의 아버지가 되었고, 로데론은 언데드가 사는 언더시티로 변하지 않았다. 블랙무어가 선량한 인간의 왕위를 찬탈하긴 했지만.

"블랙무어가 정세를 그렇게 잘 파악하고 휘두르다니."

스랄은 중얼거렸다.

"그런 사람이 갑자기 실종됐으니 정말 희한한 일이지."

"뭐? 실종됐다고?"

"그래. 물론 고문관들이 쉬쉬하면서 숨기고 있긴 해. 어디로 순방을 떠났다는 둥, 오크들을 토벌하러 갔다는 둥, 용들을 죽이러 갔다는 둥, 평화 협상을 맺으러 갔다는 둥…… 그때그때 말이 바뀌긴 하지만 어쨌든 사라진 건 분명해."

스랄이 설핏 웃으며 말했다.

"누가 죽인 거 아닐까? 희망 사항이지만."

"그랬다면 한바탕 난리가 났을 텐데? 사람들이 빈 왕좌를 가만 놔뒀겠어? 정당한 후계자인 아서스든, 블랙무어를 죽인 사람이든 간에 진작 그 자리를 차지했겠지. 그러니까 그건 아니라고 봐. 뭔가 이상한 일이 벌어지고 있는 거야. 어쨌거나 아서스와 바리안이 침공을 준비하고 있을 테니 이 상태가 오래 가진 못하겠지. 그쪽에서도 진작 스파이를 통해 소식을 들었을 테니까."

타레사가 옳았다. 타레사는 교육을 받지 않았다고 해도 매우 총명한 여성이었다. 아서스와 바리안은 당연히 스파이를 심어뒀을 테고, 블랙무어의 불가사의한 '부재' 상황을 최대한 신속히 이용하려 할 것이다.

스랄은 생각에 잠겼다. 시간의 길을 복구하지 않으면 모든 게 붕괴할 것이다. 블랙무어가 없어진 건 어쩌면 잘 된 일인지도 모른다. 시간의 길이 저절로 바로잡히기 시작했다는 뜻일 수도 있으니까.

하지만 그러면 엄청난 비극이 일어난다는 뜻이기도 했다.

전염병이 대지를 휩쓸고 수천 수만 명이 목숨을 잃거나 언데드가 될 것이다.

아서스는 리치 왕이 될 것이다.

그런데 문득 한 가지 섬뜩한 생각이 떠올라 식은땀이 흘렀다. 만약 이 시공간에서 리치 왕이 될 자가 블랙무어라면? 측근인 켈투자드가 블랙무어를 꼬드긴다면 충분히 가능한 일이었다.

어쨌든 스랄은 올바른 역사에 대해 계속 생각했다. 안토니다스는 죽어야 한다. 달라란과 쿠엘탈라스는 무너져야 한다. 그리고 타레사는…….

스랄은 이마를 짚고서 고민에 빠졌다. 이걸 다 해결해야 한다니, 아무래도 불가능한 일 같았다. 청동 용을 만나서 이 사태를 설명하고 도움을 청할 수 있다면 좋으련만. 굳이 청동 용 아니라 녹색 용이나 붉은 용이라도. 다른 용들도 청동 용군단의 일에 대해 알고는 있으니, 비틀린 시공간에 대해 이야기하면 믿어주긴 할 것이다. 최소한 이론상으로라도.

"그래서…… 우리가 세상을 바꿀 수 있을 것 같아?"

타레사가 조용히 묻자, 스랄은 허탈하게 웃음을 터뜨렸다.

"일단 용을 찾아야 할 것 같아. 용이라면 오크를 보자마자 죽이지 않고 이야기를 들어주긴 할 테니까. 그리고……."

스랄이 눈을 크게 떴다.

"…… 용을 어디서 찾아야 할지 알겠어."

크라서스는 서재에 앉아 있었다. 더할 나위 없이 안락한 곳이었다. 키린 토에서 크라서스가 차지하는 위치에 비하면 작은 방이었지만 따뜻하고 편안했다. 책상이며 탁자며 책장 윗면에 이르기까지, 모든 평평한 자리마다 이런 저런 책들이 펼쳐진 채 쌓여 있었다. 이곳보다 더 행복한 장소가 있다면 오로지 그의 배우자인 알렉스트라자의 곁뿐이었다. 크라서스는 배우자와 떨어져 있는 게

싫었다. 하지만 알렉스트라자는 그의 임무에 대해 누구보다도 잘 이해하고 있었다. 크라서스가 이곳에서 키린 토와 함께 일을 해야 붉은 용군단에 도움이 된다는 것을, 더 나아가 알렉스트라자가 자기 용군단보다도 더 소중하게 여기는 아제로스에도 크라서스의 역할이 필요하다는 것을 알고 있었던 것이다.

크라서스와 같이 일하는 인간이나 하이엘프나 노움들은, 용들이 하도 오래 살다 보니 지루해져서 서로 떨어져 지내고 싶어하나보다 라고 어림짐작할 것이다. 실은 전혀 그렇지 않았다.

지금 크라서스의 옆에는 아제로스의 현재 모습을 정확히 보여주는 녹색, 갈색, 푸른색이 뒤섞인 구체 하나가 공중에 떠 있었다. 그 밖에도 각종 도구, 장신구, 값을 매길 수 없이 귀한 물건들이 서재의 여기저기에 널려 있었다. 그 한가운데에서 크라서스는 아주 오래된 고서의 내용을 양피지에 베껴 적는 중이었다. 자칫 험하게 다뤘다가는 부스러져 먼지가 되어 버릴 정도로 낡은 그 고서는 마법으로 제 형태가 유지되고 있었다. 그래도 세월이 흐르면 마법이 깨질 수도 있으니, 실리적인 성격인 크라서스는 주요한 사항들을 옮겨 적어두는 편이 현명하다고 판단했다. 견습생을 시켜도 될 만큼 간단한 작업이었지만 크라서스는 직접 하는 쪽이 더 좋았다. 조용히 앉아서 고대의 지식을 파고드는 일은 마법을 좋아하는 그의 학구적인 성정에 잘 맞았다.

문에 노크 소리가 났다.

"들어오게."

크라서스가 고개도 들지 않고 대답했다. 젊은 하이엘프 여자 견습생인 데비가 들어왔다.

"크라서스님."

"그래, 무슨 일인가?"

"어떤 젊은 여자가 만나 뵙기를 청합니다. 노예를 데리고요. 그리고 크라서스님께 보여달라고 부탁한 물건이 있습니다만…… 저, 솔직히 말씀드려도 되겠습니까?"

크라서스는 엷게 미소 지었다.

"자네는 늘 솔직하게 말하지 않던가. 그리고 나는 자네의 의견을 가치 있게 평가하지. 말해보게."

"그 여자는 어딘가…… 이상했습니다. 적대적인 분위기는 아니었는데……."

그 말에 크라서스는 즉시 신경을 곤두세웠다. 데비는 사람을 보는 직감이 뛰어났다. 데비는 얼굴을 약간 찡그리며 곰곰이 생각하더니 말을 이었다.

"이걸 전해달라고 하더군요."

데비가 가까이 와서 크라서스의 손바닥 위에 조그마한 물건을 떨어트렸다. 그건 도토리였다. 겉보기에는 아주 평범하고 단순한 갈색의 도토리.

크라서스는 숨을 헉 들이쉬었다.

지식! 그건 어마어마한 지식의 총체였다. 지극히 하찮아 보이는 이 조그마한 도토리 한 알에 억겁의 세월에 걸친 지식이 들어 있었던 것이다. 도토리가 닿는 손바닥의 살갗이 얼얼해졌다. 크라서스는 주먹을 꽉 쥐고 잠시 그 감각을 음미했다. 놓고 싶지 않았다.

데비는 크라서스를 골똘히 쳐다보았다. 아직 견습생인 데비는 고대정령의 도토리를 알아볼 능력이 없었다. 이것은 예민하고 숙련된 귀를 가진 자만이 들을 수 있는 속삭임과도 같았다.

"의견을 말해줘서 고맙네. 들어오라 하게."

크라서스는 아무 내색도 않고 말했다.

"그런데 그 여자, 오크 노예를 꼭 같이 데리고 와야 한다고 우깁니다."

"자네 생각에는 왜 그러는 것 같은가?"

데비는 고개를 젖히고 생각했다.

"크라서스님, 솔직히 잘 모르겠습니다. 그 오크는 완전히 주눅이 든 눈치였고, 여자 쪽은 굉장히 중요한 용무라고 강조하더군요. 크라서스님을 어떤 식으로든 해칠 의사는 없는 것 같았습니다만, 무슨 의도인지 가늠도 안 됩니다. 수수께끼예요."

데비가 짙은 색깔의 고운 얼굴을 찡그렸다. 데비는 워낙 수수께끼를 좋아하지 않았다.

"그러면 오크도 들여보내게. 여자 한 명과 기죽은 오크 하나쯤은 내 힘으로도 상대할 수 있을 것 같으니."

크라서스와 시선이 마주친 데비는 빙글 웃었다. 다른 사람들은 곧잘 독설을 하는 저 엘프가 무례하다고 생각하겠지만, 크라서스는 데비가 자신을 겁내하지 않아서 마음에 들었다.

"알겠습니다."

데비가 서재를 나갔다. 크라서스는 긴 손가락을 펼쳐서 고대정령의 도토리를 다시 들여다보았다. 희귀하고, 아름답고, 강력한 물건이었다. 이런 걸 가져온 여자는 대체 누구일까?

문이 다시 열리더니 데비가 손님들을 데리고 들어왔다. 데비는 절을 하고 밖으로 나가서 문을 닫았고, 크라서스는 일어서서 눈앞의 여자를 찬찬히 뜯어보았다.

금발에 호리호리한 체격의 여자였다. 원래는 예쁜 얼굴이었을 듯했으나, 무척 힘든 삶을 살았다는 티가 여러 면에서 여실히 드러나 보였다. 수수한 드레스와 망토는 깨끗하지만 여러 번 기운 흔적이 보였고, 단정한 차림새였지만 손에 굳은살이 배겼고 손톱이 깨져 있었다. 여자는 초조한 기색이 역력했으나 애써 똑바로 서서 깊이 절했다.

"크라서스님. 제 이름은 타레사 폭스턴이라고 합니다. 저희를 만나주셔서 감사합니다."

처음 듣는 이름이었다. 크라서스는 타레사의 이름보다도 타레사가 한 다른 말에 흥미를 느꼈다.

"'저희'라고?"

크라서스는 부드럽게 되묻고, 뒷짐을 진 채 그들에게 가까이 다가갔다. 사실 인간 여자보다는 그 오크 쪽이 훨씬 더 인상적이었다. 여느 오크들보다 덩치가 컸고, 다부진 근육이 잡힌 몸에는 단순한 갈색 로브를 걸치고 있었다. 그의 손 역시 굳은살이 배겼지만 밭일을 하는 일꾼이 아니라 무기를 잡은 전사의 손이었다. 무기를 잡는 법과 연장을 잡는 법은 다르고, 크라서스는 인간 전사들을 숱하게 보았기에 상대방이 전사인지 아닌지 첫눈에 알아볼 수 있었다. 그 오크는 자세 또한 여느 오크들처럼 구부정하지 않았다. 게다가 크라서스의 시선을 차분히 마주하고 있었다.

그 눈은 파란색이었다.

"놀랍군. 그래서 너는 누구냐?"

"제 이름은 스랄입니다."

"노예의 이름으로 적절하긴 하지만, 솔직히 말해 너는 전혀 노예로 보이지 않는다."

크라서스는 도토리를 쥔 손을 내밀었다.

"이걸로 나를 만날 허락을 받아내다니, 아주 영리한 생각이었소. 내가 이 안에 든 지식을 감지하리라는 걸 예상했던 거겠지. 이렇게 귀중한 걸 어디서 구했소?"

크라서스의 질문에 타레사는 대답하지 않고 스랄을 돌아보았다. 예상했던 일이었다. 스랄이 입을 열었다.

"저는…… 말씀드리고 싶은 게 있습니다, 마법사님. 아니면…… 붉은 용님이라 불러드려야 할까요?"

크라서스는 태연한 척했지만 내심 충격을 받았다. 그가 알렉스트라자의 배우자인 코리알스트라즈라는 사실을 아는 존재는 극히 드물었고, 자신의 정체가 누구에게 알려져 있는지는 확실히 파악하고 있다고 생각해왔기 때문이다. 크라서스는 애써 부드럽게 말했다.

"가면 갈수록 흥미롭군. 앉아라. 다과를 좀 내오라고 하지. 꽤 긴 이야기가 될 것 같으니."

크라서스의 예상은 옳았다. 타레사와 스랄은 자리에 앉아 실로 긴 이야기를 풀어놓았다. 스랄은 서재의 의자들 중 큰 의자에 조심스럽게 앉아서 말했고, 다과가 나오자 타레사는 굶주린 늑대처럼 게걸스럽게 먹어댔다. 단순한 차와 케이크일 뿐인데도. 어쨌든 간식을 먹으면서 잠시 쉬었을 때를 제외하면 이야기는 막힘없이 이어졌고 오후 나절이 훌쩍 흘러갔다. 크라서스는 이따금씩 질문을 하거나 정보를 확인하려고 말을 보태기는 했지만 거의 듣기만 했다.

해괴한 이야기였다. 터무니없고 우스꽝스러운 이야기였다.

그러나 완벽히 이치에 맞았다.

코리알스트라즈는 수만 년을 살아오면서 수많은 헛소리를 들어보았고, 헛소리에는 반드시 헛점이 있다는 것을 잘 알았다. 그런 얘기에는 석연치 않은 구석이 꼭 있기 마련이었다. 그런데 저 이상한 오크의 이야기는 황당무계하게 들릴지라도 진실이라는 걸 알 수 있었다. 우선 스랄은 꿈꾸는 여왕 이세라와 그 용군단의 본질에 대해 정확히 알고 있었다. 그리고 고대정령의 도토리는 선물 받은 것이라고 주장했는데, 과연 그 도토리에는 억지로 빼앗거나 우연히 주워서는 있을 수 없는 평화의 기운이 감돌고 있었으므로 선물로 받은 게 분명해 보였다. 또한 스랄은 시간의 길이 작동하는 방식을 알고 있었고, 심지어는 코리알스트라즈와 알렉스트라자의 친구인 몇몇 청동 용의 이름까지도 알고 있었다.

한낱 오크 노예가 알 만한 정보가 아니었다.

스랄이 이야기를 마치자 크라서스는 차를 한 모금 마셨다. 그리고 손에 들린 귀중한 도토리를 들여다보다가 스랄에게 건네주었다.

"이걸 내게 줄 생각은 아니었겠지."

그건 질문이 아니었다. 스랄은 고개를 끄덕이고 도토리를 주머니에 넣었다.

"적합한 땅에 심어야 합니다. 그 땅이 달라란은 아닌 것 같습니다."

"그래."

코리알스트라즈가 수긍했다. 그도 똑같은 생각을 했던 참이었다.

"나 역시 에델라스 블랙무어를 진심으로 싫어한다. 누구나 싫어하겠지. 심지어 그자의 돈을 받아먹는 자들이라 해도, 돈을 좋아하는 거지 그 인간을 좋아하는 건 아닐 거야. 네 시공간에서처럼 블랙무어의 몸이 두 동강나 죽는다 해도 나는 슬퍼하지 않을 거다. 하지만 스랄, 그렇게 한다고 해서 역사를 바로잡을 수 있는 게 아니야. 참된 시간의 길을 복구해야 한다는 건 이해하지만, 네 시공간이 이곳보다 더 낫다고 생각하는 사람은 거의 없을 거다. 전염병에, 리치 왕에, 달라란은 파괴되었다가 다시 세워지고, 오크들은 나라를 세우고……　내 친구여, 그건 몹시 힘겨운 싸움이야."

"하지만 그게 옳은 겁니다. 시간의 길을 바로잡지 않으면 제가 사는 진짜 시공간이 붕괴할 겁니다! 이 시공간은 벌써 무너지고 있고요!"

"알고 있다. 키린 토의 몇몇 일원들도 아는 사실이다. 청동 용군단은 당연히 알고 있고. 하지만 너는 세계 전체를 완전히 뒤집어엎자고 말하고 있지 않느냐."

코리알스트라즈는 아제로스를 상징하는 구체를 가리켰다. 스랄은 일어서서 그쪽으로 다가가, 구체에 손을 대지 않고 유심히 바라보았다. 표면 위에 조그맣고 희끗한 구름들이 흘러다니고 있었다.

"이건…… 진짜죠? 그렇죠?"

스랄이 말했다. 타레사도 호기심이 생겼는지 스랄의 옆으로 가더니, 천천히 돌고 있는 구체를 쳐다보며 눈이 휘둥그레졌다.

"어떤 의미에서는 그렇지. 하지만 그걸 주먹으로 쳐부순다고 해서 세상이 없어지진 않아. 네가 묻고 싶은 게 그거라면."

"꼭 그런 건 아닙니다만…… 그게 가능하다면 문제가 해결되긴 하겠죠?"

스랄이 짓궂은 투로 받아쳤다. 크라서스는 재미있어하며 비쭉 웃었다.

"그럴 수도 있겠지."

"그럼…… 우리도 이 구체에 있습니까? 우리의 표시 같은 게 있나요?"

"그래. 바로 여기. 정확히 설명하자면, 우리 영혼의 정수가 이 구체로 감지되는 거다."

"그럼 아서스나 바리안도 찾으실 수 있습니까?"

"위치까지 알 수 있는 건 아니야. 우리가 지금 어디 있는지는 이미 알고 있으니 이 구체상의 위치도 가늠할 수 있는 것뿐이다. 그러니까 아서스가 이 세상에 있다는 건 감지할 수 있지만……."

크라서스가 눈을 크게 떴다.

"네가 뭘 생각하는 건지 알겠군."

"죽은 자들의 흔적도 이걸로 감지가 됩니까?"

"그래. 너는 블랙무어를 찾고 싶은 거지?"

스랄이 고개를 끄덕였다. 크라서스는 구체 표면에서 15센티미터쯤 떨어진 허공에 한 손을 뻗었다. 그리고 눈살을 찌푸리고는, 구체 주위를 천천히 맴돌면서 손을 이리저리 움직였다. 마침내 크라서스는 손을 내리고 스랄을 돌아보았다.

"네 예감이 맞다. 에델라스 블랙무어는 이 세상에 존재하지 않는다."

"그게 무슨 뜻이에요?"

타레사가 작은 목소리로 물었다.

"흠. 몇 가지 해석이 가능하겠지. 블랙무어가 자기 흔적을 숨기는 방법을 알아냈을 수도 있고, 영혼을 누군가에게 빼앗겼을 수도 있고. 그런 경우가 아주 없지는 않으니까. 그리고 아예 물리적으로 이 세상에 없을 수도 있다. 너희도 알다시피 다른 세상으로 연결되는 차원의 문이라는 게 있으니까."

크라서스는 스랄을 흘끔 돌아보았다. 스랄은 어쩐지 극도로 불안해 보였고, 마음을 가라앉히려 안간힘을 쓰는 티가 역력했다.

"스랄, 왜 그러나?"

스랄은 대답 대신 그 커다란 손을 타레사의 어깨에 얹었다.

"타레사…… 블랙무어가 오그림 둠해머를 결투로 죽였다고 했지?"

"그래, 맞아."

"그럼…… 블랙무어가 둠해머나 오그림의 갑옷을 가져갔어?"

"망치는 결투 중에 부서졌다고 들었어. 갑옷은 블랙무어한테 너무 컸고."

스랄은 안도하는 표정이었다.

"당연히 그랬겠지. 그걸 블랙무어가 입을 순 없을 거야."

타레사가 고개를 끄덕였다.

"그래서 그 갑옷에서 상징적인 부분 몇 개만 떼어내 자기만의 특별한 갑옷을 제작했다더라고."

타레사의 어깨 위에 얹혀 있던 스랄의 손이 뚝 떨어졌다.

"스랄? 왜 그래? 무슨 문젠데?"

스랄은 여전히 회전하고 있는, 아제로스를 상징하는 구체를 돌아보았다. 그리고 오랫동안 침묵하다가 무거운 목소리로 말했다.

"블랙무어가 어떻게 된 건지 알았습니다."

타레사와 크라서스는 서로 시선을 주고받고 스랄이 말을 계속하기를 기다렸다.

"블랙무어는 이 시간의 길에서 빠져나갔습니다. 시공간의 법칙에 묶이지 않고 해방된 겁니다. 그가 그렇게 움직이는 데에는 목적이 있습니다."

스랄이 그들을 돌아보았다.

"저를 죽이겠다는 목적 말입니다."

제 11 장

크라서스는 스랄의 이야기를 곰곰이 곱씹었다.

"말이 되는군. 시간의 길을 가로지르는 것도 가능하지. 극도로 조심하지 않으면 환상에 사로잡히기 십상이지만."

스랄이 고개를 끄덕였다.

"저도 시간의 길을 넘나들고는 있습니다. 하지만 여러 번 원래 시간의 길로 돌아갔던 걸 보면, 제 시공간에서 완전히 벗어나지는 않은 겁니다. 그런데 블랙무어는 이곳에서 완전히 이탈한 것 같습니다. 누군가가 도와주고 있기 때문이겠지요. 정황을 따져보면, 무한의 용군단이 개입했다고 볼 수밖에 없습니다. 고대정령들이 그렇게 혼란에 빠진 것도, 그들의 기억이 어긋나게 된 원인도 다 그 때문입니다."

크라서스는 관자놀이를 꾹꾹 문질렀다. 스랄은 크라서스가 해결책을 알려주기만을 바라며 그를 애타게 쳐다보았다.

"놈이 스랄을 죽이면 무슨 일이 일어날까요?"

타레사가 묻자, 크라서스는 단도직입적으로 대답했다.

"재앙이 일어나겠지. 참된 시간의 길에 있는 스랄이 완전히 다른 시간의 길에서 온 블랙무어의 손에 죽을 운명일 리가 없으니. 스랄은 그가 사는 차원의 미래에 결정적인 역할을 할 인물이야. 그런 스랄이 제거되면 너무 많은 것들이 무너질 거다. 우리 시공간뿐만이 아니라, 모든 시공간이."

"그럼 스랄이 블랙무어를 죽인다면요?"

"이 시간의 길이 애초에 존재해서는 안 되는 환상에 불과하다면, 스랄이 블랙무어를 제거함으로써 균형을 되찾을 수도 있겠지."

크라서스가 한 손을 들어올렸다.

"하지만 명심해라. 나는 청동 용이 아니다. 내가 아는 얼마 안 되는 지식을 토대로 합리적인 가정을 해보고 있을 따름이다."

스랄은 주먹을 꽉 쥐었다 펴기를 반복하면서 으르렁거렸다.

"저는 여기서 나가야 합니다. 노즈도르무님을 찾아 이 사태를 막아야 합니다. 그런데 어떻게 찾을 수 있을지 모르겠어요."

스랄은 털썩 주저앉아 두 손으로 머리를 감싸쥐었다. 완전히 망연자실한 기분이었다. 그는 아그라와 대지고리회도, 이세라를 비롯한 용들도, 그의 세상 자체도 돕지 못하고 있었던 것이다. 그때 타레사의 작은 손이 그의 어깨를 감싸 쥐는 감촉이 느껴졌다. 스랄은 그 손을 자신의 손으로 덮었다. 부당하게 학대당했던, 살아 있어서도 안 되는, 그러나 너무나도 소중한 타레사. 지금 스랄은 타레사에게도 아무런 도움이 못 되고 있었다.

다른 시간의 길로 스랄을 자꾸만 이끌던 반짝이는 금빛 비늘의 환영이 떠올랐다. 적어도 스랄을 뒤쫓는 자가 블랙무어라는 것은 알았으니 진전은 있는 셈이었다. 그러나 그 사실은 크나큰 충격으로 다가왔다.

크라서스가 조용히 말했다.

"이세라가 세계를 보는 관점은…… 대부분의 존재들과는 다르다. 하지만 이세라는 깨어 있는 자들의 지식보다 더 깊은 진실을 꿰뚫어볼 줄 알지. 스랄, 네가 이세라를 도울 능력이 없었다면 그가 네게 이렇게 막중한 임무를 맡기지도 않았을 거다."

스랄은 너무 낙심해서 반박할 기운도 없었다. 모든 게 허상이었다. 시간의 길을 넘나들며 스랄을 이끌던 반짝이는 비늘, 존재해서는 안 되는 자객, 청동용군단의 심원한 수수께끼까지…… 하나하나를 헤아리려다 보니 머리가 빙빙 돌았다. 지금 그의 어깨를 잡은 타레사의 손도 환상이었다. 어디까지가 꿈인가? 어디부터가 현실인가? 대체 무엇이…….

그런데 불현듯 깨달음이 찾아왔다. 산들바람처럼 부드러우면서도 폭발이 일어나듯 강렬한 깨달음이.

검은 새의 모습을 한 메디브가 다시 눈앞에 보였다.

'이곳은 환상으로 넘쳐난다네. 오로지 딱 한 가지 길만이 자네가 찾는 것으로 인도할 걸세. 자네 자신을 찾는 길 말일세.'

크라서스의 말도 떠올랐다.

'극도로 조심하지 않으면 환상에 사로잡히기 십상이지만…….'

'이 시간의 길이 애초에 존재해서는 안 되는 환상에 불과하다면…….'

시간의 길들이 환상으로 넘쳐나는 게 아니었다. 이 시간의 길이 환상인 것도 아니었다.

시간이라는 것 자체가 바로 환상이었다.

역사학자들과 예언자들은 과거와 미래를 중요시한다. 과거의 전쟁, 전략, 역사적 사건, 그것이 세상을 어떻게 바꾸었는지를 기록한 수많은 역사서들. 500년 뒤, 천 년 뒤가 어떻게 될지에 대한 수많은 추측과 예언과 희망과 경탄.

그러나 유일한 현실은 지금이었다.

이 문제에 대해 학자들은 열렬한 토론을 벌이겠지만, 스랄에게는 너무나도 단순하고 명쾌한 문제로 느껴졌다. 유일하게 존재하는 시간이라고는 오로지 한 순간뿐이었다. 지금 한 순간.

과거는 이미 가버린 순간들에 대한 기억일 뿐이며, 미래는 아직 오지도 않은 순간에 대한 희망이나 두려움에 불과하다. 진짜 존재하는 것은 현재밖에 없다. 그 현재마저도 시시각각 과거가 되고, 미래는 현재가 되고 있지만.

너무나 우아하고 평온한 감각이었다. 스랄은 그동안 이해하지도 못했던 수많은 것들을 초탈한 듯 후련해졌다. 무거운 짐덩이가 그의 어깨에서 풀어져 땅에 툭 떨어지는 듯한 느낌이었다. 과거에 대한 집착도, 미래에 대한 불안도.

그러나 지금 이 순간에도 앞날에 대한 계획과 지난 일에 대한 반성은 필요하다. 그래야 지혜롭게 살아갈 수 있으니까. 과거를 이해해야 지금 이 순간에 최선을 다할 수 있고, 미래를 예측해야 다음 순간을 빚어낼 수 있으니까. 다만 시간이 환상이라는 것을 이해하니 그 모든 게 이전보다 훨씬 쉬워진 것이다. 깃털처럼 가뿐하고 순수하면서도 경이로운 감각이었다.

물론 스랄은 시간 속에 갇혀 있었다. 자신의 과거로 돌아가기도 하고, 앞으로 다가올지도 모르는 미래를 엿보기도 하며, 영원히 끝나지 않을 것만 같은 순환을 반복하고 있었다. 하지만 스랄이 해야 할 일은 단지 그 순환에서 빠져나와 지금 이 순간 속에 머무르는 것뿐이었다. 그리고 노즈도르무는······.

스랄은 눈을 깜빡였다. 파도처럼 덮쳐오는 막대한 깨달음에 몸이 떨려올 정도였다. 그동안 스랄 자신과 개인적으로 연관된 시간의 길 속에서만 허우적거렸던 이유도, 그런데도 매번 노즈도르무의 모습을 볼 수 있었던 까닭도 이제야 다 이해가 되었다. 스랄은 자기 과거의 결정적인 순간들 속에 얽매여 있었고, 위대한 시간의 지배자는 시간의 '모든 순간들' 속에 갇혀 있었던 것이다.

이 평온한 깨달음의 순간 속에서 스랄은 자신이 노즈도르무를 찾을 수 있으리라는 것을 깨달았다.

크라서스가 스랄을 보며 미소를 짓고 있었다. 진짜 시간의 길에서는 크라서스가 죽었다고만 알고 있었지만, 그건 진실이 아니었다. 그건 현실이 아니니까. 현실은 지금 눈앞에 존재하는 크라서스였다. 그리고 타레사도 마찬가지로, 분명히 살아 있고 존재하고 있었다. 타레사가 들이쉬는 숨이 폐로 흘러들어가는 것이 느껴지고, 타레사의 심장이 고동치는 소리가 이 세상에 존재하는 유일한 심장 박동인 것처럼 생생히 들려왔다.

그게 사실이니까.

"마침내 깨달았군."

크라서스가 엷게 웃었다.

"네."

스랄은 타레사를 돌아보고, 그 눈동자를 마주보며 빙그레 웃었다.

"너를 만나서 기뻐."

만나서 기뻤어가 아니라, 만나서 기뻐.

스랄은 눈을 감았다.

다시 눈을 떠보니 시간의 흐름을 완전히 벗어나 있었다. 스랄은 중력에도 묶이지 않은 채 둥둥 떠다니고 있었고, 사방이 어두운 가운데 무한히 많은 시간의 관문들에서 새어나오는 부드러운 빛만이 보였다. 그리고 그 관문들 너머로 황금빛 비늘이 반짝이고 있었다.

혼란과 공포에 빠질 만한 상황이었지만, 스랄은 모든 것에 둘러싸인 무(無)의 공간을 떠다니며 충만한 평화를 느꼈다. 그의 정신은 차분했고 활짝 열려 있었으며, 한 순간만 지나면 스러져버릴 무언가를 간직하고 있었다. 그러나 그 한 순간이면 충분했다. 스랄에게 필요한 건 오로지 그 한 순간뿐이었으므로.

이윽고 스랄의 몸이 부드러운 쿵 소리와 함께 어느 포근한 모래밭에 떨어졌다. 다시 시간의 동굴로 돌아온 것 같았다. 눈을 떠보니, 바로 앞에 시간의 지배자가 보였다.

단순히 거대한 육체만 보이는 게 아니었다. 스랄을 경이로운 여행으로 이끌었던 그 반짝이는 비늘 하나하나에, 스랄이 살아온 순간순간이 담겨 있었다.

스랄이 지금껏 이룬 위업들이 시간의 지배자의 비늘들에 펼쳐졌다. 오그림 둠해머의 갑옷을 입는 스랄, 케른 블러드후프의 마을을 지키기 위해 그와 함께 싸우는 스랄, 처음으로 정령들을 부르는 스랄, 그롬 헬스크림과 나란히 서 있는 스랄. 스랄이 영웅이자 전설이 되기까지 거쳐온, 세상을 바꾸는 계기가 되었던 헤아릴 수 없이 많은 순간들.

"보이느냐?"

노즈도르무의 음성은 스랄이 만난 그 어떤 용보다도 깊었다. 스랄의 핏줄을 타고 영혼까지 울리는 것만 같았다.

"…… 보입니다."

스랄이 조그맣게 말했다.

"무엇이 보이느냐?"

"제 일생에서 가장 중요했던 순간들이…….."

스랄은 이리 저리 시선을 옮겼다. 너무 많아서 한 번에 다 볼 수도 없었지만, 지금 이 순간은 그 모든 것을 간직하고 있었다.

"그렇지. 역사의 흐름을 바꾼 위업들이 보이겠지. 내가 모두 담아두었느니라. 이 세상 모든 존재가 이룬 모든 위업을 말이다. 허나 그게 다가 아니다."

스랄은 눈앞에서 춤추는 듯한 그 아름다운 광경에 넋을 빼앗겼다. 그 안에 휩쓸려 버리고 싶은 충동이 들었지만, 그런 열망을 스스로 측은히 여기며 모래밭에 발을 단단히 붙박았다. 지금 이 순간의 스랄은 지금 이 순간의 노즈도르무를 보고 있었다.

고개를 돌려 노즈도르무의 얼굴을 보았다. 태양 같은 빛깔로 번쩍이는 그 눈동자는 상상도 할 수 없을 만큼 오래되었으면서도 이상할 만큼 젊어 보였다. 측량할 수 없을 만큼 강력하면서도 몹시 아름다웠다.

"삶이란 세상이 기억하는 위대한 순간들만이 다가 아니다. 직접 보거라."

스랄은 보았다. 타레사가 처음 보낸 진심 어린 편지를 발견한 순간, 소녀 시절의 타레사가 스랄에게 손을 흔드는 모습, 전투 이후 병사들과 모닥불 앞에 둘러앉아 웃고 떠들고 술을 마시고 이야기를 나누던 평온한 저녁, 영계 탐색을 할 때 늑대의 혼령이 되어 아그라와 함께 달리던 것.

"지금 당신의 손을 잡은 이 굳센 손……."

스랄은 자신의 손을 맞잡던 아그라의 갈색 손의 감촉을 떠올리며 중얼거렸다.

"그런 순간들에서 우리는 무언가를 받아들이고 배우는 것이니라. 전쟁, 중대한 순간, 위대한 순간에서는 우리의 무언가를 세상에 내어주게 되지. 허나 우선 받아들이지 않으면 줄 것도 없고, 이미 안에 든 것이 없으면 나눌 것도 없느니라. 숨을 들이쉬고 내쉬는 사이에 있는 이 고요한 순간들이 참된 우리를 만들고 여행에 필요한 힘을 주는 것이야."

아그라.

스랄이 살아온 순간들의 모습이 아른거리더니 사라졌다. 이제는 노즈도르무의 몸에 돋아난 아름다운 황금빛 비늘들만이 보일 뿐이었다. 그리고 이곳에는 노즈도르무와 스랄 단 둘만 있는 게 아니었다. 그들의 주위에는 기뻐하는 기색이 역력한 청동 용들이 조용히 둘러앉아 있었다. 노즈도르무는 그의 아들 아나크로노스를 비롯한 청동 용들을 하나하나 둘러보고는 스랄에게 말했다.

"내 너에게 갚을 수 없는 빚을 졌구나. 네가 나를 되돌려준 게다. 나는 어디에나 있었으나 동시에 어디에도 없었지. 시간의 지배자인 내가, 제1의 원칙을 잊고 있었던 게야."

노즈도르무는 자조감과 성가심이 뒤섞인 우렁거리는 신음을 내뱉었다.

"모래알처럼 무수한 시간의 낱알들에 둘러싸인 나라면 응당 사소한 것들을 더 잘 기억해야 하거늘."

'당신의 손을 잡은 이 굳센 손.'

"네가 여기 온 이유를 알고 있다."

노즈도르무의 말에 스랄은 문득 멋쩍어졌다.

"그 이유들 중에는 이미 해결된 것도 있겠지…… 어쨌거나 말하거라, 내 친구여."

스랄은 이세라와 만난 일부터 시작해서 지금까지 일어난 모든 일들을 털어 놓았다. 고대정령들에 대한 대목에 이르자 노즈도르무는 콧구멍을 벌름거리고 눈을 가늘게 뜨더니, "그들 또한 나름의 방식으로 시간을 지키는 자들이지."라고 한 마디 했다. 노즈도르무가 그 이상 자세히 설명하지 않았기에 스랄은 계속 이야기를 했다. 정체불명의 자객에 대해서도, 여러 시간의 길에서 겪은 일들도.

"저를 뒤쫓던 자는 제 인생 최대의 숙적, 에델라스 블랙무어였다는 것을 깨달았습니다. 더 강하고, 교활하고, 결연해진 블랙무어였지만요."

노즈도르무가 한숨을 쉬었다.

"그리고 무한의 용군단이 보낸 첩자이기도 하지."

"어떻게 아셨……."

노즈도르무가 앞발을 내밀어 스랄의 말을 가로막았다.

"한 순간에. 네 이야기를 듣고, 내가 알고 있는 다른 것들을 종합해본즉……
몹시 심란한 결론에 이르렀다."

노즈도르무는 스랄만이 아니라 다른 청동 용들에게도 말하고 있었다.

"받아들이기 어려운 결론일 게다. 허나 받아들여야 하느니라. 내 아이들
과…… 모든 것이 연결되어 있으니."

청동 용들이 시선을 주고받더니, 아나크로노스가 나서서 물었다.

"무슨 뜻이십니까, 아버지? 시간의 길을 건드리면 심각한 반향이 일어날 수
있음은 알고 있습니다."

"아니, 아니다. 그보다 더 큰…… 가늠할 수도 없을 만큼 크고 넓은 문제이니
라. 그리고 우리 용족에게도 영향을 미치는 문제다. 그래도 내가 순간들 속에
갇혀서 득을 본 것도 있구나. 시간의 환영에 사로잡혀 있는 동안 무언가를 보
았으니 말이다. 그래, 나는 무언가가 싹을 틔우고 힘을 키우고 마침내 본색을
드러내는 것을 보았다. 그리고 내 말하건대, 그건 우연이 아니다."

노즈도르무가 숨을 깊이 들이쉬고 그들을 응시했다.

"수만 년 전부터 지금까지 용의 위상들과 용군단에게 해를 끼쳤던 사건들
은, 모두 우연히 발생한 것이 아니다. 시간의 길이 왜곡된 것도, 블랙무어가 괴
물이 된 것도, 수많은 이들을 해친 에메랄드의 악몽도, 황혼의 용군단이 습격
한 사건도, 말리고스의 광기도, 심지어 넬타리온의 광기까지도…… 전부 서로
연결되어 있는 게다. 그리고 그 모든 게 단 한 명의 사악한 자가 벌인 짓일 수도
있다."

아무도 입을 열지 못했다. 그렇게 많은 사건들이 전부 연결되어 있다니, 억겁에 걸쳐 이어진 광대한 음모였다니! 스랄이 처음으로 침묵을 깨고 말했다.

"무슨 목적인 겁니까?"

노즈도르무가 언급한 사건들 중에는 생전 처음 들어보는 것도 있었다. 너무 어마어마한 일이라서 스랄의 깜냥으로는 이해하기도 힘들었다.

"용군단과 그 위상들을 영원히 제거하려는 목적이다. 균형과 질서를 이룰 기회를 모조리 없애버리려는 게다."

노즈도르무가 커다란 머리를 수그려 스랄과 눈높이를 맞췄다. 그 경이로운 눈동자에 슬픔이 배어 있었다.

"스랄, 나는 시간의 길에서 실종되어 순간들 속에 갇혀 있었지. 애초에 내가 어쩌다가 그곳으로 가게 되었는지 아느냐?"

스랄은 고개를 저었다.

"무언가 어두운 것이 내게 다가오고 있었다. 그 정체가 무엇인지, 어떻게 막아야 하는지 알아내려고 갔던 게다. 아까 블랙무어의 배후에 무한의 용군단이 있다는 걸 내가 어떻게 아느냐고 물었지?"

노즈도르무는 잠시 주저하더니 스랄의 푸른 눈을 마주보지 못하고 고개를 돌렸다.

"블랙무어를 보낸 자가 바로 나다."

제 1 2 장

"네?"

스랄은 노즈도르무가 농담을 한 줄 알았다. 용이 나름대로 필멸자들의 유머 감각을 따라 해보려고 한 건가 싶었다. 하지만 노즈도르무는 매우 진지해 보였고, 스랄은 화가 나기도 하고 어안이 벙벙하기도 했다. 청동 용들조차도 뒷걸음을 치며 술렁거리고 있었다. 노즈도르무가 크게 한숨을 쉬며 말했다.

"나는 내가 언제 어떻게 죽을 운명인지 알고 있었고, 결코 그 운명을 바꿀 생각이 없었다. 그러나 내 운명으로 이르는 수많은 길들 중에서 옳은 것은 단 하나뿐인데, 그중 한 미래에서 내가 무한의 용군단의 수장이 되어 있는 것이 아니겠느냐. 그래서 어떻게 그런 일이 일어날 수 있는지 알아보려고 시간의 길로 들어갔다가 실종된 것이다. 티탄들이 부여한 위대한 사명을 명예롭게 받들어 왔던 내가 어찌하여 그렇게까지 타락할 수 있는지 알고 싶었다."

스랄은 여전히 충격이 가시지 않았고 불안했지만 고개를 끄덕였다.

"그 사태를 막을 방법은 알아내셨습니까?"

노즈도르무는 천천히 고개를 저었다.

"유감스럽게도 아직은 모르겠구나. 허나 한 가지는 안다. 모든 용군단이 이 위협에 맞서 연합해야 한다는 것을. 이세라가 옳았다. 너는 사고방식도 그렇고, 말하는 방식도 그렇고, 다른 이들을 움직이게 만드는 특별한 힘이 있는 존재로구나. 이미 네게 너무나 큰 도움을 받았지만, 내 또 한 가지 부탁을 하고 싶다."

장차 무한의 용군단의 수장이 될지도 모르는 용을 도우라니, 스랄은 주저할 수밖에 없었다. 하지만 노즈도르무에게서 사악한 기운이 느껴지지는 않았다. 적어도 아직까지는. 근심과 원통함만이 느껴졌다.

"이세라님을 위해, 그리고 제가 시간의 지배자님을 찾을 수 있도록 목숨을 희생한 데샤린을 위해, 기꺼이 돕겠습니다. 그러나 그 일에 필요한 정보는 충분히 알아두고 싶습니다. 지금까지는 뭐가 뭔지도 모르고 헤매온 터라서요."

노즈도르무가 건조하면서도 애정 어린 투로 말했다.

"네게 임무를 내린 자가 이세라이니 놀라운 일은 아니구나. 이세라는 워낙 몽롱할 때가 많으니. 스랄, 듀로탄과 드라카의 아들이여. 진심으로 고맙다. 우리 모두가 알려줄 수 있는 건 최대한 알려주겠노라. 허나 그 일은 너 혼자 해야 하느니라. 그동안 나는 가설과 확신에서 더 나아가 우리가 정확히 어떻게 대처해야 하는지를 알아보아야 하니까. 그래도 걱정하지는 말거라. 내 너를 통해 다시 기억하게 된 것을 잊지 않고, 두 번 다시는 시간의 길에서 길을 잃지 않으리니. 내가 너에게 맡기려는 임무는 힘든 일이지만, 모든 것을 구할 수 있는 일이기도 하다. 생명의 어머니 알렉스트라자를 찾아서 그를 슬픔에서 일으켜다오."

"무슨 일이 있었던 겁니까?"

"나는 직접 보지 않았지만 무슨 일이 있었는지는 알고 있다."

스랄은 고개를 끄덕였다. 노즈도르무는 모든 순간들 속에 갇혀 있었으니 당연히 알고 있을 터였다.

"얼마 전 고룡쉼터 사원에서 용군단들 간의 회담이 있었느니라. 말리고스가 죽고 마력 전쟁이 종식된 이후로 처음 열리는 회담이었다. 그때 알렉스트라자의 배우자인 코리알스트라즈, 즉 네가 크라서스라 알고 있는 그 용은 루비 성소에 남아 있었다. 성소라 함은…… 각 용군단마다 하나씩 있는 고유의 차원을 일컫는 것이니라. 그런데 회담 도중에 황혼의 용군단이 습격해온 게다. 데스윙과 황혼의 망치단 밑에서 일하는 용들이지."

스랄은 얼굴을 찌푸렸다.

"황혼의 망치단에 대해서는 알고 있습니다."

"전투 중에 어마어마한 폭발이 일어나 각 용군단의 모든 성소가 파괴되었다. 성소들에 있던 알 전부와 함께 코리알스트라즈도 죽었지. 즉 코리알스트라즈가 모두를 죽인 것이다."

스랄은 청동 용을 물끄러미 쳐다보며 자신이 만났던 크라서스를 떠올렸다. 차분하고 이지적이며 배려심 깊던 그 용을.

"그분이…… 모두를 살해했다고요? 성소에 있던 알 전부를?"

"그런 것 같다."

아나크로노스가 으르렁거리며 눈을 가늘게 뜨고 꼬리를 휘둘렀다. 스랄은 단호히 고개를 저었다.

"믿을 수가 없습니다. 분명 무슨 이유가 있었을 겁니다. 무슨 사정이……."

노즈도르무가 스랄의 말을 잘랐다.

"생명의 어머니는 절망에 빠져 어딘가로 떠났느니라. 어떤 심정일지 상상해 보아라. 가장 소중한 배우자가 광기에 빠졌거나 황혼의 망치단과 한패가 되어 그런 짓을 저질렀다니, 억장이 무너질 만한 일이지. 그러나 알렉스트라자가 없으면 붉은 용들은 황혼의 망치단과의 싸움에 협조하지 않을 것이다. 그리고 붉은 용들이 없으면 승리할 가망이 없다. 모든 게 수포가 될 것이야."

노즈도르무는 그 커다란 눈으로 스랄을 응시하며 진지하게 말했다.

"네가 알렉스트라자에게 본연의 임무를 일깨워주어라. 그는 마음의 상처를 받았을 때조차도 다른 이들을 보살필 능력이 있다는 것을 네가 알려주거라. 할 수 있겠느냐, 스랄?"

엄두가 나지 않았다. 벅찬 임무였다. 알렉스트라자와 아무런 연고도 없는 스랄보다는, 같은 용이 나서서 설득하는 편이 낫지 않을까? 그토록 참혹한 슬픔을 떨쳐내고 전투에 동참하도록 설득할 방법이 대체 무엇일까?

"노력하겠습니다."

스랄이 할 수 있는 대답은 그게 다였다.

알렉스트라자는 최근 자신이 어디에 있었는지 기억나지 않았다. 앞으로 어디로 갈지도 생각하지 않았다. 그저 고통에서 벗어나고픈 갈망 속에서 무작정 날개를 움직일 뿐이었다.

광활한 잿빛 바다, 엘프의 땅, 오염된 숲, 겨울의 설원을 지나자, 알렉스트라자 자신처럼 외롭고 공허하고 망가진 장소에 이르렀다. 잊혀진 땅. 이름마저도 딱 어울리는 그곳이 목적지로 적격일 듯했다.

돌발톱 산맥에 내려앉은 알렉스트라자는 변신해서 두 발로 남쪽을 향해 걸었다. 가다 보니 호드와 얼라이언스 사이에 벌어진 전투가 눈에 띄었지만 신경도 쓰지 않았다. 필멸자들은 자기들끼리 싸우다 죽으라지. 더 이상은 관심 없었다. 그리고 검은 용만이 견딜 수 있을 만큼 뜨거운 용암이 흘러 상처 받고 있는 계곡을 보았지만, 역시 무심히 보고 지나쳤다. 세상 따위는 그냥 망해버려도 상관없었다. 알렉스트라자의 사랑이 죽었으니까. 알렉스트라자가 지금껏 싸워오고 지켜왔던 모든 것을 그의 남편이 배반하고 죽어버렸으니까.

알렉스트라자는 자기 자신도, 자신의 용군단도, 다른 용군단들도 저주했다. 맡겨달라고 부탁한 적도 없고 이제는 더 이상 맡을 수도 없는 무거운 짐을 그에게 떠안긴 티탄들도 저주했다.

죽은 땅의 딱딱한 감촉을 맨발로 느끼며 걷고 싶어졌다. 그래서 부츠를 벗어버리고 발에 물집이 잡히는 것도 개의치 않고 걸어갔다. 바위투성이의 험한 길이 이어졌고, 풀이 자랐던 흔적조차 남지 않은 탁한 잿빛 땅이 펼쳐졌다. 화끈거리는 발밑에 닿는 돌이 이상하게도 가루처럼 폭신하게 느껴지면서 위안이 되었다. 거기에 도사린 지옥의 마력이 느껴졌지만, 그냥 그렇구나 할 뿐 알렉스트라자는 계속 한 발 한 발 내딛으며 피로 얼룩진 발자국을 남겼다.

죽은 자들이 이곳에 있었다. 코도를 비롯한 다양한 짐승들의 수많은 뼈가 새하얗게 탈색된 채, 드문드문 자라난 나무들처럼 여기저기 흩어져 있었다. 그나마 살아 있는 짐승이라고는 시체를 먹고 사는 하이에나나 독수리 같은 것만 보였다. 알렉스트라자는 자신의 머리 위를 빙 도는 독수리 한 마리를 멍하니 올려다보았다. 저 독수리가 용의 고기를 맛본 적이 있을까 궁금했다. 얼마 뒤면 맛보게 되리라. 알렉스트라자는 이곳을 영영 떠나지 않을 테니까.

한때 생명의 어머니라 불렸던 그는 뾰족하게 솟은 봉우리에 올라서서 황무지를 내려다보았다. 그리고 거기에 가만히 앉은 채 먹지도, 마시지도, 자지도 않았다. 죽음이 찾아오기를, 그리하여 마침내 이 고통이 끝나기만을 기다렸다.

스랄은 하마터면 알렉스트라자를 놓칠 뻔했다.

아무리 거대한 청동 용의 등에 올라타고 있어도 모든 걸 한눈에 볼 수는 없었다. 이렇게 황량한 곳에서라면 붉은 용은 당연히 눈에 잘 띌 거라고 생각했는데, 알렉스트라자는 뜻밖에도 호리호리한 엘프 여자의 모습으로 바위 봉우리 꼭대기에 동그마니 웅크리고 앉아 있었던 것이다.

"조금 떨어진 곳에 내려주겠네."

틱이 말했다. 틱은 시간의 동굴을 지키는 용들 중 하나로, 스랄이 원하는 곳 어디로든 태워다주는 임무를 자진해 맡았다. 그들이 처음 방문한 곳이 바로 이 버림받은 황무지였다.

"내가 나타나면 그분은 달가워하시지 않을 걸세."

그 암컷 용은 나쁜 뜻에서 하는 말이 아니었다. 진심으로 안타까워하는 어조였다. 스랄은 생명의 어머니에게 일어난 일에 모든 용들이 이렇게 슬퍼하리라고 생각했다. 지각이 있는 존재라면 누구나 슬퍼할 수밖에 없는 일이니까.

"그편이 낫겠습니다."

스랄이 수긍했다. 거리가 가까워지자 알렉스트라자의 조그마한 모습이 더 잘 보였다. 무릎을 안은 채 몸을 웅송그린 자세였다. 고개를 수그리고 있어서 붉은 머리카락만 보일 뿐 얼굴은 보이지 않았지만, 절규하는 듯한 고통과 절망이 온몸에서 배어나오고 있었다.

틱이 어느 정도 거리를 두고 착지하더니 스랄이 내릴 수 있도록 몸을 낮춰주었다.

"떠날 준비가 되면 여기로 오게나."

"알렉스트라자님과 같이 떠날 수 있으면 좋겠습니다."

스랄의 말에 틱은 침울하게 그를 마주보더니, "떠날 준비가 되면 여기로 오게."라고 재차 당부하고는 하늘로 날아올랐다. 스랄은 한숨을 쉬고 봉우리를 올려다보았다. 그리고 꼭대기를 향해 올라가기 시작했다.

"다 들린다, 오크."

스랄이 봉우리의 절반도 채 올라가기 전에 알렉스트라자가 그렇게 말했다. 아름다운 음성이었다. 그러나 부주의한 사람의 손에 박살난 귀중한 유리 조각상의 파편들처럼, 아름답게 빛나면서도 한편으로는 산산조각 부서져 있는 듯했다.

"몰래 다가가려는 의도는 아니었습니다."

알렉스트라자는 아무 말도 하지 않았다. 스랄이 꼭대기까지 올라가 알렉스트라자의 옆으로 다가가 앉았지만, 그는 스랄에게 말 한마디는 고사하고 눈길조차 주지 않았다. 스랄은 잠시 뜸을 들였다가 입을 열었다.

"당신이 누구신지 압니다, 생명의 어머니시여. 저는……."

알렉스트라자가 스랄을 휙 돌아보았다. 짙게 그을린 피부의 우아한 얼굴이 분노로 일그러지고, 입술은 이를 드러내고 으르렁거리고 있었다.

"나를 그렇게 부르지 말라! 나는 더 이상 생명을 돌보지 않는다!"

갑작스럽게 쏟아진 분노였지만 스랄은 놀라지 않았다.

"원하시는 대로 하겠습니다. 저는 스랄이라고 합니다. 예전에는 호드의 대족장이었고, 지금은 대지고리회의 일원입니다."

"네가 누군지는 알고 있다."

스랄은 약간 당황했지만 어쨌든 말을 이었다.

"그리고 어떤 이름을 쓰시든 간에, 저는 당신을 찾으라는 임무를 받고 이곳에 왔습니다."

"누가 널 보냈나?"

알렉스트라자는 금세 또 멍한 표정이 되어 저 앞의 텅 빈 풍경으로 시선을 돌렸다.

"이세라님과 노즈도르무님께서."

알렉스트라자의 얼굴에 어렴풋한 흥미가 일었다. 깊은 물속에 잠긴 무언가가 언뜻 들여다 보이듯이.

"그가 돌아왔나?"

"제가 찾아서 데려와 드렸습니다. 지금 제가 당신을 찾았듯이 말입니다. 그분은 그동안 많은 것을 알게 되었고, 그 정보를 당신이 꼭 들어야 한다고 생각하십니다."

알렉스트라자는 아무 대꾸도 하지 않았다. 후끈한 바람이 불어와 그의 암적색 머리 타래가 흩날렸다. 스랄은 뭐라고 말을 이어야 할지 감이 잡히지 않았다. 격한 슬픔이나 분노에는 대비를 했지만, 이렇게 시체처럼 무기력한 절망 앞에서는…….

일단 스랄은 지금까지 일어난 일들을 털어놓았다. 재미있는 이야기를 들려주듯이 말하면서 어떻게든 흥미나 호기심을 돋우려 애썼다. 저 소름끼치도록 창백하고 무표정한, 돌처럼 딱딱하게 굳은 얼굴에 어떤 변화라도 생긴다면 용기가 날 것 같았다. 그러나 이세라에 대한 이야기에도, 고대정령들을 파괴하려 했던 불의 정령에 대한 이야기에도, 알렉스트라자는 거칠고 뜨거운 바람 속에서 석상처럼 꼼짝도 않고 앉아만 있을 뿐이었다.

"고대정령들은 자신의 기억이 어긋나고 있다고 말했습니다. 누군가가 시간의 길을 망가뜨리고 있었던 겁니다."

알렉스트라자가 불쑥 내뱉었다.

"알고 있어. 청동 용들이 그 문제로 고민한다는 것도, 그 문제를 해결하기 위해 필멸자들의 도움을 받고 있다는 것도. 스랄, 네가 한 이야기는 전혀 새로울 것이 없고, 내가 돌아갈 만한 하등의 이유가 못 된다."

알렉스트라자의 말에서는 독기가 뚝뚝 묻어났다. 그러나 스랄을 향한 게 아니라 알렉스트라자 자신에 대한 증오라는 걸 알 수 있었다. 스랄은 굴하지 않고 계속 설득하려 했다.

"노즈도르무님은 많은 것이 서로 연결되어 있다고 생각하십니다. 용의 위상들이 겪어왔던 끔찍한 사건들 모두가…… 무한의 용군단이 벌인 불가사의한 습격도, 에메랄드의 악몽도, 데스윙과 말리고스의 광기까지도, 각각 별개의 우연한 사건이 아니라 용들에게 타격을 주기 위한 거대한 음모의 일부였다는 것입니다. 누군가가 용군단의 힘을 약화시켜 쓰러뜨리고, 심지어는 용군단들 사이에 내분을 일으키려는 음모를 꾸미고 있는 것 같다고 합니다."

알렉스트라자가 조그만 목소리로 중얼거렸다.

"그게 설령 사실이라 해도, 감히 누가 그런 짓을 한단 말인가?"

스랄은 알렉스트라자가 내보이는 일말의 옅은 호기심조차도 반가웠다.

"노즈도르무님은 더 자세히 밝혀내려면 시간이 걸린다고 말씀하셨습니다. 일단은 무한의 용군단이 어떤 식으로든 연관되어 있는 것 같다고 추정하시더군요."

알렉스트라자는 침묵하다가 대답했다.

"그렇군."

"그분은 당신을 찾아달라고 제게 부탁하셨습니다. 당신을 도우라고…… 알렉스트라자님이 회복될 수 있도록 도와달라고요."

한낱 오크 주술사 따위가 만물의 위대한 치유자인 생명의 어머니를 회복시킨다니, 어려운 걸 떠나서 염치가 없는 일 같았다. 스랄은 알렉스트라자가 자신의 말을 비웃고 무시할 줄 알았다. 그런데 그는 아무런 반응도 없었다.

"당신이 회복하신다면 다른 수많은 것들도 치유될 것입니다. 저와 함께 마력의 탑으로 가서 푸른 용들을 만나주셨으면 좋겠습니다. 푸른 용들이 냉정을 되찾을 수 있도록, 그리고……."

"왜?"

알렉스트라자의 단순하고도 퉁명스러운 그 한 마디 질문에 스랄은 순간적으로 말을 잃었다.

"왜냐하면……. 알렉스트라자님이 나서시면 그들에게 도움이 되기 때문입니다."

"다시 묻겠다. 왜?"

"그러면 푸른 용들이 힘을 합쳐서 다 함께 문제의 근원을 파악하고 바로잡을 수 있기 때문입니다. 황혼의 망치단을 무찌르고, 무한의 용군단이 노리는 것이 무엇인지 밝혀낼 수 있겠지요. 데스윙을 완전히 쓰러뜨리고…… 지금도 시시각각 무너져가고 있는 이 세상을 구하는 겁니다."

알렉스트라자는 지루한 눈빛으로 스랄을 쳐다보았다. 그리고 한참을 침묵하더니 마침내 입을 열었다.

"이해를 못하는군."

스랄은 아주 공손하게 물었다.

"알렉스트라자님, 제가 이해하지 못하는 것이 무엇입니까?"

"그 모든 게 아무 의미 없다는 것."

"무슨 뜻이십니까? 우리에게는 정보가 있습니다. 이것이 수만 년에 걸쳐 이어진 거대하고 복잡한 음모라는 정보 말입니다! 노력하면 막을 수 있을 겁니다!"

알렉스트라자가 천천히 고개를 내저었다.

"상관없다. 그 어떤 것도. 모든 게 서로 연관되어 있든 말든, 그게 얼마나 오랫동안 이어져왔든 말든, 막을 수 있든 말든, 아무 의미도 없단 말이다.”

스랄이 어리둥절한 채 그를 쳐다보기만 하자, 알렉스트라자가 단호하게 말을 이었다.

“아이들이 죽었다. 코리알스트라즈가 죽었다. 나 또한 산송장이나 다름없고, 이 몸뚱이도 얼마 못 가 죽을 것이다. 아무것도 남지 않았으니 희망이라곤 없다. 그 어떤 것도 중요하지 않다.”

스랄은 울컥 화가 치밀었다. 스랄도 타레사를 잃은 슬픔 때문에 여전히 마음이 아팠다. 역사가 제대로 흘러가려면 타레사는 필연적으로 죽어야 했지만, 그렇다 해도 스랄은 언제나 타레사를 그리워할 것이다. 타레사는 자신이 중요한 역할을 할 수 있기를, 의미 있는 존재가 되기를 애타게 바랐고, 자신이 할 수 있는 일이 없다는 무력감에 시달리면서도 할 수 있는 모든 일을 다했다. 그런데 생명의 어머니는 타레사가 범접할 수도 없을 만큼 엄청난 일들을 해낼 수 있으면서도 이곳에 틀어박혀 아무것도 중요하지 않다고 고집을 부리고 있는 것이다.

아무것도 의미가 없다니. 타레사는 중요했다. 아제로스도 중요했다. 알렉스트라자가 아무리 참혹한 비극을 당했을지라도, 그 고통 속에서 허우적거리며 주저앉아 있기만 하는 건 당치 않은 사치였다.

스랄은 분노를 삼키고, 알렉스트라자에 대한 진심 어린 연민으로 자신을 가다듬었다.

“알들을 잃으신 건 진심으로 애석합니다. 한 세대의 대부분을 잃었다는 게…… 저로서는 당신이 얼마나 절망스러우실지 감히 상상도 할 수 없습니다. 그리고 배우자를 여의신 것도 실로 유감입니다. 더욱이 그런 방식으로 세상을 떠나셨으니 말입니다. 하지만…… 그렇다고 해서 당신을 필요로 하는 이들에게 등을 돌리시면 안 된다고 생각합니다."

어쩔 수 없이 말투에 분노가 슬금슬금 묻어나왔다.

"당신은 위상이 아니십니까. 애초에 이런 일을 하기 위해 존재하는 분이시란 말입니다. 당신은……."

돌연 알렉스트라자가 벌떡 일어나더니, 스랄의 눈이 쫓을 수도 없을 만큼 엄청난 속도로 날아올랐다. 그리고 순식간에 거대한 붉은 용이 되어 스랄의 머리 위를 맴돌았다. 죽은 땅의 미세한 회색 먼지가 풀풀 피어올라 스랄의 피부와 로브에 묻었고 눈이 따끔거리면서 눈물이 핑 돌았다. 스랄은 일어서서 재빨리 뒤로 물러나, 알렉스트라자가 뭘 하려는 건지 눈치를 살폈다.

"그래, 나는 그런 존재다."

알렉스트라자의 음성은 이전보다 더욱 깊고 거칠었고, 분노와 원한으로 가득 차 있었다.

"나는 생명의 어머니가 어떤 자리인지도 제대로 모른 채 생명의 어머니가 되었다. 그리고 이 자리를 더 이상은 견딜 수 없다. 나는 숱하게 돕고 베풀고 희생하고 싸웠는데, 돌아오는 보상이라고는 더 많은 고통, 더 많은 부담, 내가 사랑했던 모든 것의 죽음일 뿐이라니. 오크여, 나는 너를 죽이고 싶지 않다. 그러나 더 이상 귀찮게 하면 죽여버리겠다. 내겐 아무것도 중요하지 않다! 아무것도! 떠나라!"

스랄은 포기하지 않았다.

"제발, 무고한 자들을 생각하셔서……."

"썩 떠나라!"

알렉스트라자가 뒤로 물러나 더 높이 날아오르더니, 거대한 아가리를 쩍 벌려 날카로운 이빨과 입 속을 드러냈다. 스랄은 도망쳤다. 주홍색의 불길이 화르륵 밀려와 그가 방금 앉아 있던 돌바닥을 까맣게 그을렸다. 알렉스트라자가 또다시 숨을 들이쉬는 소리를 뒤로 하고 스랄은 반쯤은 굴러떨어지다시피 하면서 봉우리를 달려 내려갔다.

무거운 공기 중에 비통한 절규가 울려 퍼졌다. 스랄은 가슴이 저미는 듯했다. 알렉스트라자의 마음을 열 방법을 어떻게든 찾았어야 했는데. 그가 이곳에서 물도 음식도 없이 굶주리면서 홀로 비탄에 사무쳐 죽어간다니, 생각만 해도 괴로운 일이었다. 언젠가 어떤 여행자가 이곳을 지나다가 황량한 풍경에 점점이 흩어진 해골들 가운데에서 알렉스트라자의 오래된 뼈를 발견하는 광경이 상상되었다.

바위투성이 언덕에서 발을 헛디뎌 미끄러지고 멍이 들어가며, 스랄은 틱과 약속한 장소로 터덜터덜 걸어갔다. 공중에서 틱이 선회하더니 스랄의 앞에 내려앉았다. 그리고 서글픈 눈으로 그를 응시하며 조용히 물었다.

"스랄, 어디로 가시겠나?"

스랄은 지친 목소리로 말했다.

"마력의 탑으로 갑시다. 노즈도르무님이 말씀하신 대로, 푸른 용들에게 다른 용군단과 연합해달라고 부탁하러 가야지요."

"우리끼리만 말이지?"

"그렇습니다."

스랄은 알렉스트라자를 돌아보았다. 거대한 붉은 용은 날개를 불규칙적으로 퍼덕거리고 뿔 달린 머리를 뒤로 젖히며 몸을 뒤틀고 있었다. 어쩌면 다른 이들이 노력하는 것을 보면 알렉스트라자도 마음이 움직이지 않을까.

"일단은요."

스랄은 그렇게 덧붙였다.

북쪽으로 날아가는 동안, 틱이 퍼덕이는 날갯짓 소리 너머로 생명의 어머니가 울부짖는 소리가 들려왔다.

에델라스 블랙무어 왕이 숨어 있는 곳에서 해 질 녘 땅을 뒤덮는 땅거미 같은 어둠이 스멀스멀 피어올랐다. 황혼 용의 위에 올라탄 그는 사냥감에게 들키지 않을 만큼 멀리 떨어져 있었지만, 사냥감을 놓치지 않을 만큼의 거리는 유지하며 뒤쫓고 있었다.

블랙무어의 길고 검은 머리카락이 바람에 흩날렸다. 그의 얼굴은 잔인한 성정이 엿보였지만 이목구비는 준수했다. 얇은 입술 밑의 턱수염은 단정한 모양으로 깎았고, 우아한 검은색 눈썹 아래의 푸른 눈동자가 번뜩이고 있었다.

블랙무어는 더 이상 시간의 길을 넘나드는 방식으로 스랄을 추적하지 않기로 결정했다. 너무 까다로웠다. 먹잇감이 자꾸만 손아귀에서 빠져나가는 바람에 허탕을 치기 일쑤였다. 적절한 때를 기다리다가 스랄이 마침내 오고야 말 곳에서 그를 대면하는 편이 더 나을 듯했다.

스랄. 블랙무어는 스랄에 대한 이야기를 충분히 들었다. 칼로 사지를 잘라 죽이고 싶어질 만큼. 블랙무어를 살해한, 오크들을 규합해 던홀드를 침공한 스랄. 블랙무어가 궁상맞고 비겁한 술꾼으로 살 운명으로 만든 스랄.

'오크야, 실컷 날아가라. 하지만 도망칠 순 없을 거다.'

블랙무어는 얇은 입술을 비틀며 미소 지었다.

'나는 너를 찾아서 죽일 거다. 그리고 너의 세상을 무너뜨리고야 말겠다.'

제13장

　푸른 용군단의 본거지가 가까워지면서 스랄은 못내 불안했다. 용들을 아무리 많이 만나보아도 그들이 처음보다 덜 위대해 보이는 건 아니었다. 오히려 용들에 대해 알면 알수록 더욱 경이로워지기만 했다. 녹색 용들, 청동 용들, 절망에 빠지긴 했지만 여전히 아제로스에서 가장 강력한 용에 해당할 생명의 어머니에 이르기까지. 한 마리의 용이 꼬리를 휘두르거나 발을 내리찍기만 해도 스랄은 그대로 즉사할 터였다.

　단지 육체적인 측면만 경탄스러운 건 아니었다. 용들의 정신 또한 소위 '필멸자'들의 정신세계와는 차원이 달랐다. 훨씬 넓은 범위를 토대로 생각하는 그들의 복잡한 사고방식은, 스랄이 아무리 오래 산다 해도 티끌만큼도 헤아릴 수 없을 터였다. 깨어난 여왕이 되었어도 여전히 다른 존재들이 본 적도 없고 볼 수도 없는 것들을 보는 이세라의 눈, 스랄의 일생 전체를 비늘에 펼쳐 보이던 노즈도르무, 세상 전체를 연민하는 알렉스트라자의 사무치는 고통…….

　지금 스랄과 틱이 만나려 하는 푸른 용군단은 얼마 전 세상에 큰 해를 끼친 용들이었다. 비전 마법의 지배자이자 푸른 용의 위상 말리고스는 광기에 빠졌고, 제정신을 차린 뒤에는 미쳤을 때보다 더 무시무시한 만행을 저지른 바 있었다. 스랄은 비록 에메랄드의 꿈속에 들어가 본 적은 없어도 녹색 용 데샤린과 농담을 나눈 적은 있었고, 상심에 잠긴 붉은 용 알렉스트라자를 도우려고 노력을 할 수는 있었고, 청동 용의 위상인 시간의 지배자를 일깨우기도 했다. 하지만 푸른 용들은……

푸른 용군단은 희푸르고 차가운 곳에 산다고 들었다. 푸른 용들의 성격도 그들이 사는 곳만큼이나 싸늘하며, 필멸자들을 '열등한 종족'이라 여겨 멸시한다고 했다. 그런 용들과 만나는 순간을 상상하자니 스랄은 쏠쏠한 헛웃음이 나왔다.

"그냥 집에 있을걸 그랬나봅니다."

스랄이 틱에게 말했다.

"만약 그랬다면 이 시간의 길은 더더욱 왜곡되었을 걸세. 그러면 자네 때문에 우리 용군단은 할 일이 더 많아졌겠지."

스랄은 틱의 말이 반은 진담이고 반은 농담이라는 것을 뒤늦게 깨닫고 소리 내 웃었다.

틱의 등을 타고 날아가는 내내 차디찬 청회색 바다만 펼쳐지더니, 어느덧 희끄무레한 절벽들이 나타났다. 스랄은 살면서 인상적인 광경을 숱하게 보았지만 마력의 탑은 그중에서도 단연 압권이었다.

그 탑은 온통 푸르른 색깔이면서 여기저기가 흰색과 은색으로 되어 있었다. 그리고 그 주위에 납작한 원반들이 떠 있었는데, 거리가 좀 더 가까워지니 그 원반들이 일종의 승강장이라는 걸 알 수 있었다. 원반들의 바닥에는 빛이 나는 신비한 문양들이 새겨져 있었고, 얼음 가지와 서리 잎사귀로 된 듯한 아름다운 크리스탈 나무들이 서 있는 것도 있었다.

마력의 탑은 여러 층으로 이루어져 있었고, 각 층은 여러 가닥의 비전 마력으로 연결되어 있었다. 스랄이 본 그 무엇보다도 아름다운 광경이었다. 그리고 감청색, 옥색, 코발트색을 띤 푸른 용들이 느릿느릿 공중을 맴돌고 있었다.

푸른 용들은 스랄과 틱을 동시에 알아차렸고, 그중 넷이 무리에서 떨어져 나와 그들에게 다가왔다. 푸른 용들은 오크인 스랄은 아예 무시하고 강력한 청동 용만을 경계하는 듯했다.

"우리의 청동 자매를 환영하오."

푸른 용 하나가 짐짓 무심한 태도로 날아와서는 틱을 위협하듯 주위를 맴돌았다.

"허나 마력의 탑은 그대가 탐사할 시간의 길이 아니오만. 어째서 우리의 성소에 온 거요? 아무도 그대를 초대한바 없소."

틱이 대답했다.

"그대들에게 용무가 있는 건 내가 아니라 이 오크라오. 그리고 내가 자의로 데려온 것이 아니오. 깨어난 여왕 이세라님과 시간의 지배자 노즈도르무님께서 친히 보내신 전령이오. 그의 이름은 스랄이라 하오."

푸른 용들이 시선을 주고받았다.

"필멸자들 사이에서 유명한 자가 아니던가."

푸른 용 하나가 기억을 돌이키는 듯 말했다.

"스랄이라. 호드의 대족장이로군."

"이제는 아닙니다. 지금은 대지고리회에 주술사로 소속되어, 데스윙 때문에 심각한 상처를 입은 세상을 치유하는 일을 돕고 있습니다."

그 순간 스랄은 자신이 말실수를 했나 싶었다. 푸른 용들의 표정이 일제히 험상궂게 변했고, 그중 하나는 도저히 분을 못 이기겠는지 쌩 날아가서 한 바퀴 날며 마음을 가라앉히고서야 돌아오기까지 했기 때문이다.

"우리 용군단을 전멸시키려 했던 그 배신자 말이로군."

푸른 용 하나가 자신을 꼭 닮은 얼음처럼 차가운 목소리로 으르렁거렸다.

"그대들이 왔다는 소식을 전하도록 하겠소. 여기서 기다리시오."

푸른 용들이 남색과 라벤더빛으로 물든 하늘을 배경으로 날아갔다. 뜻밖에도 그들이 향하는 곳은 마력의 탑을 이루는 층들 중 하나가 아니라, 그 밑의 눈 덮인 얼음 땅이었다.

칼렉고스는 동굴 속 회의장의 얼음 천장을 올려다보며 한숨을 푹 쉬었다.

'또 시작이군.'

나날이 더 많은 푸른 용들이 마력의 탑에 속속 모여들어 숱한 논의를 주고받았지만, 실질적인 결론은 아직도 나오지 않고 있었다.

최소한 두 달이 결합하는 때가 상서롭다는 점에는 대부분이 동의했다. 한두 용은 고대의 마법을 캐내서 시험해보려고도 했지만 조사를 거쳐보니 부적절한 것으로 밝혀졌다. 푸른 용들은 그저 보기만 해도 흥분되는 천문학적 사건이 일어나는 시기에 푸른 용 하나의 '머리에 기름을 부어' 성스러운 존재로 거듭나게 한다는 개념 자체에 마냥 즐거워하는 듯했다. 그러나 그것이 정말 올바른 방법이라는 근거도 없었고, 진심에서 우러나는 지지도 없었다.

아리고스는 혈통 세습론을 밀고 나갔다. 말리고스의 아들이라는 존재가 어떤 의미인지 장황하게 늘어놓으며 자신이 위상으로 적임자라고 주장했다. 이전에도 실컷 들었던 주장이었다. 칼렉고스는 너무 실망스러워서 반론할 의욕도 들지 않아 시선을 돌려버렸다. 그런데 밖에서 푸른 용 둘이 이곳으로 다가오는 게 보였다. 칼렉고스는 무슨 일인가 싶어서 얼굴을 찌푸렸다.

그들은 회의에 참석하러 찾아온 새로운 푸른 용들이 아니라, 전부터 마력의 탑을 지키고 있던 파수꾼들이었다. 그들은 아리고스의 옆에 내려앉아 그의 연설을 끊고는 조용히 무언가 말했다. 그러자 아리고스는 버럭 화를 냈다.

"절대로 안 되오!"

"나리고스. 무슨 일이오?"

칼렉고스가 묻자, 아리고스가 그에게 "넌 끼어들지 마."라고 재빨리 쏘아붙이고는 나리고스를 돌아보았다.

"죽여버리시오."

"죽이라니, 누구를?"

칼렉고스는 끼어들지 말라는 경고를 무시하고 아리고스가 있는 곳으로 서둘러 다가갔다.

"나리고스, 대체 무슨 일이오?"

나리고스는 아리고스와 칼렉고스를 번갈아 보더니 말했다.

"어떤 외부인이 찾아와 우리와 이야기를 나누고 싶다고 하오. 열등한 종족이오만, 호드라 알려진 일족의 대족장이었던 스랄이라는 자요. 청동 용 하나가 스랄을 데려왔고, 이세라와 노즈도르무가 그를 보냈다고 주장하고 있소."

칼렉고스가 귀를 곤두세웠다.

"노즈도르무? 그분이 돌아왔단 말이오?"

"그런가보오."

나리고스의 대답에 칼렉고스는 아연실색하여 아리고스를 획 돌아보았다.

"그런데 죽이라고? 두 위상이 우리에게 보낸, 용이 직접 태워서 데려오기까지 한 자를?"

이쯤 되니 회의장의 다른 용들도 그들을 주목하고 있었다. 아리고스가 눈을 부라리더니 말했다.

"뭐, 알았어. 그러면 해치지는 않도록 하지. 그러나 열등한 종족은 이곳에 볼일이 없어. 난 만나지 않을 테다."

칼렉고스는 부아가 치밀어 나리고스를 돌아보았다.

"내가 만나겠소! 그를 데려오시오."

"티탄들이 직접 보냈더라도 상관없소. 우리만의 은신처에 필멸자 따위가 기어들어오는 건 용납할 수 없소!"

아리고스가 파르르 떨었다. 그는 커다란 꼬리를 움찔거리고 날개를 접었다 폈다 하며 앞뒤로 서성거렸다. 둘 사이의 말다툼을 들은 다른 용들이 몰려오기 시작하는 가운데, 나리고스가 항변했다.

"하지만 이세라와 노즈도르무란 말이오! 이건 일반적인 경우가 아니오. 이세라님은 꿈속에서 많은 것들을 보는 분이고, 노즈도르무님을 찾는 일은 그분의 용군단조차도 해내지 못했던 일이오. 그 오크의 말을 들어서 나쁠 건 없잖소!"

칼렉고스가 말했다.

"어떤 용들이 열등한 종족이라 부르는 자들 중에는 놀라운 능력을 발휘하는 이들도 있소. 우리 생각처럼 그렇게 하찮은 존재가 아니란 말이오. 두 위상이 친히 보냈다는 사실만으로도 나는 그자의 자질에 대해 더 따져 물을 것이 없소. 스랄을 데려와서 이야기를 들어봅시다."

아리고스가 비웃었다.

"넌 그렇겠지. 넌 열등한 놈들과 진흙탕에 뒹굴며 노는 걸 좋아하니까. 칼렉고스, 너의 그런 면이 나는 도무지 이해가 안 된다니까."

칼렉고스는 서글픈 눈빛으로 아리고스를 쳐다보았다.

"나는 우리 용군단 외부에서 나오는 정보나 도움은 일절 받지 않으려 하는 네가 항상 이해가 안 돼. 어째서 그들을 그렇게까지 멸시하는 거지? 천 년 동안 안퀴라즈에 갇혀 있던 너를 풀어준 게 필멸자들이잖아! 고마워해야 하는 게 아닌가?"

무안해진 아리고스가 한바탕 분노를 쏟아내기 전에, 나이가 더 많은 용인 테랄리고스가 끼어들어 일갈했다.

"우리 용군단의 일을 우리만큼 잘 아는 이는 없어!"

아리고스가 맞장구를 쳤다.

"아무렴요! 칼렉고스, 우리는 지금 당면한 문제가 있어. 잊어버린 거야? 새로운 위상을 뽑는 의식이 며칠밖에 남지 않았다. 어서 대비를 해야 할 상황에 오크 따위가 지껄이는 소리에 정신이 팔릴 여유는 없다고!"

테랄리고스가 투덜거렸다.

"얼른 죽여버리자고."

칼렉고스가 몸을 돌렸다.

"안 되오. 우리가 무슨 백정이오? 그리고 이세라와 노즈도르무의 면전에서 그분들이 특별히 보낸 전령을 죽였노라고 말하고 싶기라도 한 거요? 나는 그러기 싫소. 깨어난 여왕 이세라가 아무리 혼란스러워 보이든 간에!"

푸른 용들이 술렁거렸다. 몇몇이 칼렉고스의 주장에 동조해 고개를 끄덕이고 있었다. 칼렉고스는 말을 이었다.

"그 오크를 들여보내서 여기 온 이유를 말하게 합시다. 그자가 하는 말이 마음에 안 들면 도로 쫓아내도 됩니다. 하지만 적어도 이야기는 들어봐야 하지 않겠습니까."

아리고스가 그를 노려보았지만, 자신보다는 칼렉고스에게 동조하는 푸른 용들이 더 많다는 걸 알아차린 눈치였다.

"이세라와 노즈도르무는 우리 푸른 용들보다도 푸른 용군단에 더 강력한 영향력을 휘두르는 모양이군."

칼렉고스가 날카롭게 쏘아붙였다.

"아리고스, 너는 아직 위상이 아니다. 네가 선택받는다면 네게 최종 결정권이 있겠지만, 아직 지도자가 결정되지 않은 지금은 다수결의 의견을 따라야 해."

아리고스가 나리고스를 돌아보았다.

"데려오시오."

나리고스가 고개를 끄덕이고 하늘로 날아올랐다. 칼렉고스는 하프엘프로 변신했고, 다른 용들 몇몇도 인간이나 엘프처럼 덜 위협적인 모습으로 변신했다. 그러나 아리고스는 그들의 모습에 낯을 찡그릴 뿐 용의 형상을 그대로 유지했다.

칼렉고스는 주위를 둘러보았다. 이 회의실은 푸른 용들 외의 존재들에게는 전혀 편안하지 않은 장소였다. 칼렉고스는 정신을 집중하고 손을 흔들었다.

동굴의 한 부분에 화로 두 개가 나타났고, 바닥에는 몇 명이 앉을 만한 털가죽이 깔렸다. 매머드 상아와 가죽으로 된 의자 한 대가 생겨나고, 그 의자의 구부러진 팔걸이에는 두꺼운 털가죽이 걸쳐졌다. 작은 테이블에 음식과 음료도 마련되었다. 짐승 고기의 허리와 다리 살, 선인장 사과, 거품이 이는 맥주 몇 잔. 석벽에는 동물의 박제된 머리와 도끼, 검, 단도 따위의 장식품도 걸렸다.

칼렉고스는 미소를 지었다. 그는 호드보다 얼라이언스와 어울리는 데에 더 익숙하긴 했지만, 이 세상에서 나름 보고 들은 것이 있기에 호드의 취향이 무엇인지는 알고 있었다. 이만하면 오크도 푸른 용군단 영토의 심장부에서 꽤 편안하게 머물 수 있으리라.

잠시 뒤 푸른 용 넷이 한 청동 용을 데리고 들어왔다. 그 암컷 용은 낮게 날았지만 사실 이곳은 굳이 그럴 필요가 없을 만큼 넓었다. 어차피 용들을 위한 공간이었으니까. 칼렉고스는 그 용이 누구인지 알아보았다. 시간의 동굴 입구에서 정기적으로 순찰을 도는 용들 중 하나인 틱이었다. 저렇게 잘 알려진 청동 용이 겨우 오크를 태워주는 이동 수단이길 자처했다는 것만으로도 스랄이 얼마나 중요한 인물인지를 알 수 있었다. 틱과 시선이 마주친 칼렉고스는 고갯짓으로 인사했다. 틱은 우아하게 내려앉아 자신의 등에 탄 오크가 내릴 수 있도록 몸을 낮춰주었다.

칼렉고스는 오크 손님을 유심히 뜯어보았다. 스랄은 아무 특징 없는 갈색 로브를 걸쳤고, 좌중 앞에서 예법에 맞게 절했다. 하지만 똑바로 서자 당당한 어깨선이 돋보였고, 차분하고도 빈틈없는 푸른 눈동자에서는 강력하고도 사려 깊은 지도자로 살아온 관록이 엿보였다. 칼렉고스는 온화하게 미소를 짓고 입을 열었다. 그런데 칼렉고스가 뭐라고 채 말하기도 전에 아리고스가 쏘아붙였다.

"스랄, 너는 단지 두 위상이 보냈기 때문에 이곳에 들어올 수 있었던 거다. 용건만 짧게 말하는 게 좋을 게다. 여기 있는 용들은 네 친구가 아니니."

스랄이 옅게 웃었다.

"환대를 기대하지는 않았습니다. 그러나 저는 제가 맡은 임무가 중대하다고 믿고 있습니다. 최대한 짧게 말하겠습니다만, 원하시는 것보다는 오래 걸릴지도 모릅니다."

"그럼 얼른 시작이나 해."

아리고스가 퉁명스럽게 내뱉었다.

스랄은 심호흡을 하고 이야기를 시작했다. 이세라가 내린 임무, 혼란에 사로잡힌 고대정령들, 시간의 길에서 방황하다가 자기 자신과 노즈도르무를 찾은 일에 대해. 그리고 아리고스의 무례한 경고와는 달리, 푸른 용들은 모두 주의 깊게 스랄의 말에 귀를 기울였다. 타고난 마법사이자 학자인 그들에게 새로운 지식은 더할 나위 없는 낙이었기 때문이다. 그 지식이 설령 오크의 입에서 나온 것이라 해도.

스랄은 이야기를 이렇게 마무리했다.

"노즈도르무님은 용군단들에게 닥쳐온 그 모든 비극이 서로 연결되어 있으며, 배후에 무한의 용군단이 있다고 생각하십니다. 지금은 정보를 더 알아내기 위해 떠나신 상태이고요. 그리고 제게 생명의 어머니를 찾아서 그분과 함께 여러분을 만나라고 하셨지만…… 알렉스트라자님은 상실감과 충격이 너무 심한 탓에 오시기가 여의치 않아, 어쩔 수 없이 저 혼자서만 틱님의 안내를 받아 이곳으로 왔습니다. 여기까지가 제가 아는 전부입니다. 하지만 여러분께서 묻고 싶으신 게 있다면 아는 만큼 최대한 답변해 드리겠습니다. 저는 최선을 다해 돕고 싶은 마음입니다."

뼛속 깊이 충격을 받은 칼렉고스는 스랄을 쳐다보며 중얼거렸다.

"이건…… 엄청난 소식이군."

다른 푸른 용들도 대부분 칼렉고스처럼 걱정스럽고 불안한 표정이었다. 그러나 모두가 그렇지는 않았다. 아리고스와 그의 편에 속한 푸른 용들은 동요하는 기미가 없었다.

"외람된 말이지만, 이세라는 수 천 년 동안 에메랄드의 꿈속에서만 지내다시피 한 탓에 아직 경황이 없으시잖소. 그분도 자신이…… 혼란스러운 상태라고 시인한 바 있소. 어디까지가 꿈이고 어디부터가 현실인지, 무엇이 진실이고 무엇이 망상인지 구분하기 힘들다고요. 그리고 노즈도르무는…… 스랄, 그분이 갇혀 있었다고 했지? 그분이 관장하는 영역인 시간의 길에서 말이지? 그리고 그분이 탈출하도록 도와준 게 너란 말이냐? 정확히 어떻게 구했는지 알려주면 좋겠군."

아리고스가 드러내 놓고 회의적인 투로 말하자 스랄은 뺨이 약간 붉어졌지만, 표정 변화 없이 침착한 어조로 설명했다.

"아리고스님, 의심하실 만도 합니다. 예전에는 저 스스로도 깊은 의혹에 빠졌으니까요. 하지만 제가 이미 두 용군단에게 도움이 된 걸 보면 이세라님의 결정은 옳았던 것 같습니다. 비록 알렉스트라자님께는 아직 소용이 없었지만 말입니다. 그리고 노즈도르무님이 시간의 길에서 방황한 후유증으로 혹여 혼란에 빠지신 건 아니냐고 묻고 싶으신 거라면…… 저는 그렇지 않다고 생각합니다만, 정확한 건 틱님에게 여쭤보시는 편이 좋겠습니다. 마지막으로, 한낱 오크인 제가 어떻게 시간의 지배자를 구할 수 있었냐고 물으셨지요? 그건…… 간단했습니다."

'간단했다'는 표현에 용들이 괘씸해하며 웅성거리자 스랄은 손을 들어올렸다.

"노즈도르무님을 폄훼하려는 의도는 전혀 아닙니다. '간단하다'고 해서 '쉽다'는 뜻은 아니니까요. 저는 가장 단순한 것들이야말로 무엇보다 강력할 수 있다는 것을 깨우쳤습니다. 다른 것들을 다 걷어내고 맨 마지막에 남는 단순한 진실들 말입니다. 시간의 모든 순간들 속에 갇혀 있던 노즈도르무님을 구하기 위해서는, 제가 단 한 순간 속에, 즉 지금 이 순간에 존재해야 한다는 것을 알았던 겁니다."

아리고스는 더더욱 못마땅해했다.

"그건 누구라도 할 수 있는 거잖아!"

"누구라도 할 수 있는데도, 아무도 하지 못했지요. 지금 이 순간에 머무른다는 것은 단순한 개념이지만 저도 연이은 실패 끝에야 깨우칠 수 있었습니다."

스랄이 자조적인 웃음을 지었다. 용들은 불쾌감을 거두고 스랄의 이야기를 진지하게 곱씹기 시작했다.

"아무리 단순한 교훈일지라도 그걸 배우는 과정은 단순하지 않았습니다. 그리고 스스로 배워서 잘 알고 있는 것들이라야 비로소 잘 가르칠 수도 있지 않습니까? 그러니 제가 두 위상을 도왔던 만큼, 여러분도 도울 수 있을지도 모릅니다."

아리고스가 말문을 열었다.

"우리는 위상을 잃었다. 우리 자신도 처음 겪는 당황스러운 문제인데, 하물며 네가 도울 수 있을 것 같지는 않은걸."

"그건 저 역시 처음 겪는 당황스러운 문제입니다. 그러니 적어도 그 점에서는 제가 여러분과 대등하다고 할 수 있겠군요."

좌중에 웃음소리가 터져 나왔다. 심지어 아리고스와 한 패인 용들조차도 웃고 있었다. 그러자 아리고스는 정색하고 경고하는 어조로 말했다.

"오크, 너는 우리 용군단에 손님으로 온 것이다. 우리를 모욕하지 않는 게 좋을 거다."

칼렉고스는 한숨을 쉬었다. 말리고스는 광기에 빠지기 전까지는 유머 감각이 뛰어나고 장난기 많은 성품으로 유명했는데, 그 아들은 자기 아버지의 그런 점을 전혀 닮지 않은 것이다.

"아리고스, 스랄은 우리를 모욕한 게 아니야. 진지한 이야기를 경쾌한 방식으로 꺼냈을 뿐이지. 지금은 모든 게 불확실한 시기잖은가. 우리는 새로운 길을 개척하고 있고, 심지어 위상들조차도 한 적 없는 새로운 방법으로 역사를 만들어나가고 있어. 두 위상의 인정을 받아 이 자리에 온 스랄이 우리의 사정을 듣고 의견을 제시해서 나쁠 건 없잖아."

칼렉고스는 두 손을 펼치며 말을 이었다.

"물론 스랄은 우리 일족이 아니지. 스랄 자신도 그 점을 분명히 알고 있고. 그렇다는 건 스랄이 뭘 어떻게 생각하든 어차피 우리 용군단에게 아무 영향력도 없다는 뜻이 아닌가? 스랄의 의견을 받아들일지 말지 결정하는 건 어디까지나 우리 몫이야. 스랄이 여기 머무르면서 상황을 둘러보다 보면 혹시라도 우리가 놓친 점을 짚어내 줄지도 모르고. 그런데도 그를 쫓아낸다면 심각한 잘못이라고 봐."

아리고스는 몸을 부들부들 떨더니 고개를 쳐들고는, 조그마한 하프엘프로 변신한 상태인 칼렉고스를 고압적으로 내려다보았다.

"너는 할 수만 있다면 열등한 놈들 하나하나에게 푹신한 침대와 푸짐한 식사를 대접할 놈이야."

칼렉고스는 부드럽게 미소 지었다.

"딱히 나쁜 생각은 아닌 것 같은데. 스랄은 한 명의 오크일 뿐이야. 네가 스랄을 그렇게 두려워하다니 영 이해가 안 되는군."

그 말에 아리고스는 허를 찔린 듯 꼬리로 바닥을 쾅 내리쳤다. 아리고스에 동조하는 다른 용들 역시 기분이 상한 표정이었다.

"두려워해? 내가? 발톱 하나로 짜부라뜨릴 수 있는 쪼끄만 오크 따위를?!"

"아, 아닌가? 그러면 스랄이 머물러도 아무 문제 없겠군. 안 그래?"

아리고스는 딱딱하게 굳더니, 눈을 가늘게 뜨고서 칼렉고스를 한참 쳐다보았다.

"나는 저 하등한 녀석이 전혀 두렵지 않다. 그러나 이 결정은 우리 푸른 용군단에게 깊은 의미가 있어. 열등한 종족이 우리의 정치적 사건에 개입하는 건 고사하고, 지켜보도록 놔두는 것조차 과연 옳은 일인지 의문이란 거다."

칼렉고스는 팔짱을 끼고 스랄을 오랫동안 살펴보았다. 스랄을 반드시 받아 줘야 한다는 직감이 들었다. 용으로서 당연히 가져야 하는 위상들에 대한 존경 심 때문만은 아니었다. 만약 이 세상이 정말로 노즈도르무가 말한 대로의 위험 에 직면해 있다면, 푸른 용들이 상대를 가려가며 지혜로운 충고를 걸러낼 여유 따위는 없기 때문이었다. 하물며 무지와 오만에서 비롯된 가짜 우월감에 안주 해 고립되어 있을 상황은 더더욱 아니었다. 칼렉고스는 날카로운 눈빛으로 틱 을 돌아보고, 한쪽 눈썹을 추켜올리며 무언의 질문을 던졌다. 그러자 틱은 그 의 눈을 똑바로 마주보았다. 칼렉고스와 똑같은 굳건한 확신이 전해지는 시선 이었다.

칼렉고스는 결단을 내렸다. 도박이나 마찬가지인 결단이었지만 해보는 수 밖에 없었다.

"네가 정 스랄을 돌려보낸다면, 나 역시 떠나겠다."

칼렉고스의 말에 용들이 술렁거렸다. 아리고스는 아무 말도 없이 꼬리만 움 찔거렸다.

"나는 네 아버지 말리고스를 위상으로서도, 그분 자체로서도 존경하고 공경 했다. 하지만 그분은 잘못된 선택을 하셨지. 다른 이들만이 아니라 우리 용군 단에도 해가 되는 선택을. 우리도 그렇게 잘못된 길로 접어들 수도 있어. 하지 만 나는 숨이 붙어 있는 한 절대로, 잘못된 길인 줄 알면서 발을 내딛지는 않을 거다. 스랄은 여기에 머무르는 게 옳아. 그는 여느 용들 못지않게 용군단들에 게 큰 기여를 한 존재야. 다시 말하겠다. 스랄이 떠난다면, 나 역시 떠난다. 내 뜻에 동조하는 푸른 용들도 마찬가지."

이건 공갈 협박이 아니었다. 아리고스가 푸른 용군단 내의 분열을 조장하고 있으니, 지금 당장 편을 갈라 확 부딪혀 버리는 편이 나았다. 칼렉고스는 푸른 용들 일부를 데리고 마력의 탑을 떠나버리겠다고 경고한 셈이었고, 아리고스는 지금처럼 불확실한 시기에 푸른 용군단이 갈라지는 사태를 감당할 수 없을 것이다.

아리고스는 잠시 침묵하더니, 스랄에게 다가가서 머리를 기울여 얼굴을 바싹 마주했다.

"너는 여기에 손님으로 온 것이다. 머무르는 동안 예의를 갖추고 우리의 뜻을 존경해라."

"아리고스님, 저는 사절입니다. 저 또한 사절들을 보내거나 받은 경험이 많지요. 그러니 말씀하시는 바는 저도 충분히 이해합니다. 존경과 예의가 무엇인지도요."

스랄은 '저'라는 단어에 약간의 강세를 넣어 말했다. 아리고스는 콧구멍을 벌름거리더니 청동 용 손님을 돌아보았다.

"틱, 그대는 이제 필요 없소. 스랄은 우리 소관이오."

틱은 기분이 상한 듯 고개를 살짝 치켜들더니, 무례할 만큼 몸을 깊이 숙여 과장스럽게 절했다.

"그럼 저는 제 용군단으로 돌아가도록 하지요. 아리고스, 스랄을 잘 부탁하오."

아리고스는 틱이 떠나는 모습을 지켜본 뒤 푸른 용들에게 말했다.

"그럼 이제…… 위상 선출 의식에 대한 새로운 정보를 들을 시간인 것 같군요. 방금 도착한 마법사들의 이야기를 들어봅시다."

회의에 새로 참석한 푸른 용들에게서 나온 정보는 별로 없었다. 비전 마법의 세부 사항 하나하나에 집착하는 여느 푸른 용들과 마찬가지로, 그들도 위상을 정하는 절차에 실마리를 던져주는 듯한 사소한 디테일을 발견했다는 데에 흥분하고 있을 뿐이었다. 토론과 논쟁을 거친 끝에, 추가적인 조사를 통해 새로운 사항이 발견되면 다시 논의하자는 것으로 결론이 났다. 그 과정에서 용들은 언성이 높아졌을 뿐더러 칼렉고스의 동료 한 명이 공격당할 뻔하기까지 했다.

그동안 스랄은 지정받은 작은 공간에 앉아, 칼렉고스가 마련해준 음식을 먹으면서 회의를 지켜보았다. 딱 한 번 어떤 내용을 확인하려고 질문을 한 걸 제외하면 내내 아무 말도 하지 않고 팔짱을 낀 채 관찰하기만 했다.

회의가 끝나자 푸른 용들은 스랄에게 흘끔 시선을 던지며 서성거리다가 한둘씩 회의장을 빠져나갔다. 아리고스는 스랄과 칼렉고스만을 남겨두고 맨 마지막으로 나가려다가, 출입구 앞에서 멈춰서더니 악의에 찬 눈빛으로 스랄을 노려보았다. 스랄이 조금도 움츠러들지 않자 아리고스는 눈을 가늘게 뜨더니 휙 나가버렸다.

칼렉고스는 한숨을 내쉬고, 마법으로 조악한 의자 한 대를 더 만들어내서 그 위에 털썩 걸터앉았다. 그리고 테이블에 팔꿈치를 얹고는 피곤한 눈을 꾹꾹 문질렀다.

"회의에 긴장감이 좀 감돌더군요."

스랄의 말에 칼렉고스는 소리 내 웃고는 와인 한 잔을 만들어내서 한 모금 들이켰다.

"내 친구 스랄이여, 그대는 절제된 표현에 능숙하군요. 나는 오늘 오후에만 적어도 세 차례쯤은 치고받는 몸싸움이 일어날 줄 알았습니다. 다행히도 아리고스가 그대를 의식해서 품위를 지키려고 애쓴 덕분에 그렇게까지 막 나가진 않은 거지요. 아무래도 자기 아버지에게 일어난 일도 있고 하니, 그대가 보는 앞에서 기행을 벌였다가 두 위상께 나쁜 말이 흘러들어가는 건 싫은 모양입니다. 이것만으로도 그대에게 충분히 고마워할 일이군요. 언젠가 그대가 생각지도 못한 때에 불쑥 찾아가서 선술집에서 한잔 사겠습니다."

칼렉고스가 푸른 눈을 반짝이며 씩 웃었다. 스랄도 마주 웃었다. 그는 칼렉고스가 퍽 마음에 들었다. 하프엘프의 형상으로 행동하는 것이 무척 편안한 듯 보이는 저 젊은 용의 모습을 보니 자연스럽게 데샤린의 기억이 떠올랐다. 그러자 스랄은 유쾌한 기분이 가라앉고 침울해졌다. 칼렉고스는 그의 표정 변화를 놓치지 않고 물었다.

"무슨 문제라도 있습니까?"

"이번 여정에서 만났던 다른 용이 있었습니다. 당신과 아주 비슷한 분이었어요. 데샤린이라고 하는……."

"녹색 용 말이군요. 과거 시제로 말하는 걸 보니, 필경……."

칼렉고스가 어두운 눈빛으로 말하자 스랄이 고개를 끄덕였다.

"데샤린님은 저를 시간의 동굴로 데려다주었습니다. 거기서 같이 명상을 하던 중에 암살자의 기습으로 살해당하셨습니다."

스랄은 목소리가 격앙되는 것을 주체할 수 없었다.

"효과적이고도 비겁한 방법으로 공격했군."

스랄은 침묵 끝에 대답했다.

"그렇지요. 그리고 저는 시간의 길을 헤매다가 마지막 시공간에서 그 암살자가 누구인지 알았습니다. 칼렉고스님은 아마 에델라스 블랙무어라는 이름을 모르실 겁니다. 그렇다면 제겐 기쁜 일입니다. 다행히도 우리의 역사에서는 블랙무어가 이룬 일이 별로 없으니까요. 그는 젖먹이였던 저를 주워서 검투사로 키운 인간입니다. 저를 오크 군대의 대장으로 만들어 얼라이언스에 반역을 일으키려는 목적으로요."

"그리고 실패했겠지요."

"이 시간의 길에서는 실패했습니다. 그런데…… 제가 방문한 그 또 다른 시간의 길에서는 제가 갓난아기였을 때 죽었고, 블랙무어는 스스로 힘을 키워서 반역을 일으켰습니다."

"섬뜩한 시나리오군요. 하지만 그자는 시간의 길 밖에서 그대를 기습하지 않았습니까? 대체 어떻게……."

칼렉고스는 문득 말을 끊고 눈을 크게 떴다.

"무한의 용군단이 블랙무어를 시간의 길 밖으로 끌어내 그대를 뒤쫓게 만든 거군요. 놈들이 그런 짓을 저지를 수 있다니…… 심란한 일입니다."

"이 여정에서 제가 알게 된 것들 중 심란하지 않은 게 없습니다."

스랄은 자신의 잔을 내려다보다가 빙그레 미소를 짓고 칼렉고스의 잔에 건배했다.

"마법으로 만든 맥주가 맛이 좋다는 사실만 빼고요."

칼렉고스는 머리를 젖히고 웃음을 터뜨렸다.

오늘 밤 두 달은 만월에 가까웠다. 그러나 아리고스는 더 어두운 밤이 올 때까지 기다릴 수 없었다. 아리고스는 날개를 규칙적으로 움직이며 차디찬 밤하늘을 가로질러 날아갔다. 푸른 용들이 모두 그렇듯 추위는 전혀 느끼지 않았다. 공기가 몹시 맑아서 별들이 하늘에 흩뿌려진 얼음 조각들처럼 보였다.

아리고스는 미행하는 자가 없는지 연신 확인하면서 동쪽으로 빠르게 날았다. 깔쭉깔쭉한 이빨들이 솟아오른 듯한 콜다라의 험준한 풍경이 멀어져가고 기후가 조금 따뜻해졌다. 아제로스의 중심에서 솟구쳐 올라오는 물웅덩이들이 펄펄 끓으며 물을 튀기고 있었다. 간헐천, 범람원, 증기가 뿜어 나오는 분출구들이 여기저기에 나타났다. 아리고스는 그런 것들에 눈길도 주지 않고 앞에 보이는 목적지에만 집중했다.

달빛에 비친 고룡쉼터 사원의 첨탑들은 으스스해 보였다. 손상된 상태였지만 아무도 살지 않는 건 아니었다. 그림자처럼 모호한 형상의 검은색, 보라색, 남색 용들이 탑 주위를 천천히 맴돌고 있었고, 사원의 곳곳에서 잠을 자는 용들도 보였다. 가장 높은 층에 있는 두 용은 날개 달린 거대한 도마뱀처럼 모자이크 바닥에 퍼드러져 있었다.

이윽고 아리고스는 발각당했다.

보초를 서던 황혼 용 몇몇이 순찰 구역에서 벗어나 아리고스를 향해 똑바로 날아왔다. 그리고 사방에서 누군가의 음성이 울려 퍼졌다.

"아리고스, 말리고스의 아들이여."

귀에 익은 음성이었다. 얼마 전의 비극적인 사건 당시에 알렉스트라자를 비롯한 용들을 괴롭혔던 바로 그 음성이었다.

"네, 접니다."

아리고스는 크게 소리쳐 대답하고 꼭대기 층에 내려앉았다. 그리고 황혼의 신부 앞에서 공손하게 절했다.

제 1 4 장

키리고사는 몸을 꼭 웅크리고 잠든 채 불안하고 종잡을 수 없는 꿈을 꾸고 있었다. 그러다가 오빠의 목소리가 들리자 또 다른 악몽에 빠져든 줄로만 알았다. 그러나 정신을 차려보니 그건 현실이었다. 현실이 꿈보다 잔인하다는 것을 또 한 번 깨달은 순간이었다.

키리고사는 바닥과 자신의 목을 연결하는 사슬이 한껏 팽팽해지도록 몸을 최대한 일으켰다. 그리고 자신의 오빠인 아리고스가 연합 용군단 전체를 공격한 악당 놈에게 절하는 모습을 쳐다보며 주먹을 꽉 틀어쥐었다. 아리고스가 고개를 들었다가 키리고사와 시선이 마주쳤다.

"키리고사. 아직 살아 있었다니…… 참으로 기쁘고도 놀랍군."

"내가 지금 용의 몸이었더라면 네 눈알을 뽑아버렸을 거다."

키리고사가 으르렁거렸다. 그러자 황혼의 신부가 즐거워하는 기색이 역력한 투로 말했다.

"자, 자. 남매간에 다투고 그러지 말라고."

키리고사는 이를 뿌득 갈았다. 키리고사를 이놈의 수중에 넘긴 배신자가 바로 아리고스였다. 자신의 순진함이 뼈저리게 후회되었다. 오빠가 어떤 작자인지야 평생에 걸쳐 알고 있었고, 오빠가 아버지를 숭배한다는 것 역시 잘 알고 있었는데도, 그날 밤 아리고스가 긴히 찾아와서 마음이 변했다며 도움을 청하는 말에 키리고사는 깜빡 속아 넘어가고 말았던 것이다.

"나랑 같이 가자. 우리가 같이 힘을 합쳐서 대책을 세워보자고. 키리고사, 나는 아버지를 사랑해. 그분이 무슨 일을 했든 간에. 아버지를 죽이지 않고도 이 전쟁을 끝낼 방법이 분명 있을 거야."

키리고사는 아리고스의 그 말을 너무나 믿고 싶었다. 그 시점에는 이미 너무나 많은 용들이 죽었으니까. 아버지의 편을 선택한 어머니 사라고사마저도 죽었고, 그 일로 키리고사는 누구 못지않게 깊이 상심했다. 그럼에도 반드시 아버지를 막아야 한다는 입장에는 변함이 없었다.

"정말로 그렇게 생각해?"

키리고사가 되묻자 아리고스는 선선히 대답했다.

"그럼. 네가 옳았다는 걸 이제야 알겠어. 같이 가서 계획을 짜보자. 우리가 충분히 타당한 대책을 세운다면 생명의 어머니가 우리 말을 들어줄지도 몰라."

그래서 키리고사는 아리고스를 따라갔다. 미래에 대한 희망과 오빠에 대한 사랑으로 가슴이 부푼 채. 그런데 아리고스는 자기 여동생과 아직 태어나지도 않은 조카를 귀중한 애완동물처럼 황혼의 신부에게 넘겨버린 것이다.

온갖 말이 목구멍까지 차올라 한마디도 꺼낼 수 없을 정도였다. 황혼의 신부란 작자가 네게 어떤 힘을 주었냐고, 무슨 허황된 약속을 해주더냐고, 저놈이 나한테 무슨 짓을 할 셈인지 알고 있었냐고, 한 순간이라도 망설이기는 했냐고 따져 묻고 싶었다. 하지만 그래봤자 황혼의 신부를 즐겁게 할 뿐일 것이다.

아리고스는 자신이 선물한 죄수를 황혼의 신부가 여전히 마음에 들어 한다는 사실을 확인하고, 눈앞의 주군에게 다시 주의를 돌렸다. 황혼의 신부가 물었다.

"회의는 어떻게 됐나? 무엇이 필요한지 빨리 결정할수록 우리 모두에게 좋다."

"그게 좀…… 난처합니다. 어떻게 진행해야 하는지 아무도 갈피를 잡지 못하고 있습니다. 워낙 전례가 없는 일이다보니."

아리고스는 자신감 없는 어조였다. 키리고사는 오빠가 저런 어투로 말하는 걸 처음 들었다. 자기가 잘 했다는 걸 인정받고 저 괴물 놈을 기쁘게 해주고 싶어서 초조한 것이리라. 그 생각에 넌더리가 났지만 키리고사는 애써 침묵을 지켰다. 이곳을 어떻게든 탈출해서 이 대화에서 알게 된 정보를 칼렉고스에게 전해줄 수만 있다면 큰 도움이 될 텐데.

"푸른 용군단이 반드시 너를 새 위상으로 뽑도록 만들겠다고 네 입으로 다짐했잖아. 약속대로 그들을 내게 바치려면 그 방법밖에 없지 않느냐?"

아리고스가 재빨리 말했다.

"어떤 방식으로 위상을 정하든 간에 제가 뽑히리라는 건 분명합니다."

'퍽이나 그렇겠지.'라고 키리고사는 생각했다. 아버지가 죽었으니 푸른 용군단은 용군단들 중에서 유일하게 위상이 없는 상태였다. 하지만 새 위상을 뽑는다니? 그런 게 가능이나 한가? 위상은 티탄들이 정해준 존재인데, 그보다 하등한 용들이 스스로 위상의 자리에 오를 수가 있단 말인가?

"우리에겐 너희가 필요하다. 우리의 최정예 전사가 깨어나서 용군단들을 해치우려면 군대가 필요하단 말이다."

황혼의 신부가 그렇게 꾸짖자 아리고스는 절박한 목소리로 대꾸했다.

"푸른 용들이 싸울 겁니다! 맹세해요! 우리가 용군단들을 무찌르고 이 세상을 파괴할 겁니다. 황혼의 망치가 떨어지면 모든 게 파멸할 겁니다!"

군대라니. 푸른 용군단으로 이루어진 군대를 만들겠다니…… 키리고사는 눈을 질끈 감고 눈물을 삼켰다. 지금 아리고스는 아버지만큼이나 제정신이 아니었다.

"푸른 용군단은 반드시 당신의 것이 될 겁니다. 크로마투스도 살아날 거고요."

아리고스는 기대감에 부풀어 어둠속에서 눈이 빛나고 몸이 뻣뻣해졌다. 황혼의 신부가 씩 미소를 지었다.

"황혼의 아버지여, 당신은 푸른 용들의 힘과 제 헌신을 모두 받으실 겁니다. 하지만…… 그러려면 우선은 그들이 제 것이 되어야 합니다."

"'하지만'이라고……?"

키리고사와 마찬가지로 황혼의 신부 역시 아리고스의 불안한 기색을 읽어낸 모양이었다. 뭔진 몰라도 일이 매끄럽게 풀리지 않는 게 분명했다. 키리고사는 애타는 희망에 마음을 졸였다.

"당신께서 경고했던 그 오크 말입니다. 그놈이 찾아왔습니다."

스랄! 키리고사는 미소가 비어져나오는 걸 참지 못해 고개를 돌렸다. 한편 황혼의 신부는 욕설을 내뱉었다.

"우리의 주군께서 기뻐하지 않을 소식이군. 블랙무어가 스랄을 막을 거라고 들었는데 어찌 된 거지? 지금까지 블랙무어가 무엇을 해냈는지…… 그리고 너는 왜 스랄을 직접 죽이지 못했는지 말해봐라."

아리고스가 고개를 치켜들었다.

"그러려고 했습니다만, 칼렉고스가 그렇게 놔두질 않았습니다. 그리고 공적인 자리였고요."

"스랄은 오크일 뿐이다! 누가 뭐라고 하기도 전에 손쉽게 죽여버릴 수 있었잖느냐!"

"두 위상이 우리에게 직접 보낸 전령이었단 말입니다! 의심을 사거나 동료들을 적으로 돌리지 않고는 그놈을 해치울 방도가 없었습니다. 그리고 제가 위상이 되려면 동료들의 지지가 필요하고요!"

"아리고스, 무슨 갓난아기처럼 일일이 떠먹여 줘야겠나?"

강력한 용 아리고스는 그 한 마디 힐난에 주눅이 들어 몸을 움츠리기까지 했다.

"사고로 위장하면 되잖아!"

"당신이야 그렇게 말할 수 있겠죠. 당신의 약점을 찾아내려 호시탐탐 감시하는 자들도 없이 여기서 안전하게 지내고 계시니까. 하지만 저는 그 상황의 한가운데에 있었단 말입니다! 무슨 일이라도 생기면 모두가 저를 의심할 거라고요!"

"자신의 본색을 숨기는 법을 내가 전혀 모른다고 생각하는 거냐?"

황혼의 신부가 웃음을 터뜨렸다.

"너뿐만이 아니라 나 역시 동족들 틈에서 숨어 지낸다. 그런데도 내 진짜 계획은 아무도 눈치 채지 못하고 있어. 젊은 용, 그건 기술의 문제다. 너도 그 기술을 익혀야 해."

"칼렉고스에게 휘둘리는 용이 너무 많습니다. 하찮은 오크를 굳이 죽이자고 억지를 부려서 공연한 의심을 살 여유가 없다고요!"

황혼의 신부가 쏘아붙였다.

"놈은 하찮은 오크가 아니다! 이해가 안 되나? 네가 스랄을 먼저 없애지 않으면 놈이 너를 없앨 거란 말이다! 스랄의 죽음은 나도, 데스윙께서도 바라시는 일이다. 그런데 너는 단지 비난받는 게 두렵다는 이유로 우리의 주군을 거역하겠다는 거냐? 진정으로 두려워해야 할 게 무엇인지 모르느냐?"

아리고스는 투덜거리면서도 고개를 조아렸다.

"칼렉고스가 스랄을 보호하고 있는지라 건드릴 수가 없습니다. 하지만 적어도 스랄이 어디에 있는지는 알고 있으니, 감시하면 됩니다. 그러다 보면 기회가 있을 겁니다. 머지않아 제가 새로운 위상이 되기만 하면 뭐든 제 마음대로 할 수 있어요. 그때가 되면 이런 것들은 아무런 문제도 안 될 겁니다."

"그를 보았나?"

황혼의 신부가 엉뚱한 질문을 했다. 갑작스러운 화제 전환에 키리고사는 어리둥절해졌다. 아리고스도 영문을 모르는 눈치였다.

"보다니요, 누구를?"

황혼의 신부가 갑자기 차분해진 어조로 말했다.

"북서쪽으로 날아가라. 거기로 가서 그를 직접 보고 와라."

아리고스는 고개를 끄덕이고 밤하늘로 날아올랐다. 황혼의 신부는 바닥 가장자리로 걸어가서 아리고스의 뒷모습을 지켜보았다. 차가운 공기에 그의 입김이 하얗게 피어올랐다.

키리고사는 침을 꿀꺽 삼켰다. 황혼의 신부가 아리고스에게 보여주려는 것이 무엇인지 비로소 깨달았다. 크로마투스일 것이다. 머리가 여럿 달린, 결코 살아나서는 안 되는 돌연변이 용. 친오빠는 바로 그런 해괴망측한 존재와 동맹을 맺은 것이다.

황혼의 신부가 키리고사를 돌아보았다. 그의 시선이 와 닿자 소름이 끼쳤다. 황혼의 신부는 스스럼없는 투로 말했다.

"놈은 죽을 거다. 너도 잘 알겠지만."

키리고사가 쏘아붙였다.

"아리고스? 당연하지."

"이봐, 지금 나는 거기까지 건너가서 너를 고문할 기분은 아니야. 칼렉고스 말이다. 칼렉고스는 죽을 거야. 너도 마찬가지고. 크로마투스와 데스윙 모두에게 맞설 수 있는 자는 아무도 없다. 이 세계조차도 고통으로 울부짖을 거야."

"칼렉고스도 나도 죽을지도 모르지. 하지만 데스윙과 그의 아들이 창조해낸 그 괴물에게 맞서 싸울 자는 분명 있을걸."

키리고사는 칼렉고스가 몹시 자랑스러웠다. 아리고스가 용군단을 배신했다는 걸 칼렉고스가 눈치 챘는지, 아니면 단순히 누군가가 스랄을 해코지할까봐 안전하게 지켜주는 것뿐인지는 알 수 없었다. 아리고스가 아니더라도 스랄에게 위협이 될 만한 푸른 용들은 꽤 있을 테니까.

키리고사는 목에 걸린 사슬을 만져보았다. 겉보기엔 너무나 평범해 보이지만 실상은 그를 구속하는 강력한 족쇄를. 그리고 다른 한 손으로 자신의 배를 어루만졌다. 고문을 당했던 기억과 쓰라린 슬픔이 복받쳤다. 키리고사는 그 감정이 자신을 휩쓸고 지나가도록 내버려두며 조용히 숨을 골랐다. 아직까지는 놈들의 학대 앞에서 무너지지 않았다. 지금도 무너져서는 안 된다. 크로마투스와 데스윙 모두와 싸운다는 건 생각만으로도 공포스러운 일이지만 마음을 단단히 먹어야 했다. 분명 희망이 있으니까.

고요한 밤공기에 노랫가락 같은 날갯짓 소리가 들려왔다. 이윽고 아리고스가 한눈에 봐도 기가 죽은 표정으로 돌아왔다. 황혼의 신부가 침착한 눈길로 그를 응시하며, 아주 부드러운 어조로 말했다.

"약속한 대로 해라."

아리고스는 그 앞에서 잠자코 몸을 떨었다.

"그 천문 현상에 대해 더 자세히 알고 싶습니다."

스랄이 부탁하자 칼렉고스는 선선히 설명해주었다.

"알다시피 아제로스에는 달이 두 개 있습니다. 그 달을 부르는 이름은 문화권에 따라 다양하지만, 보통은 모자 관계로 상징되곤 하지요. 흰 달이 푸른 달보다 훨씬 크니까요."

스랄이 고개를 끄덕였다.

"저희 일족도 빛의 여왕과 푸른 아이라고 부릅니다."

"그렇지요. 우리가 주목하는 그 현상이란, 두 달의 위치가 서로 정확히 겹치는 경우입니다. 어머니인 흰 달이 푸른 달 아이를 안아주는 것처럼 보여서 '포옹'이라고 불리기도 하지요. 대략 430년에 한 번 꼴로 일어나는 매우 희귀한 현상입니다. 저 역시 직접 본 적은 한 번도 없습니다. 지금처럼 정치적인 맥락이 덧붙여지기 전에 순수한 천문 현상으로 감상할 기회가 있었더라면 좋았을 텐데 싶어요."

"그러면 그 현상이 용의 위상이 될 자에게 힘을 부여한다는 생각에는 동의하십니까?"

"전설에 의하면, 티탄들이 첫 위상을 만들었을 때도 '포옹'이 일어났다고 전해집니다. 그러니 평범한 용에게 위상의 호칭을 부여하기에는 지금이 절호의 시점이긴 하지요."

"호칭뿐이라고요? 뭔가 실질적인 변화가 일어나지는 않을 거라는 뜻입니까?"

칼렉고스는 한숨을 쉬고 머리카락을 쓸어넘겼다.

"아직 밝혀지지 않은 것이 너무 많습니다. 어쨌든 우리는 위상을 세워야 합니다, 스랄. 만약 투표를 통해 위상을 선출하는 게 최선의 방법이라면 그렇게

라도 해야겠죠."

스랄은 고개를 끄덕이고 말을 골랐다.

"뭐라고 할까…… 어떤 웅장한 음악이 조용히 끝나가는 부분 같군요. 위상은 그야말로 강력한 존재고…… 푸른 용들은 마법의 수호자로서 창조력으로 넘치는 찬란한 것들을 지키고 계시지요. 그리고 만약 단순히 투표를 통해 위상을 뽑게 된다면……."

스랄은 더 이상 말을 잇지 않았다. 그럴 필요가 없었다. 칼렉고스가 조용히 말했다.

"저는 딱히 위상이 되겠다는 야망은 없습니다. 하지만 아리고스가 푸른 용의 위상이 되는 것만은 우려스럽습니다. 제 용군단에게도, 이 세상에도 결코 바람직하지 않은 일일 거예요."

스랄이 미소 지었다.

"꼭 권력을 갈망하는 자만이 지도자가 되는 건 아닙니다. 저 역시 권력을 바라지는 않았습니다. 하지만 제 일족의 안위를 간절히 원했지요. 그들을 해방하고, 삶을 꾸릴 터전을 만들고, 우리의 문화를 일구고 수호할 수 있기를."

칼렉고스는 주의 깊은 눈으로 스랄을 바라보았다.

"실로 그러셨겠지요. 그 점은 누구나 인정하더이다. 심지어 얼라이언스 소속의 몇몇도 그대를 칭찬하더군요. 지금 세상이 이 지경이 되었으니, 그 어느 때보다도 호드에는 그대가 필요할 것 같습니다. 그런데도 그대는 한 명의 겸허한 주술사로서 여기에 와 있군요."

"다른 사명을 받았으니까요. 말씀하셨듯이…… 제 일족보다도 이 세상이 더 위급한 상태이잖습니까. 저는 세상을 도우러 떠난 겁니다. 그리고 참으로 기묘한 운명과 우연의 조화로 여기까지 흘러와서 푸른 용들이 새 위상을 결정하는 자리에 참석하게 되었지요. 칼렉고스님, 위상의 자리에는 막중한 책임이 따를 겁니다. 하지만 저는 당신이 적임자라고 생각합니다. 비록 제가 많은 걸 보지는 못했습니다만…… 다른 분들이 당신을 지지하기를 바랄 뿐입니다."

칼렉고스가 대답했다.

"제가 맡을 필요가 없다면 굳이 나서지 않을 겁니다. 그래도 맡아야 한다면…… 글쎄요, 이름뿐인 위상이 되는 게 차라리 좋을지, 아니면 막강한 힘을 지닌 온전한 위상으로 거듭나는 게 좋을지 잘 모르겠군요. 그렇게까지 다른 존재가 된다는 건 제게 힘겨운 일일 테니까요. 한 번도 상상해본 적도 없고…… 아무도 해본 적 없는 일입니다. 그건…… 엄청난 부담입니다."

스랄은 칼렉고스가 말하는 모습을 유심히 지켜보다가 깨달았다.

칼렉고스는 두려워하고 있었다.

"진정한 위상이 된다면 당신이 완전히 변할 거라고 생각하시는군요."

스랄의 말은 질문이 아니었다. 칼렉고스가 고개를 끄덕였다.

"저는 이미 아주 강력한 존재이기는 합니다. 이 오래된 세상을 살아가는 대부분의 구성원들의 생각으로는 어쨌든 그렇지요. 저는 처음부터 늘 그런 존재였고, 그 정도의 책임과 힘을 유지하는 건 쉽습니다. 하지만…… 위상이 된다니?"

칼렉고스는 초점이 흐려진 눈으로 시선을 돌렸다.

"스랄…… 위상은 단지 힘이 좀 더 센 용이 아닙니다. 애초에 차원이 다른 존재입니다. 이를테면……."

칼렉고스는 적절한 표현을 찾느라 고민에 잠겼다.

"그러니까, 위상이 되면 저는 변할 겁니다. 그래야 하니까요. 하지만…… 다섯 위상 중에서 둘은 미쳤습니다. 알렉스트라자님마저 그 전철을 밟으실지도 모르고, 노즈도르무님은 자신이 관장하는 시간의 영역에서 영영 실종될 뻔하기까지 했죠. 위상이 되면 과연 제게 무슨 일이 일어날까요?"

칼렉고스가 두려워할 만도 했다. 스랄도 오그림 둠해머가 죽고 후계자로 임명된 날에 비슷한 두려움을 직면했었다. 스랄은 자청한 적도 없는 역할을 맡았고, 실제 자신보다 더 나은 존재가 되어야 했다. 단순히 듀로탄과 드라카의 아들인 스랄이 아니라 대족장이 되어야 했던 것이다. 그리고 오랜 세월 동안 스랄은 그 책임을 져왔다. 사랑스러우면서도 성가신 아그라가 노골적으로 말했듯, 호드의 노예가 되었던 셈이다.

그러나 칼렉고스는 스랄과 달리 위상의 자리에서 결코 내려올 수 없을 것이다. 그리고 한낱 오크보다 훨씬, 훨씬 더 긴 세월을 살아가야 할 것이다.

칼렉고스는 다른 존재가 될 테고, 다시는 예전의 자신으로 돌아올 수 없을 것이다. 칼렉고스 자신이 아닌, 영원히 푸른 용의 위상으로 살아야 하는 것이다. 그게 칼렉고스에게 어떤 영향을 불러올까?

스랄이 입을 열었다.

"나의 친구여, 그건 대단히 중요한 질문입니다. 위상이 되면 무슨 일이 생길지는 결코 알 수 없습니다. 하지만 세상에는 용들조차도 예상할 수 없는 일들이 늘 있게 마련입니다. 당신은 오로지 아는 만큼만 행동할 수 있을 따름이지요. 당신의 마음, 이성, 본능이 옳다고 말하는 대로 말입니다. 그러므로 당신이 자문해야 할 것은, 위상이 되면 당신에게 어떤 일이 일어날지가 아닙니다. 올바른 질문은 이미 스스로 하셨습니다."

"아리고스가 위상이 되면 내 일족이 어떻게 될 것인가?"

스랄은 고개를 끄덕였다.

"이것 봐요. 당신은 무엇을 물어야 할지 이미 알고 계시지 않습니까. 그 의문에 대한 구체적인 대답은 잘 모르실 겁니다. 하지만 그들을 아리고스의 치하에 맡기느니 스스로 그 책임을 맡는 편이 더 낫다는 것만큼은 알고 계시지요."

칼렉고스는 잠시 침묵하다가 입을 열었다.

"아리고스는 혈통을 중요시합니다. 하지만 우리 용군단 전체가, 아니, 우리 용족 전체가 한 가족으로 화합해야 한다는 것을 그는 이해하지 못하고 있어요. 아리고스의 사고방식은 더 이상 우리에게 도움이 되지 않습니다. 이전에도 도움이 된 적이 있었는지는 의문입니다만. 그리고 만약 우리 용군단이 아리고스를 위상으로 섬긴다면…… 물론 우리는 독립적인 푸른 용군단이 될 겁니다. 다른 용군단들과 떨어져 홀로 분리된 용군단. 하지만 죽거나 그보다 더 나쁜 상태가 되겠지요."

칼렉고스가 살짝 미소를 지으며 말을 맺었다.

"내 마음, 이성, 본능이 그렇게 말하는군요."

"그렇다면 당신은 이미 결정을 내리신 겁니다."

"아직 두렵습니다. 그리고 이 결정으로 제가 비겁자가 되는 것 같은 기분을 떨칠 수가 없군요."

"아뇨. 당신은 지혜로워졌을 뿐입니다."

때가 되었다.

스랄은 두터운 털가죽 망토를 단단히 여몄다. 그는 마력의 탑 공중 부상 승강장들 중에서 가장 높은 승강장에 서 있었다. 탁 트인 하늘이 한눈에 올려다보였다. 인간형의 모습을 취한 몇몇 용들이 스랄의 곁에 서 있었고, 주위를 날아다니는 용들도 있었다. 밤공기가 유독 맑고 맵싸했고 칠흑 같은 하늘에 별들이 총총 빛났다. 더욱 추워지겠지만 그래도 스랄은 날씨가 맑아서 다행스러웠다. 달이 구름에 가려진다고 해서 '포옹'의 위력이 약해지는 건 아니라고 푸른 용들이 말하긴 했지만, 그래도 스랄은 이 희귀하고 특별한 천체 현상을 확실히 목격하고 싶었다.

빛의 여왕과 푸른 아이는 이미 아주 가까워져 있었고, 이제 곧 완전히 겹쳐질 터였다. 푸른 용들은 아주 조용히 침묵하며 기다리고 있었다. 이렇게도 고요한 그들의 모습을 보기는 처음이었다. 이전까지 스랄이 본 푸른 용군단은 차가운 성질임에도 불구하고 매우 생동감 넘치고 활기찬 분위기였으니까. 그와 대조적으로 청동 용군단은 말도 행동거지도 더 사려 깊은 편이었다. 시간의 길에서는 말 한 마디, 행동 하나도 의미를 따져야 할 테니 그럴 만도 했다. 녹색 용들 역시 만 년을 꿈을 꾸며 지내왔기 때문인지 차분해 보였다. 반면 푸른 용들은 그들 본연의 속성인 마법이 파직거리며 불똥을 튀기듯이 활발하기 그지없었다. 예리하고 기민한 위트 감각, 변덕스러운 감정의 기복, 날렵하고 기운찬 움직임까지도. 그랬던 푸른 용들이 지금은 가만히 서 있거나 천천히 선회하면서 하늘만 뚫어져라 쳐다보고 있으니 스랄은 초조해졌다.

칼렉고스조차 평소와 달리 엄숙했다. 칼렉고스도 다른 용들과 마찬가지로 용의 형상을 취하고 있었다. 처음에 스랄은 칼렉고스가 하프엘프의 모습이어야 편하게 대할 수 있었지만, 그와 꽤 친해진 지금은 칼렉고스가 어떤 모습을 취하든 그저 칼렉고스로만 보였다. 스랄은 그에게 가까이 다가가 손을 한껏 높이 들어 올려서 칼렉고스의 앞다리에 손을 얹었다. 만약 그가 하프엘프의 몸이었다면 어깨를 꽉 쥐어주었을 것이다. 칼렉고스가 스랄을 내려다보고는 눈에 주름을 잡으며 미소를 짓더니, 그 거대한 푸른 머리를 들어 올려 천체의 움직임을 관찰했다.

스랄은 이제부터 보게 될 사건과 그 의미를 헤아려보았다. 포옹, 자식에 대한 어머니의 사랑. 문득 말리고스가 떠올랐다. 듣자하니 말리고스는 미치기 전까지만 해도 칼렉고스처럼 쾌활하고 자비로운 용이었다고 했다. 그런 위상이 데스윙으로 인해 망가진 것이다. 뿐만 아니라 푸른 용들을 비롯한 용군단들도, 이 세상 자체도…… 스랄은 이 천체 현상이 절실히 필요해진 원인과 암울한 현실을 생각하며 서글프게 고개를 내저었다.

푸른 아이가 어머니에게 다가가고 있었다. 매서운 추위에 몸을 떨면서도 스랄은 자기도 모르게 웃음이 나왔다. 바야흐로 포옹의 순간이었다. 모든 걸 멈추고 사랑과 마법에 대해, 더 나아가 그 두 가지가 그리 다르지 않다는 것에 대해 생각할 시간.

이제는 각자의 의견을 내세울 때가 아니었다. 아리고스가 어째서 위험한지, 칼렉고스가 왜 더 나은 후보인지에 대해 합리적인 논쟁을 펼치기에는 늦었다. 나올 수 있는 말은 이미 다 나왔다. 용들은 각자의 소신에 따라 선택할 것이다. 스랄은 노즈도르무와 시간의 본질을 통해 깨달은 이치를 되새겼다. 결정은 이미 내려졌고, 더 이상은 소망할 것도 두려워할 것도 없는 것이다.

오로지 지금 이 순간만 있을 뿐이었다. 추위 속에서 용들에게 둘러싸여, 희귀하고도 아름다운 사건이 일어나는 과정을 지켜보고 있는 지금 이 순간. 이제 곧 다른 순간이 찾아올 테고 이 순간은 영영 기억 속에만 남은 과거가 되겠지만, 지금 존재하는 것은 바로 이 순간뿐이다.

푸른 아이가 서서히 움직여갔다. 그리고 포옹이 시작되었다. 너무나도 느리게 느껴지는 달의 움직임을 오래도록 지켜보며 기다린 끝에, 드디어 크고 흰 달이 작은 달을 끌어안기 시작한 것이다. 스랄은 북받치는 기쁨과 완전한 평온에 휩싸여 그 풍경을 올려다보았다.

그런데 시리도록 차가운 그 평화의 순간, 별안간 아리고스가 하늘로 뛰어올랐다. 그는 날개를 세차게 퍼덕이며 허공의 한 지점을 맴돌면서 소리쳤다.

"제가 일족을 이끌게 해주십시오! 위상의 축복을 내려주십시오! 제 아버지의 아들인 제가 이 자리를 받아야 합니다!"

스랄 옆에 있던 칼렉고스가 숨을 헉 들이켰다.

"안 돼. 그가 우리 모두를 파괴할……."

아리고스의 과감한 행동은 확실히 이목을 끌었다. 화들짝 놀란 용들이 하늘에서 펼쳐지는 천문 현상에서 고개를 돌려 아리고스를 주목하자, 더욱 대담해진 아리고스는 선동을 계속했다.

"그렇습니다! 저는 우리 용군단의 진짜 정체성을 대표합니다. 여러분은 비전의 힘을 다스려야 할, 진정한 마법의 주인들이 아닙니까! 여러분은 제 능력을 잘 알고 있습니다. 저는 아직 위상이 아니지만 제 아버지의 진정한 아들이고, 그분이 생전에 이루려 하신 뜻을 믿고 있습니다. 우리의 운명을 우리 스스로 결정할 수 있다는 뜻 말입니다! 이제부터 비전 마법을 우리의 목적과 이익을 위한 도구로 이용하도록 합시다! 마법이라는 건 우리 푸른 용군단을 위해 존재하는 겁니다!"

한편 하늘의 두 달은 마력의 탑에서 일어나는 소동에 신경 쓰지 않고 유유히 빛나고 있었다. 어머니와 아들이 내뿜는 희푸른 빛이 새하얀 눈밭과 용들의 파란 비늘에 반사되었다. 소름끼치도록 아름다운 광경이었다. 아리고스가 고래고래 소리치고 날개를 요란하게 퍼덕거리는데도 스랄의 시선은 그 고요한 포옹의 장면으로 자연스럽게 이끌렸다.

다른 용들도 하나둘씩 하늘로 시선을 돌렸다. 마법을 도구로 쓰게 해주겠다는 아리고스의 약속을 외면하고, 그들은 완벽하게 일치한 두 달 아래의 차가운 공기 속에서 자신들의 입김이 얼어붙는 그 경이로운 순간에 몰입했다. 푸른 용군단은 아리고스가 부르짖는 과거의 영광과 미래의 약속을 젖혀두고 그저 지금 벌어지는 포옹의 장면을 바라보기로 한 것이다. 그 고요한 순간의 '마법'을.

아리고스는 계속 고함을 치고 떠벌리고 애원했지만 누구도 귀 기울여 듣지 않았다. 푸른 용들은 포옹이 너무나 아름다워서 놀란 것 같았다. 꼼짝도 않고 오로지 하늘만을 올려다보는 그들의 모습은 두 달의 청백색 빛을 받아 마치 석상들처럼 보였다. 게다가 용들의 몸 자체에서 정교한 빛이 발산되는 듯했다. 두 달의 흰빛과 푸른빛이 합쳐지면서 환각을 자아내기라도 하는 걸까? 그 환각이 너무나 신비롭고 강렬한 나머지 스랄은 두 달에서 시선을 떼고 주위의 용들을 둘러보았다. 이제 보니 스랄 자신조차도 그 자비로운 빛에 둘러싸여 있었다.

이윽고 용들의 몸에 서려 있던 빛들이 아리고스에서부터 시작해서 하나둘씩 약해져갔다.

그런데 칼렉고스의 빛만은 그대로였다.

스랄은 비로소 깨달았다. 이 의식은 지적인 실험이 아니었다. 자기가 적임자라 주장하는 푸른 용들 중 하나를 투표로 가려내는 선거도 아니었고, 위상의 힘을 자기 자신과 용군단을 위한 도구로만 이용하려 하는 자에게 단순히 위상의 칭호만을 부여하는 형식적 절차도 아니었다.

포옹이라는 이름답게, 이 천문 현상은 푸른 용군단의 머리가 아닌 가슴과 직결되어 있었다. 새로운 위상은 단지 생각만으로 세워지는 것이 아니다. 티탄들은 자기가 옳다고 '느끼는' 것을 행했고, 지금 이 순간 푸른 용군단도 그렇게 한 것이다.

이제껏 푸른 용들은 스랄과 칼렉고스가 하는 말들을 머리만이 아니라 마음으로도 들었다. 자신들을 관찰하는 스랄의 행동거지며 반응을 마주 지켜보았고, 순간 속에서 살아간다는 것의 경이로움에 대한 스랄의 이야기도 귀 기울여 들었다. 삶도 능력도 자기 자신도 그 경이로운 깨달음을 통해 바라보아야 한다는 이야기를 직관적으로 받아들였다. 게다가 푸른 용들은 진실로 아름답고 기적적인 것을 알아보는 눈이 있었다. 두 달의 포옹은 아무런 지배력도 강제력도 휘두르지 않고, 다만 지극히 귀하고 우아한 것에서만 나오는 힘을 발휘했다. 그러자 지금껏 닫혀 있던 푸른 용들의 가슴이 활짝 열리고, 두려움은 빠져나가고 희망이 차오른 것이다.

하늘의 푸른 아이가 어머니의 다정한 품에서 빠져나오면서, 푸른 용들을 감쌌던 빛도 완전히 사라졌다. 그런데 칼렉고스를 감싼 빛은 오히려 더 강해져 있었다.

깜짝 놀란 칼렉고스는 눈을 커다랗게 뜨고 숨을 가쁘게 몰아쉬더니 돌연 하늘로 날아올랐다. 새롭게 태어난 위상에게서 뿜어 나오는 빛이 눈부셔서 스랄은 손차양을 쳐야 했다. 이제 칼렉고스는 마치 별처럼, 아니, 태양처럼 너무나 밝고 찬란하고 무시무시하게 빛나고 있어서 똑바로 쳐다볼 수도 없을 정도였다. 그는 희망과 사랑과 신뢰로 말미암아 비전 마법의 절대적인 주인이 되었다. 푸른 용군단도, 하늘의 어머니와 아이도, 오래 전 티탄들의 의지가 남겨둔 메아리도 칼렉고스를 위상으로 인정한 순간이었다.

하늘을 찢어버릴 듯 격하게 날개를 퍼덕이던 칼렉고스가 별안간 아무도 생각지 못한 행동을 했다.

웃음을 터뜨린 것이다.

눈처럼 맑고, 깃털처럼 가볍고, 어머니의 사랑처럼 순수한 웃음소리가 칼렉고스에게서 흘러나왔다. 그건 패배자에 대한 비웃음도, 득의양양한 승리의 환호성도 아니었다. 너무나 강렬하고 생생하고 '마법적'이어서 도저히 억

누를 수 없는, 모두와 나누지 않고는 배길 수 없는 기쁨에서 우러나는 웃음일 뿐이었다.

스랄도 덩달아 기쁨에 겨워 웃었다. 밤하늘에서 춤추는 저 청백색 용에게서 눈을 뗄 수가 없었다. 여기저기에서 종소리처럼 영롱한 웃음이 터져 나오면서 기묘한 음악 같은 소리가 일었다. 스랄은 황홀경 속에서 그 위대한 용들과 유대감을 느끼며, 가슴이 먹먹해진 채 주위를 둘러보았다. 다른 용들의 눈에도 기쁨의 눈물이 반짝이고 있었다. 스랄은 가슴이 가뿐하면서도 동시에 착 가라앉은 느낌이 들었다. 만약 날개가 있었다면 스랄도 하늘로 날아오르고만 싶은 기분이었다.

"이 머저리들아!"

분노와 경악에 빠진 아리고스의 목소리가 그 평화로운 순간을 박살냈다.

"이 한심한 머저리들! 푸른 용군단을 배반한 건 내가 아니라 너희들이다!"

아리고스는 냅다 머리를 젖히고 지독한 울음소리를 내뱉었다. 스랄은 그 진동에 몸이 실제로 흔들리는 느낌을 받았다. 그건 단순한 절규가 아니라 마력이 깃든 소리였다. 핏줄과 뼈를 타고 흐르는 그 울음소리에 스랄은 무릎을 꿇고 주저앉았다가, 아리고스가 내뱉은 말의 의미가 무엇인지 뒤늦게 깨달았다.

'푸른 용군단을 배반한 건 내가 아니라 너희들이다…….'

스랄은 위를 올려다보았다. 새로운 푸른 용의 위상 칼렉고스는 여전히 비전 마법으로 휘황찬란하게 빛나며 공중에 떠 있었고, 이전의 라이벌인 아리고스보다 훨씬 커져 있었다. 그에 대조적으로 아리고스는 웅장한 용이 아니라 밤하늘에 생긴 흉한 얼룩처럼 보였다. 칼렉고스는 이제 기쁨이 아닌 복수심에 찬 신이 되어 날개를 접고 아리고스를 향해 급강하했다.

"아리고스, 안 돼! 네가 우리를 해치게 놔두진 않겠다!"

그 순간 사방에서 끔찍한 소리가 들려왔다. 수십 장의 날개가 세차게 퍼덕이는 소리. 스랄은 눈을 휘둥그레 뜨고 저 앞에서 날아오는 용들을 쳐다보았다. 황혼 용들이었다. 스랄은 황혼 용을 직접 본 적이 한 번도 없었지만 보자마자 그 정체를 알아차릴 수 있었다. 용의 형상을 띤 그림자 같은 어두침침한 유령들이 푸른 용군단의 요새로 돌진하고 있었다.

푸른 용들은 즉시 흩어져 전투에 돌입했다. 눈 깜짝할 사이에 그들은 하늘로 뛰어올라 그 엄청난 괴물들을 공격하고 있었다. 비전 마력이 뿜어내는 희푸른 빛줄기가 밤하늘을 환하게 밝혔다. 스랄은 칼렉고스와 아리고스가 맞붙는 곳을 올려다보았다.

"칼렉고스!"

스랄은 시끌벅적한 전투의 틈바구니에서 자신의 말이 들리지 않을 거라 생각했지만 어쨌든 소리쳤다.

"조심해요!"

칼렉고스는 그의 경고를 못 들은 것 같았다. 스랄은 공포에 질렸다. 그러나 바로 다음 순간, 칼렉고스는 아리고스를 놔주고 왼편으로 몸을 던졌다. 칼렉고스를 노리고 똑바로 날아오던 황혼 용 세 마리는 아리고스와 꼼짝없이 부딪히게 되었는데, 놀랍게도 그 직전에 셋 모두의 형체가 감쪽같이 무형으로 분해되면서 아리고스를 그대로 통과해버렸다. 그리고 다시 형체를 갖추고는 싸움을 재개하는 것이었다.

그때 스랄의 뒤에서 용의 존재가 느껴졌다. 스랄은 둠해머를 꺼내 두 손으로 거머쥐고서 이를 악물었다. 그리고 자신이 좋아하고 존경하며 치유해야 할 푸른 용군단을 지키기 위해 전심전력으로 둠해머를 휘두를 각오를 했다. 목숨을 걸고 싸우기로.

스랄에게 다가온 황혼 용은 아름답고 무시무시한 암컷이었다. 그 용은 아가리를 쩍 벌려 스랄의 몸통만큼이나 커다란 이빨을 드러내더니, 앞다리를 펴고 발톱까지 벌려 스랄을 발기발기 찢어버릴 준비를 했다.

스랄은 반사적으로 "호드를 위하여!"라는 함성을 내뱉으려다가 삼켰다. 이제는 더 이상 호드만을 위해 싸우지 않았으니까. 스랄은 얼라이언스도, 대지고리회도, 세나리온 의회도, 부서지고 흩어진 용군단들도 지켜야 했다.

이건 아제로스를 위한 싸움이었다.

황혼 용이 스랄을 덮치기 일보직전, 그는 둠해머를 들어 올렸다. 그때 갑자기 무언가가 스랄을 15미터 상공으로 번쩍 들어올렸다. 어떤 용의 발톱이 완강하면서도 든든하게 스랄의 몸통을 움켜쥐고 있었다. 칼렉고스였다.

"내 등에 타요! 그래야 안전할 테니!"

칼렉고스가 스랄을 쥔 앞발을 자신의 어깨 위로 가져가서 발톱을 벌려주었다. 스랄은 칼렉고스의 발 위에서 뛰어내려, 몇 초쯤 허공을 가로질러 낙하하다가 칼렉고스의 드넓은 등 위에 내려앉았다.

푸른 용의 속성은 차가운 마법인데도 불구하고 칼렉고스의 체온은 따뜻하게 느껴졌다. 심지어 데샤린이나 틱보다도 더 따스했다. 그 두 용 위에 올라타 날았을 때의 느낌이 속삭임과 같았다면, 지금 푸른 용의 위상을 타고 나는 기분은 즐거운 함성과 같았다. 파직거리며 솟구치는 마력과 에너지가 자신을 타고 흐르는 감각을 느끼며 스랄은 이리저리 휙휙 날아다니는 칼렉고스의 몸을 꽉 잡았다. 칼렉고스는 황혼 용 두 마리를 향해 차디찬 얼음의 숨결을 뿜어냈다. 그 황혼 용들은 고통으로 울부짖으며 반투명하게 변신했지만, 칼렉고스의 입김이 닿은 부위가 이미 딱딱하게 얼어붙은 뒤였다. 칼렉고스는 꼬리를 휘둘러서 그중 한 마리의 얼어붙은 앞다리를 박살냈다. 다른 한 마리는 날개가 얼음덩이가 된 채 미친 듯이 몸부림치며 추락하고 있었다.

스랄와 칼렉고스는 한 몸이 된 것처럼 아름다운 조화를 이루며 움직였다. 사방으로 쏜살같이 움직이는 거대한 용을 타고서도 스랄은 아무 두려움도 느끼지 않고 그 위에 딱 달라붙어 있었다. 칼렉고스는 한 적에게 돌진하는 동안 또 다른 적을 마법으로 공격하면서, 동시에 세 번째 적에게 바싹 따라붙어 스랄이 공격할 기회를 주었다.

"놈의 뒤통수를!"

칼렉고스가 그렇게 외친 즉시 스랄은 뛰어올랐다. 너무나 완벽한 타이밍이라 칼렉고스는 조금도 지체할 필요가 없었다. 스랄은 황혼 용의 목덜미에 올라타서 둠해머로 적의 뒤통수를 내리찍었고, 의외의 공격에 깜짝 놀란 그 황혼 용은 변신할 새도 없이 즉사해서 땅으로 곤두박질쳤다. 그때 칼렉고스가 매끄럽게 날아와 스랄을 다시 등에 태웠다. 푸른 용의 위상이 날갯짓하며 높이 날아올라 다시 전투태세를 갖추는 동안, 스랄은 가까스로 숨을 돌리면서 주위를 둘러보았다. 그리고 미소를 지었다.

푸른 용군단이 이기고 있었다.

제 1 5 장

푸른 용군단이 이기고 있었다!

푸른 용들은 수적으로 열세인데도 의심할 여지없이 승세를 굳히고 있었다. 새로운 위상의 출현으로 고무된 것이다. 위상 옹립 의식은 실제로 효과가 있었다. 푸른 용들은 겸허하게 티탄들의 축복을 구했고 또 축복을 받았으며, 기쁨과 안도감으로 충만한 그들은 사기가 솟아나서 적들을 거뜬히 물리치고 있었다.

'이러면 안 되는데!'

아리고스는 힘겹게 날면서 생각했다. 그는 칼렉고스의 집중 공격에 몸의 절반이 얼어붙고 한쪽 날개가 찢어진 채 피를 줄줄 흘리고 있었다. 아리고스는 지쳤고 겁에 질렸다. 이런 감각엔 익숙하지 않았다.

어쩌다가 일이 이렇게까지 틀어진 걸까?

덫에 걸린 짐승처럼 궁지에 몰린 아리고스는 고통에 사로잡힌 채 안전한 곳으로 몸을 피해야 한다는 생각에 급급했다. 피난처를 찾아야 했다. 쉬면서 몸을 회복하고 생각할 곳이 필요했다. 그런 장소가 한 군데 있긴 했다. 어두컴컴한 안개처럼 그의 머리를 엄습하는 이 공포를 떨쳐내고 마음을 가라앉히기에 적당한 곳이.

아리고스는 미친 듯이 두리번거리며 칼렉고스를 찾았다. 온몸에서 광채를 뿜어내는 위풍당당한 칼렉고스의 모습이 보였다. 원래대로라면 아리고스가 저런 모습이 되었어야 했는데. 그리고 칼렉고스의 등 위에는 그가 아끼는 오크가 혹처럼 들러붙은 채 망치를 휘두르며 황혼 용의 머리통을 깨부수고 있었다. 더더욱 모욕적인 광경이었다.

영원의 눈. 그곳으로 가야 했다. 마력의 탑 심장부이자 아버지가 은신했던 그곳이 아리고스를 부르는 듯했다. 거기서 원기를 되찾고 계획을 짤 생각을 하니 그래도 마음이 좀 진정되는 듯했다. 아리고스는 용에게 어울리지 않게 끼끼거리는 꼴사나운 소리를 내며 날개를 펼쳤다. 그리고 믿을 수 없을 만큼 비참한 공중 전투가 벌어지고 있는 마력의 탑 꼭대기에서 몸을 날려 돌덩이처럼 급강하했다. 사실상 난다기보다는 추락하다시피 했지만, 어쨌든 막판에 날개를 펼쳐서 겨우 마력의 탑 입구로 활공해 들어갈 수 있었다. 미로 같은 통로를 누비며 뛰어가는 내내 공포가 차디찬 발톱처럼 가슴을 할퀴어대면서 심장이 마구 고동쳤다.

드디어 안개가 빙빙 소용돌이치는 관문이 나타났다. 아리고스는 그 관문을 매끄럽게 통과해 영원의 눈으로 들어갔다. 밤하늘이 펼쳐진 그곳은 완전히 독립된 하나의 작은 차원이었다. 한때 영원의 눈에는 회청색의 마법 단상이 있었다. 용들은 그 단상에 올라앉아 휴식을 취하면서 영원의 눈에 깃든 수수께끼에 대한 사색에 잠길 수 있었다. 그때 그곳에는 마법의 문자들이 나타났다 사라졌다 하며 흩날리는 눈발처럼 춤을 추었고, 차가운 별들이 총총 박힌 새까만 밤하늘은 끊임없이 비틀리며 움직였고, 한편에는 희푸른 성운이 빙빙 휘돌았다.

그러나 지금은 단상이 없었다. 그 단상은 아버지가 목숨을 잃었던 전투 당시에 박살났고, 그 조각들이 공중에 흩어진 채 떠돌고 있었다. 그중 한 조각에는 집중의 눈동자라고 불리는 마법의 구슬이 여전히 붙어 있었다. 지금 그 눈동자는 닫혀 있었지만, 예전에 말리고스가 자신의 피를 써서 만 년 동안 잠들어 있던 이 구슬을 작동시킨 적이 있었다. 그리하여 말리고스는 강력한 폭풍 바늘을 조종해 아제로스의 지맥을 타고 흐르는 비전 마력을 마력의 탑으로 끌어들일 수 있었던 것이다. 그리고 말리고스를 최후의 전투로 끌어들인 것도 누군가가 오랫동안 잊혀진 열쇠로 집중의 눈동자에 가느다란 틈을 열었기 때문이었다.

암울한 기억이 떠오르긴 했지만 그래도 이 장소는 아리고스에게 편안하고 친숙했기에 한결 안심이 되었다. 아리고스는 천천히 떠다니는 단상의 파편들 중 하나에 올라앉아 날개를 접고서 아가리를 벌려 숨을 크게 들이쉬었다.

"아리고스?"

아리고스는 퍼뜩 날개를 펼치고 주위를 경계했다. 대체 누가 여기에……?

"블랙무어! 만나서 반갑군."

아리고스는 안도의 한숨을 내쉬었다.

"나 역시 반갑다고 말하고 싶습니다만……."

블랙무어가 앞으로 걸어 나오며 말했다. 그 인간은 단상 파편 하나에 서서 공중에 떠다니는 용을 대담하게 올려다보고 있었다. 그가 투구를 벗자 긴 흑발이 쏟아져 내려왔고, 번뜩이는 푸른 눈동자가 아리고스를 주시했다.

"어떻게 된 겁니까? 위상 선출인지 뭔지 하는 절차에 대해선 잘 모르지만…… 결과적으로 당신은 위상이 되지 못한 것 같군요."

아리고스는 움찔하고, 매우 분하고 원통한 음성으로 칼렉고스의 이름을 씹어뱉었다.

"칼렉고스가 뽑혔다. 그 멍청한 오크가 우리 용군단의 지지를 빼앗아버렸어. 내게 마땅히 쏟아졌어야 할 지지를!"

블랙무어가 얼굴을 찌푸렸다.

"좋지 않군요."

"그건 나도 알아!"

아리고스는 꼬리로 자신이 올라앉은 파편의 바닥을 탕 후려쳤다. 파편이 위태롭게 기우뚱거렸다.

"이게 다 스랄 때문이다. 네가 계획대로 놈을 죽이기만 했어도……."

블랙무어가 눈을 가늘게 뜨고는 채찍처럼 매서운 어투로 말했다.

"그렇죠. 그리고 만약 당신이 계획대로 위상이 되기만 했다면 우리는 이런 유쾌한 대화를 나눌 필요도 없었겠죠. 하지만 우리 둘 다 원한 것을 이루지 못했으니, 분노는 젖혀놓고 이제라도 그걸 이룰 방도를 강구해야 하지 않겠습니까?"

그 인간의 말이 옳았다. 아리고스는 마음을 진정시켰다. 해결책을 찾아야 했다. 그러려고 여기 온 거니까.

"우리가 힘을 합치면 우리 목적을 모두 이룰 수 있을지도 모르지. 그리고 황혼의 아버지와 데스윙도 기쁘게 해드리고 말이야."

"계속 말씀해보시죠."

"우린 둘 다 스랄이 죽기를 원해. 그리고 내가 위상이 되는 건 너 역시 바라는 바고. 그러니 블랙무어 국왕이여, 나와 함께 전장으로 가자. 거기서 너는 네 몫의 복수를 해라. 네가 그 오크를 죽이면 칼렉고스도 뭐든 자기 마음대로 되지는 않는다는 걸 알게 되겠지. 칼렉고스가 흔들린다면 용군단 전체의 믿음도 흔들릴 거야. 칼렉고스가 나약해진 틈을 타 나는 놈을 죽이면 된다."

아리고스는 한 단계 한 단계 계획을 세워나가면서 점점 들떴다.

"칼렉고스가 죽기만 하면 푸른 용들은 지도자가 간절히 필요해질 테고, 내게 돌아올 거야. 그러면 나는 애초에 마땅히 주어졌어야 했던 위상의 권능을 얻게 되겠지! 모든 게 원래의 계획대로 풀릴 거다."

"확실합니까?"

블랙무어가 되물었다.

"아니…… 그런 건 아니지만, 어차피 나 아니면 누가 그런 권력을 쥘 수 있겠나? 칼렉고스에게 도전할 수 있는 자는 나뿐이었어. 놈이 약골이라는 걸 내가 드러내기만 하면 다들 내게 돌아올 수밖에 없을걸."

블랙무어는 건틀릿을 낀 손으로 턱수염을 어루만졌다.

"도박은 내키지 않는데요. 저는 인간일 뿐입니다. 용 한두 마리 정도라면 몰라도, 용군단 전체를 상대하라니……?"

"나를 믿어라. 스랄은 너를 다시 보는 순간 완전히 무너질 거야."

아리고스가 블랙무어를 부추겼다. 이런 식으로 간청하는 건 성미에 안 맞았지만 아리고스에게는 저 인간이 필요하니 별 수 없었다.

"그리고 스랄이 죽고 나면 푸른 용들은 충격에 빠질 거다. 아직 싸우고 있는 황혼 용들도 많고. 우리가 함께하기만 하면 충분히 해낼 수 있는 일이야!"

블랙무어는 고개를 끄덕였다.

"좋습니다. 위험하긴 하지만, 뭐, 위험이 없으면 인생 무슨 재미로 삽니까? 그죠?"

블랙무어가 반짝이는 흰 이빨을 내보이며 포식자처럼 씩 웃었다.

"약간의 위험으로 막대한 보상을 받는 거지."

아리고스는 생각했던 것보다 더 마음 깊이 안도했다. 아리고스는 저 인간의 내력을 알고 있었기에 그가 스랄을 얼마나 증오하는지도 잘 알았다. 블랙무어는 그 오크가 죽기를 원했다. 아리고스가 칼렉고스의 죽음을 원하듯이. 아리고스는 블랙무어가 서 있는 파편 위로 날아가서 그의 옆에 내려앉았다. 그리고 블랙무어가 쉽게 올라탈 수 있도록 자세를 낮춰주었다.

해낼 것이다. 분명히 해낼 수 있었다. 장애물은 마침내 없어지고, 아리고스는 언제나 갈망했던 위상의 자리에 오를 것이다.

소용돌이치는 관문을 향해 날갯짓을 하는 동안 가슴이 부풀어 올랐다. 그의 아래에는 단상의 파편들이 느릿느릿 떠다니고 있었다. 마침 그중 하나가 뒤집히면서 밑면에 박혀 있던 집중의 눈동자가 드러나 보였다.

그리고 갑작스러운 격통이 찾아왔다. 뜨거운 바늘이 그의 후두부를 꿰뚫고 들어온 듯한, 충격적이고 무자비한 고통이었다. 블랙무어가 검을 쑤셔박아 베어내리는 동안에도 아리고스는 숨이 붙어 있었고, 자신의 피 한 방울이 집중의 눈동자 위에 떨어지면서 구슬이 활짝 열리는 것을 볼 수 있었다. 아리고스가 아래로 곤두박질치자 블랙무어는 과감히 뛰어올라서 천천히 회전하는 단상의 파편 위에 착지했다. 그 모습을 지켜보며, 말리고스의 아들 아리고스는 자신이 배신당해 죽는다는 것을 깨달았다.

둠해머를 한 손에 든 스랄은 다른 빈손을 들어올렸다. 그러자 파직거리는 번갯불이 일어나 최소한 네 마리의 황혼 용을 한꺼번에 태웠다. 옆구리가 시꺼멓게 그을리고 날개 가죽이 타들어간 적들은 순간적으로 마비된 채 비명을 내질렀고, 그들이 변신하지 못하는 틈을 타서 스랄은 칼렉고스의 등에서 황혼 용 한 마리의 등으로 뛰어넘어가 둠해머로 놈의 두개골을 내리칠 수 있었다. 그러나 각도가 어긋나는 바람에 충분한 타격이 들어가지 않았고, 놈은 가까스로 무형으로 변신했다. 그 즉시 스랄은 추락했다. 지상의 눈밭이 순식간에 눈앞으로 달려들어 왔지만, 칼렉고스의 빛나는 푸른 등판이 재빨리 나타나 스랄을 받아주었다. 세차게 부닥치긴 했지만 스랄은 무사했다.

다음 적을 찾으려고 스랄이 눈을 들었을 때, 마력의 탑이 갑자기 흔들리기 시작했다. 탑 전체에서 빛이 폭발하듯 뿜어 나와서 강력한 푸른 용의 위상마저도 빙글 돌며 그 빛을 피해야 했다. 스랄은 칼렉고스의 등을 꽉 붙잡고 매달렸다.

"무슨 일이죠?!"

"비전 마법이 폭발했어요!"

칼렉고스가 소리쳐 대답했다. 그의 긴 목이 아래로 드리내려지면서 스랄의 시야에 마력의 탑이 들어왔다. 탑은 사그라지는 폭죽처럼 마력의 불똥을 튀기고 있었다.

"정확히 뭐가 어떻게 된……."

칼렉고스가 탑을 내려다보며 그렇게 말하는데, 주위를 둘러보던 스랄이 고함쳤다.

"황혼 용들! 놈들이 사원으로 퇴각합니다!"

"푸른 용들이여! 집결!"

칼렉고스가 외쳤다. 우렁차게 확대된 그 음성이 스랄의 온 힘줄을 타고 진동했다.

"적이 달아난다! 우리가 유리하다! 놈들이 주군에게 닿기 전에 해치워라!"

이전까지 칼렉고스의 속도는 지금에 비하면 아무것도 아니었다. 너무나 빠른 속도로 날아가는 푸른 용의 위상 위에서 이제 스랄은 숨도 제대로 쉬기 힘들었다. 황혼 용들은 미친 듯이 사력을 다해 도주할 뿐 맞서 싸우려 하지도 않았고, 급기야는 모두가 무형으로 변신했다. 그러자 푸른 용들은 마법 공격으로 화답했다. 새하얀 비전 마력이 흘러넘치면서 공기가 파직 거렸고, 서리가 흩날리고 눈보라가 몰아쳤다. 황혼 용들 몇몇이 추락했지만 더 많은 수는 도망쳤다.

푸른 용군단은 결연히 뒤쫓았다.

공포에 질린 키리고사는 자신의 눈앞에 펼쳐진 사태가 제발 실패하기를 간절히 빌었다.

키리고사는 오빠가 죽는 것을 느꼈다. 그의 생명력이 느껴졌고, 말리고스의 자손의 피가 어딘가로 흘러들어가 동력원으로 변하는 기운이 감지되었다. 소름끼치도록 익숙한 느낌이었다. 황혼의 신부는 데스윙을 통해 정보를 얻은 덕분에 그 일을 하는 방법을 정확히 알고 있었던 듯했다.

오빠가 죽고 몇 초 뒤, 고룡쉼터 사원의 상공에 폭풍우가 일었다. 짙은 자줏빛의 구름들이 맹렬하게 소용돌이치더니 쩍 하는 엄청난 굉음과 함께 하늘이 열렸다. 인간의 몸인 키리고사는 약한 귀를 두 손으로 덮고 비명을 지를 수밖에 없었다.

눈부신 하얀 빛줄기가 위 아래로 치솟고 내리꽂혔다. 그 빛줄기는 눈으로 볼 수도 없을 만큼 높은 창공과 깊은 땅속을 창처럼 꿰뚫고 있었다. 키리고사는 그것이 폭풍 바늘이라는 것을 깨달았다. 비전 마력으로 이루어진, 어마어마한 힘이 흘러넘치는 도구였다. 예전에 말리고스가 그 바늘들을 이용해 아제로스의 지맥을 흐르는 비전 마력을 끌어모아 마력의 탑으로 돌려보낸 전례가 있었다.

그런데 지금은 그 방향이 거꾸로였다. 마력의 탑에 깃들어 있는 힘을 오히려 밖으로 내보내고 있었던 것이다.

그리고 하늘과 땅 사이의 그 바늘에 연결되어 있는 것은 다름 아닌 크로마투스였다.

얼룩덜룩하고 생기 없는 거대한 괴물의 몸으로 상상을 초월하는 막대한 마력이 쏟아져 들어가고 있었다. 키리고사는 몸서리를 치면서 두 팔로 몸을 감싸다가, 자신의 창백한 피부에 새겨진 바늘 자국이며 흉터들을 어렴풋이 의식했다. 그리고 지금 벌어지고 있는 섬뜩한 사건에 자신이 일부 기여했다는 사실을 비로소 깨닫고 속이 메스꺼웠다. 놈들은 키리고사의 몸을 실험 도구로 이용했던 것이다. 그러면서도 키리고사를 살려둔 이유는 두 가지였다. 키리고사의 혈통, 그리고 성별.

옆에 있던 황혼의 신부가 입을 열었다.

"아가씨, 너는 아주 운이 좋은 거야. 이걸 목격하고…… 게다가 기여하기까지 했으니 용들 중에서도 아주 재수가 좋지."

"나보다는 내 오빠가 더 많이 기여한 것 같은데."

키리고사는 쉰 목소리로 악에 받혀 말했다.

"황혼의 망치단은 충성과 헌신을 바친 자에게 이런 식으로 보답하나보군. 아리고스는 자기 용군단 전체를, 아니, 사실상 용족 전체를 배신하고 너의 대의에 몸을 바쳤어. 그런데 너는 아리고스를 죽이다니!"

황혼의 신부가 온화하게 말했다.

"내가 아리고스를 죽인 건 그가 헌신했기 때문이 아니라 실패했기 때문이야. 그리고…… 그래, 황혼의 망치단이 실패에 보답하는 방식은 바로 이런 거다."

"데스윙도 댁의 일 처리를 썩 마음에 들어 하지는 않던걸. 불쌍하게 속아 넘어간 내 오빠 다음으로는 네놈 차례가 될……."

황혼의 신부가 사슬을 확 잡아당겼다. 사슬이 목을 그을리자 키리고사는 말을 채 잇지 못하고 흐느낌을 토했다.

"내가 너라면 좀 더 신중하게 말을 고르겠어."

키리고사는 호흡을 가다듬었다. 자신이 푸른 용군단을 해칠 도구로 계속 이용되느니, 죽여버리겠다는 황혼의 신부의 협박이 차라리 훨씬 달콤하게 들렸다. 그래서 다시 신랄한 비아냥을 꺼내려고 입을 열려는데, 저 밑에서 숭배자들이 내지르는 환희에 찬 함성이 들려왔다. 키리고사는 말문이 턱 막혔다.

크로마투스가 움직이고 있었다.

아주 미세한 움직임이라서 알아보기 힘들었지만 발톱 하나가 펴졌다가 오므라들고 있었다. 나머지 몸은 잠잠했으나 이윽고 강력한 꼬리가 아주 살짝 경련했고, 검은색 머리 하나가 씰룩거렸다.

황혼의 신부가 원형 바닥의 가장자리로 달려갔다.

"살았다! 살아났어!"

황혼의 신부는 장갑 낀 두 손으로 주먹을 틀어쥐고 번쩍 들어올렸다. 탑 밑에서는 군중이 환호성을 올리고 있었다.

폭풍 바늘이 맥동하면서 에너지를 퍼붓자 시체에 불과했던 그 괴물은 시시각각 되살아났다. 팔 다리가 움찔거리고, 추악한 머리가 하나씩 들려 올라가더니 마치 거대한 바다 괴물의 촉수처럼 까딱거리고 움직였다. 아가리가 열리고 눈이 전부 뜨였다. 몸의 다른 부위들과는 달리 열 개의 눈동자는 여러 색깔로 나뉘지 않았다. 모두 똑같이 번쩍이는 보라색이었다. 그러나 크로마투스가 설령 움직이고 말까지 한다 하더라도, 그 육체는 흉측하고 불완전한 상태 그대로 남아 있을 터였다. 어떤 부위는 뼈가 다 드러나 보였고, 비늘이 떨어져 맨 살갗이 보이는 곳들도 있었으며, 그렇게 드러난 살갗은 군데군데 썩어문드러져 있었다. 머리들도 저마다 이상한 구석이 있었다. 귀가 한 짝 없다든가, 눈에서

진물이 흘러나온다든가…….

"크로마투스! 내가 낳은 아들이여, 내게로 오라! 나를 보라!"

황혼의 신부가 외쳤다. 그러자 크로마투스의 붉은 귀가 쫑긋거리고 초록색 콧구멍이 벌름거렸다. 청동 머리가 천천히 돌아갔다. 이제껏 움직인 적 없던 머리가 하나씩 하나씩 어색하게 움직이더니 마침내 다섯 머리 모두가 황혼의 신부를 향했다.

"우리의…… 아버지."

청동 머리에게서 나온 그 음성은 위엄이 있었지만 말씨가 좀 어눌했다. 푸른 머리는 보라색 눈을 가늘게 뜨더니 키리고사를 내려다보고는 사악한 웃음을 흘렸다. 그리고 어물거리면서도 기이할 만큼 감미로운 목소리로 말했다.

"두려워 말라, 작고 푸른 용아. 네 오빠는 살아 있다. 내 안에. 우리는 친근감을 느낀다."

다른 머리들이 그 말에 흥미를 느낀 듯 푸른 머리를 돌아보았다. 푸른 머리가 말을 이었다.

"너 역시 몸을 바칠 것이다."

"웃기지 마!"

키리고사가 비명을 질렀다. 이 무시무시한 광경을 억지로 보고 있으려니 정신이 나가버릴 것만 같았다.

"푸른 용들은 절대로 너를 따르지 않을 거다! 칼렉고스가 그들을 이끄는 한은 절대!"

그 순간 목에 걸린 사슬이 확 당겨지고 화끈한 통증이 일 줄 알았는데, 황혼의 신부는 그저 웃기만 했다.

"설마 아직도 모르는 거냐? 푸른 용들은 똑똑한 줄 알았는데!"

키리고사는 설명을 듣고 싶지 않았다. 아무것도 알고 싶지 않았다. 그럼에도 입술이 제멋대로 열려 질문을 꺼냈다.

"모르다니, 뭘?"

"크로마투스가 뭘로 만들어졌는지를 봐!"

키리고사는 애써 크로마투스를 쳐다보았다. 그리고 그 기괴한 오색 용의 다섯 개 머리를 보고, 무엇보다도 끔찍한 점을 깨달았다.

"안 돼."

키리고사는 한 대 얻어맞은 듯한 충격에 사로잡혀 중얼거렸다.

"안 돼……."

황혼의 신부가 신이 나서 말했다.

"그래, 이제야 알았군. 이 필연적으로 도래할 파멸이 근사하지 않은가? 푸른 용들에게 위상이 있건 말건 상관없어. 이세라가 깨어났어도, 노즈도르무가 돌아왔더라도, 심지어 생명의 어머니가 돌아온다 해도 아무 상관없다고."

황혼의 신부가 키리고사의 귀에 입술을 가져가 아주 은밀한 비밀을 나누기라도 하듯 속삭였다.

"크로마투스가 살아나면…… 위상들은 죽는다."

키리고사는 자제력이 완전히 무너져버렸다. 그는 황혼의 신부에게 달려들어 비명을 내지르며 마구 할퀴어대고 물어뜯었다. 물론 인간의 몸으로 아무리 발버둥을 쳐봤자 사슬은 풀리지 않았고 황혼의 신부의 마법에 저항할 수도 없었다. 그래도 키리고사는 덧없는 말을 되뇌며 비명을 질렀다. 마치 그렇게 하면 다가올 재앙을 막을 수 있기라도 한 듯이.

"안 돼, 안 돼, 안 돼!!"

"닥쳐!"

황혼의 신부가 은사슬을 거세게 잡아당겼다. 키리고사는 우당탕 쓰러져 고통으로 몸부림쳤다.

"안 돼에, 안 돼에."

크로마투스의 검은 머리가 키리고사를 따라했다. 쉭쉭거리는 소리가 섞여 있는 그 음성은 나긋나긋하면서도 차가웠다. 크로마투스는 처음보다 더 매끄러운 몸놀림으로 천천히 일어섰다. 자기 몸을 제어하는 법에 점점 적응하고 있는 것이다.

"그 작고 푸른 용이 지껄이게 놔둬라. 나중에는 훨씬 더 재미있어질 테니까. 저 애는……."

그때 붉은 머리가 검은 머리를 가로막고 왼쪽을 고갯짓했다. 검은 머리도 약간 불편하게 움직거리며 그쪽을 돌아보더니, 또렷한 음성으로 외쳤다.

"그들이 온다! 내가 아직 완전히 회복되지도 않았는데! 무슨 짓을 한 거냐, 신부여?"

키리고사는 웃음을 터뜨렸다. 발작적인 웃음이 봇물 터지듯 나와서 멈출 수가 없었다. 키리고사는 떨리는 손가락을 들어올려, 사원을 향해 전속력으로 날아오는 황혼 용들을 가리켰다. 그 뒤를 푸른 용군단이 용감하게 추격하고 있었다.

"황혼의 신부, 네 거창한 계획은 실패다! 네 용들은 너무나 빨리 꽁무니를 뺐고, 나의 용군단은 황혼 용들도, 네가 만들어낸 괴물도, 그리고 너까지 모두 처단하려 오고 있다! 이제 어쩔 테냐, 현명한 자여?"

화가 머리끝까지 치밀어 오른 황혼의 신부는 사슬을 쓰지도 않고 키리고사의 뺨을 직접 손으로 후려갈겼다. 키리고사는 그 충격에 머리가 옆으로 홱 돌아갔지만 그럼에도 계속 팔을 휘두르며 깔깔거렸다.

"칼렉고스! 칼렉고스!"

칼렉고스가 보였다!

키리고사는 가슴이 부풀었다. 다른 용보다 커다란 몸에 밝은 빛을 한 겹 두른 마법의 위상이, 등 위에 조그마한 누군가를 태우고 오고 있었다. 결국 칼렉고스의 지혜와 사랑이 이긴 것이다. 미치광이도 아니고, 복수나 배신에 열을 올리지도 않는, 선한 자가 내뿜는 저 위대한 힘을 그 얼마나 오랫동안 기다렸던가. 키리고사는 기쁨으로 흐느껴 울었다.

칼렉고스는 지지 않을 것이다. 다른 위상들 역시 지지 않을 것이다. 그들은 크로마투스가 완전히 위력을 갖추기 전에 습격해오고 있었으니까.

탑 아래에서 크로마투스가 다섯 머리를 일제히 젖히고 포효했다. 쉭쉭거리는 음성, 강인한 음성, 노랫소리 같은 음성이 한데 섞여들어 무시무시한 화음을 이루었다. 그리고 그 괴물은 하늘로 날아올랐다. 잠깐 흔들리긴 했지만 금세 날개를 힘차게 퍼덕이며 균형을 찾고 공격을 개시했다.

키리고사는 이제까지 악몽을 종종 꾸었다. 특히 황혼의 신부에게 죄수로 붙잡힌 이후로는 더욱 자주 꾸었다. 인간의 몸에 갇힌 채 매일 고문당하면서, 이 고통을 끝내려면 죽는 수밖에 없다는 생각에만 매달리던 지난 몇 달간, 키리고사는 악몽을 숱하게 꾸어야 했다.

하지만 지금 눈앞에 펼쳐지는 현실보다 더 끔찍한 악몽은 없었다.

크로마투스는 꼭두각시 인형처럼 덜컥거리며 움직였다. 놈은 칼렉고스보다도 덩치가 더 큰데다가 몸짓도 그렇게 어설픈데 어쩐지 누구보다도 민첩했다. 그 둔한 공격은 황혼 용들도 푸른 용들도 능가할 만큼 치명적이었다.

단지 육체적인 완력과 민첩성만 뛰어난 게 아니었다. 푸른 용군단이 내뿜는 흰 빛깔의 비전 마법과 황혼 용들이 내뿜는 역겨운 보랏빛 기운에 다른 색깔들이 섞여들었다. 붉은 용의 진홍색 불길, 녹색 용의 에메랄드빛 독구름…… 크로마투스는 유서 깊은 다섯 용군단 모두의 기술을 발휘하고 있었던 것이다. 사기가 오른 황혼 용들이 승리의 함성을 질러댔다. 방금 전까지만 해도 도망치기에 바빴던 그들이 지금은 살기등등한 기세로 맹렬하게 싸우고 있었다.

크로마투스의 기괴한 모습 자체만으로도 소름이 끼쳤다. 결코 존재해서는 안 되는 괴물이 불길을 뿜고 환각을 불러내며, 부자연스러우면서도 효율적인 몸놀림으로 적들을 잔악무도하게 격파해나가는 광경이라니.

크로마투스 혼자서만 푸른 용 몇 마리를 죽였다. 오색 용을 보고 공포에 질린 푸른 용들은 공중을 메운 황혼 용들의 존재를 신경도 쓰지 못하는 듯했다. 크로마투스를 뒤에서 공격하려던 푸른 용 하나는 놈이 아무렇게나 휘두른 꼬리에 맞아 목이 부러져 즉사하고 말았다. 그 시체가 아군에게 떨어지는 걸 지켜보던 키리고사는 차마 더 보지 못하고 고개를 돌려버렸다. 그러자 황혼의 신부가 키리고사의 손을 억지로 비틀어 떼어냈다. 키리고사는 눈물이 가득 차오른 눈을 들어, 두건의 그늘에 파묻혀 알아볼 수 없는 그 신부의 얼굴을 올려다보았다.

"푸른 계집애야, 이제 누가 웃을 차례일까? 네 소중한 용군단의 꼴을 좀 봐라. 크로마투스는 이제 막 살아났을 뿐인데 저 활약이라니! 잘 보라고!"

황혼의 신부가 키리고사를 바닥 가장자리로 끌어당겨, 두 팔을 옆구리에 붙들어놓고 턱을 쥐었다.

"보란 말이다!"

가슴이 무너져 내리는 가운데 키리고사는 생각했다. '적어도 내 눈을 억지로 뜨게 하지는 못한다.'고.

스랄은 푸른 용군단에 패색이 드리우는 것을 느낄 수 있었다. 스랄 자신도 마찬가지였다.

그놈은 한 마리의 용일뿐이었다. 그러나 포세이큰의 가장 끔찍한 악몽에나 나올 법한 용이었다. 거대한 어깨에서 색깔이 각각 다른 머리가 다섯이나 튀어나와 있었다. 그 부자연스러운 움직임은 스컬지가 썩은 몸으로 덤벼드는 듯이 덜컥거렸지만, 놈은 언데드가 아니었다. 분명 살아 있었다. 각 머리들이 맹렬하게 가하는 공격에, 아까까지만 해도 승리를 코앞에 두었던 푸른 용군단은 허둥거리며 혼란에 빠졌다.

"저게 뭡니까?"

스랄이 칼렉고스에게 소리쳐 물었다. 두 적에게서 들어오는 공격을 막느라 정신이 없던 칼렉고스는 잠시 뒤에야 대답했다.

"오색 용!"

오색 용에 대해서는 데샤린에게 들은 적이 있었다. 다섯 용을 얼기설기 짜깁기한 괴물이라고. 하지만 그 괴물은 모두 죽었다고 했는데, 지금 저 용은 멀쩡히 살아 있지 않은가.

스랄은 오색 용을 쳐다보며, 놈의 정체가 무엇이고 푸른 용군단과 그들의 새로운 위상 칼렉고스에게 저놈이 무엇을 하고 있는 건지 파악하려 애썼다. 그렇게 아연히 생각에 잠겼던 건 아주 잠깐일 뿐이었다. 그러나 그 잠깐이 너무 길었다.

그 괴물이 다섯 아가리를 쩍 벌리며 덤벼들었다. 살이 썩는 악취에 숨이 막힐 정도였다. 칼렉고스가 재빨리 몸을 피했고, 스랄은 온힘을 다해 그에게 매달렸다. 무사히 빠져나왔나 싶었는데 무언가가 스랄의 복부를 후려쳤다. 스랄은 늑대 등에 붙어 있던 벼룩이라도 된 듯 휙 날아가고 말았다. 칼렉고스의 능란한 비행술 덕분에 머리 다섯 달린 오색 용의 직접적인 공격은 빠져나올 수 있었는데, 정작 그 괴물이 아무렇게나 휘두른 꼬리에 쳐맞아 날아가는 건 칼렉고스도 막아줄 수 없었던 것이다.

'내가 이렇게 죽는구나. 위상의 등에서 떨어져 바위에 부닥쳐 박살나는 건가.'

스랄은 눈을 감고 둠해머를 가슴에 꽉 끌어안았다. 무기를 손에 들고 죽을 수 있어서 다행이었다. 등뼈나 머리가 부서지는 감각을 느낄 수 있을지 궁금했다.

제16장

스랄은 그 두 가지 감각 모두 느끼지 못했다. 스랄에게 느껴진 것은 딱딱한 돌바닥이 아니라 그보다 훨씬 부드러운 감촉이었다. 순간적으로 추락하는 속도가 느려진다 싶더니 뚝 정지했고, 몸이 무언가 차갑고 축축한 것에 파묻혀 있었다. 아무것도 보이지 않았고, 숨도 잘 쉬어지지 않았다. 뭐가 어떻게 된 건지 비로소 이해가 되었다. 스랄은 바위가 아니라 눈밭에 떨어진 덕분에 목숨을 건진 것이다. 몸이 덜덜 떨리고 폐가 허덕거렸지만…… 그래도 살아 있었다.

스랄은 현실을 보는 육체의 눈을 감았다.

그러자 마음의 눈에 어떤 광경이 보였다. 바위산의 봉우리 꼭대기에서 그의 옆에 앉아 있는 어느 아름답고도 비참한 여자의 모습이. 온몸에서 절망과 슬픔을 풍기는 알렉스트라자가 스랄을 돌아보았다.

"이해를 못하는군."

"알렉스트라자님, 제가 이해하지 못하는 것이 무엇입니까?"

"상관없다. 그 어떤 것도. 모든 게 서로 연관되어 있든 말든, 그게 얼마나 오랫동안 이어져왔든 말든, 막을 수 있든 말든, 아무 의미도 없단 말이다."

"아이들이 죽었다. 코리알스트라즈가 죽었다. 나 또한 산송장이나 다름없고, 이 몸뚱이도 얼마 못 가 죽을 것이다. 아무것도 남지 않았으니 희망이라곤 없다. 그 어떤 것도 중요하지 않다."

그때 스랄은 몰랐다. 당시에 스랄은 노즈도르무를 구해내고서 마냥 희망에 차 있었다. 낙천적이고 도량 넓은 칼렉고스 역시 스랄이 계속 싸워나가고 황혼 용에 맞서 저항할 수 있는 용기를 주었다.

그러나 알렉스트라자가 옳았다. 그런 건 아무 의미도 없었다.

지금쯤 칼렉고스는 패배했을 것이다. 그 끔찍한 괴물은 윙윙 쏘아대는 날벌 레 떼를 쫓듯이 푸른 용들의 공격을 물리쳤을 것이다. 그리고 황혼의 망치단이 승리할 것이다. 그들은 모두를 노예로 삼은 뒤 파괴할 것이다.

그런데 스랄이 아직 숨을 쉴 수 있다고 해서 무슨 대수란 말인가? 대지고리 회가 세상을 치유하는 법을 알아내려 쏟아부은 온갖 노고와 우려와 연구가 다 무슨 소용이란 말인가? 아무 의미도 없었다.

하지만…….

마음의 눈에 보이던 생명의 어머니의 비통하고도 섬세한 얼굴이 사라지더 니, 다른 얼굴이 나타났다. 더 거칠고 각진 얼굴, 뾰족한 어금니, 짙은 피부. 그 순간 스랄의 심장이 고통스럽게 날뛰기 시작했다.

세상은 정말로 황혼의 망치단에 의해 파멸할지도 모른다. 대지고리회의 노 력은 모두 헛수고로 끝나고 멸망만이 닥쳐올지도 모른다. 하지만 이 어둡고 고 요한 절망 속에서 스랄이 알고 있는 분명한 사실 하나가 있었다.

"코리알스트라즈가 죽었다." 알렉스트라자는 그렇게 말했다. 그는 두 번 다 시 자신의 반려자를 볼 수 없을 터였다. 평생의 동료, 친구, 대변자인 그 용의 얼굴을 다시는 어루만질 수 없고, 그 미소를 다시는 볼 수 없을 것이다.

하지만 아그라는 죽지 않았다. 그리고 스랄 역시 추락했는데도 불구하고 죽지 않았다.

온몸의 감각이 깨어나면서 통증이 느껴졌다. 스랄은 숨을 헐떡거리며 싸늘한 입술을 달싹여 중얼거렸다.

"아그라⋯⋯."

아그라는 스랄에게 떠나라고 격려해주었다. 사실상 명령하다시피 무뚝뚝하게 말하긴 했지만, 그 명령 이면에 존재하는 깊디깊은 사랑을 스랄은 이제야 비로소 실감할 수 있었다. 아그라는 자기 자신을 위해서 스랄을 떠나보낸 것이 아니었다. 스랄을 위해, 이 세상을 위해 떠나보낸 것이다. 아그라의 톡 쏘는 재치와 독설이 얼마나 신경에 거슬렸던가. 아그라는 자신의 생각과 느낌을 곧이곧대로 털어놓곤 했다. 그런데 영계 탐색 때는 뜻밖에도 상냥하게 스랄을 지켜주고 이끌어주기도 했다. 그 부드러운 면과 거친 면의 조합이 얼마나 사랑스러웠던지.

아그라가 보고 싶었다. 모든 것이 끝장나기 전에.

그리고 잊혀진 땅에서 자신의 황폐하고 공허한 마음과 꼭 닮은 잿빛 풍경에 홀로 둘러싸여 있는 알렉스트라자와는 달리⋯⋯ 스랄은 사랑하는 이를 다시 만날 수 있었다.

몸이 차갑게 식으면서 급속도로 마비되어갔다. 그러나 스랄은 생생하고 활기차고 강렬하고 따뜻한 아그라를 만나고 싶다는 일념으로 그 무기력을 떨쳐냈다. 스랄은 차디찬 공기를 한껏 들이쉬고 내쉬며 폐를 움직이고, 그의 안에서 잠들어버린 듯한 생명의 정령에게 다가가려 안간힘을 썼다.

생명의 정령은 주술사가 자연의 원소들, 타인들, 자기 자신과 연결되도록 해주는 매개였다. 모든 생명에게 깃들어 있지만, 주술사는 그 존재를 이해하고 상호작용할 수 있었다. 그런데 스랄은 실패할까봐 더럭 겁이 났다. 일찍이 혼돈의 소용돌이에서 실패한 전적이 있었기 때문이다. 그때 스랄은 자신의 내면 깊이 들어가 심원한 인식에 도달해야 하는 바로 이 단계에서 집중이 흐트러지는 바람에 대지고리회의 일을 그르치고 말았다.

하지만 지금 스랄은 집중이 흩어지지도, 주의가 산만해지지도 않았다. 눈을 꼭 감고 있는 스랄의 앞에, 막막한 미래의 어둠속에서 횃불처럼 빛나는 아그라의 얼굴이 또렷이 보였다. 아그라가 황금빛 눈에 장난기 어린 웃음을 띠고 손을 내밀고 있었다.

'지금 당신의 손을 잡은 이 굳센 손…….'

아아, 그 손을 잡고 싶었다. 그 손이 절실히 필요하다는 걸 이제는 알았다. 그 작고 사소한 것이, 죽음이나 파멸에 대한 공포보다도 더 사무치게 스랄의 가슴을 뒤흔들었다.

그렇게 아그라와 생명의 정령에게 마음을 활짝 연 순간, 또 다른 환상이 나타났다.

그건 아그라의 모습도, 스랄 자신의 과거도 아니었다. 무대 위의 연극 같은 장면들이 마음속에 펼쳐졌다. 영웅, 악당, 충격적인 반전, 비극, 오해. 아그라에 대한 그리움과 갈망으로 가득했던 그의 마음은 이제 동정이 아닌 공감으로 아파왔다.

이 사실을 알렉스트라자에게 알려야 했…….

"그분이 알아야 해. 그분을 찾아서 말해줘야 해."

스랄은 중얼거렸다.

결국 가장 중요한 것은 사랑이었다. 최후에 남는 것은 사랑이다. 한 나라, 문화, 이상, 또는 누군가에 대한 사랑이, 음악과 예술에 영감을 주고 전장에 있는 자들에게 싸울 용기를 주는 것이다. 심장을 뛰게 하고, 산을 움직이고, 세계를 형성하는 것은 사랑이다. 그리고 스랄은 이 두 가지 환상 속에서 깨달았다. 스랄과 알렉스트라자는 소중한 이에게 진심으로 마음 깊이 사랑받았다는 것. 그들의 능력 때문도, 지위 때문도, 권능 때문도 아니라, 그들의 존재 자체로 사랑받았다는 것.

아그라는 스랄이 스랄이기에 사랑했다. 스랄도 아그라를 그렇게 사랑했다.

알렉스트라자도 그렇게 사랑받았다는 것을 알아야 했다. 그리고 알렉스트라자에게 그 사실을 알려줄 수 있는 자는 오로지 스랄밖에 없다는 것을 그는 뼛속 깊이 알고 있었다.

생명의 정령이 화답해왔다. 그 따스하고 온화하면서도 힘찬 정기가 스랄을 타고 흐르자 뻣뻣하게 얼어가던 팔 다리에 기운이 솟아올랐다. 스랄은 자신의 몸을 뒤덮은 눈을 손으로 파헤치기 시작했다. 호흡의 리듬에 맞춰, 들숨에서 손을 멈췄다가 날숨에서 눈을 치우기를 반복했다. 그 어느 때보다도 정신이 맑고 또렷하고 차분했고, 새롭게 알게 된 사실을 반드시 알려야 한다는 의욕이 충만했다.

쉽지 않은 일이었지만, 생명의 정령이 강하면서도 부드러운 에너지로 스랄을 북돋운 덕분에 스랄은 마침내 눈구덩이에서 빠져나올 수 있었다. 그는 눈밭에 주저앉아 숨을 골랐다. 그리고 천천히 일어서서 이제부터 어떻게 할지 생각했다.

로브가 흠뻑 젖어 있었다. 우선은 따뜻한 불을 쬐고, 젖은 옷을 벗어야 할 것이다. 그러지 않으면 이렇게 추운 날씨에는 금방 죽기 십상이었다. 혹시 스랄을 찾는 용이 있지 않나 하늘을 올려다보았지만 구름과 몇 마리 새밖에 눈에 띄지 않았다. 얼마나 오랫동안 눈 속에 의식불명으로 파묻혀 있었는지는 알 수 없었다. 일단 전투는 끝난 듯 보였다. 어느 쪽이 이겼든 간에.

우선 몸을 피할 곳을 찾은 다음 불을 피워야 한다. 스랄은 적당한 장소가 있나 둘러보았다. 회색 바위에 짙은 색깔로 얼룩이 진 듯한 부분이 보였다. 바위에 구멍이 뚫려 있는 듯했다. 어쩌면 동굴일 수도 있을 것이다.

그 순간 스랄은 육체적 감각이 아니라 또렷한 정신 상태 덕분에 목숨을 건졌다.

스랄은 둠해머를 거머쥐고 몸을 휙 돌렸다. 그리고 오래 전부터 스랄을 뒤쫓아온 어둠속에서 튀어나온 공격을 가까스로 막아냈다.

블랙무어!

스랄이 아주 잘 알고 있는 갑옷을 몸에 맞춰 입은 블랙무어는, 자기 몸집만큼이나 커다란 양날검을 휘두르며 인간의 힘을 초월한 듯한 기세로 공격해왔다.

하지만 놈은 인간일 뿐이었다.

처음 블랙무어가 어둠속에서 불쑥 나타나 데샤린의 머리를 잘라버렸을 때, 스랄은 예상치도 못한 기습에 너무 놀라서 허둥거렸다. 시간의 길에서 블랙무어가 쫓아와 젖먹이 스랄을 죽이려 했을 땐, 스랄은 동요할 수밖에 없었다. 그리고 그 수수께끼 같은 자객의 정체를 알았을 때는 경악에 사로잡혔다. 블랙무어가 살아남았을 뿐만 아니라 그렇게 강해지기까지 했다는 사실은 스랄이 이루어 온 모든 것에 대한 믿음을 흔들어놓았다. 이제껏 스랄이 너무나 당연히 여겼던 자신의 삶과 정체성 전체가 혼란에 빠졌던 것이다.

하지만 이제는 공포로 마음이 약해지지 않을 것이다. 스랄은 이를 악물었다. 몸은 치유되긴 했지만 뼛속까지 스며드는 추위는 여전했다. 이렇게 둔한 몸놀림으로는 혼자 힘으로 블랙무어와 맞설 수 없을 터였다.

'생명의 정령이여, 나를 도와주십시오. 살아 있어서도 안 되는 저 적을 물리치고, 당신이 내게 보여준 진실을 반드시 알아야 할 이들에게 전할 수 있도록

도와주십시오!'

따스한 온기가 전신에 퍼지면서 활기가 솟고 몸이 유연해지는 느낌이 들었다. 축축했던 옷조차도 어느새 말라 있었고, 날카로우면서도 평온한 에너지가 스랄을 강하게 만들어 주었다. 스랄은 감사히 그 축복을 받아들였다. 그리고 생각하고 말고 할 것도 없이 공격을 시작했다. 오랜 세월 전투에 길들어진 몸에게 모든 걸 맡긴 채, 블랙무어가 감히 훔쳐 입은 갑옷에 연거푸 타격을 가했다. 그러자 블랙무어는 화들짝 놀라 뒤로 뛰어 물러서더니 방어 자세로 몸을 웅크리고 거대한 검을 세웠다.

"과연, 내가 키우고 싶어 할 만도 한 녀석이군. 초록둥이치고는 아주 제법이야."

블랙무어가 조롱조로 말했다. 투구에서 새어나오는 그 음성이 블랙무어의 목소리라는 걸 이제는 분명히 알아들을 수 있었다.

"에델라스 블랙무어, 나를 키우겠다는 결정 때문에 너는 죽었었지. 지금의 너도 죽을 거다. 너는 운명을 넘어설 수 없어."

스랄의 말에 블랙무어는 진심으로 재미있다는 듯 큰 소리로 웃어 젖혔다.

"오크야, 너는 엄청난 높이에서 추락했다. 만신창이가 된 몸으로 겨우 살아남았을 뿐이야. 이 얼어붙은 북방의 땅에서 죽을 운명은 내가 아니라 네 몫인 것 같은데. 하지만 네 정신력은 감탄스럽긴 해. 그걸 잘근잘근 짓밟아주면 참 재미있겠지만 나도 바쁜 용무가 있는 사람이라 그럴 시간은 없군. 살점분리자가 피 맛을 본 지 오래됐으니 빨리 끝내주도록 하마."

블랙무어는 자기 무기의 이름인 '살점분리자'를 강조해서 발음했다. 딴에는 스랄에게 겁을 주려는 의도였겠지만, 스랄은 웃음을 터뜨렸을 뿐이었다. 블랙무어가 얼굴을 찌푸렸다.

"죽기 직전에 뭐가 그리도 우습나?"

"네가 우습다. 그 검에 붙인 이름이 말이다."

"그게 웃긴다고? 웃을 일이 아닐 텐데. 나는 정말로 이 검으로 적들의 살을 발라내 죽였단 말이다!"

"아, 물론 그랬겠지. 하지만 그 검은 너무 무뎌. 단순무식하고 난폭하기만 하다고. 하긴, 네 본성이 딱 그렇지. 안 그런 척하려고 애는 쓰지만."

블랙무어는 낯을 더더욱 구긴 채 으르렁거렸다.

"오크야, 나는 국왕이다. 그 사실을 기억해라."

"왕위를 훔쳐서 차지한 놈 따위가 나를 죽일 수는 없다!"

격분한 블랙무어가 다시 덤벼들었다. 스랄은 추락으로 입은 부상에도 불구하고 블랙무어의 공격을 막아내고 반격에 들어갔다.

예전에 블랙무어는 스랄이 자신의 손으로 만들어낸 작품이라는 말을 남기고 죽었다. 그 발언에 스랄은 넌더리가 났었다. 그 인간의 일부분이 자신에게 깃들어 있다는 건 생각만 해도 소름이 끼쳤으므로. 그래도 드렉타르 덕분에 그 문제를 거리를 두고 바라볼 수 있었는데, 지금 이렇게 그와 무기를 맞부딪히고 불똥을 튀기며 싸우고 있으려니 이전에는 몰랐던 사실을 깨달을 수 있었다. 스랄은 자신의 영혼을 틀어쥔 블랙무어의 불쾌한 손아귀를 이제껏 한 번도 제대로 떨쳐낸 적이 없었다는 것을.

지금 스랄의 앞에서 악에 받혀 양날검을 힘차게 휘둘러대는 저 남자는, 스랄 자신의 그림자인 셈이었다. 스랄은 한때 처절한 무력감을 맛본 적이 있었고, 다시는 그렇게 무력하게 당하지 않으리라는 결심으로 살아왔다. 그런데 이제 생명의 정령이 보여준 두 가지의 환상을 통해 명확한 통찰력을 얻고 나니, 블랙무어는 스랄이 내내 맞서 싸워왔던 자기 자신의 부정적인 모든 면을 상징하는 존재라는 것을 비로소 알 수 있었다.

"한때 나는 너를 두려워했지."

스랄이 중얼거리면서 한 손에 둠해머를 든 채 다른 쪽 손을 펼쳤다. 의분에 찬 스랄의 고함소리가 시린 공기를 가르자, 회오리바람이 그의 부름에 응답해 나타나서 얼음 폭풍을 일으켰다. 폭풍은 정확하고도 신속하게 블랙무어를 휩싸서 공중으로 높이 띄워 올렸고, 스랄이 한 번 더 손짓하자 폭풍은 블랙무어를 땅에 내동댕이쳤다.

블랙무어는 바닥에 쓰러진 채 한 팔로 가슴을 감싸 안았다. 스랄은 그에게 다가가 축 늘어진 몸뚱이를 내려다보고, 둠해머를 천천히 들어 올리며 최후의 일격을 날릴 준비를 했다.

"너는 내가 증오하는 모든 것의 상징이었다. 재수가 좋아서 힘을 얻었을 뿐 나약하기 그지없는 자. 너를 생각하면 나 자신이 싫어졌다. 너는……."

그때 블랙무어가 불쑥 몸을 일으키더니 스랄의 몸통을 향해 살점분리자를 내질렀다. 스랄은 뒤로 펄쩍 뛰어 물러났지만 완전히 피하지는 못했다. 강철로 된 날이 5센티미터쯤 복부를 찌르고 들어왔고, 스랄은 신음을 흘리며 눈밭에 주저앉고 말았다.

"내키는 대로 지껄여라, 오크. 어차피 곧 네 조상들을 만나게 될 테니."

블랙무어의 목소리는 약간 흐릿했고, 공격에 실린 힘도 처음보다는 약했다. 생각보다는 부상이 큰 모양이었다. 스랄은 으르렁거리며 적의 두 다리에 둠해머를 휘둘렀다. 스랄이 다시 일어서려 할 거라고 예상했던 블랙무어는, 스랄이 뜻밖에도 주저앉은 채로 공격해오자 미처 피하지 못하고 둠해머에 다리를 그대로 강타당했다. 블랙무어의 입에서 비명이 터져 나왔다. 갑옷이 충격을 많이 흡수하긴 했지만 그 강력한 직격타에 블랙무어는 더 이상 꿇어앉아 있지 못하고 자빠질 수밖에 없었다.

저 블랙무어는 특출난 존재가 아니었다. 왜곡된 시간의 길에 있던 타레사도 여전히 타레사였듯이, 저 블랙무어도 스랄이 아는 블랙무어일 뿐이었다. 비록 주벽에 빠지지도 않았고 남의 힘을 이용하는 데에 기력을 쏟지도 않았다 해도, 그는 어쨌거나 배신과 협잡을 일삼는 옹졸한 사내 에델라스 블랙무어였다.

그리고 스랄은 여전히 스랄이었다.

블랙무어는 어린 시절의 스랄에게 분명 위협적인 존재였고, 더 강력해져서 다시 나타났을 때는 스랄에게 불안감을 안겼다. 하지만 지금 스랄은 로브밖에 걸치지 않은 채 평소와 같이 둠해머만 가지고 있더라도 새로운 갑옷과 새로운 무기로 무장한 것이나 다름없었다. 영혼 속에서 타오르는 아그라에 대한 사랑이 그것이었다. 그 사랑은 스랄의 주의를 흩뜨리는 방해 요소가 아니라, 잉걸불처럼 차분하고도 꾸준히 타오르는 진실 그 자체였다. 지금 급속도로 힘이 빠져가는 팔로 검을 휘두르며 부상당한 두 다리로 일어서려 미친 듯이 버둥거리는 저 사내가 내뿜는 증오심보다, 스랄이 품은 아그라에 대한 사랑이 훨씬 진실했다. 아그라의 사랑은 갑옷이자 무기가 되어 스랄을 지켜주었고 스랄의 잠재력을 최대한으로 끌어내주었다. 육체적으로도, 정신적으로도.

이제껏 한 번도 느껴본 적 없는 확신이 찾아왔다. 블랙무어가 스랄을 이겼던 시간은 과거가 되었다는 것. 블랙무어는 이제 더 이상 스랄을 위협하거나 용기를 꺾거나 위축시킬 수 없었다. 그런 순간들은 이미 지나갔고, 따라서 아무 힘도 없었으니까. 스랄은 '지금 이 순간'에 있었고, '지금 이 순간'에서 스랄은 두렵지 않았다.

이 순간 블랙무어는 스랄을 이길 수 없다.

끝장을 낼 시간이었다. 블랙무어는 스랄의 손에 죽을 운명이고, 그 운명을 실현해야 한다. 이전까지의 모든 의혹과 불안과 두려움을 완전히 과거로 떠나 보내야 한다.

상처에서 뜨끈한 피가 줄줄 흐르면서 로브가 검붉게 물들어갔다. 그 고통 때문에 스랄은 오히려 정신을 집중할 수 있었다. 스랄이 이 세상 모든 무기의 주인이 된 듯 둠해머를 휘두른 순간, 블랙무어가 용케도 불안정하게 일어나 섰다. 그러나 약해진 팔로는 양날검을 제대로 휘두를 수 없었고, 둠해머가 살점 분리자를 쳐내서 날려버렸다. 스랄은 둠해머가 움직이는 동선을 그대로 따라가며 매끄러운 몸짓으로 한 손을 자루에서 떼어내 하늘로 들어올렸다. 그러자 쩍 하는 굉음이 울려 퍼지더니, 그들의 위에 튀어나와 있는 바위에 맺혀 있던 고드름이 부러져 떨어져 내렸다.

고드름은 숙련된 명수가 던진 단도처럼 블랙무어를 향해 날아왔다. 그래봤자 얼음일 뿐이니 갑옷을 꿰뚫지는 못했지만, 거인의 주먹처럼 블랙무어를 내리꽂기에는 충분했다. 블랙무어는 눈밭에 털썩 꿇어앉으면서 울부짖었다. 무기도 잃고 의식까지 가물가물해진 블랙무어는 스랄에게 두 손을 들어올렸다.

"제발……."

거칠고 희미한 목소리였지만 맑은 공기 속에서 그 말은 분명히 전해졌다.

"제발 살려줘……."

동정심이 들지 않은 건 아니었다. 하지만 동정심보다는 세계에 균형과 정의를 되찾아주고자 하는 의지가 더 강했다. 지금의 에델라스 블랙무어를 태어나게 한 왜곡된 세계에도, 저 인간이 속하지 않아야 하는 스랄 자신의 세계에도.

스랄은 블랙무어의 머리 위에 둠해머를 높이 쳐들었다. 그 순간 스랄의 시선이 머무른 곳은 애걸하는 블랙무어의 손짓이 아니라, 그가 입은 오그림 둠해머의 판금 갑옷이 번뜩이는 섬광이었다. 한때 스랄이 입었다가 경건히 벗었던 바로그 갑옷.

허물을 벗는 뱀이 떠올랐다. 허물을 벗고 나니 영혼은 그 어느 때보다도 순수하고 강해졌다. 이렇게 예전의 자기 자신을 버리는 과정은 평생토록 거치게 되리라. 이제 스랄은 블랙무어라는 인간이 자신에게 미치던 영향력의 잔재 하나까지도 모조리 버릴 준비가 되었다.

스랄은 고개를 저었다. 마음이 평온했다. 기쁨이나 복수심이 아닌, 후련한 해방감이 가슴에 가득 찼다.

"안 된다. 블랙무어, 너는 존재해서는 안 돼. 이곳 아니라 그 어디에라도. 나는 잘못되었던 것을 바로잡겠다."

스랄이 둠해머를 내리쳤다. 블랙무어의 금속 투구와 함께 그 안의 머리가 으스러졌고, 블랙무어는 즉사하여 쓰러졌다.

스랄은 자신의 그림자를 죽였다.

제 1 7 장

블랙무어는 아무런 소리도 내지 않고 죽었다. 시체에서 흘러나오는 피로 눈밭이 붉게 물들어갔다. 스랄은 심호흡을 하다가 휘청거리면서 주저앉았다. 후련한 미소가 얼굴에 떠올랐지만, 전투와 추락으로 입은 부상에서 고통이 치솟고 있었다. 눈을 감고 치유의 주문을 외우자 정령이 화답해오면서 전신에 따스한 온기가 번졌다. 여전히 기진맥진하고 아프긴 했지만 가장 심한 부상은 치료했으니 견딜 수 있을 것이다.

포기한다는 건 생각도 할 수 없는 일이었다. 스랄은 고통을 단단히 각오하고서 몸을 일으켰다. 피난처를 찾아야 한다. 불을 피우고 먹을 만한 것을 찾아야 한다. 여기서 죽을 수는 없다. 아그라에게, 그리고 자신의 도움이 필요한 한 존재에게 반드시 돌아가야 한다.

천천히 걸음을 옮기다 보니 눈밭에 웬 그림자가 드리워졌다. 서리가 붙은 속눈썹을 깜빡이며 고개를 들어보니, 거대한 파충류 같은 것이 하늘을 맴돌고 있었다. 햇빛이 너무 밝아서 무슨 색깔인지는 잘 보이지 않았다. 스랄은 마비되다시피 한 몸을 힘겹게 움직여 둠해머를 들어올렸다. 황혼 용 따위의 사소한 문제가 자신과 아그라를 갈라두게 놔둘 순 없었다.

그러자 재미있다는 듯한 어조의 음성이 들려왔다.

"오크 친구여, 내려놓으시오. 나는 음식이 있는 따뜻한 곳으로 그대를 데려가려 왔다오. 영웅의 시신을 수습해 장례식을 치러야 할 줄 알았건만, 그대는 살아 있었구료. 덕분에 나는 위상께 감사의 인사를 받을 수 있겠소."

푸른 용이었다! 깊은 안도감에 휩싸인 나머지 다리에서 힘이 풀렸다. 강력한 발톱이 자신의 몸을 부드럽게 옮기는 것을 느끼며, 스랄은 의식을 잃었다.

한 시간 뒤 정신을 차려보니, 스랄은 마력의 탑 안에 칼렉고스가 창조해놓은 그 친숙한 공간 안에 있었다. 스랄은 의자에 앉아 따뜻한 담요를 두른 채 달콤하고도 알싸한 맛의 뜨거운 음료를 마셨다. 한 모금 마실 때마다 기운이 살아나는 것 같았다.

밝게 타오르는 화로에 손을 쬐다 보니 오늘 여러 번 죽을 뻔했다는 실감이 들었다. 육체만이 아니라 정신적으로도. 그 죽음을 거부하고 마침내 무사히 이곳으로 돌아와 화롯불의 온기에 몸을 녹일 수 있게 되었으니 감사할 따름이었다. 희망을 버릴 만큼 오랜 시간이 지났는데도 끝까지 스랄을 찾으려 노력해준 푸른 용들의 우정에도 감사했다.

"스랄."

스랄은 일어서서 칼렉고스를 맞았다. 하프엘프의 형상을 한 칼렉고스는 안도한 미소를 지으며 두 손으로 스랄의 팔을 잡았다.

"이렇게 반가울 데가! 그대를 찾아냈다는 소식은 이 암울한 시간에 내린 축복과도 같았습니다. 어떻게 된 것입니까? 그대가 내 등에서 추락했을 땐 어디를 찾아봐도 보이지 않던데요. 가슴이 무너지는 줄 알았습니다."

스랄은 침울한 눈으로 미소를 지었다.

"눈밭에 파묻힌 덕분에 목숨을 건진 겁니다. 그래서 당신의 눈에는 보이지 않았겠지만요. 조상님들이 아직 저를 맞으실 준비가 안 된 모양입니다."

"그대를 찾은 나리고스의 말을 들으니, 거기서 멀지 않은 곳에 시신이 있었다고 하더군요."

"블랙무어입니다."

스랄은 자신이 그 이름을 씹어뱉듯 거칠게 발음할 줄 알았는데, 놀랍게도 그렇지 않았다. 자신에게는 아무런 분노도 증오도 남아 있지 않았던 것이다. 블랙무어는 진실로 패배했으니까. 이 시간의 길에서 쫓겨났을 뿐만이 아니라, 그의 영향력 자체가 완전히 사라졌다. 스랄에게 남아 있던 블랙무어의 힘까지도.

칼렉고스는 고개를 끄덕였다.

"시신의 생김새를 전해 듣고 그렇겠거니 생각했습니다. 그대가 승리했기에 기쁘고, 솔직히 좀 놀랍기도 합니다. 그만한 높이에서 추락한데다가 추위 속에서 싸우기까지 해야 했는데…… 아무래도 오크 일족은 제 생각보다도 더욱 강인한 모양이군요."

스랄이 조용히 말했다.

"싸울 때 저는 혼자가 아니었습니다. 정말로 혼자 남은 이는 따로 있지요."

칼렉고스가 호기심 어린 눈으로 쳐다보았다.

"저는 이세라님의 명을 따르기 위해 소중한 이를 남겨두고 떠나왔습니다. 저는 그이를 꼭 다시 만날 겁니다. 이 세상에 무슨 일이 일어난다 해도."

푸른 용이 고개를 끄덕였다.

"이해합니다. 그러기를 바랍니다, 스랄."

"분명 그럴 겁니다. 저는 그렇게 확신합니다만…… 당신은 그렇지 않은 듯하군요."

칼렉고스가 얼굴을 찌푸리더니 고개를 돌리고는 방 안을 서성거렸다.

"그대는 전투 도중에 추락해서 그 뒤의 상황을 보지 못했지요."

칼렉고스가 입을 다물고 침묵했다. 스랄은 끈기 있게 기다렸다.

"그 존재…… 황혼의 신부가 부르는 이름에 따르면 '크로마투스'라는 그 용 말입니다. 그의 정체가 무엇인지 알고 있습니까?"

"오색 용이라고 하셨지요. 데샤린에게도 이야기를 들은 적이 있습니다. 그런데 오색 용은 모두 죽었다고 하던데요."

칼렉고스가 파란 머리를 끄덕였다.

"우리도 그런 줄 알았지요. 스랄, 그 용들은 부자연스러운 존재입니다. 인공적인 피조물이라는 거예요. 그리고 이 크로마투스라는 용은…… 한 번도 들어본 적은 없습니다만, 네파리안이 만들어낸 실험작 중 가장 성공적인 사례인 모양입니다. 머리가 다섯 달린 짐승은 처음 봤어요."

"다섯 개의 머리…… 그리고 각각 다른 색깔."

스랄은 중얼거리면서 곱씹었다. 그 흉측한 모습이 뇌리에서 도무지 지워지지 않았다. 칼렉고스가 공포에 젖은 어조로 말했다.

"다섯 개의 머리. 바로 그겁니다. 오색 용들은 원래 오래 살지 못했는데, 네파리안이 비결을 찾아내고야 만 것 같습니다. 머리가 다섯 개인 만큼 두뇌도 다섯 개라는 것. 그래서 크로마투스가 그렇게까지 강력한 힘을 발휘할 수 있었던 것이겠지요…… 심지어 그때는 몸이 약한 상태였는데도."

스랄은 경악을 감출 수 없었다. "약한 상태였다고요?"

칼렉고스가 몸을 돌려 스랄의 눈을 마주보았다.

"그랬습니다. 약했어요. 자꾸 휘청거렸고, 몸놀림이 불안정했으니까요. 자기 몸을 날개가 버티지 못할 때도 있었고요. 그런데도 제 용군단은 크로마투스와 황혼 용들을 무찌를 수 없었고, 결국 패배했습니다. 스랄, 나는 이제 위상입니다. 거드름 피우는 게 아니라, 위상인 나를 무찌를 수 있는 용은 다른 위상들을 제외하고는 존재할 수 없는 겁니다. 하지만 크로마투스는 나와 내 용군단 전체를 섬멸할 기세였습니다. 우리는 놈과 맞서는 데만도 전력투구를 해야 하는 형편이었으니, 나로서는 퇴각을 명령할 수밖에 없었죠. 그런데 그 크로마투스가 '약했다'는 겁니다."

이제까지 스랄이 보아온 칼렉고스는 긍정적인 성향이었고, 분노나 절망 같은 부정적인 감정에 쉽사리 굴복하는 법이 없었다. 그런데 지금 칼렉고스의 표정과 목소리에서는 체념과 불안이 배어났고, 심지어 절망감까지 느껴졌다. 스랄은 그 까닭을 이해할 수 있었다.

"왠지는 몰라도 그때 크로마투스는 자기 힘을 최대한 발휘하지 못했다는 거군요. 하물며 놈이 완전히 회복되고 난 뒤에는……."

칼렉고스의 푸른 눈에 깊은 고통이 서렸다.

"그 누구도 놈을 막을 수 없을 겁니다."

스랄은 사려 깊게 동의했다.

"그렇겠지요. '혼자' 싸워서는 절대로 막을 수 없겠죠."

"어느 때보다도 단합해야 할 시기인데, 우리 용족은 뿔뿔이 흩어져 있군요. 크로마투스와 그 휘하의 황혼 용들은…… 내 용군단이 병력을 강화하지 않고 이대로 다시 그놈들과 싸우게 된다면, 우린 패배할 겁니다…… 아니, 절멸할 겁니다."

스랄이 자신 있게 말했다.

"이세라님과 노즈도르무님이 각자의 용군단을 이끌고 함께하실 겁니다."

"그걸로는 부족해요. 붉은 용군단이 필요합니다. 아니…… 생명의 어머니가 직접 오셔야 합니다. 이번 전투에서 푸른 용들은 공포에 질렸습니다. 나 또한 그랬고요. 그런 괴물을 똑똑히 보면서, 승산이 없다는 걸 뻔히 알면서 싸운다는 건……."

칼렉고스가 고개를 설레설레 저었다.

"알렉스트라자님이 희망을 가져다주셔야 합니다. 그러지 않으면 우리는 패배할 게 분명해요. 하지만 지금 그분은 스스로에 대한 희망도 품지 못하고 계시죠."

"제가 그분과 다시 이야기 해보겠습니다."

칼렉고스가 그답지 않게 비통한 목소리로 말했다.

"지난번에도 당신의 말을 듣지 않으셨잖습니까. 스랄, 우리는 졌습니다…… 나는 어떻게 해야 할지 모르겠습니다. 나는 위상이 되었으니…… 새로운 통찰력, 세상을 이해하는 새로운 방식들이 생겼습니다. 설명하긴 어렵지만, 어쨌든 과거의 나보다 강한 존재가 되었죠. 그런데 한편으로는 조금도 변하지 않은 것 같은 느낌이 듭니다. 나는 단순히 칼렉고스일 뿐이고, 무엇을 어떻게 해야 하는지 알 수 없어 막막하기만 합니다."

스랄은 친구에게 다가가서 커다란 녹색 손을 그 어깨에 얹었다.

"당신이 푸른 용군단의 지지를 얻은 것은 바로 그 겸손함 때문입니다. 마법의 위상으로서 모든 권능을 가졌다 해도, 내면의 본질은 달라지지 않은 거겠지요. 칼렉고스, 나는 당신이 용감한 분이라는 걸 압니다. 지금 이 상황이 아무런 가망도 없어 보인다는 것도. 하지만…… 제가 눈 속에 파묻혀 목숨이 오락가락하고 있을 때……."

스랄은 머뭇거리다가 말을 이었다.

"…… 환상을 보았습니다. 죽어가는 오크의 소망에서 비롯된 허깨비가 아니라, 진실을 보여주는 환상이었어요. 분명합니다."

칼렉고스가 스랄의 말을 전적으로 신뢰하는 듯 고개를 끄덕였다.

"어떤 환상이었습니까?"

스랄은 고개를 저었다.

"아직은 말할 수 없습니다. 누구보다도 알렉스트라자님께서 먼저 들어야 하는 소식이거든요. 이 소식을 듣고 나면 그분도 기운을 차리실지도 모릅니다. 그래서 생명의 어머니와 붉은 용군단이 함께 전투에 나선다면…… 글쎄요, 크로마투스도 조금은 긴장하겠지요?"

둘은 서로 마주보며 웃었다.

황혼의 망치단 교도들은 분주하게 일했다. 크로마투스가 살아났기 때문이었다. 비록 몸은 징그럽게 썩어 문드러져 가고, 살아 움직이는 데에 아직 적응하지 못해 허약한 상태인데도, 크로마투스는 사납게 싸워 승리를 거두었다. 지금 그는 사원 밖의 눈밭에 누워서, 교도들이 가져다주는 고기를 각각의 머리로 게걸스럽게 씹어 먹으며 주린 배를 채우고 있었다.

황혼의 신부는 그 옆에 서서 승리감에 취해 있었다. 오늘 하루 동안 해낸 일들은 데스윙이 봐도 나무랄 데가 없을 것이다. 블랙무어는 실패자 아리고스를 죽였고, 아리고스는 그 희귀한 피를 바침으로써 대의에 봉사했다. 또한 황혼용 한 마리의 전언에 따르면 스랄은 칼렉고스의 등에서 추락했으며, 혹시라도 스랄이 살아남았을 경우에 대비해 블랙무어가 뒤쫓아 갔다고 했다. 그리고 무엇보다도 중요한 것은 크로마투스가 살아났다는 점이었다. 크로마투스는 이제 막 살아났을 뿐인데도, 새로운 위상 칼렉고스가 이끄는 푸른 용군단의 전력을 다한 공격을 막아내고 패퇴시킬 수 있었다.

지난 한 시간 동안 크로마투스는 교도들이 잡아다 바친 눈사태 숲 사슴 시체들을 뜯어먹으며 거의 말을 하지 않았다. 그러다가 먹기를 멈추고, 거대한 검은 머리를 들면서 기계적인 어조로 말했다.

"먹이가 더 필요할 것이다."

황혼의 신부가 대답했다.

"크로마투스, 무엇이든 실컷 먹을 수 있을 게다. 네가 직접 내키는 대로 사냥할 수 있게 될 때까지 우리가 얼마든지 가져다주마."

검은 머리가 소리보다는 진동에 가까울 만큼 깊은 음성으로 말했다.

"물론 머지않아 내가 직접 사냥할 거다. 목숨이 붙어 있는 것을 씹어 먹어야 맛이 더 달콤하니까."

"아무렴. 그렇겠지."

크로마투스가 검은 머리를 내리고 고기를 마저 먹으면서 동시에 붉은 머리를 쳐들었다. 그리고 거대한 눈 하나를 아래로 내리뜨면서 황혼의 신부를 쳐다보았다.

"푸른 용들은 내 앞에 순순히 목을 내놓지 않더군. 다시 덤벼들 것이다."

황혼의 신부는 그 음성에 실린 경고의 어조를 듣지 못했다.

"그건 멍청한 짓이지. 그리고 너무 혼겁해서 멍청한 짓을 할 겨를도 없을걸. 이세라는 실종됐고, 녹색 용군단은 갈팡질팡하고 있다. 노즈도르무 역시 돌아왔다고는 해도 아직 동료 용군단들을 도울 만한 상태는 아니야. 알렉스트라자는 인간 여자애처럼 앵앵 울고 있고, 붉은 용군단은 자기네 위상 없이는 아주 기본적인 일도 해내지 못할 거야. 푸른 용들은 네 힘이 얼마나 막강한지 뼈저리게 겪었고, 그들의 위상은 마음이 너무 여려서 자기 용군단을 제대로 이끌 재목이 못 돼. 놈들이 영웅으로 여기는 스랄은 눈더미에 파묻혀 죽어 자빠졌거나 아니면 이제 곧 블랙무어의 양날검에 꿰뚫리겠지. 그러니 너는 느긋하게 몸을 회복하면 될 것 같구나, 내 친구여."

크로마투스의 붉은 머리가 그 보랏빛 눈을 악독하게 번뜩이며 황혼의 신부를 노려보았다.

"황혼의 신부야, 나는 네 친구가 아니다."

부드러우면서도 날이 선 그 목소리에 황혼의 신부는 순간 심장이 멎는 듯했다.

"나는 네 자식도 아니고, 네 하인도 아니야. 나는 내 아버지 데스윙을 모시기 위해 태어난 존재고, 너도 나와 마찬가지로 전능하신 그분에게 충성하는 존재일 뿐이다."

황혼의 신부는 두려워하는 티를 내지 않았지만, 크로마투스는 아마 그에게서 풍기는 공포의 냄새를 맡은 듯했다. 황혼의 신부는 목소리가 떨리지 않도록 잠시 뜸을 들인 다음에야 겨우 대답했다.

"물론이다, 크로마투스. 우리는 둘 다 그분에게 완전한 충성을 바치는 사이지."

크로마투스는 눈을 가늘게 뜨더니, 더 이상 따지지 않고 화제를 돌렸다.

"너는 용이 아니라서 용들을 이해하지 못한다. 하지만 나는 알고 있어. 놈들은 절망에 빠져 흩어졌을지라도 결국 다시 돌아올 것이다. 한 마리도 남김없이 죽을 때까지 저항할 것이다."

크로마투스의 푸른 머리가 키득거렸다.

"그리고 놈들이 그렇게 싹 몰살당하는 때는 바로 다음 번 전투가 될 거야. 하지만 황혼의 신부여, 경계를 늦추려 하는 너야말로 멍청한 거다. 나는 아직 기력을 다 회복하지 못했다. 놈들이 또 쳐들어오기 전에 힘을 완전히 되찾아야 해."

크로마투스가 말을 멈추더니, 푸른 머리를 내려뜨리며 아가리를 쩍 벌리고 암컷 순록 한 마리를 한 입에 삼켜버렸다.

"말리고스의 딸이 아직 살아 있겠지?"

그 질문에 황혼의 신부는 어리둥절해졌다.

"그렇다. 하지만 폭풍 바늘을 작동하는 데에는 이미 말리고스의 아들의 피를 사용했는데?"

검은 머리가 눈살을 찌푸리고 그를 노려보았다.

"지금 중요한 건 그 계집의 혈통이다. 피가 아니라."

황혼의 신부는 그제야 무슨 뜻인지 이해했다.

"아아. 음…… 그래. 그러면 지금 그것을 네 앞에 데려올까?"

청동 머리가 말했다.

"시간이 흐르고 있다. 내 아버지의 실험작들은 나 외에는 모두 실패했다. 만약 실험을 통한 창조보다 더 안정적인…… 더 전통적인 방식으로 생식을 한다면, 나는 튼튼한 오색 용 새끼들을 낳을 수도 있을 테지. 말리고스의 딸과 나 사이에서 낳은 자손들이라…… 그래, 그 아이들은 충분히 건강하게 살아남을 수 있을 거야. 하지만 지금은 휴식이 우선이다. 몇 시간 뒤에 그 계집을 데려와라. 목걸이는 신경 쓰지 마라. 내가 준비가 되면 스스로 풀어줄 것이다. 그 계집이 용의 형상으로 변신한다 해도 내 적수는 되지 못하니."

황혼의 신부는 자기 부하들 중 한 명에게 지시했다.

"세 시간 뒤에 푸른 용 죄수를 크로마투스에게 데려오거라. 나는 이제 우리의 주군에게 승전의 소식을 알려야겠다."

"목숨으로 명을 받들겠습니다."

부하가 그렇게 말하고 서둘러 떠나갔다. 크로마투스는 푸른 머리로 순록 한 마리의 뼈를 우드득 씹어 삼키며, 허둥지둥 걸어가는 부하의 뒷모습을 지켜보았다. 그리고 날고기의 악취가 풍기는 숨을 내뱉으면서 눈밭에 몸을 누이고 열 개의 눈을 감았다. 그리고 깊은 잠에 들기 전에 검은 머리가 마지막 한 마디를 말했다.

"그리고 내 명을 받들어야 하는 건 너다."

황혼의 신부는 어둠과 분노로 가득 찬 구슬 앞에 무릎을 꿇고 공손히 말했다.

"내 주군 데스윙이시여."

구슬이 쩍 갈라지면서 밤처럼 짙은 암흑의 연기가 새어나오더니, 두 눈을 이글거리는 무시무시한 용의 형상으로 변했다. 검은 용의 위상은 우르릉 울리는 음성으로 말했다.

"좋은 소식을 전하는 게 이로울 게다."

황혼의 신부가 재빨리 말했다.

"좋은 소식입니다. 아니, 최고의 소식입니다. 크로마투스가 살아났습니다!"

데스윙이 나지막하게 키득거렸다. 그 여파 때문인지 발밑의 땅이 미세하게 진동하는 느낌이 났다.

"실로 좋은 소식이로군. 네가 성공했다니 기쁘구나! 또 좋은 소식을 말해 보거라."

황혼의 신부는 선뜻 대답하지 못하고 머뭇거렸다. 이제부터는 나쁜 소식을 전해야 할 터였다. 하지만 그 소식에도 긍정적인 구석이 있으니 괜찮을 듯싶었다.

"아리고스가 실패했습니다. 하지만 종국에 가서는 쓸모가 있었습니다. 그 암컷 용 대신 아리고스의 피를 이용해 집중의 눈동자를 열었고, 그리하여 마력의 탑의 비전 마력을 모두 거둬낼 수 있었습니다! 우리는 폭풍 바늘로 그 영광스러운 힘을 크로마투스에게 모조리 쏟아부었습니다."

데스윙은 침묵했다. 분노보다 오히려 더욱 무서운 그 침묵이 몇백 년은 이어지는 듯 길게만 느껴졌다.

"그렇다면 아리고스가 위상으로 선택되지 못한 게로군. 내게 푸른 용군단을 바치지 못한다는 거지."

데스윙의 음성은 차분했지만, 광기에 사로잡힌 저 용에게 진실로 차분한 면이라고는 조금도 없었다.

"그렇습니다, 내 주군이시여. 어떻게 그런 일이 일어났는지는 저도 잘 모르겠습니다. 저뿐만이 아니라 누구도 이해하지 못하는 것 같습니다…… 어쨌든 위상의 권능은 아리고스가 아닌 다른 용에게 주어졌습니다."

"칼렉고스."

데스윙이 증오 어린 어조로 그 이름을 뇌까렸다.

"맞습니다, 주군이시여. 위상이 결정된 즉시 아리고스는 황혼의 용군단을 불러왔고, 이후에 집중의 눈동자가 있는 곳으로 도망쳤습니다. 거기서 블랙무어가 아리고스를 죽여 그 피를 이용했던 것이지요. 칼렉고스가 이끄는 푸른 용군단이 우리를 공격했으나, 크로마투스가 놈들을 격퇴했습니다. 막 태어나서 허약한 상태였는데도요! 크로마투스가 최대한의 기량을 발휘한다면 그 누구도 맞설 수 없을 겁니다. 그러니 주군이시여, 칼렉고스가 새로운 위상이 되었더라도 상관없습니다. 우리는 어차피 승리할 테니까요!"

주군의 응답은 곧바로 돌아오지 않았다. 황혼의 신부는 겨드랑이에서 땀이 솟는 걸 느끼며 초조하게 기다렸다. 한참 뒤에야 데스윙이 경고하는 어투로 말했다.

"나는 내가 직접 나서서 일을 처리해야 하나 생각하던 참이었다."

황혼의 신부는 안도감으로 축 늘어지지 않으려 안간힘을 썼다.

"위대한 분이시여, 제가 당신을 잘 모시고 있음을 이제 아실 겁니다."

"안심이 되는군…… 나는 현재 계획 중에서도 까다로운 부분을 진행하던 중이었다. 그걸 내버려두고 네 일을 처리하러 나서야 했다면 화가 났을 게다. 하지만 네가 오늘 전한 소식은 칭찬받을 만하군. 스랄은 어떻게 되었나? 죽었나?"

"전투 중에 칼렉고스의 등에서 추락했습니다. 살았을 가능성은 희박하지만, 그런 경우를 대비해 블랙무어가 쫓아갔습니다."

"그러면 죽었다고 생각하는 겐가?"

"확실히 그렇습니다."

"나는 확신하지 못한다. 시체를 어떻게든 찾아와서 내 눈앞에 보여라. 그래야만 안심할 것이다."

"주군의 뜻대로 될 것입니다."

"크로마투스는 완전히 회복하기 전까지 그 어떤 해도 입지 않도록 주의 깊게 돌봐야 한다."

"그리 하겠습니다. 게다가 크로마투스는 미래를 내다보는 혜안이 있더군요. 키리고사를 자신에게 데려오라고 했습니다. 키리고사는 예전에도 알을 밴 적이 있으니, 오색 용들이 단명하는 문제를 해결할 수 있을 겁니다."

"크로마투스가 영리하군. 좋아, 좋아. 키리고사는 미래의 어머니가 되는 영예를 누릴 것이다."

데스윙의 기괴한 금속 턱이 살짝 벌어지며 히죽 미소를 지었다.

"기쁘군. 황혼의 신부여, 너는 몇 가지 차질에도 불구하고 잘 해냈다. 앞으로도 이렇게만 한다면 보상을 받을 것이다."

데스윙의 형상을 띠었던 연기가 소용돌이치며 검은 안개로 변하더니, 바닥에서 한데 뭉쳐 검고 단단한 구슬로 굳어졌다. 황혼의 신부는 몸을 축 늘어뜨리고 땀으로 축축한 이마를 문질렀다.

황혼의 망치단은 실험실을 거의 통째로 이곳으로 옮겨왔다. 키리고사에게는 익숙한 공간이었다. 거품이 부글부글 끓는 비커도, 작은 버너들도, 유리병, 바늘, 라벨이 꼼꼼히 붙어 있는 병 속의 '표본'들까지도. 키리고사는 약제사들이 사용하는 도구들이 무엇인지도 알았고, 그 공간에서 나는 냄새와 소리까지 다 알았다.

그곳은 키리고사가 고통, 치욕, 쓰디쓴 비통을 맛보았던 곳이었다. 그 과정에서 차라리 죽고 싶다는 생각에 빠져든 적도 한두 번이 아니었지만, 사실 정말로 죽음을 원하지는 않았다. 그리고 놈들은 키리고사가 더 이상 필요 없게 될 때까지는 죽이지 않을 터였다. 황혼의 망치단이 자신을 통해 이루고자 한 목적을 완수할 때까지는.

심장이 마구 날뛰었다. 교도들이 자신을 유심히 살펴보고 있었다. 예전에는 저들과 필사적으로 맞서 싸우기도 했다. 고문을 받을 때는 받더라도, 그 전에 그들에게 상처라도 입혀야 조금이나마 분이 풀렸으니까. 그래서 그들은 이번에도 키리고사가 더더욱 격렬하게 저항하리라고 생각하는 듯했다. 하지만 키리고사는 암울한 얼굴로 가만히 숨을 죽일 뿐이었다. 기진맥진하긴 했어도 눈물을 참기는 어렵지 않았다.

"푸른 용 아가씨가 이제 반항은 관둔 건가?"

조사라는 이름의 남자 교도 한 명이 자못 놀란 어조로 비아냥거렸다. 그는 불그스름한 금발에 다부진 체격의 인간 남자였다.

"그래봤자 아무 소용도 없었으니까. 예전에는 구출될 거라는 희망이라도 있었지만…….'

키리고사는 눈물이 글썽이는 눈으로 그를 돌아보고 말을 이었다.

"이번에도 나를 끌고 가서 한참 동안 방치해두다가 이용하려는 건 아니겠지?"

주주라는 이름의 트롤 여자가 고개를 저으며 낄낄거렸다.

"이번에 네가 가게 될 곳이 어디인지는 아직 모를 텐데?"

키리고사는 공포로 간담이 서늘해졌다.

"나는…… 실험실로 가는 줄 알았는데."

주주가 옆의 남자 교도와 잔인한 미소를 주고받더니 대꾸했다.

"아니. 요 깜찍한 암컷 용아. 너는 크로마투스의 눈에 들었다."

"뭐…… 뭐라고?"

키리고사는 더듬거리며 되물었다.

'설마, 설마 그런 건 아니겠지…… 그 머리 다섯 달린 썩어가는 괴물과…….'

"크로마투스는 너를 통해 튼튼한 오색 용 새끼들을 낳을 수 있을 거라고 생각하더군. 충고 한 마디 하자면, 촛불 켜진 식탁에서 낭만적인 저녁 식사를 할 기대는 접어둬."

조사와 주주가 웃음을 터뜨렸다. 주주는 특유의 째지는 소리로 킬킬거렸고, 조사는 우렁차게 껄껄 웃어대며 우쭐거렸다.

둘 다 죽여버리고 싶었다. 저 둘의 몸뚱이를 갈기갈기 찢어발기고 달아나고 싶었다. 그러다가 황혼 용들에게 붙잡혀서 고문당하다 죽더라도, 그 어떤 최후를 맞더라도 상관없었다. 크로마투스에게 끌려가는 것보다는 나을 테니까.

그런데 어떻게 생각해보면, 이것은 키리고사에게 처음으로 주어진 탈출의 기회이기도 했다.

키리고사는 욕지기를 애써 삼키고, 분노와 공포로 떨지 않으려 노력하면서, 짐짓 생각에 잠긴 것처럼 미간을 찌푸렸다.

"우리가 새끼를 낳는다면…… 나는 가치 있는 존재가 되겠군."

주주가 말했다.

"그렇겠지. 크로마투스가 원하는 자손을 낳을 수 있는 용은 너밖에 없을 거다. 네 혈통이 있으니."

키리고사는 용군단들의 다른 암컷들이 크로마투스에게 바쳐진다는 생각에 진저리가 났지만, 내색하지 않고 고개를 끄덕였다.

"나는 왕비가 되겠네."

주주와 키리고사보다 조금 앞서가던 조사가 말했다.

"당분간은 그럴 수도 있겠지. 하지만 최후의 종말은 너 역시도 피할 수 없어."

키리고사는 자신의 은사슬을 쥐고 있는 주주의 손아귀에서 힘이 풀린 것을 깨달았다. 주주와 조사는 각각 엉덩이에 단검 두 자루를 차고 있었다. 그들의 앞에 보이는 원형 계단은 1층으로, 그리고 크로마투스에게로 이어질 터였다. 조사는 벌써 계단을 내려가고 있었다. 셋은 이제 한 줄로 늘어서서 걸어야 할 터였다.

지금이다.

키리고사는 오른손으로 주주의 손에 느슨히 쥐어진 사슬을 잡아당겨 빼내고, 왼팔로 주주의 목을 휘감아 쥐어들었다. 주주가 키리고사의 팔을 떼어내려고 할퀴어대면서 피부에 길쭉한 상처들을 남겼지만, 키리고사는 아픔을 참고 트롤의 목을 더욱 꽉 조였다. 마침내 주주의 눈이 뒤로 넘어가면서 몸이 축 늘어졌다. 키리고사는 시체를 바닥에 살며시 내려놓고, 그 엉덩이에 있던 단검을 재빨리 빼어들었다.

조사는 키리고사의 조용한 움직임을 전혀 눈치 채지 못하고 자기 말만 계속하고 있었다.

"내가 오래 살아남아서 그 종말을 직접 볼 수 있으면 좋겠어. 물론 황혼의 아버지의 명령에 따라 죽는 것이 우리의 운명이지만, 그래도 만약……."

조사의 말이 뚝 끊기고 입에서 꾸르륵 하는 소리가 새어나왔다. 키리고사가 단검을 그의 목에 찔러 넣은 것이다. 키리고사는 그 추악한 소리가 크게 울려 퍼지지 않도록 조사의 입을 틀어막았다가, 먼젓번과 마찬가지로 시체를 바닥에 내려놓았다.

손이 피투성이였다. 가슴이 쿵쾅거리고 숨이 가빠왔다. 키리고사는 손과 칼날에 묻은 피를 조사의 옷자락에 최대한 문질러 닦으면서, 인기척이 들리는지 귀를 잔뜩 곤두세웠다. 발각된 기미는 전혀 없었다.

한 손으로 사슬을 쥐어보았다. 그 사슬 때문에 여전히 연약한 인간의 몸에서 벗어나지는 못하지만, 적어도 끌려 다니는 신세에서는 해방되었다.

시체를 숨길만 한 곳은 없었다. 탁 트여 있는 고룡쉼터 사원에 구석진 곳이나 따로 격리된 방 같은 건 거의 없었으니까. 키리고사가 예정된 장소에 나타나지 않으면 그들은 금방 찾아 나설 것이고, 이 층계참에 널브러진 시체들을 발견할 것이다. 그 전에 이곳에서 멀리 떠나야 했다.

키리고사는 조용히 신속하게 움직여, 부츠를 신은 발을 사뿐사뿐 디뎌가며 계단을 내려갔다. 다행히도 지금은 밤이니 어둠속에서 움직일 수 있을 듯했다. 하지만 이곳의 교도들은 황혼의 신부의 명에 따라 밤에도 분주하게 일했고, 그들이 눈밭에 세워놓은 횃불들이 오렌지색으로 활활 타오르며 검푸른 어둠을 몰아내고 있었다. 키리고사는 1층에 이르러 아치형 복도의 벽에 몸을 바싹 붙이고 주위를 둘러보았다.

용의 몸으로 변신해 날아가 버릴 수만 있다면 간단할 텐데! 키리고사는 목에 걸린 사슬을 만지작거렸다. 탈출하려면 이동 수단이 필요할 것이다. 이곳에는 온갖 종류의 운송용 짐승들이 있었고, 그중 대부분은 짐을 나르는 데에 특화된 동물들이었다. 지금 여기서 멀지 않은 곳에서 졸고 있는 저 끔찍한 괴물도, 한때는 그 동물들이 이끄는 수레에 죽은 몸으로 실려 왔었다.

하지만 교단의 고위 사제들이 탈것으로 사용하는 동물들도 있긴 있었다. 화물 운반용 짐승들과 달리, 그 동물들은 가혹한 노스렌드의 땅을 거쳐 사원까지 걸어오느라 혹사당하지 않았다. 횃불의 빛에서 멀리 떨어진 곳에 그런 동물 몇 마리가 묶여 있었다. 늑대, 털이 두툼한 말, 밤호랑이들이 보였고, 심지어 순록 몇 마리와 와이번 두어 마리까지 있었다. 그중 몇몇은 자기 주인 외의 사람은 태우지 않으려 하겠지만, 키리고사를 태워줄 녀석도 분명 있을 것이다.

그런데 장애물이 하나 있었다. 와이번이 있는 곳으로 가려면, 잠들어 있는 크로마투스의 옆을 곧바로 지나쳐야 했다.

키리고사는 공포에 휩싸여 머뭇거렸다. 만약 크로마투스가 잠에서 깬다면…….

그러면 고분고분 놈에게 끌려간 것보다 더 나쁜 꼴을 당할 것이다. 하지만 깨우지 않고 지나칠 수만 있다면…….

방법은 한 가지뿐이었다. 만약 크로마투스에게 발각된다면, 단검으로 스스로 목숨을 끊어버릴 것이다. 그런 혐오스러운 일에 굴복하느니 자살하는 편이 낫다.

키리고사는 대롱거리는 사슬을 리넨 셔츠 안에 집어넣고 단검을 거머쥐었다. 저런 엄청난 괴물을 상대로는 초라하기 그지없는 무기이긴 하지만. 그리고 천천히 걸음을 옮겼다.

크로마투스의 숨소리가 들렸다. 비정상적으로 작동하는 거대한 허파를 들락날락하는 바람 소리 같았다. 인간의 몸으로 그 앞을 지나려니 호랑이 앞에 선 쥐나 마찬가지였다. 눈 위를 걷는 자신의 조용한 발소리와 빠르게 뛰는 심장 박동을 놈이 듣고 금방이라도 깨어날 것만 같았다. 크로마투스는 몸을 웅크리지 않고 다섯 개의 머리를 쭉 뻗은 채 엎드려 있었고, 숨을 들이쉬고 내쉴 때마다 몸이 천천히 위 아래로 움직였다.

키리고사는 냅다 뛰어가고 싶은 충동을 꾹 참고, 저 거대하고 얼룩덜룩한 몸뚱이의 옆을 한 발짝 한 발짝 걸어 나갔다. 사향 냄새가 밴 고약한 악취가 풍겼다. 썩은 냄새가 속에 너무 오랫동안 고여 있어서 부활했더라도 아직 그 악취가 다 빠지지 못한 것 같았다. 혐오감이 치밀면서 몸이 후끈 달아올랐고, 동시에 결연한 의지가 마음속에 차올랐다.

지금 위태로운 건 자신의 목숨만이 아니었다. 키리고사는 황혼의 신부에게 붙잡혀 있는 동안 많은 것을 알아냈다. 그놈이 알려주려고 의도하지 않은 정보까지도. 그 정보들을 칼렉고스와 푸른 용군단에게 전할 수만 있다면, 다음 전투 때 그들이 준비해야 할 것을 일러줄 수 있을 것이다.

키리고사는 자신의 동족을 잘 알았다. 푸른 용군단은 반드시 다시 공격을 감행할 것이다. 그때는 사슬에 얽매인 채 무력하게 붙들려 있지 않고 그들과 함께 싸우고 싶었다.

크로마투스가 뒤척거렸다.

키리고사는 걷다 말고 우뚝 멈춰 서서 숨을 죽였다. 자신에게서 불쑥 솟아오른 증오심이 놈에게도 느껴진 걸까? 아니면 그의 체취를 맡은 걸까? 눈에 뒤덮인 나뭇가지를 부주의하게 밟는 바람에 기척을 내기라도 한 걸까?

크로마투스가 거대한 청동 머리를 들더니, 다시 내려놓고는 길게 숨을 내쉬었다. 꼬리가 들려 올려갔다가 땅에 쿵 내리 놓았다. 그리고 다시금 곤히 잠에 빠져들어, 시근시근 깊은 숨소리를 내며 잠잠해졌다.

키리고사는 안도감에 눈을 질끈 감았다 뜨고, 저 너머에 묶여 있는 동물들을 향해 살금살금 걸어 나갔다. 잠들어 있는 추악한 크로마투스의 모습과, 자신에게 자유를 가져다줄 와이번들을 번갈아 흘끔거리면서.

늑대와 밤호랑이들은 너무 단단히 묶여 있어서 훔치기가 어려웠다. 순록은 이 지역에 본래 서식하는 동물이니 빨리 달릴 수 있겠지만, 누군가를 태우고 효율적으로 이동하도록 길들이지는 못했다. 게다가 순록 같은 초식동물들은 키리고사에게서 풍기는 피 냄새에 겁을 먹을 터였다. 반면 호드 일족이 비행하는 데에 주로 쓰는 와이번들은 놀라울 정도로 침착했고, 더욱이 이곳에 갖추어진 와이번은 두 마리밖에 없으니 누구든 태울 수 있도록 훈련받았을 것 같았다.

물론 그렇다곤 해도 자신이 와이번을 조종할 줄 모르면 소용이 없을 것이다. 키리고사는 두려움을 떨쳐내며, 와이번이 남아 있는 것만으로도 행운이라고 자기 자신을 타일렀다.

두 마리 중에서 점찍어놓은 한 놈이 나지막이 울었다. 녀석은 박쥐 같은 날개를 펼쳤다가 구부리면서, 사자와 닮은 머리를 키리고사에게 향하고서 무슨 용무냐고 묻듯이 눈을 께느른히 깜빡이고 있었다. 안장이 얹혀 있지 않았지만 그런 걸 챙길 여유는 없었다. 지금 당장이라도 경보가 울릴지도 모른다. 그 전에 어서 와이번을 타고 이곳에서 최대한 멀리 달아나야 했다.

남들이 와이번을 타는 것을 보기만 했을 뿐, 직접 타보는 건 처음이었다. 키리고사는 와이번의 등 위에 한쪽 다리를 조심스럽게 올렸다. 와이번은 끄르르 울면서 키리고사를 돌아보았다. 초심자라는 것을 눈치 챈 게 분명했다.

키리고사는 와이번을 안심시키려 다독여준 다음 고삐를 거머쥐고서 그 머리를 위로 당겨 올렸다. 잘 훈련된 그 와이번은 고분고분 공중으로 뛰어올랐고, 키리고사는 녀석의 등에 꼭 매달린 채 숨을 헉 들이켰다. 와이번은 금세 균형을 잡고 공중을 선회하면서 명령을 기다렸다. 키리고사는 콜다라와 마력의 탑이 있는 서쪽 방향으로 고삐를 당겼다. 칼렉고스와 푸른 용군단이 아직 그곳에 있기를 간절히 바라면서.

키리고사는 사슬에 묶인 채로도 발휘할 수 있는 약간의 마법을 이용해 와이번의 귀에 설득의 주문을 속삭였다. 그러자 녀석이 차분해졌다.

"나도 너처럼 날 줄 아는 존재야. 바람을 타는 법을 가르쳐주렴, 내 친구야."

상상일 뿐인지도 모르지만, 와이번이 '킹'하고 대답한 것 같았다.

제18장

스랄은 이곳에 이렇게 금방 돌아오게 되리라곤 상상하지 못했다. 그런데 나리고스의 등을 타고 날다 보니, 지금 자신은 얼마 전 생명의 어머니를 만나러 왔을 때와는 완전히 다른 오크가 되었다는 생각이 들었다.

우선은 아그라에 대한 생각으로 마음이 따스하게 타오르고 있기 때문이었다. 그건 스랄을 붕 띄워주면서도 동시에 차분히 진정시켜주는 조용한 잉걸불 같은 온기였다. 게다가 스랄은 푸른 용군단이 본연의 영혼과 마음을 재발견하는 것을 지켜보았고, 그 과정에 결정적인 역할을 하기도 했다. 그리하여 푸른 용들은 그들에게 합당한 위상을 얻었다. 강인하고, 연민과 지혜가 넘치고, 자신의 용군단을 위해 진실로 최선을 다하는 위상을.

"지난번에 그분을 뵀을 때는 저기 계셨습니다."

스랄이 손으로 바위 봉우리를 가리키자, 나리고스가 그곳을 향해 매끄럽게 하강했다. 점점 거리가 가까워지자 여전히 그곳에 앉아 있는 알렉스트라자가 보였다. 스랄은 안타까워서 애가 탔다. 무릎을 가슴에 끌어당긴 채 고통의 상징처럼 덩그러니 앉아 있는 그 모습은 예전과 변함없이 그대로였다. 그 이후 조금이라도 움직인 적은 있었을까 싶을 정도였다.

"약간 떨어진 곳에 내려주십시오. 지금 그분은 누구도 만나고 싶지 않으실 겁니다. 저 혼자 뵙는 편이 그나마 나을 테지요."

"그리 하십시오."

나리고스가 우아하게 착지해서 스랄이 수월히 내릴 수 있도록 몸을 낮춰주었다. 스랄은 땅에 내려서 나리고스를 올려다보았다.

"이곳까지 태워주셔서 감사합니다. 하지만…… 저를 기다리지는 않으셔도 될 것 같습니다."

나리고스가 머리를 갸웃했다.

"그분을 설득하지 못한다면……."

"만약 설득해내지 못한다면, 제가 굳이 돌아갈 필요도 없을 겁니다."

스랄의 솔직한 말에 나리고스는 고개를 끄덕였다.

"그러면 우리 모두를 위해 행운을 빌겠습니다."

나리고스가 커다란 머리로 스랄을 부드럽게 찔러서 애정 어린 인사를 건네고, 몸을 곧추세운 뒤 하늘로 날아올랐다. 스랄은 나리고스가 멀찍이 사라져 갈 때까지 지켜본 다음 생명의 어머니에게로 발길을 돌렸다.

알렉스트라자는 예전에 그랬듯 스랄의 기척을 이미 듣고 알아차렸다. 그는 오랫동안 쓰지 않아서 거칠어진 목소리로 입을 열었다.

"감히 나를 또 다시 만나러 오다니, 너는 내가 본 오크 중 가장 용감하거나 아니면 가장 멍청한 게 분명하다."

스랄은 엷게 미소 지었다.

"다른 분들도 제게 그런 말씀을 하시더군요."

알렉스트라자가 고개를 들고 강렬한 눈빛으로 스랄을 꿰뚫었다.

"난 네가 말하는 '다른 분들'이 아니다."

스랄은 평생 수많은 것들을 목격하고 수많은 싸움을 겪었는데도 불구하고, 저 위협적인 음성 앞에서는 몸서리를 칠 수밖에 없었다. 만약 알렉스트라자가 스랄을 죽이기로 마음먹는다면, 스랄에게는 일말의 가망도 없을 것이다.

"또 고통을 원해서 왔느냐?"

스랄이 고통을 당하려고 왔냐는 뜻인지, 아니면 알렉스트라자에게 고통을 주려고 왔냐는 뜻인지 알 수 없었다. 어쩌면 둘 다인지도 모른다.

"생명의 어머니시여, 저는 당신의 고통을 끝내기 위해, 적어도 덜어드리기 위해 왔을 뿐입니다."

알렉스트라자는 잠시 분노한 눈길로 스랄을 쳐다보더니 고개를 돌렸다. 가장 강력한 위상의 풍모는 어느새 사라지고, 그저 상처 받은 어린 아이 같은 분위기로 돌아와 있었다.

"오로지 죽음만이 나의 고통을 끝낼 수 있을 것이다. 어쩌면 죽음으로도 모자랄지도 모르지."

"그럴지 아닐지는 제가 판단할 재간이 없으나, 그래도 노력하고자 합니다."

알렉스트라자가 깊은 한숨을 쉬었다. 스랄은 그를 유심히 살펴보았다. 알렉스트라자는 지난번보다 더 말라 있었다. 각진 광대뼈가 피부를 뚫고 나올 것만 같았고, 눈은 퀭하게 꺼져 들어갔다. 겉으로만 봐서는 바람 한 줄기만 불어도 날아가 버릴 것만 같았다.

하지만 겉모습만이 다가 아니라는 것을 스랄은 알고 있었다.

스랄이 알렉스트라자의 옆에 나란히 앉았다. 알렉스트라자는 미동도 하지 않았다.

"지난번에 저는 당신께 마력의 탑으로 함께 가달라고 부탁드렸지요. 푸른 용 군단과 대화를 나누고 도움을 주십사 하고요."

"잊지 않았다. 그때 내 대답이 어땠는지도."

'상관없다. 그 어떤 것도. 모든 게 서로 연관되어 있든 말든, 그게 얼마나 오랫동안 이어져왔든 말든, 막을 수 있든 말든, 아무 의미도 없단 말이다.'

'아이들이 죽었다. 코리알스트라즈가 죽었다. 나 또한 산송장이나 다름없고, 이 몸뚱이도 얼마 못 가 죽을 것이다. 아무것도 남지 않았으니 희망이라곤 없다. 그 어떤 것도 중요하지 않다.'

"저 또한 기억하고 있습니다. 하지만 다른 이들은 그 모든 것이 중요하다고 믿고, 끈질기게 노력하고 있습니다. 푸른 용군단만 해도 그렇지요. 그들은 새로운 위상으로 칼렉고스를 뽑았습니다. 그리고 새로운 적도 생겼지요. 크로마투스라는 이름의 오색 용이."

칼렉고스의 이름이 나오자 알렉스트라자의 얼굴에 놀란 기색이 어렴풋이 떠올랐지만, 크로마투스가 언급되자 그 눈은 다시 흐릿해졌다.

"승리와 패배가 함께하는군."

스랄은 무뚝뚝하게 이야기를 계속했다.

"저는 전투 중에 추락했습니다. 칼렉고스의 등에서 미끄러져 눈밭에 떨어졌지요. 하마터면 죽음과 절망에 굴복할 뻔했습니다. 그런데 그때 어떤 일이 일어났습니다. 그 덕분에 저는 얼어붙은 사지를 움직여 눈을 헤치고 나올 수 있었고, 오랜 숙적의 기습에서도 살아남을 수 있었습니다."

알렉스트라자는 움직이지 않았다. 스랄의 말을 완전히 무시하는 것 같았다. 하지만 적어도 지난번처럼 화를 내거나 스랄을 죽이려 들지는 않았으니, 귀를 기울이고 있는 것일 수도 있었다.

'조상님들이여, 제가 올바른 일을 할 수 있도록 이끌어주십시오. 저는 진심을 다해, 최선을 다해 행동하고 있습니다.'

스랄은 손을 뻗었다. 알렉스트라자가 고개를 살짝 돌리고 그 손을 멍하니 내려다보았다. 스랄이 손을 잡으라는 뜻으로 더 가까이 내밀자, 알렉스트라자는 천천히 머리를 돌려 외면하고 지평선을 바라보았다.

스랄은 알렉스트라자의 손을 부드럽게 잡았다. 그리고 아무 반응도 없는 그 손가락을 자신의 튼튼한 초록색 손으로 조심스럽게 깍지 끼고서, 겁 많은 들짐승을 놀래지 않으려고 애쓰듯이 나지막이 조곤조곤 이야기했다.

"저는 두 가지 환상을 보았습니다. 그런 환상은…… 하나만 보았더라도 큰 축복입니다. 더욱이 다른 분께 전해드려야 할 환상까지 보았다는 것은…… 제겐 생각지도 못한 영광이었습니다."

스랄은 지극히 겸손한 태도로 말하고 있었다. 자신이 날이 갈수록 강해져가고 정령들과의 관계도 깊어져가고 있다는 걸 알고 있었지만, 자신에게 주어진 이 은총에는 겸허해질 수밖에 없었다.

"하나는 저를 위한 환상이었고, 다른 하나는…… 알렉스트라자님께 전해드려야 할 것이었습니다."

스랄은 눈을 감았다.

알이 부화하고 있었다.

커다란 천막 아래 지어진 임시 실험실은, 생명의 탄생을 지켜보기에는 너무 살풍경한 장소였다. 조그마한 새끼들이 알을 깨고 나오려 애쓰는 동안 밖에서는 폭풍이 몰아치고 있었다.

많은 이들이 그 순간을 지켜보고 있었다. 그중 한 명은 망토에 달린 두건으로 얼굴을 가린 인간 남자였고, 다른 이들은 황혼의 망치단의 일원임을 즉각 알아볼 수 있는 로브 차림이었다. 알에서 나오는 새끼들을 보는 그들의 얼굴에는 하나같이 희희낙락한 웃음이 어려 있었다.

두건을 쓴 인간은 가느다란 사슬을 쥐고 있었고, 그 사슬은 옆에 있는 한 인간 여자의 목에 걸려 있었다. 검푸른 머리카락의 그 매력적인 여성은 다른 이들과 달리 고통스러운 표정이었고, 한 손으로는 배를 움켜쥐고 다른 한 손은 주먹을 틀어쥐고 있었다.

"키리고사!"

알렉스트라자의 입에서 날카로운 비명이 터져 나왔다. 그 목소리는 스랄의 귀에만 들렸을 뿐, 환상 속의 사건들에는 영향을 미치지 않았다. 스랄은 키리고사라는 이름을 듣고 마음이 욱신 죄어왔다. 결국 이 모든 사건은 실종되었다던 아리고스의 여동생이 겪은 일이었던 것이다. 키리고사는 실종되었을 뿐 아직 죽지는 않은 것이다. 알렉스트라자의 얼굴만으로도 스랄은 모든 것을 알 수 있었다.

조그마한 새끼가 꿈틀거리다가 알껍질을 한 조각 부서뜨리고, 그 틈으로 아가리를 벌리고 숨을 헐떡였다.

흉측한 모습이었다.

검은색과 파란색과 보라색으로 된 몸이 청동빛, 붉은빛, 초록빛의 기괴한 반점들로 얼룩져 있었다. 앞다리 하나는 생겨나다 말았고, 눈은 하나밖에 없는데다가 멍든 것처럼 얼룩덜룩했다. 놈은 그 외눈으로 구경꾼들을 둘러보았다.

키리고사가 흐느낌을 토해내고 고개를 돌려버렸다.

"안 되지, 안 되지. 아가씨, 눈을 돌리지 마. 네 평범한 푸른 아이를 우리가 어떻게 만들었는지 똑똑히 보라고."

두건을 쓴 인간이 통쾌한 투로 말하며, 장갑 낀 손으로 오색 용 새끼를 집어 들어 손바닥 위에 올렸다. 새끼는 축 늘어진 채 조그마한 가슴을 헐떡이고 있었다. 날개 한 짝이 옆구리에 들러붙어 있었다. 인간은 몇 걸음 걸어가서 새끼를 땅 위에 내려놓았다.

"자, 꼬마야. 네가 더 커질 수 있는지 보자꾸나."

교도들 중 한 명이 걸어 나와서 비굴하게 절을 했다. 그러자 인간 남자가 두 손을 뻗었다. 한 손에 연보라색 에너지로 빛나는 보석 같은 게 들려 있었고, 다른 손으로 손가락을 흔들며 주문을 외우자 그 보석에서 흰 비전 마력 한 줄기가 뿜어 나왔다. 그 마법의 밧줄이 새끼용을 휘감더니 황금빛의 생명력을 뽑아내기 시작했다. 새끼가 고통스럽게 끽끽거렸다.

"안 돼!"

키리고사가 비명을 지르며 앞으로 달려 나가자 인간 남자가 사슬을 홱 잡아당겼다. 키리고사는 무릎을 꿇고 주저앉아 신음했다.

새끼의 몸이 점점 커져갔다. 녀석은 아가리를 벌리고서 조그맣게 끽 하고 울부짖었다. 생명력을 빼앗기면서 급속도로 노화되고 있었던 것이다. 몸속의 뼈들이 삐걱거리고 피부가 팽팽히 늘어지는 소리까지 들릴 것만 같았다. 끽끽거리는 울음소리는 어느 순간 더 깊고 우렁찬 소리로 변했고, 마침내는 날카로운 울부짖음으로 치솟았다. 한쪽 날개는 미친 듯이 퍼덕거리는 반면 옆구리 살에 녹아 붙은 다른 쪽 날개는 파르르 떨고만 있었다. 그러다가 오색 용 새끼는 털썩 쓰러져버렸다.

"거의 비룡 크기는 되었군."

인간이 한숨을 쉬며 그렇게 말하고는 새끼의 시체를 발가락으로 툭 쳤다.

"나아졌다, 가허르그. 많이 나아졌어. 위상의 피를 물려받은 암컷 용의 새끼를 이용하니 확실히 더 낫군그래. 여느 새끼들보다 튼튼해서 변형 과정을 잘 버텨내는 것 같아. 그래도 아직 완벽하진 못하다. 시체를 가져가서 해부해라. 다음번엔 더 나은 결과를 낼 수 있도록 연구에 총력을 기울여라."

"뜻대로 하겠습니다, 황혼의 아버지."

가허르그라고 불린 남자가 그렇게 답했고, 다른 교도 네 명이 걸어 나와서 오색 용을 끌고 가버렸다.

"대체 내 아이들에게 무슨 짓을 하는 거냐?"

키리고사가 가슴 속에서 울리는 듯한 낮은 음성으로 그렇게 묻더니, 격렬한 분노에 휩싸여 고함을 내질렀다. 그리고 고문을 당할 줄 뻔히 알면서도 황혼의 신부에게 덤벼들었다.

"아아, 가엾은 키리고사."

알렉스트라자가 중얼거렸다. 키리고사의 몸에 남아 있는 상처 자국들과 실험을 당했던 흔적들을 알렉스트라자도 알아본 것 같았다. 괴로워하는 그 목소리가 스랄에게는 오히려 희망으로 느껴졌다. 무감동한 공허함보다는 차라리 아픔과 공포가 더 나으니까.

"무슨 짓을 하느냐고? 완벽한 피조물을 만들고 있지."

황혼의 신부가 사슬을 잡아당기며 말했다. 키리고사는 고통으로 얼굴을 찌푸렸다가 겨우 숨을 골랐다.

"그 엽기적인 실험에 내 새끼들을 희생시키는 것도 얼마 못 가 끝날 거다. 내 배우자는 죽었으니까. 내가 이번에 낳은 알들 이상으로는 더 내어줄 알도 없겠지."

"아, 그래도 너는 여전히 말리고스의 딸이 아니냐. 그리고 네가 새로운 배우자를 찾지 못할 거라는 보장도 없잖아? 내가 직접 찾아줄 수도 있는데 말이야."

장면이 바뀌었다. 스랄은 여전히 눈을 감고 마음속에 환상을 불러내고 있었다. 알렉스트라자가 그의 손을 맞잡고 있었지만, 그 손의 감각은 어쩐지 먼 데서 들려오는 소리처럼 아득하게 느껴졌다. 스랄은 이 다음에 펼쳐질 장면이 무엇인지 알고 있었다. 알렉스트라자가 이걸 보면 완전히 무너지거나, 아니면 다시 일어서게 되거나 둘 중 하나일 것이다. 어느 쪽이 되든 스랄은 그의 곁에 있을 작정이었다.

이번에 나타난 장소는 용족의 성소였다. 스랄은 루비 성소를 직접 본 적이 한 번도 없는데도 그 성소에 모자란 부분들이 무엇인지 즉시 알아볼 수 있었다. 성소는 최근의 습격으로 파괴된 흔적이 역력했던 것이다. 그러나 푸르른 초원, 바스락거리는 나무들, 그 사이를 가로지르는 개울이 자리 잡은 이 아름다운 숲은 상처를 스스로 회복해나가고 있었다. 용 여왕의 진정한 거처이자 붉은 용군단의 근거지라면 마땅히 그래야 하니까.

커다란 수컷 용 한 마리가 나무 그늘 아래에 누워 있었다. 그는 평소에 잘 쉬지 않다가 갑자기 편안히 있으려니 어색한 듯, 눈을 반쯤 뜨고서 알들을 계속 주시하고 있었다.

알렉스트라자는 그리움과 고통에 사무쳐 숨을 거칠게 헐떡였다.

"코리알스트라즈. 아아, 내 사랑…… 스랄, 이걸 내가 꼭 봐야 하나?"

너무나 심란한 나머지, 생명의 어머니는 스랄에게 그만두라고 명령하지도 못하고 애타게 부탁하고만 있었다. 게다가 절망 때문인지 희망 때문인지는 몰라도 이제 스랄의 손을 단단히 붙잡고 있었다. 스랄은 최대한 상냥한 어조로 말했다.

"네, 보셔야 합니다. 잠시만 참으시면 모든 것을 아시게 될 겁니다."

그런데 코리알스트라즈가 문득 신경을 곤두세우더니, 네 발로 서서 공기의 냄새를 맡고 귀를 쫑긋거렸다. 그리고 순식간에 하늘로 날아올라 우아하게 비행하면서 지상을 훑어보았다.

그는 눈을 휘둥그레 떴다가 다시 가늘게 뜨고, 분노에 찬 함성을 지르며 날개를 접고 급강하했다. 그 순간 스랄도 알렉스트라자도 크라서스가 본 것이 무엇인지 알 수 있었다. 침입자들이 들어와 있었던 것이다. 여러 종족이 뒤섞인 그 침입자 무리는 하나같이 고동색과 검은색으로 된 황혼의 망치단 전용 로브를 입고 있었다.

코리알스트라즈는 불길을 내뿜지도 않았고, 마법을 쓰지도 않았다. 그 침입자들이 소중한 알들 사이로 뿔뿔이 흩어졌기 때문이었다. 그래서 거대한 발톱으로 한 명씩 집어내 벌레를 짜부라뜨리듯 손쉽게 죽여버렸다. 놈들이 비명을 지르기는커녕 죽음을 기꺼이 받아들이며 미소까지 짓는 모습을 보며 스랄은 넌더리를 낼 수밖에 없었다.

침입자를 모두 제거한 코리알스트라즈는 알들 옆에 내려앉아, 진홍색 비늘로 뒤덮인 머리를 내려뜨리고 그 알들을 코로 부드럽게 비볐다.

그중 한 알이 쩍 갈라지더니 흉측한 황토색 안개가 피어올랐다. 그 안에서 기형의 오색 용 새끼가 튀어나오는 걸 보고 크라서스는 눈을 커다랗게 떴다.

"안 돼!"

알렉스트라자의 비명에 스랄은 마음이 저려왔다. 키리고사가 고문당하는 장면을 보는 것만도 충분히 힘겨웠을 텐데, 자신의 새끼들도 똑같은 운명을 맞았다는 사실을 알게 되면 얼마나 끔찍할까…….

기겁한 코리알스트라즈는 조심스럽게 발톱을 뻗어 그 조그마한 새끼를 만져보았다. 그런데 여기저기서 알들이 깨지는 소리가 나더니, 알에서 부화한 새끼들이 일제히 끽끽 울어 젖혔다. 그 새끼들은 모조리 오색 용 기형아들이었다.

코리알스트라즈는 자기 몸을 내려다보곤 숨을 헉 들이켰다. 앞발의 발톱 끝이 시커멓게 물들어 있었다. 독이 발톱에서부터 앞다리 전체로 서서히, 그러나 가차 없이 퍼져가고 있었다. 그때 누군가가 승리감에 취해 나지막이 웃는 소리가 들려왔다.

"그래, 모든 아이들이 위대한 광기의 주인 데스윙의 자손이 되는 것이다."

그자는 피부가 검푸르게 변한 트롤 교도였다. 코리알스트라즈가 입에 피를 묻혀가며 그 트롤의 갈비뼈를 으스러뜨렸는데도 용케 숨이 붙어 있었던 것이다.

"너희 일족…… 모…… 모두가 그분에게 무릎 꿇을……."

코리알스트라즈는 감염되어버린 자신의 앞다리를 바라보았다. 그리고 앞발로 주먹을 쥐고서 가슴에 가져다 대더니, 눈을 지그시 감고 머리를 내려뜨렸다.

"아니. 그렇게 놔두진 않겠다. 아이들이 그렇게 변질되는 꼴을 볼 수는 없어. 나는 나 자신을…… 그리고 자식들을 파괴할 것이다."

교도가 힘없이 웃고는 기침을 하면서 새빨간 피거품을 토해냈다.

"그, 그래봤자 우리가 이긴다."

코리알스트라즈는 그 교도를 쳐다보다가, 놈이 아까 했던 말을 문득 기억해 냈다.

"'모든 아이들'이라는 건 무슨 뜻이냐?"

트롤 교도는 힘겹게 숨을 몰아쉬며 잠자코 코리알스트라즈를 흘끔거리기만 했다.

"대체 얼마나 많이 감염된 거냐? 말하라!"

교도가 눈을 희번득 빛내며 웃었다.

"전부 다! 모든 성소의 모든 알이 싹 감염됐지! 넌 너무 늦었다. 지금쯤이면 전부 부화하고 있을 거다. 네가 나서봤자 막을 순 없어!"

코리알스트라즈는 눈을 가늘게 뜨더니 고개를 기울이고 생각에 잠겼다.

"아니. 막을 수 있다."

알렉스트라자가 중얼거렸다.

"모든 알이…… 우리의…… 모든 것이…….."

스랄이 조용히 입을 열었다.

"코리알스트라즈님은 가혹한 선택을 하셨습니다. 그분은 그 사건의 진실이 알려지지 않으리라는 것을 알고 있었습니다. 동족에게 배신자 취급을 당하고, 심지어 당신에게도 그런 오해를 받을 수 있는데도 불구하고 그런 결정을 내렸던 겁니다."

알렉스트라자가 흐느끼는 소리를 들으며 스랄은 그 손을 꼭 쥐었다.

"그가 우리를 구했어…… 배신한 게 아니라, 구했던 거야……!"

둘은 눈을 감은 채 환상의 끝을 지켜보았다. 코리알스트라즈가 자신의 에너지와 마법을 몽땅 끌어모으고는 몸을 웅크리고 심호흡을 하고 있었다.

"내 사랑."

그 한 마디의 속삭임과 함께, 환상은 어둠에 묻혀 사라졌다.

스랄은 눈을 떴다. 알렉스트라자도 눈을 뜨고 있었다. 그는 핏기가 싹 빠져나간 얼굴로 황무지를 내다보며, 스랄의 손을 아플 만큼 힘껏 거머쥐었다.

"그는…… 자신의 생명력을 이용해 차원문을 연결했던 거야. 다른 이들이 전염되기 전에 오염된 알들을 전부 파괴하려고…… 나는 성소에 어째서 그토록 무성한 신록이 남아 있었는지 이해할 수 없었는데, 이제는 어쩐지 알 수 있을 것 같다. 그는 생명으로 말미암아 죽음을 가져왔던 것이다…… 다른 이들의 생명을 지키기 위해."

"생명의 정령께서 환상만으로는 보여줄 수 없는 것들을 당신에게 직접 알려주고 있는 겁니다. 그래서 제가 여기까지 와야 했던 거예요. 코리알스트라즈 님은 배신자가 아닙니다. 영웅이었습니다. 그분은 자기 용군단만이 아니라 모든 용군단을 위해 기꺼이 명예로운 죽음을 맞았고, 그 순간에도 당신을 생각했던 겁니다."

"그는 우리 일족 중에서도 최고였다. 나뿐만이 아니라 그 누구도 실망시킨 적이 없었지. 나…… 나는 실패하고 흔들리기도 했는데, 코리알스트라즈는 그런 적이 없었다. 나의 코리알스트라즈는 절대로."

알렉스트라자가 고개를 들었다.

"코리알스트라즈가 얼마나 용감했는지 알게 되어서 기쁘구나. 그가 너무나 자랑스럽다. 하지만 이제는 그가 없는데…… 이 사실을 알고서 내가 어떻게 혼자 견딜 수 있겠느냐? 너와 같은 필멸자가 내가 잃은 것이 무엇인지 이해할 수 있겠느냐?"

스랄은 아그라를 생각했다.

"저는 비록 수명이 짧기는 하지만, 네, 이해합니다. 저는 사랑이 무엇인지 압니다. 제가 당신처럼 사랑하는 이를 잃는다면 어떤 느낌일지도."

"그러면 너는 그 사랑 없이 어떻게 삶을 이어갈 수 있겠느냐? 그럴 만한 목적이 무엇이 있단 말이냐?"

스랄은 불현듯 망연해졌다. 막연한 관념, 입에 발린 위로, 상투적인 격려의 말들이 떠올랐지만 그런 건 아무 의미가 없는 듯했다. 소중한 사랑을 잃고 홀로 살아남은 자가 앞으로 나아가야 할 이유가 과연 무엇일까?

그 해답을 구할 방법을 알 것도 같았다.

스랄은 알렉스트라자의 손을 오른손으로 쥔 채, 왼손으로 자신의 주머니 안을 뒤져 조그맣고 초라해 보이는 물건을 꺼냈다. 그건 고대정령들이 선물로 주었던 도토리였다.

데샤린의 말들이 뇌리를 스쳤다.

'잘 간직하시게. 그 도토리에는 그것을 맺은 나무의 모든 지식이 담겨 있으니. 뿐만 아니라 그 나무의 씨앗을 맺은 나무, 또 그 나무의 씨앗을 맺은 나무…… 그리고 태초의 나무까지 거슬러 올라가는 지식이 담겨 있는 걸세. 그 지식이 자라기에 적합한 땅을 골라 심도록 하시게.'

전에 크라서스를 만났을 때, 그는 이 도토리를 갖고 싶어 했지만 자기 몫이 아니라며 돌려주었다. 어쩌면 자기 배우자의 몫이라고 생각했기 때문이 아니었을까?

스랄은 자신의 생각이 맞기를 바라며, 알렉스트라자의 손바닥에 도토리를 올려놓고 주먹을 쥐어주었다.

"예전에 페랄라스에 있는 꿈꾸는 자의 휴식처에 대해 말씀드린 적이 있지요? 거기서 고대정령들이 위험에 처해 있었다고요. 그런데 미처 말씀드리지 못한 부분이 있습니다. 그들이 얼마나 장엄했는지…… 그 존재감이 얼마나 압도적이었는지. 세월과 지혜에서 비롯되는 그 단순하고도 어마어마한 힘에 둘러싸여 있으니 나 자신이 너무나 보잘것없이 느껴졌습니다."

"나 또한…… 고대정령들을 안다."

알렉스트라자는 작은 목소리로 말하고 도토리를 잠깐 쥐었다가 손을 폈다.

도토리가 손 안에서 아주 미세하게 움직여나갔다. 손바닥 위에 펼쳐진 언덕과 계곡들을 굴러내려 가듯이. 그러다가 그 갈색 꼬투리가 쪼개지면서 도토리의 표면에 금이 생기더니, 맨 끝에서 손가락 한 마디만한 초록색 싹이 돋아났다.

알렉스트라자는 흑 하고 숨을 토해내며 다른 쪽 손으로 가슴을 눌렀다. 앙상한 가슴이 세 번 연이어 거칠게 들썩거렸고, 알렉스트라자는 고통스러운 듯 심장께를 꾹 부여잡은 손을 거두지 못했다. 스랄은 그가 너무 가혹한 경험을 하고 있는 게 아닌지, 저러다가 혹시 죽어버리는 건 아닐지 걱정스러웠다.

하지만 이내 상황을 이해할 수 있었다. 그동안 생명의 어머니는 사랑의 고통에 마음의 문을 닫고 있었다. 소중한 이를 잃은 아픔을, 연민에서 비롯되는 고뇌를 도저히 감당할 수 없어서. 그런데 이제 껍질이 갈라져 싹을 틔우는 저 도토리처럼, 봄날의 온기에 깨지는 얼음처럼, 알렉스트라자의 마음이 열리고 있었던 것이다.

"나는 나 자신이구나. 행복하든 괴롭든, 나는 결국 나 자신이구나."

알렉스트라자가 도토리 싹을 바라보며 중얼거리더니 또 흐느낌을 토했다. 그가 사랑하는 이의 죽음을 애도하자 마음속에 갇혀 있던 치유의 눈물이 마침내 눈 밖으로 흘러나왔다. 스랄은 그의 어깨에 한 팔을 둘러주었다. 알렉스트라자는 스랄의 넓은 어깨에 파고들어 목 놓아 울었다. 한때 오크들에게 노예로 붙잡혀 고문 받았던 알렉스트라자가, 지금은 스랄에게 안겨 펑펑 울고 있었다.

알렉스트라자의 눈물은 한도 끝도 없어 보였다. 생명의 어머니가 흘리는 눈물이니 그럴 만도 했다. 크라서스에 대한 슬픔만은 아닐 것이다. 그건 모든 쓰러진 자들을 위한 눈물이었다. 결백한 자, 죄 지은 자, 말리고스와 데스윙, 그들이 해친 생명들, 제대로 살아볼 기회조차 갖지 못한 채 더럽혀진 자식들, 뺨에 흘러내리는 눈물의 짭짤한 맛을 본 적이 있는 모든 산 자와 죽은 자를 위해.

눈물이 막힘없이 흘러내렸다. 알렉스트라자의 울음은 숨 쉬는 것처럼 자연스럽고 순수한 현상이 되었다. 얼굴을 타고 흘러내린 눈물이 그의 손에 들린 도토리 위에, 스랄과 함께 앉아 있는 땅 위에 툭툭 떨어졌다. 그러자 눈물이 떨어진 자리에서 꽃 한 송이가 흙을 비집고 피어났다.

스랄은 아연히 주위를 둘러보았다. 사방에 식물들이 자라나고 있었다. 자연적인 생장 과정보다 만 배는 빠른 속도로. 삽시간에 갖가지 색깔의 꽃들이 피어나고, 작은 싹들이 쭉쭉 뻗어 올라 묘목들이 되고, 푸르른 풀들이 빽빽이 땅을 뒤덮었다. 온갖 초목들이 기쁨에 겨워 격렬하게 뻗어나가고 용솟음치는 소리까지 들리는 것만 같았다.

드루이드들이 이곳에 생명을 되돌리려고 힘겹게 노력했던 것이 떠올랐다. 그들은 때때로 성공하긴 했지만 그 효과는 일시적이었다. 그러나 지금 눈앞에 펼쳐진 생명들은 시간이 지난다고 시들지 않으리라는 것을 스랄은 뼛속 깊이 알고 있었다. 연민과 사랑을 다시금 깨우친 생명의 어머니의 눈물에서 태어난 것들이니까.

알렉스트라자가 스랄에게서 부드럽게 몸을 떨어트렸다. 스랄이 그의 어깨를 둘렀던 팔을 떼어내자, 알렉스트라자는 떨리는 숨을 깊이 들이쉬더니 약간 불안정한 몸놀림으로 무릎을 꿇고 앉았다. 부축은 원치 않는 눈치였기에 스랄은 굳이 도와주지 않았다. 알렉스트라자는 푸릇푸릇해진 흙을 한 움큼 떠내서 도토리를 그 속에 묻고 흙으로 경건히 덮었다. 그런 다음 일어서서 스랄을 돌아보았다.

"내 잘못을 깨달았다. 너는 내가 고통에 겨워 잊어버렸던 것들을 일깨워주었어. 내가 그런 것들을 잊는 건 코리알스트라즈도 원치 않았을 게야. 절대로."

여전히 탁한 목소리였지만 전에 없던 차분함이 느껴졌다. 입가에 어린 미소는 서글프고 불안했지만 다정한 진심이 서려 있었으며, 울어서 붉게 충혈된 눈동자는 초점을 되찾아 또렷했다. 알렉스트라자는 이제 괜찮아진 것이다.

알렉스트라자는 뒤로 몇 걸음 물러나 두 팔을 하늘로 쳐들고 표정을 딱딱하게 굳혔다. 그 아름다운 얼굴에는 이제 정의로운 분노가 가득 차 있었다. 언젠가는 오늘 못 다한 애도를 다시 시작할 날이 올 것이다. 하지만 지금은 아니었다. 그는 눈물이 아니라 행동을 하기 위해 자신의 고통을 끌어내고 있었다. 스랄은 저 분노의 맹렬한 열기를 맛보게 될 자들이 딱하다는 생각마저 들었다.

물론 진심으로 딱하지는 않았다.

알렉스트라자는 공중으로 뛰어올라 용의 형상으로 변신했다. 호리호리한 엘프 처녀의 몸이 순식간에 세상에서 가장 강력한 위상의 모습으로 변하는 저 광경을 스랄은 예전에도 본 적이 있었다. 하지만 그때와는 달리 두려워할 필요는 없었다.

생명의 어머니가 상냥한 눈으로 스랄을 내려다보더니, 그 넓은 등에 스랄이 올라탈 수 있도록 몸을 낮추었다.

"내 형제 자매들을 만나러 가야겠다. 너도 같이 가겠느냐?"

"기꺼이 따르겠습니다."

스랄은 눈앞의 진홍색 용이 내뿜는 웅장한 기운에 경외감을 느끼며, 공손하고 조심스러운 태도로 그 위에 올라타 목덜미를 잡았다.

"푸른 용군단은 마력의 탑으로 퇴각했을 것입니다."

"그랬겠지. 만약 그곳에 푸른 용들이 없다면, 칼렉고스가 다른 용군단들과 함께 고룡쉼터 사원 근처에 결집했을 것이다."

"그러면 황혼 용들의 눈에 띌 텐데요."

스랄은 생각나는 바를 그대로 입 밖으로 꺼냈다. 그러자 알렉스트라자가 몸을 움츠렸다가 하늘로 펄쩍 날아오르며 대꾸했다.

"그래, 그렇겠지. 그게 무슨 대수냐?"

"그러면 기습은 못하지 않겠습니까?"

"기습은 필요없다. 우리가 승리하느냐 패배하느냐의 여부는 군사적 전략보다 훨씬 중요한 것에 달려 있으니까."

강인하면서도 차분한 알렉스트라자의 음성을 들으니 스랄은 마음이 편안해졌다. 알렉스트라자는 힘차게, 규칙적으로 날갯짓을 하면서 목을 구부려 스랄을 돌아보았다.

"지금은 아제로스의 용군단들이 싸움을 젖혀두고 단합해야 할 때다. 그러지 못하면 우리 모두가 패배할 것이다."

제19장

알렉스트라자의 예상이 적중했다. 고룡쉼터 사원에서 몇 킬로미터 거리에 이르니 하늘과 땅에 흩어진 푸른 용들과 녹색 용들이 보였던 것이다. 물론 그 쪽에서도 알렉스트라자의 모습을 재깍 알아보았고, 그중 몇 마리가 신이 나서 날아왔다. 나리고스가 기쁨에 찬 목소리로 외쳤다.

"생명의 어머니시여! 이렇게 암울한 때에 당신이 빛이 되어 와주셨군요. 스랄, 정말로 고맙소!"

알렉스트라자가 온화하게 말했다.

"자네는 내 친구 나리고스가 아닌가. 그리고 나의 자매 이세라도, 새로운 위상 칼렉고스와 그 용군단도 보이는군. 내가 이곳에 있다는 것이 알려지면 나의 붉은 용들도 즉시 올 것일세."

"당장 붉은 용군단에 전갈을 보내겠습니다, 생명의 어머니."

녹색 용 한 마리가 말했다. 스랄은 녹색 용이 어떻게 붉은 용들이 있는 장소를 아는 건지 궁금했다. 어쩌면 이세라를 통해 알았는지도 모른다. 용들의 세계에는 스랄이 아직 이해하지 못하는 것들이 너무 많았다.

"노즈도르무의 소식은 아직 듣지 못하였는가?"

알렉스트라자가 물었다. 나리고스를 비롯한 용들은 알렉스트라자의 위 아래에서 함께 날면서 그를 집결지로 안내했다.

"아직은 기별이 없습니다. 스랄, 그대는 혹시 아는 바가 있소?"

나리고스가 스랄에게 물었다.

"저도 따로 연락을 받지는 못했습니다. 아직 조사를 하고 계신 게 아닐지요."

커다란 녹색 용이 수긍했다.

"지식은 곧 힘이지. 허나 크로마투스가 우리를 학살해버린다면, 그때 가서 그분이 유용한 정보를 알아봤자 아무 소용도 없을 거요."

알렉스트라자가 엄하게 그의 말을 잘랐다.

"쉿, 로토스. 시간의 지배자께서 오지 못하신 것은 이 오크의 잘못이 아닐세. 우리는…… 모두 각자 할 일을 해야 할 따름이야."

그의 마지막 한 마디가 상냥하면서도 서글프게 들렸다. 끔찍한 대가를 치르면서도 자신이 해야 할 일을 했던 코리알스트라즈를 생각하고 있는 듯했다. 한편 로토스는 미안한 표정으로 스랄을 돌아보았다.

"미안하오, 친구여. 허나 그대도 우리의 적들이 어떤지 보았을 거요. 이 싸움에는 노즈도르무와 청동 용군단의 힘이 꼭 필요하오."

"저는 괜찮습니다. 그리고 저 또한 그 생각에 동의합니다."

집결지에 거의 도착했을 때 알렉스트라자가 로토스에게 말했다.

"그대가 먼저 가서 모두 모이도록 해주겠나? 그들에게 꼭 알려야 할 정보가 있다네."

"혹시 크로마투스에 대한 정보입니까?"

로토스가 희망에 차 물었지만 알렉스트라자는 고개를 저었다.

"그건 아니지만, 희망과 용기를 주는 정보라네. 진실로 우리의 무기가 될 만한 정보지."

그들이 착륙하자 차디찬 공기에 용들의 환호성이 울려 퍼졌다. 음악처럼 울리는 그 소리 속에서 스랄은 미소를 지으며 알렉스트라자의 등에서 내렸다. 땅에 발을 디디니 깊은 눈밭에 종아리까지 푹푹 빠졌다.

"스랄!"

고개를 돌리니 칼렉고스가 활짝 웃고 있었다. 칼렉고스가 앞발을 뻗어 스랄을 부드럽게 쥐어들고는 자기 얼굴 앞으로 가까이 가져갔다. 스랄은 친구를 다시 만나 반갑기만 할 뿐 조금도 두렵지 않았다.

"아무래도 내가 그대를 과소평가했던 것 같군요. 정말로 생명의 어머니를 모셔오다니. 그 육신도, 영혼도 모두 우리의 곁에 되돌려주다니!"

칼렉고스가 알렉스트라자를 바라보았다. 알렉스트라자는 자신에게 달려드는 녹색 용들과 푸른 용들을 어머니처럼 인자하게 반기며 코를 비벼주고 있었다.

"그대가 무슨 마법을 썼는지는 몰라도 그저 감사할 따름입니다."

"마음의 마법이었지요. 제가 그분께 알려드린 진실을 곧 모두가 알게 될 겁니다."

저편에 있던 이세라가 스랄의 음성을 듣고는 가까이 다가오더니, 그 기다란 목을 구부려 존경을 표했다.

"너는 내 꿈에서 가장 큰 일부분이었다. 네가 우리에게 너무나 큰 힘이 되어주었구나. 데샤린의 죽음은 애통하지만, 네가 탈출한 것은 기쁘기 그지없다."

"제가 데샤린님을 구할 수만 있었더라면 그렇게 했을 겁니다."

"그랬겠지. 바야흐로 황혼의 시간이 기다리고 있다."

이세라가 그 무지갯빛 눈을 반짝이며 주위를 둘러보았다.

"녹색 용들과 푸른 용들이 한데 모여 있는 모습을 보게 되었구나. 듀로탄의 아들이여, 잘했다. 아주 잘했어. 하지만…… 아, 붉은 형제자매들이 오고 있구나!"

스랄은 이세라의 시선을 따라 눈을 돌렸다. 그러자 바람을 가르는 날갯짓 소리와 함께 이쪽으로 날아오는 용들 수십 마리가 보였다. 스랄은 경이감에 휩싸여 주위를 훑어보았다. 용의 위상 셋과 그 휘하 용군단들이 모두 한 자리에 있으니, 지난번 전투 때보다 아군이 세 배는 더 많아진 셈이었다. 게다가 생명의 어머니가 그들을 이끈다면 분명 승산이 있을 것이다.

알렉스트라자가 공중으로 날아오르자 붉은 용들이 그 주위에 모여들어, 경건히 코를 비벼 인사를 하고 공손하게 물러났다. 알렉스트라자는 깊은 고통과 절망에서 헤어나와 자신의 용군단과 재회한 기쁨으로 전에 없이 즐거워 보였다. 공중에서 펼쳐지는 용들의 아름다운 재회의 춤이 끝난 뒤, 알렉스트라자는 한 봉우리 위에 사뿐히 내려앉아 용군단들 전체를 마주보았다. 모두가 용의 여왕이 전할 말을 기다리는 동안 설레는 침묵이 흘렀다. 알렉스트라자는 오랫동안 그들을 찬찬히 둘러보다가 입을 열었다.

"내 형제자매들이여, 우리는 무시무시한 힘을 갖춘 적과의 전투를 앞두고 있소. 작전을 짜기 전에 우선 여러분이 알아야 할 것이 있소. 이 소식으로 말미암아 여러분이 자기 자신을 위해, 용군단을 위해, 그리고 부화하지 않은 새끼들을 위해 싸워야 할 또 다른 명분을 찾을 수 있기를 바라오."

모두가 침묵했다. 몇몇은 불편하게 몸을 뒤척이기도 했다. 그렇게 많은 새끼들을 죽인 장본인이 다름 아닌 알렉스트라자의 배우자라는 사실을 다들 상기하고 있는 듯했다.

칼렉고스가 스랄을 자신의 어깨 옆으로 들어 올리자, 스랄은 능숙하게 그 위로 뛰어올라가 걸터앉았다. 칼렉고스는 스랄을 어깨에 앉힌 채 알렉스트라자의 옆으로 날아가 앉아서 그가 환상에 대해 설명하는 동안 말없이 곁에 있어주었다. 이세라 역시 알렉스트라자의 왼편에 다가와서 자신의 언니를 지지해주었다.

어떤 용들은 알렉스트라자의 이야기를 기꺼이 믿는 듯했다. 그들은 비늘투성이 얼굴과 빛나는 눈동자에 깊은 연민의 표정을 띠고서 경청하고 있었다. 아마도 코리알스트라즈를 잘 알고 지냈던 용들인 것 같았다. 반면 미심쩍어하거나 아예 의심하는 티를 내는 용들도 있었다. 생명의 어머니가 돌아왔다는 것만으로도 기쁘기 때문인지 드러내놓고 반박하지는 않았지만.

물론 칼렉고스는 선선히 믿어주는 쪽이었다. 스랄은 그 반응에 기뻐하다가도, 알렉스트라자가 키리고사의 일을 언급할 때는 안타까운 심정을 금할 수 없었다. 푸른 용들은 분노로 술렁거리는 한편, 칼렉고스는 고통스러운 얼굴로 고개를 돌렸다. 알렉스트라자의 이야기가 끝나자 가장 먼저 칼렉고스가 침묵을 깼다.

"이제 많은 것이 밝혀졌군요. 우리는 오색 용이 존재한다는 것을 알았고, 키리고사가…… 지독한 방식으로 고문 받았다는 것이 끔찍하기는 하지만, 아직 살아 있다고 하니 깊이 안심이 됩니다. 그리고 우리는 코리알스트라즈가 왜 그런 행동을 했는지도 비로소 알게 되었지요. 성소가 파괴되었을 때는 그 내막을 알 도리가 없었는데, 이제는 모든 것이 명백해졌습니다."

"하지만 그 이야기가 사실이 아닐 수도 있지요."

나이 든 푸른 용 하나가 말했다. 그는 스랄이 보는 앞에서 아리고스를 굳건히 지지했던 테랄리고스라는 용이었다.

"고작해야 환상으로 본 것뿐이지 않습니까. 정말로 그런 일이 일어났다는 증거는 어디에도 없습니다."

나리고스가 끼어들었다.

"저분은 알렉스트라자님이십니다. 위상이자 생명의 어머니란 말입니다!"

"그분이 때마침 자기 배우자가 무죄였다는 내용의 환상을 보았다니 우연이라기엔 퍽 공교롭군요. 아니, 하물며 직접 보신 것도 아니고 오크를 통해서 봤다는데 말이죠. 만약 나 역시도 환상을 보았다면 어쩔 겁니까? 그 환상에서는 알렉스트라자님이 이 모든 얘기를 지어냈다거나 아니면 미쳤다고 나왔다면? 그 환상에서는 키리고사가……."

"키리고사는 생명의 어머니가 하신 말씀을 모두 입증할 수 있습니다."

가냘픈 음성이 들린 것과 동시에, 좌중에서 또 다른 푸른 용 하나가 몸을 일으켰다. 그 등 위에는 인간 여자가 얹혀 있었다. 스랄은 그 여자가 환상으로 보았던 키리고사라는 것을 즉시 알아보았다.

"키리고사!"

칼렉고스가 소리쳤다. 스랄이 그의 어깨 위에서 재빨리 미끄러져 내려가자 칼렉고스는 하프엘프의 몸으로 변신했고, 그동안 키리고사는 푸른 용 위에서 불안정하게 내려왔다. 칼렉고스가 한달음에 뛰어가 키리고사를 부둥켜안았다. 다른 용들도 허둥지둥 가까이 다가왔다. 키리고사는 안쓰럽도록 깡마르고 지쳐 보였지만 자기 용군단을 다시 만나 행복한 기색이 역력했다.

"괜찮은 거니? 놈들에게…… 그런 짓을 당했는데?"

"이제 해방되었으니 괜찮아질 거예요. 그리고 아까 말했듯, 스랄이 본 환상은 사실입니다. 코리알스트라즈에 대한 환상 역시 사실일 거라고 생각합니다."

키리고사는 자신을 보며 자애롭게 웃고 있는 위대한 붉은 용을 올려다보았다.

"생명의 어머니여, 소중한 분을 여의신 당신께 조의를 표합니다."

"고맙네, 키리고사. 나 역시 자네 형제의 죽음을 애도하네."

칼렉고스가 얼굴을 찌푸리며 조용히 물었다.

"아리고스가 어떻게 되었는지 알고 있는 거니?"

키리고사는 고개를 끄덕였다.

"네. 그는 황혼의 신부에게 배신당해, 블랙무어라는 인간 암살자에게 살해당했습니다. 그리고 블랙무어는 스랄을 죽이기 위해 파견되기도 했지요."

키리고사가 스랄을 돌아보며 말을 이었다.

"스랄, 블랙무어가 실패해서 다행이오. 황혼의 신부와 데스윙 모두 그대를 두려워하고 있소. 그대가 우리의 편이라 기쁘오."

칼렉고스가 말했다.

"자, 이리 와서 앉으렴. 뭐라도 좀 먹고 네가 아는 것들을 이야기해줘."

"그런데 이 사슬이 아무리 애를 써도 부서지지가 않아서……."

키리고사가 목에 걸린 가느다란 은사슬을 더듬더듬 잡아당겼다. 겉보기로는 단순해 보이는 물건이었지만 칼렉고스는 그게 무슨 용도인지 재깍 알아보았다.

"그래. 얼마나 두렵고 답답할지 잘 알아. 예전에 다르칸도 내게 그런 걸 씌운 적이 있거든. 그때 소중한 이가 나를 풀어주었지…… 네 사슬은 내가 풀어줄게."

칼렉고스가 목걸이를 엄지와 검지로 집어 들더니 휙 잡아당겨서 평범한 장신구를 부수듯 손쉽게 끊어버렸다. 키리고사는 기쁨에 겨워 흐느껴 울었다. 다른 용들이 뒤로 물러나 자리를 터주자, 키리고사는 본래의 모습으로 변신해 하늘로 솟구쳤다. 그가 허약한 몸으로도 힘차게 하늘을 나는 모습을 지켜보며 스랄은 빙그레 미소를 지었다.

　스랄은 키리고사의 상처를 치유해주었고, 칼렉고스는 마법으로 고기와 음료를 만들어서 내주었다. 알렉스트라자와 이세라도 각각 엘프의 형상을 취하고 곁에서 도와주었다. 스랄은 이세라가 즐겨 취하는 나이트엘프 형상을 처음 보고 놀랄 수밖에 없었다. 보라색 피부와 긴 귀는 전형적인 칼도레이의 모습이었지만, 녹색 머리카락에서 왕관처럼 우뚝 솟아난 뿔들이 이세라의 본질을 보여주었던 것이다. 그 외에 몇몇 다른 용들도 각자의 형상을 취하고서 키리고사의 주위에 모여 앉아 이야기를 듣고 있었다.

　"제가 아는 것들을 말씀드리겠습니다. 부디 도움이 되었으면 좋겠네요. 솔직히…… 희망을 주지 못하는 소식이 너무 많습니다."

　칼렉고스가 말했다.

　"네가 탈출한 것도 불가능에 가까운 일이었잖니. 네가 돌아온 것만으로도 내겐 큰 희망이 된단다."

　키리고사는 애써 미소를 지었지만 불안한 빛을 거두지 못했다.

　"고마워요. 하지만…… 음, 제 말을 들으면 무슨 뜻인지 이해하실 거예요."

　알렉스트라자가 말했다.

　"처음부터 시작해보게. 어떻게 해서 붙잡히게 된 것인가?"

　"제 배우자인 자리고스가 죽은 뒤…… 아리고스가 저를 속여서 황혼의 신부라는 인간에게로 데려갔습니다. 아마 인간이 맞을 겁니다. 황혼의 신부와 아리고스는 황혼의 용군단, 더 나아가 데스윙과 한패로 일하고 있었습니다."

　알렉스트라자가 두 위상과 시선을 교환하더니 말했다.

　"첫 습격에서 우리를 조롱했던 자칭 황혼의 아버지라는 자가 바로 그놈인 모양이군."

"계속 이야기해보게." 이세라가 부드럽게 말했다.

"그들은 저를 용의 형상으로 감금해두었다가, 안전하게 알을 낳고 나자 이 사슬을 채웠습니다."

키리고사는 기억을 돌이키며 얼굴을 찡그렸다. 칼렉고스가 고개를 끄덕였다.

"인간의 형상이어야 조종하기가 간편할 테니까."

"맞아요. 그리고 그들은 저와…… 제 아이들을 가지고 실험을 했습니다."

키리고사가 말을 잇지 못하자, 알렉스트라자가 그의 어깨를 잡아주었다. 키리고사는 엷은 미소를 띠고 이야기를 계속했다.

"생명의 어머니시여, 코리알스트라즈님이 본 것이 바로 그 실험의 결과였습니다. 놈들은 건강한 오색 용을 창조하는 실험에 제 아이들을 이용했던 겁니다. 전대 위상의 딸인 제가 낳은 아이들이기에 체질이 튼튼해서 실험의 성공률을 높였던 모양입니다. 그런 식으로 양성하려 했던 군대가 코리알스트라즈님 덕분에 모조리 제거되었으니 다행이지요. 또한 아리고스가 위상이 되는 데에 실패한 것도 그들의 계획에 중대한 차질을 빚었습니다. 아리고스는 푸른 용군단 전체를 황혼의 신부에게 바치겠다고 약속했었거든요."

"아리고스가 그딴 거래를 했다니, 제정신이 아니었을 거라고 믿고 싶군. 그의 명예를 더럽히지 않기 위해서라도."

칼렉고스가 노기 띤 음성으로 한 말에 키리고사는 힘겹게 고개를 끄덕였다.

"정신 상태가 어땠는진 모르지만 적어도 아리고스가 그 교단에 열성적으로 봉사한다는 건 분명했습니다."

"그놈이 네게 무슨 짓을 한……."

"그건 이제 다 끝난 일이에요."

키리고사는 칼렉고스를 안심시키려는 듯 그렇게 일축했다. 그 온갖 시련을 겪고도 저렇게 의연하게 상대를 배려할 수 있다니, 스랄은 감탄하지 않을 수 없었다.

"그래서 그들의 계획에서 두 가지가 어그러진 셈이지요. 하지만 크로마투스를 살리는 데에는 성공했고요."

말끝에서 목소리가 팍 갈라졌다. 키리고사는 평정을 되찾기 위해 안간힘을 썼다.

"어디서 찾았는지는 몰라도, 교도들은 크로마투스의 몸뚱이를 가지고 와서 노스렌드를 건너는 길 내내 운반해 갔습니다. 그 시체를 부활시키려면 막대한 양의 비전 에너지가 필요했고, 그래서 말리고스의 자손의 피를 이용해 폭풍 바늘을 불러냈어요."

스랄이 입을 열었다.

"죄송한 질문입니다만…… 그런 목적이라면, 어째서 진작 당신의 피를 이용하지 않았던 거죠?"

"아리고스가 위상이 되어 푸른 용들을 데려올 때까지는 나를 놔둘 셈이었던 것 같아요. 상상해봐요, 크로마투스가 용들의 대군을 앞세우고서 적들과 처음 대면하는 순간을. 황혼의 신부는 내게 그 꼴을 보여주고 싶었던 거겠지요. 그러니 처음부터 아리고스를 죽일 생각은 아니었고, 그가 본연의 임무에 실패하자 다른 방식으로 이용했을 뿐이죠. 만약 내가 탈출하지 못했더라면 나 역시 이용했을 게 분명해요. 놈들은 그 괴물의 알을 내게 잉태시키려 했으니까."

스랄은 기겁했다. 알렉스트라자와 이세라는 얼굴빛이 하얗게 질렸고, 칼렉고스는 지금 황혼의 신부가 눈앞에 있었더라면 그 몸을 족히 찢어발겼을 듯한 표정이었다. 스랄도 똑같은 마음이었다.

"정말로 그런 일이 벌어졌다면, 나는 새롭게 탄생한 추악한 용군단의 어머니가 되었겠지요. 그리고…… 크로마투스라는 최후의 실험작을 만들어낸 네파리안 역시 어떤 의미에서는 살아 있다고 합니다. 크로마투스처럼 생명이 되돌아온 건 아니지만, 어쨌든 활동하고 있다더군요."

"그러면 네파리안은 언데드겠군."

키리고사의 이야기를 경청하던 용들 중에서 커다란 붉은 용 하나가 몸을 일으키며 말했다. 그는 마음에 큰 상처를 받은 알렉스트라자와 키리고사를 그 거대한 몸으로 감싸듯이 서 있었다.

"네파리안도 이곳에 있소?"

키리고사는 고개를 저었다.

"아뇨. 데스윙은 그를 다른 데에 쓸 꿍꿍이인 것 같아요. 지금 싸움에는 크로마투스만으로도 충분하다고 여기나봅니다. 칼렉고스, 당신은 크로마투스가 막 태어났을 때 기습했었지요. 그런데……."

키리고사가 말꼬리를 흐리자 칼렉고스가 대신 말을 맺었다.

"그랬는데도 우리 용군단은 지고 말았지."

알렉스트라자가 달래듯 말했다.

"칼렉고스, 이제 그대는 혼자가 아니오. 세 개의 용군단 전체가 함께 싸울 거잖소. 크로마투스가 용군단 하나까지는 무찌를 수 있었겠지만, 셋을 상대한다면? 우리가 이렇게 단결해서 싸우는 건 결코 흔한 일이 아니오. 그놈이 아무리 무시무시할지언정, 우리 셋 모두에 맞서 이길 수 있는 용은 존재하지 않소!"

키리고사는 불안한 표정으로 알렉스트라자의 손을 잡았다.

"생명의 어머니시여. 놈은…… 당신을 이기기 위해 만들어진 존재입니다."

키리고사가 칼렉고스와 이세라를 돌아보고 말을 이었다.

"다른 위상 두 분도 마찬가지예요. 크로마투스는 단순히 특출하게 강한 오색 용이 아닙니다. 놈은 위상들을 죽인다는 특수한 목적으로 태어난 존재라는 겁니다!"

스랄은 반사적으로 그럴 리가 없다고 말하려다가 입을 다물었다. 스랄도 크로마투스를 보았고, 그 괴물이 무슨 짓을 할 수 있는지 똑똑히 목격한 바 있었다. 크로마투스가 체력을 완전히 회복하고 각 용군단 고유의 능력을 모두 자유자재로 발휘할 수 있게 된다면…….

"그럼 내가 본 환상이 사실이었군."

이세라가 황망하게 중얼거렸다. 알렉스트라자는 그의 손을 잡으며 채근했다.

"말해보렴, 동생아."

"내가 틀렸기를 바랐는데……."

이세라는 눈을 감고서 노래하는 듯한 몽롱한 목소리로 이야기를 시작했다. 주문을 읊조리는 게 아닌데도 이세라가 묘사하는 장면이 마치 마법처럼 스랄의 눈앞에 선명히 펼쳐졌다. 황혼의 용군단을 제외한 모든 생명이 죽어버린 풍경. 식물도, 동물도, 살아 숨 쉬는 존재라고는 단 하나도 남아 있지 않은 세계.

뻣뻣하게 굳어버린 위상들의 주검들이 보였다. 심지어는 이 모든 파국을 초래한 가장 잔혹하고 사악한 괴물조차도 싸늘한 시체가 되어 있었다.

데스윙.

스랄은 피부에 흘러내리는 식은땀을 느끼며 진저리를 쳤다. 공포로 목이 메어왔다. 주위의 용들도 두려움과 분노와 체념에 휩싸여 술렁거리는 가운데, 알렉스트라자가 쩌렁쩌렁 고함을 쳤다.

"그건 우리의 운명이 아니다!"

생명의 어머니는 여전히 이세라와 키리고사의 손을 쥐고 서 있었고, 결연한 얼굴은 분노로 활활 타오르고 있었다.

"우리는 이미 데스윙의 거창한 계획을 좌절시키고 있소. 아리고스는 실패했고, 키리고사는 탈출했으며, 푸른 용군단은 크로마투스가 대비하기도 전에 선제공격을 감행했잖소! 그 파국은 피할 수 없는 운명이 아니오. 물론 이세라의 환상에는 언제나 깊은 의미가 있지요. 그건 맞소. 하지만 꿈의 참된 의미란 해석에 달려 있는 법이오. 내 아우야, 이것은 만약 우리가 싸우지 않는다면 일어날 일에 대한 경고가 아닐까?"

이세라가 뿔 달린 머리를 갸웃했다.

"그럴 수도 있겠지. 하지만 진짜 미래는 노즈도르무만이 알 수 있을 거야. 나는 내가 본 것만을 전할 뿐."

알렉스트라자가 좌중을 둘러보았다.

"그러면 여러분, 지금 이 자리에서 결의하지요. 푸른 용, 녹색 용, 붉은 용 모두가 이 싸움에 전력을 다해 임할 거라고. 단지 우리 자신만이 아니라 이 세상의 모든 생명을 위해, 만물을 위해 싸울 거라고! 우리는 위상을 살해하려고 나타났다는 그 괴물과 맞서고, 황혼의 신부와 데스윙에게 우리가 겁먹지 않는다는 사실을 똑똑히 보여줄 거요. 우리가 무엇을 잃었든, 앞으로 무엇을 잃게 되든, 이 세상만은 절대로 잃지 않을 거요. 크로마투스는 패배할 것이오!"

스랄은 진실한 희망으로 가슴이 북받쳤다. 그 생생한 희망의 맛이 혀끝에 느껴질 것만 같았다. 공기를 뒤흔드는 결의와 투지의 함성에 스랄도 자신의 목소리를 더했다.

제 2 0 장

키리고사는 그토록 혹독한 시련을 겪었는데도 전투준비를 열심히 도왔다. 심지어 아리고스의 편이었던 푸른 용들조차도 키리고사에게 감화되고 있었다. 칼렉고스가 두 달의 빛 속에서 위상으로 등극한 사건에 이어서, 이제는 키리고사가 나타나 침착한 용기까지 보여주자 푸른 용들은 새로운 위상에게 완전한 지지를 보내게 되었다.

세 위상, 스랄, 키리고사, 각 용군단의 대표 몇몇이 함께 모여 본격적으로 작전을 짰다. 고룡쉼터 사원의 구조는 모두가 알고 있었고, 키리고사는 현재 그 탑에서 무엇이 어디에 위치하는지 정확히 알려줄 수 있었다. 크로마투스가 휴식하고 있는 곳을 일러주면서 키리고사는 놈이 시시각각 회복하고 있다고 경고하기도 했다. 그리고 황혼의 신부가 주로 거하는 장소, 이동이나 운송 수단으로 쓰는 짐승들이 묶여 있는 지점, 전투에 나설 교도들과 황혼 용들의 숫자까지 말해주었다.

"적에게 우리가 이용할 만한 약점은 없소?"

붉은 용 토라스트라자의 질문에 키리고사가 대답했다.

"일단 황혼의 신부는 인간이예요. 늙고 찌든 얼굴에 회색 수염을 길렀고 극도로 오만한 성격의 노인이지요. 그리고 자기만의 권력을 갖고 있더군요. 황혼의 신부를 추앙하는 교도들은 그자가 진실로 충성하는 대상이 누구인지 전혀 모르고 있어요."

스랄이 물었다.

"황혼의 신부가 인간 세계에서 어떤 단체의 지도자입니까? 군대의 사령관이라든가?"

"군인처럼 보이기는 했지만, 나는 인간들에 대해 아는 바가 별로 없어요. 한가지 분명한 것은, 그가 데스윙을 두려워한다는 점이죠."

"제정신인 존재들은 모두 그를 두려워하지."

이세라가 중얼거리더니 고개를 수그렸다.

"자만에 차서 방심하다가 어리석은 실수를 할 수도 있겠군."

토라스트라자의 말에 스랄은 이의를 꺼냈다.

"글쎄요, 황혼의 신부가 아무리 방심한다고 해도 결정적인 실책을 저지를 성싶진 않습니다. 어차피 크로마투스라는 무기가 있으니까요. 당신은 푸른 용군단이 그들과 싸우는 장면을 직접 보지 못하셨지요. 우리가 비록 병력이 강화되고 공격 방법도 달라진다 해도, 황혼의 신부를 과소평가해서는 안 될 겁니다."

"그렇소. 게다가 교도들은 황혼의 신부를 위해서라면 기꺼이 목숨을 바칠 자들이오. 죽을 때까지 싸울 거라는 뜻이오."

알렉스트라자가 물었다.

"황혼의 신부가 갖춘 병력은 크로마투스와 황혼 용들뿐인가, 아니면 다른 무기가 있나?"

"지상전에서나 공중전에서 사용할 파괴적인 무기는 그 이상 따로 없습니다. 하지만 어차피 무기는 더 필요하지도 않을 거예요. 황혼의 용군단과 더불어 크로마투스까지 갖고 있으니까요. 크로마투스의 머리 다섯 개는 모든 용군단의 기술을 발휘할 줄 압니다."

그 단순하고도 섬뜩한 확언에 모두가 말을 잃었다. 알렉스트라자가 침묵을 깼다.

"이만하면 우리의 적이 어떤 상대인지는 파악된 것 같군. 키리고사, 혹시 크로마투스가 황혼의 신부의 조종을 받는 위치인가?"

키리고사가 고개를 저었다.

"아뇨. 놈은 독자적으로 움직입니다. 데스윙의 계획에서 가장 큰 비중을 차지하는, 매우 소중한 존재입니다."

"그러면 우리 세 위상은 크로마투스를 주요 표적으로 잡고 오로지 그놈에게만 집중해야겠군. 그동안 세 용군단은 위상들이 다른 적들의 공격을 받아 주의가 분산되지 않도록 엄호해야 하오. 크로마투스가 데스윙에게 그렇게 소중한 존재라면, 놈을 죽이는 것이야말로 전술적인 승리보다 더 중요하겠지. 황혼의 신부나 그 교도들은 나중에라도 얼마든지 처리할 수 있지만, 크로마투스는 당장 죽여야 하오."

자리에 모인 용들과 스랄은 모두 고개를 끄덕여 동의했다.

크로마투스는 반드시 죽어야 한다. 그러지 않으면 황혼의 망치단이 추구하는 세상의 멸망이 너무나 빨리 도래하고야 말 것이다.

황혼의 신부는 주주와 조사의 시신을 아무런 장례 절차 없이 치워버리도록 하고, 모든 교도들에게 매질을 받으라고 명했다. 물론 교도들은 철저히 복종했고, 그들이 고통에 겨워 울부짖는 소리가 황혼의 신부에게는 그나마 위로가 되었다.

어떻게 일을 이 지경으로 만든단 말인가? 키리고사는 혼자였고 평범한 인간이나 다를 바 없었다. 교도 두 명은 고사하고 한 명도 제압할 수 없는 상태였던 것이다. 게다가 와이번들을 감시하지도 않고 내버려둔 멍청한 놈은 대체 누구인가? 그 엄청난 태만이 자기 책임이라고 시인한 교도는 아직까지 아무도 없었다.

황혼의 신부가 크로마투스에게 나쁜 소식을 전하자, 그 용은 눈을 부라리며 말했다.

"우린 미래를 낳을 기회를 잃은 거다. 게다가 그 계집이 살아서 자기 용군단에게 돌아간다면 우리의 약점을 누설할 것이다."

황혼의 신부도 그 점은 이미 생각하고 있었지만, 짐짓 자신 있는 태도를 내세워 대꾸했다.

"어차피 약점이랄 것도 없지 않나? 우리가 여기 있다는 것도, 너의 존재도 이미 적들에게 다 알려진 사실인데. 어쩌면 오히려 잘 된 일일 수도 있다. 키리고사는 네가 약한 상태로도 푸른 용군단을 쳐부쉈다는 것을 똑똑히 보았으니, 그 소식을 전한다면 적들은 사기가 꺾일 것이다. 그리고 우리가 전투를 끝낼 때까지 그 계집이 목숨을 건사한다면 그때 다시 데려오면 된다. 네가 오색 용군단의 아버지가 될 기회는 여전히 남아 있는 거지."

크로마투스가 황혼의 신부를 내려다보았다.

"그럴 수도 있겠지. 하지만 어떤 식으로든 적들이 전략적 이점을 얻었다는 건 유감스러운 일이다. 데스윙께서도 기뻐하시지 않을 게 분명해."

그 말에 황혼의 신부는 아무 대꾸도 할 수 없었다.

적들은 해 질 녘에 쳐들어왔다. 어둑해져가던 하늘이 수백 마리의 용들로 새

까맣게 뒤덮였고, 어리석은 그들의 날갯짓 소리가 공기를 뒤흔들었다.

황혼의 신부는 신이 났다. 크로마투스의 경고는 결국 기우에 불과했다. 저물어가는 햇빛 속에서 사원을 향해 진격해 오는 저 용들의 몸 색깔은 총 세 가지였다. 노즈도르무와 청동 용군단은 참전하지 않았다는 뜻이었다. 더더욱 유리한 상황이었다.

황혼의 용군단이 하늘로 날아오르는 날갯짓 소리가 화답처럼 울려 퍼졌다. 그 뒤에서는 크로마투스가 한가롭기까지 한 몸짓으로 느릿느릿 날고 있었다.

히죽 웃음이 나오는 걸 참을 수 없었다. 올 테면 오라지. 스스로 파멸을 향해 다가오는 그들을 크로마투스가 격파할 것이다. 그리고 황혼의 신부는 오늘 밤 세 위상이 죽었다는 소식을 데스윙에게 보고할 수 있으리라.

스랄은 칼렉고스의 등에 타지 않았다. 이번에 스랄을 태워준 용은 알렉스트라자의 군사적 결정을 돕는 오른팔 토라스트라자였다. 위상들은 크로마투스를 공격하는 데에만 집중해야 하기에, 스랄이든 누구든 다치지 않게 신경 써줄 여력이 없기 때문이었다.

스랄은 그 방침을 전적으로 이해했다. 스랄은 전투에 최대한 도움이 되고 싶었고, 위상들이 자신을 걱정하느라 잠깐이라도 시간을 낭비하지 않기를 바랐다.

용군단들이 고룡쉼터 사원을 향해 하강하기 시작했다. 스랄은 최전선에 위치해 있었다. 적진에서 아름답고도 무시무시한 황혼 용들이 튀어나와 세 위상을 향해 똑바로 진격해왔지만, 그 즉시 세 용군단의 용들이 적들에게 집요한 공격을 퍼부어서 유인해냈다. 녹색 용들은 독성을 품은 숨을 내뿜거나, 심지어는 악몽을 불러일으켜 공격하기도 했다. 황혼 용 두 마리가 갑자기 비명을 지르더니 무언가 형언할 수 없이 무서운 존재에게 쫓기기라도 하듯 미친 듯이 달아나는 걸 보면 알 수 있었다.

붉은 용들과 푸른 용들은 협력해서 싸웠다. 푸른 용들이 차가운 마법으로 적들을 얼리거나 움직임을 늦춰서 무형으로 변신하지 못하게끔 막으면, 붉은 용들이 불의 마법으로 적들을 태워버리는 방식이었다. 황혼의 용군단에 비해 아군의 수가 네다섯 배는 더 많았다. 적들이 치명타랍시고 날리는 공격은 위상들의 주의를 분산시키지도 못했고, 파리 떼가 날아다니는 것처럼 하찮게만 느껴졌다.

그런데 크로마투스가 나타났다. 그 모습을 보기도 전에 목소리부터 먼저 들려왔다.

"칼렉고스, 더 고통을 받고 싶어서 왔나보군!"

뼈와 핏줄 속까지 울리는 듯한 검은 머리의 중후한 음성에 스랄은 움찔했다가 이를 악물었다. 푸른 머리가 말을 이었다.

"데스윙께서 너희 용군단을 몰살시키려 했었지. 그런데 내게 또 도전하다니, 자기 용군단을 모두 죽이려고 작정한 모양이구나. 이제 보니 친구들도 조금 데려왔군 그래."

붉은 머리와 녹색 머리가 비아냥거렸다.

"생명의 어머니야, 울음은 그쳤느냐?"

"그리고 작은 이세라, 잠은 다 잤느냐?"

경멸이 잔뜩 배어나는 그 독설을 귀담아 듣는 용은 아무도 없었다. 한때 꿈꾸는 여왕이었던 이세라는 이제 진실로 깨어났고, 칼렉고스와 알렉스트라자의 옆에서 민첩하고 강건하게 날개를 퍼덕이고 있었다. 생명의 어머니는 본연의 자신을 되찾았고, 사랑하는 이의 희생 때문에 오히려 더욱 강하게 투지를 불태우고 있을 터였다. 스랄은 그 위상들을 조롱한 크로마투스가 어리석다고 대꾸하고 싶었지만, 용이 아닌 자신이 아무리 힘껏 외쳐봤자 바람 소리에 묻혀 들리지도 않을 것이다.

고도로 집중하고 있는 위상들에게 크로마투스의 모욕은 비늘 위에 미끄러져 내리는 빗방울에 지나지 않았다. 그들은 미리 연습한 대로 매끄럽고도 단호하게 움직여 진형을 갖추었다.

마치 아름다운 춤을 보는 것만 같았다. 칼렉고스, 이세라, 알렉스트라자가 크로마투스를 둘러싸며 각자 자리를 잡았다. 알렉스트라자는 위에서 놈에게 돌진하면서 오렌지빛 화염을 내뿜었고, 칼렉고스는 아래에서 냉기와 마법으로 공격했으며, 이세라는 틈이 생길 때마다 쌩쌩 움직여 파고들어왔다. 변화무쌍한 이세라의 본성답게 어디서 어떻게 치고 들어올지 도저히 예측할 수 없는 움직임이었다.

예전에 스랄은 그들의 모의전을 지켜보며 경외감에 젖어 입을 벌릴 수밖에 없었다. 그때는 붉은 용, 푸른 용, 녹색 용 들이 크로마투스 역을 맡아 각자 고유의 용군단 기술을 발휘해 공격했고, 거기에 위상들이 맞서 싸우는 연습을 했다.

이길 수 있을 것 같았다.

이세라가 보았던 섬뜩한 환상에서 위상들이 각자의 고유한 마법으로 살해당했다고 했기에, 위상들은 크로마투스의 머리들 중 자신과 색깔이 다른 머리를 맡기로 했다. 그래서 이세라는 청동 머리에 부식성 유독 가스를 뿜으면서 동시에 거대한 청동 용의 환상을 불러내 공격했다. 그 누구보다도 예측불허인 이세라는 크로마투스의 청동 머리보다 한 발짝 앞서 생각하고 행동하는 듯했다. 한편 칼렉고스는 붉은 머리가 토하는 화염에 얼음과 마법으로 맞섰다.

알렉스트라자는 가장 똑똑하리라고 예상되는 푸른 머리를 맡았다. 분노한 생명의 어머니는 스랄이 평생 본 그 누구보다도 아름답고 위험한 존재였다. 알렉스트라자는 적에게 맹렬히 불길을 내뿜다가 몸을 휙 비켜서 황혼 용들을 성가시다는 듯 우르르 떨어내버렸고, 그의 가차없는 공격에 크로마투스의 푸른 머리는 깜짝 놀라 주춤하는 듯했다. 황혼의 신부라는 정체불명의 인간과 데스윙에게 소중한 것을 모두 빼앗긴 알렉스트라자는, 그들이 창조해낸 저 다섯 머리의 괴물이 더 이상 살육과 파괴를 자행하지 못하도록 기필코 막을 작정이었다.

위상들의 매끄러운 협공에 크로마투스는 당황한 기색이 분명했다. 하지만 그건 잠시뿐이었다.

이제까지는 위상들을 데리고 놀았을 뿐이었다는 듯이, 크로마투스가 돌연히 두 배는 더 빠른 속도로 반격해왔다. 푸른 머리와 붉은 머리는 알렉스트라자와 칼렉고스를 계속 상대하는 한편, 검은 머리와 녹색 머리는 그 긴 목을 돌려 청동 머리와 합세해 이세라를 한꺼번에 공격하기 시작했다. 놈의 머리는 다섯이고 위상은 셋뿐이라는 점을 이용한 것이다.

이런 급작스러운 전술 변화에 미처 대비하지 못한 이세라는 공격을 피하지 못했다. 검은 그림자에 휩싸인 화염이 이세라의 한쪽 앞다리를 집어삼켰고, 녹색 머리는 이세라를 강렬한 눈빛으로 주시하며 악몽을 불러일으키려고 했다. 하지만 이세라는 저런 괴물이 상상할 수도 없을 끔찍한 것들을 숱하게 목격했다고 스랄에게 말한 적이 있었다. 이세라는 부상당한 다리를 끌어당기고, 자신의 고유한 마법에 당하지 않기 위해 눈을 감고서 머리를 휘휘 흔들며 녹색 머리의 시선에서 재빨리 벗어났다.

청동 머리가 아가리를 벌려 이세라에게 모래 바람을 퍼붓고, 동시에 검은 머리가 이세라의 한쪽 날개를 물어뜯었다. 이세라가 비명을 지르며 몸을 억지로 떼어내자 검은 머리의 이 사이에 뜯겨진 날개 조각이 남았다. 이세라는 재빨리 부상들을 치유했지만, 그 순간 크로마투스의 나머지 두 머리가 알렉스트라자와 칼렉고스와의 싸움을 멈추고 일제히 이세라에게 고개를 돌렸다. 힘겹게 사투를 벌이고 있는 녹색 용의 위상을 아예 끝장내려는 것이다.

스랄은 급강하하는 토라스트라자의 등에 꽉 매달렸다. 스랄은 둠해머를 최대한 활용하고 있었지만 이제 황혼 용들은 그런 공격에 적응해서 능숙히 피하고 있었다. 토라스트라자가 돌진하는 방향에 있는 황혼 용들은 무형으로 변신하지 않고 그 추악한 보랏빛 마법만으로 싸우고 있었다. 스랄은 이제 자신의 주술을 사용할 때라는 것을 알았다.

'정령들이여, 나는 여러분 모두를 구하기 위해 싸우고 있습니다. 이 상처받은 땅을 위해. 제가 여러분을 보호할 수 있도록 도와주십시오!'

정령들은 말을 듣지 않으려 했지만, 스랄이 혼신의 힘을 다해 간절히 요청하자 마침내 응답이 왔다. 바람의 정령이 회오리바람을 일으켜 거대한 바위들을 적들에게 내던졌고, 순간적인 돌풍들이 솟구쳐 적들의 날갯죽지를 강타해 자기들끼리 충돌하게 만들었다. 눈 폭풍이 적들의 시야를 막아버리더니, 순식간에 펄펄 끓는 물로 변해 놈들의 눈에 쏟아졌다.

스랄이 토라스트라자와 함께 황혼 용 몇 마리를 죽였을 때, 토라스트라자가 갑자기 지상을 향해 내리꽂듯 하강했다. 왜 그러나 했더니 땅에 모여 있는 황혼의 망치단 교도들을 해치우려는 것이었다. 토라스트라자가 아가리를 벌려 불꽃을 토해내자 교도들의 로브에 불길이 화르르 옮겨 붙으면서 비명이 울려 퍼졌다. 교도들은 기꺼이 목숨을 희생할 각오가 되어 있다고는 했지만, 거대한 붉은 용의 진노를 맞닥뜨린 그들의 반응을 보니 모두가 그렇지만도 않은 모양이었다.

토라스트라자는 여유롭게 날아오르더니 사원 건물의 맞은편으로 돌아가서 비명을 내지르는 교도들에게 또 한 번 불길을 쏴주었다. 그리고 참새처럼 가뿐히 바람을 타고서 공중에 펼쳐진 전장으로 우아하게 돌아갔다.

스랄은 크로마투스 쪽을 보고 가슴이 철렁했다. 위상 셋이 모두 부상당했던 것이다. 저마다 어딘가가 불타거나 얼어붙거나 부러지거나 찢어져 있었다. 반면 크로마투스는 멀쩡해 보이기만 했고, 머리 두 개를 젖히고 껄껄 웃기까지 했다.

"이런 놀이도 할 수 있다니, 삶이란 아주 달콤하구나! 또 덤벼봐라! 어디 더 놀아보자고!"

이세라가 불안정하게 날면서 스랄이 있는 쪽으로 휘청 날아왔다가 다시 돌아갔다. 그 순간 이세라의 빛나는 눈동자에 서린 공포와 절망을 스랄은 똑똑히 보았다. 키리고사의 말이 뇌리를 스쳤다.

'크로마투스는 여러분을 이기기 위해 만들어진 존재입니다. 놈은 단순히 특출나게 강한 오색 용이 아닙니다. 놈은 위상들을 죽인다는 특수한 목적으로 태어난 존재라는 겁니다!'

붉은 용, 푸른 용, 녹색 용들이 빗방울처럼 후드득 떨어져 내렸다. '고룡쉼터'가 아니라 흡사 '고룡 도살장'을 방불케 했다. 이럴 순 없는 일이다! 세 위상과 세 용군단이 함께 싸우고 있는데…… 교도들과 황혼 용들의 수는 확실히 줄어들고 있었지만, 크로마투스는 전투가 이어질수록 오히려 더 강해지는 것처럼 보였다.

청동 용군단은 어디에 있나? 노즈도르무는 분명 올 거라고 말했었는데. 지금 당장 그 힘이 절박하게 필요했다. 위상이 하나만 더 가세한다면 승리를 거둘 수 있을지도 모른다. 스랄은 가망 없는 희망을 바라며 주위를 두리번거렸다. 그때…….

땅거미가 깔린 하늘에 짙은 얼룩 같은 게 보였다. 황혼 용들이 더 나타난 것일까? 하지만 그 용들의 비늘 색깔은 황혼 용들보다 훨씬 밝았다. 아니, 그 어떤 용군단의 색깔보다도 밝았다.

"저기! 청동 용군단이다! 청동 용군단이 온다!"

스랄의 고함에 세 용군단이 일제히 그쪽을 돌아보았다. 한바탕 기쁨의 함성이 터져 나왔다. 청동 용군단까지 함께한다면 형세를 역전시킬 수 있을 것이다. 위상 넷을 상대로는 아무리 크로마투스라도 버틸 수 없을 것이다!

청동 용들이 흩어지면서 자기 동족들과 합세해 황혼 용들을 공격했다. 노즈도르무는 곧바로 위상들에게 날아갔고, 위상들은 싸움을 중단하고 멀찍이 떨어져 나와 그를 맞이했다. 네 위상이 전장에서 한데 어우러져 날며 단합하는 그 모습은 아름다웠다.

그런데 노즈도르무가 뜻밖의 말을 했다.

"후퇴하라! 나를 따라 후퇴하라!"

스랄은 가슴 속에서 심장이 쿵 내려앉는 기분이었다. 다른 위상들도 똑같은 심정일 터였다. 모두가 일제히 생명의 어머니를 돌아보자, 알렉스트라자는 결정하지 못하고 공중을 선회하기만 했다. 그러자 크로마투스가 대신 결정을 내려주었다. 위상들이 갑작스럽게 물러나자 당황한 채 기다리고 있던 크로마투스가 살기등등하게 돌진해왔던 것이다.

"후퇴하라!"

알렉스트라자가 쉰 목소리로 외쳤다. 이세라와 칼렉고스도 각자의 용군단에게 명령을 내렸다.

"후퇴하라, 후퇴하라!"

퇴각할 수 있는 용들은 즉시 명령을 따랐고, 전투에 발이 묶여 있는 용들은 적을 떨치고 난 뒤에야 헤어나왔다. 아예 돌아오지 못하는 이들도 있었다.

용들은 동쪽을 향해 전속력으로 날아갔다. 스랄은 거세게 불어닥치는 바람 속에서 떨어지지 않으려 토라스트라자의 튼튼한 등에 힘껏 매달려야 했다. 뒤를 돌아보니 크로마투스는 계속 추격하고 있었다. 그런데 놈은 붉은 머리로 불길을 한 번 뿜고는 사원 쪽으로 날아가 버렸다. 쫓아오던 황혼 용 몇 마리도 이내 크로마투스를 따라 돌아갔다.

어째서? 놈들이 이기고 있었는데 어째서 공격을 중단한 걸까?

저 악몽 같은 짐승들에게 더 이상 추격당하지 않는다는 게 확실해지자, 위상들은 속도를 늦추더니 근처의 눈 덮인 산봉우리 위에 내려앉았다. 다른 용들도 근처에 착륙했다.

알렉스트라자가 노즈도르무를 휙 돌아보았다. 그 진홍색 몸 전체가 비통함과 분노로 타오르는 듯했다.

"어째서? 어째서 전투에 가담하지 않은 거요, 노즈도르무! 우리가 이길 수……."

"아니. 계속 버텼다면 우린 전멸했을 거요."

시간의 지배자가 직설적으로 대답했다. 그러자 토라스트라자가 속이 부글부글 끓는 목소리로 반문했다.

"무슨 말씀입니까? 청동 용군단 전체와 그 위상이신 당신까지 있는데! 네 용군단의 연합을 감히 어느 누가 이길 수 있단 말입니까!"

늘 침착하던 칼렉고스도 분을 참지 못하는 기색이었고, 온화한 이세라 역시 동요하고 있었다. 스랄도 혼란스럽긴 마찬가지였다. 그렇더라도 어쨌든 모두가 노즈도르무를 신뢰한다는 건 분명했다. 그렇기 때문에 그의 말에 따라 전투를 중단하고 후퇴했던 것이니까.

노즈도르무가 설명했다.

"나는 시간의 길들을 헤매면서 많은 것을 배웠다오. 내가 여태 해답을 찾고 있었다는 것은 이 오크에게 들어서 알고 있겠지? 적어도 한 가지 해답은 알아냈소. 우리가 진정으로 하나가 되지 않으면 크로마투스를 이길 수 없다는 것을."

용들이 서로 시선을 주고받는 가운데, 칼렉고스가 나서서 반박했다.

"우리는 그 어느 때보다도 훌륭하게 협동하고 있습니다. 무려 용군단 넷이 연합하지 않았습니까! 당신도 보셨잖아요? 그 누구도 혼자만의 명예를 앞세우지 않고 서로 호흡을 맞춰 싸우고 있었습니다!"

그때 이세라가 부드러운 음성으로 말했다.

"내가 본 환상의 의미가 그거였나 보군요. 단순히 같이 싸우기만 해서는 이길 수 없다는 것. 우리가…… '하나'가 되어야 한다는 것."

"바로 그거요!"

노즈도르무가 맞장구를 쳤다. 다른 용들은 저 두 위상마저도 미쳐버렸나 하는 표정으로 멀뚱히 쳐다볼 뿐이었다. 노즈도르무가 초조하게 몸을 흔들며 말했다.

"우리는 위상이오. 우리는 단지 특별한 기술과 월등한 힘을 갖춘 용이 아니오. 티탄들에게 위상의 권능을 받았을 때 우리는 본질적으로 변화한 것이오. 단순히 협공을 하는 것만으로는 그 괴물을 무찌를 수 없소. 위상들이 하나가 되어 생각하고, 행동하고, 싸워야 하오. 일체화되어야 한단 말이오. 위상이 된다는 것의 진정한 의미를, 그 핵심을 공유해야 하오."

알렉스트라자가 얼굴을 찡그리며 말했다.

"무슨 뜻인지 알 것 같군. 우리는 본래 서로 결합되도록 태어난 존재라는 거죠. 우리의 기술과 지식을 결합하라는 것. 그 뜻이오?"

"그래, 바로 그거요, 생명의 어머니여! 티탄들이 떠나면서 했던 말을 기억하시오?"

"너희 각자에게 선물을 내리고, 너희 모두에게 사명을 내린다."

알렉스트라자가 눈을 휘둥그레 떴다.

"우리는…… 한 총체를 이루는 일부분들이었소. 개별적인 존재가 아니었던 거요."

"그렇다면…… 우리가 하나가 되어야 한다면, 본래의 자신은 사라지는 걸까요?"

칼렉고스가 나지막이 물었다. 스랄은 칼렉고스가 자신의 정체성을 얼마나 중요하게 여기는지 알고 있었다. 다른 위상들에 비해 칼렉고스는 단순한 한 마리의 용으로 사는 데에 익숙했고, 위상이라는 새로운 위치에 아직 적응하는 중이었다. 하물며 본래의 자신을 완전히 버리기까지 해야 한다면 달가울 리가 없었던 것이다. 그러나 스랄은 자기 친구가 어떤 성품인지 잘 알았다. 크로마투스를 막기 위해서 한 용으로서의 칼렉고스가 '죽어야' 한다면, 그는 망설이지 않고 그 희생을 감수할 것이다.

노즈도르무가 말했다.

"아니오. 올바른 방법으로 한다면 그렇게 되진 않을 거요. 우리는 전체를 이루는 일부분들이지만, 각자 독립체로서도 완성되어 있는 존재요. 바로 그것이 신비로운 점이라오."

알렉스트라자가 괴로운 듯 눈을 감더니, 갈라지는 목소리로 중얼거렸다.

"그러면…… 우리는 정말로 끝장이군."

"네? 생명의 어머니시여, 당신은 지금까지 너무나 큰 시련을 겪으셨지 않습니까. 어째서 이제 와서 포기하시려는 겁니까?"

그런데 칼렉고스는 알렉스트라자의 말을 이해한 듯했다.

"우리는 넷뿐입니다. 완전한 총체를 이룰 수가 없지요. 넬타리온이 데스윙이 되어버렸으니, 우리에겐 대지의 위상이 없잖습니까."

견디기 힘든 침묵이 흘렀다. 누구도 말을 꺼내지 못했다. 참담하지만 부정할 수 없는 진실이었다. 데스윙이 살아 있으니 새 위상을 세울 수조차도 없었다.

그리고 크로마투스는 데스윙이 쓰는 도구였다.

그 깨달음에 망연자실해진 스랄은 털썩 주저앉았다. 그렇다면 그들에게 남은 것은 크로마투스와 목숨을 걸고 싸우다가 실패하는 것뿐이란 말인가. 황혼의 용군단을 제외한 모든 생명들이, 이 세상 전체가 무너지는 수밖에 없단 말인가. 황혼의 망치단은 승리하고, 사악하고 미친 데스윙이 승리하여 살아남았다가 고룡쉼터 사원의 첨탑에 꿰뚫려 죽는 것만이 유일한 결말이란 말인가. 스랄은 아그라에게 돌아갈 수 없고, 대지고리회와 일할 수도…….

스랄은 문득 눈을 깜빡였다. 혹시……?

스랄은 이 뜻밖의 여정을 거치는 과정에서 정령들과의 교감이 점점 강해졌다. 생명의 정령과의 유대가 회복되면서 다른 능력들도 모두 강화되었고, 순간이라는 것의 중요성을 깨달은 덕분에 스스로 굳건하고 견고해지기도 했다. 그 깨달음을 기억하는 한, 스랄은 두 번 다시 방황하지 않을 것이다.

"생명의 어머니시여. 제게…… 해결책이 있는 것 같습니다."

스랄의 목소리가 희망으로 떨렸다.

제 21 장

용들이 지친 얼굴로 스랄을 돌아보았다. 스랄은 기대감에 찬 그들의 눈을 찬찬히 차례대로 둘러보았다.

"효과가 없을지도 모르지만, 그래도 시도해볼 가치는 있다고 생각합니다. 제 말이 터무니없게 들릴 수도 있지만…… 음, 일단은 들어주셨으면 좋겠습니다."

칼렉고스가 말했다.

"내 친구여, 당연히 들어야지요. 그대가 우리에게 선택의 길을 열어주기를 진심으로 바랍니다."

"아마도…… 가능할 겁니다. 지금 이 자리에는 위상 네 분이 모여 계십니다. 생명의 어머니, 깨어난 여왕, 마법의 지배자, 시간의 지배자. 오로지 한 분, 대지의 수호자만이 빠져 있지요. 그리고 저는 정령들과 일하는 주술사이고요. 만약 이 자리에 없는 위상이 여러분들 중 한 분이었다면, 저는 전혀 도움이 되지 못했을 겁니다. 이 네 분의 역할은 제가 감당할 수 없는 일이니까요. 하지만 지금 모자란 부분은 마법도, 시간의 제어도, 생명의 힘도, 창조의 꿈도 아니라, 바로 대지를 다스리는 힘입니다. 그리고 그건…… 제가 할 줄 아는 일입니다."

스랄은 한낱 주술사인 자신이 용의 위상 자리를 대체하겠다는 말에 용들이 화를 내지 않기를 바랐다. 다행히도 노즈도르무는 스랄을 가늠해보는 듯한 시선으로 응시할 뿐이었다. 알렉스트라자는 확신하지 못하는 눈초리로 칼렉고스를 돌아보았다. 그리고 이세라는 환하게 밝아진 표정으로 스랄에게 동의했다.

"나는 네가 중요한 역할을 할 줄 진작 알고 있었다. 정확히 어떤 역할인지 몰랐을 뿐."

"친구여, 부디 내 말을 언짢게 듣지 않기를 바라오. 허나 그대는…… 위상도 아니고, 애초에 용도 아니지 않소."

칼렉고스의 말에 스랄은 선뜻 대답했다.

"압니다. 하지만 저는 오랜 세월 정령들과 일했습니다. 그리고 이번 여정에서 많은 것을 배우기도 했고요."

스랄은 노즈도르무를 돌아보았다.

"당신은 잘 아시겠지요."

시간의 지배자가 천천히 고개를 끄덕였다.

"너는 전에 없던 통찰을 얻었지. 그 통찰은 정령을 동요시키지 않고, 위로할 수 있을 것이다. 그런 시도를 해서 해로울 건 없을 듯하구나."

"하지만 스랄, 네가 우리를 어떻게 돕는단 말이냐? 우리와 함께 날면서 싸울 수도 없지 않느냐."

노즈도르무가 대신 답했다.

"생명의 어머니여, 내 다시 말하건대, 문제는 전투에서 각자 어떻게 활약하느냐가 아니오. 이것은 우리의 핵심을 결합하는 일이오. 물론 스랄이 우리와 함께 공격할 수는 없겠지요. 허나 대지의 위상이 주어야 할 정기를 우리에게

나눠줄 수는 있을 거요. 그리고 어차피 이 방법 외에는 희망이 없소. 전혀 없단 말이오. 어떻게든 우리가 하나가 되지 않으면 위상은 모두 죽을 것이오. 그러면 용군단부터 시작해 아제로스 전체가 멸망할 것이오. 나는…… 그 결말을 내 눈으로 보았소."

이세라 역시 그 결말을 보았고, 다른 이들에게 말해준 바 있었다. 노즈도르무의 음울하고 무거운 목소리를 들으니 스랄은 등골이 오싹해졌다.

그런데 이상하게도, 자신이 실패할지도 모른다는 두려움은 들지 않았다. 말로 설명할 수는 없지만 어쩐지 지극히 올바른 일로 느껴졌다. 대지고리회와 함께 정령들을 진정시키려다가 집중이 흐트러져서 일을 망쳐버렸던 게 마치 먼 옛날의 일인 것만 같았다. 이제는 주어진 임무를 분명히 해낼 수 있을 만큼 내면이 평화롭고 확고해졌기 때문이었다. 생명의 정령과의 결속이 강해지자 다른 정령들과 소통하는 게 훨씬 쉬워졌고 심지어는 즐거워지기까지 했다. 대지란 생명을 품는 장소이고, 대지가 길러내는 씨앗과 식물을 동물들이 먹고 살아가는 법이다. 대지의 정령과 생명의 정령은 스랄을 기꺼이 받아들여줄 것이다. 스랄이 대지의 정령을 부드럽게 이끌고 포용하면서 네 용의 위상과 함께 일할 수 있다는 것을 정령들은 믿어줄 것이다. 대지는 광활하고 그 영혼은 위대하다. 그 사실을 겸허하게 받아들여야 역으로 정령을 잘 다룰 수도 있다는 것을 비로소 알게 되었다.

"적어도 시도는 해보겠습니다."

스랄의 말에 칼렉고스가 대답했다.

"새 위상을 세운다는 것도 불가능해 보이던 일이었지만 내 용군단은 결국 해냈지요. 저는 스랄과 크로마투스와 제 용군단을 쭉 지켜봐왔고, 이 방법에 가능성이 있다고 믿습니다. 시도해봅시다."

이세라가 바로 동의했다.

"그렇소. 이곳에서 스랄이 해야 할 역할이 분명히 있소. 이전까지 머릿속에서 퍼즐 조각이 석연하게 맞춰지질 않았는데, 이제야 확신이 드오."

알렉스트라자가 상냥한 눈길로 스랄을 바라보았다.

"내가 돌이킬 수 없을 만큼 망가졌다고 생각했을 때, 네가 찾아와서 마음을 열도록 도와주었지. 네가 이 일을 할 수 있다고 생각한다면야 나 역시 기꺼이 협조하겠다. 다만…… 서두르거라!"

스랄은 토라스트라자의 등에서 뛰어내려 설명했다.

"예로부터 전해 내려오는 의식이 하나 있습니다. 그걸 써볼 생각인데, 최대한 빨리 진행하겠습니다. 위상 네 분은 작은 몸으로 변신해주시겠습니까?"

넷은 즉시 하이엘프, 하프엘프, 나이트엘프 등의 형상으로 변신했다. 그중에서 노즈도르무의 엘프 모습은 처음 보았는데, 다른 세 위상의 모습과는 많이 달랐다. 다른 위상들은 모두 아름답고 우아한 외모를 택했는데 노즈도르무는 그렇지 않았던 것이다. 말랐지만 강인한 체격인 그 몸에서는 모래가 흘러내리는 듯했고, 단순한 흰 리넨 옷을 걸쳤고, 머리에는 황금빛 뿔이 달려 있었다. 보석처럼 반짝이는 커다란 두 눈 때문인지 현명하고도 차분한 올빼미의 얼굴을 보는 것 같았다.

스랄은 노즈도르무의 독특한 외모에서 주의를 돌려 의식 준비에 집중했다.

"저는 이와 비슷한 의식에 참여한 적이 있습니다. 하지만 그때는 참여자들이 여러분처럼 강력하지 않았죠."

"너를 믿는다."

생명의 어머니가 그렇게 말하고 미소 지었다. 스랄은 마음 깊이 감동 받았다. 아그라가 떠올라서 덩달아 빙그레 웃음이 나왔다. 아그라가 지금 이 순간을 보고 있었다면, 스랄이 겸손하지 않다고 나무라진 못했을 것이다.

"다 같이 원을 그리고 서십시오. 제가 정령들께 도움을 요청할 겁니다. 우리가 해야 하는 일은 서로에게 마음과 영혼을 여는 것이라고 생각합니다. 자기 자신을, 더 나아가 위상으로서의 자신을 이루는 모든 것을 활짝 열어야 합니다. 지금은 비밀을 간직해서도, 심지어 자신을 보호해서도 안 됩니다. 여러분이 저를 믿어주셔서 영광입니다만, 저뿐만이 아니라 여러분 자신도 믿어야 합니다. 또한 이 원을 그리고 서 있는 모든 분들을 신뢰하십시오. 서로 손을 잡고 굳건한 결속을 맺으십시오. 준비되셨습니까?"

위상들은 스랄의 말대로 한 다음, 서로 시선을 교환하고 고개를 끄덕였다. 스랄은 코로 숨을 들이쉬고 입으로 내쉬면서 마음의 평화를 찾았다. 그리고 공기의 정령을 상징하는 동쪽 방향을 면하고서 침착하게 말했다.

"축복받은 동녘이여. 해가 떠오르는 곳, 새로운 출발이 비롯되는 곳, 공기의 고향이 되는 곳. 정신과 생각을 일깨우고 다스리는 공기의 정령이여, 나는 당신을 존경하며……."

"적들이 온다!"

어떤 용의 고함이 울려 퍼졌다. 그 바람에 스랄은 집중을 잃고 퍼뜩 눈을 떴다. 과연 수백 개의 날개가 퍼덕이는 그 익숙한 소리가 들려오고 있었다. 황혼 용들이 전투를 재개하러 오고 있었던 것이다. 이번에는 그들이 이길 게 분명했다. 위상들은 약해졌고, 크로마투스는 원기를 회복했으니, 지금 이 상태로는 놈들을 이길 방법이 전무했다.

스랄은 쓰디쓴 절망을 맛보았다. 분명히 해낼 수 있으리라고 믿었는데. 승리가 바로 코앞에 있었는데. 하지만 이제는 이 의식을 완성할 시간이 없었다.

그런데 스랄의 머리가 문득 밝아졌다.

아니다. 아직 시간은 있다.

마음의 눈에 어떤 장면들이 보였다. 기운차게 솟아오르며 만물에 생기를 주는 태양. 그리고 샘솟는 기쁨이 느껴졌다. 새로운 발상을 떠올리거나, 활발한 대화를 나누거나, 난관을 타개하거나, 업적을 이룩하거나, 새 출발을 하는 순간들이 눈앞에 어른거렸다.

놀랍게도 위상들이 서로 눈짓하면서 고개를 끄덕이고 미소 짓고 있었다. 스랄에게 보이는 장면들이 그들에게도 보이는 모양이었다. 그 모든 환상들이 눈깜짝할 사이에 스쳐 지나갔다.

그러더니 장면이 바뀌었다. 모닥불, 가시덤불 골짜기의 열대 기후, 듀로타의 뜨거운 대지. 이번에 나타난 정령은 남쪽에 위치하는 불이었다. 모든 생명에게 목표와 꿈을 이룰 열정을 부여하는 존재.

사방에서 용들이 싸우는 소리가 들려왔다. 분노와 고통에 젖은 고함과 비명이 메아리치고, 살이 타는 냄새가 풍겼다. 그래도 스랄은 감은 눈을 뜨지 않았다. 조금만 있으면 싸울 수 있을 것이다.

조금만 있으면…….

서쪽에 위치한 물의 이미지들이 빠르게 쏟아져 들어왔다. 바다, 눈물, 깊은 감정의 근원.

그리고 땅의 영역인 북쪽의 이미지들이 펼쳐졌다. 산, 동굴, 겨울의 베일이 깔린 적요한 대지.

춤추듯 일렁이는 환상 속에서, 그들은 이제 더 이상 높다란 산꼭대기의 차가운 바위 위에 앉아 있는 존재들이 아니었다. 스랄은 각 위상들을 둘러보았다. 그들은 엘프의 형상으로 손을 맞잡고 있는 걸로 보이지 않았고, 심지어는 용의 형상으로 보이지도 않았다. 그들의 겉모습이 아닌 본질이 보였던 것이다. 숨이 멋도록 아름다운 본질이.

온화한 이세라. 빛나는 초록빛의 안개, 맥동하며 흘러넘치는 창조의 정수.

'너는 깨어나는 창조의 꿈을 담당한다. 자연은 너의 영토이니, 모든 생명은 잠들 때 에메랄드의 꿈을 일별하노라. 이세라, 너는 그 모두를 보는 존재이며, 그들도 부지중에 너를 보느니라. 너는 생명의 어머니와 마찬가지로 모든 생명을 어루만지며, 그들에게 창조와 조화의 노래를 부를지어다.'

위상들이 숨을 들이켰다. 스랄은 자신이 티탄의 음성을 듣고 있음을 깨달았다. 그건 오래전 티탄이 이세라에게 권능을 내려주면서 했던 말이었다. 머릿속에 울려 퍼지던 그 음성은 사라져갔지만, 경이와 신비의 감각은 여전히 남아 있었다.

고결한 칼렉고스. 보석처럼 아름답게 번뜩이는 얼음 조각, 비전 마법의 정수로 빛나는 존재. 힘과 주문과 룬과 태양샘의 마법, 지성과 공감과 화합의 마법.

'내가 네게 내린 선물은 심오한 의무이면서도 동시에 기쁨일 것이니라. 실로 기쁨일진저! 마법은 조정하고 관리하고 제어해야 하는 대상이지만, 동시에 인색히 간직해두지 않고 귀중하게 여기면서 감사히 사용해야 하느니라. 그것이 바로 네가 부딪히게 될 모순이다. 너는 책임감과 동시에 열락을 느끼리라.'

하늘에서는 격렬한 전투가 이어지고 있었다. 스랄은 마음이 아팠지만 애써 그 소리에 귀를 닫고, 함성을 지르며 전투에 뛰어들고 싶은 충동을 억눌렀다. 싸울 시간은 곧 찾아올 것이다…….

시간이…….

시간의 모래가 흘러내려가고, 위로 솟아오르고, 사방으로 흩어져갔다. 과거, 미래, 지금 이 순간.

'네게는 시간의 순수성을 지키는 위대한 임무를 내리노라. 진정한 시간의 길

은 하나뿐이되, 다른 가능성을 가리키는 시간의 길들도 있음을 알지어다. 너
는 그 길을 지켜야 한다. 시간이 펼쳐져야 할 진정한 길을 잃으면 네가 상상할
수도 없을 만큼 많은 것들을 잃게 될 것이다. 현실을 이루는 올이 풀려버릴 것
이다. 너의 책임은 실로 막중하다. 시간 없이는 그 무엇도 가능하지 않으니, 네
일은 이 세상 모든 임무의 근간이라 할 것이다.'

그리고 알렉스트라자…….

스랄은 알렉스트라자를 사랑했다. 어떻게 사랑하지 않을 수 있겠는가? 저
순수하고 맹렬하면서도 부드러운 마음의 에너지를. 차디찬 밤에 타오르는 화
롯불을, 씨앗 하나 알 하나에 들어 있는 생명들을, 밝고 아름답게 자라나는 모
든 것을. 색깔을 막론한 용군단들 전체가 알렉스트라자를 경애하는 것도 무리
가 아니었다. 코리알스트라즈가 수많은 것들을 파괴함으로써 더욱 많은 것을
지키기로 결심했을 때 마지막으로 생각한 이가 알렉스트라자였던 것도 당연
했다.

'네게 내리는 선물은 모든 생명에 대한 연민이니라. 그들을 보호하고 보살피
는 마음. 다른 이들이 치유하지 못하는 것을 치유하고, 다른 이들이 낳지 못하
는 것을 낳고, 사랑받지 못하기에 더욱 너의 은총이 필요한 존재들까지 사랑하
는 능력이다.'

그리고 스랄…….

스랄은 자신의 기반이 탄탄해지고 스스로 지혜로워지는 느낌이 들었다. 자
신이 갖춘 지식때문만이 아니라, 땅이 선사하는 지식 때문이었다. 고대정령들
이 뿌리를 내리는 땅. 뼈가 묻혔다가 세월이 흘러 돌이 되는 곳. 스랄은 자신이
드넓게 팽창하면서 온 세상을 품는 느낌이 들었다.

'네게 내리는 축복은 다른 위상들의 것에 비해 사소해 보일 것이다. 시간, 생

명, 꿈, 마법을 관리하는 일에 비한다면. 그러나 네게 내리는 것은 땅이다. 흙, 대지, 지하에 이르기까지, 만물의 기반이 되는 것. 우리는 땅에 뿌리를 박고, 땅에서 났다가 땅으로 돌아가느니라. 따라서 그곳에서부터 진실한 힘이 나올 지어다. 세상의 지하에서, 그리고 자기 자신의 지하에서.'

이 음성은 본래 다른 용이 들었던 말이었겠지만, 지금은 스랄에게 온전히 내려지는 축복이었다.

수만 년 동안 하나가 되지 못했던 다섯 위상의 에너지가 한데 모였다. 바로 그때, 그 현상이 일어났다.

영적인 영역에 발현되었던, 위상들과 스랄을 나타내는 이미지들이 폭발한 것이다. 격렬하거나 난폭한 폭발이 아니었다. 다만 무한한 기쁨이 넘쳐흘러 그 어떤 형식도 구조도 띠지 않게 되듯이, 각 위상의 진실과 정수가 폭죽처럼 터진 것이다. 청동색, 녹색, 푸른색, 붉은색, 검은색의 그 정수들이 만나 서로 뒤얽혔다. 마치 오색의 씨실과 날실들이 베틀 위에서 짜여지는 것처럼.

'…… 그렇게 만든 직물을 풀려면 실 하나를 끌어당기기만 하면 된다는 것.'

시간의 길에서 만났던 메디브의 말이 불현듯 떠올랐다. 그래, 이런 방식으로는 안 된다. 직물을 짜는 것은 약하다. 실은 풀어낼 수 있고, 끊어질 수도 있다. 그들은 서로 뒤얽히는 게 아니라 '섞여들어야' 한다…….

스랄은 자신의 순수하고 평화로운 검은색이 각 위상들의 색채에 번져드는 것을 상상했다. 그러자 위상들도 즉각 스랄의 뜻을 이해하고 각자의 경계선을 풀었다. 금세 색깔들이 섞이면서 한 가지의 단일한 색조로 변했다…….

"놈이 온다!"

망을 보던 용들의 외침이 그 순간을 깨뜨렸다. 스랄은 신성한 영역에 차분히 머물러 있으려 했지만 상황이 너무 긴박했다. 스랄이 눈을 뜨기도 전에, 네 위상이 모두 공중으로 뛰어올라 용의 형상으로 변신해 솟구쳤다. 용들이 하늘에서 거세게 날갯짓을 하는 걸 올려다보며 스랄은 자신이 혼자 남을 거라고 생각했다. 그런데 누군가가 커다란 앞발로 스랄을 낚아채 자기 어깨 위에 올렸다. 그 용은 틱이었다.

한편 하늘 저편에서는 썩어가는 오색 용이 전속력으로 날아오고 있었다.

"우리가 정말로 너희를 뒤쫓지 않을 줄 알았느냐?"

그건 크로마투스의 목소리가 아니었다. 스랄은 달빛 속에서 눈을 가늘게 뜨고 그쪽을 내다보았다. 이제 보니 크로마투스의 등 위에 조그마한 사람이 타고 있었다. 황혼의 신부일 터였다.

그 등 위에는 토라스트라자의 공격에 당하지 않고 살아남은 교도들도 타고 있었다. 그들이 휘두르는 무기들이 어슴푸레한 달빛을 받아 번뜩였고, 그중에서 마법을 쓸 줄 아는 놈들은 원거리에서도 위험한 적이 될 터였다. 놈들은 이 싸움에 끝장을 내려고 작심한 모양이었다. 황혼의 신부는 확실한 승리를 얻기 위해 교도들의 희생까지 불사하기로 마음먹은 것이다.

스랄은 지금 이 순간에 단단히 붙박여 있으려 애썼다. 방금 치른 의식이 성공했는지 아닌지는 알 도리가 없었다. 아무래도 시간이 모자랐다는 느낌이 들었다. 위상들이 좀 더 여유를 들여 완전히 통합되어서 새로운 존재로 확고히 자리 잡을 수 있었다면, 그런 다음 크로마투스와 황혼의 망치단에게 집중해서 싸울 수 있었다면 좋았을 텐데. 하지만 이런 식의 후회는 현재에 충실하지 못한 생각이라고 배웠다. 스랄은 주어진 시간 내에 할 수 있는 일을 다 했고, 자신의 영혼에 기이한 평화가 깃들었다는 걸 알고 있었다.

위상들을 올려다보니, 그들은 방금 전까지 낯선 의식에 몰입했으면서도 생각보다 금세 현실 감각을 되찾고 있었다. 그것이 의식을 제대로 치른 덕택이기를 스랄은 바랐다. 위상들에게 이제껏 필요했던 화합이 진정으로 실현된 것이기를. 그들은 날렵하게 움직여 크로마투스를 향해 결연히 나아갔다. 크로마투스는 허공에 멈춰서 그 날개의 기묘한 관절들을 움직이며 맴돌다가, 다섯 머리의 아가리를 일제히 쩍 벌렸다. 불꽃, 얼음, 녹색의 독 에너지, 모래, 끔찍한 먹구름이 동시에 밀어닥쳤다. 네 위상은 그 다섯 종류의 마법에 휘말려 뒤로 날아가고 말았다.

"안 돼!"

스랄이 소리쳤다. 그런데 그 한 마디가 채 끝나기도 전에 위상들은 원상태로 회복되었다. 그들은 빙글빙글 날려가던 걸 멈추고, 이전처럼 우아하게 재결합해 공격을 준비했다.

그때야 스랄은 깨달았다. 위상들의 모습과 움직임이 육안으로 보는 것이라고는 믿을 수 없을 만큼 선명하게 보이고 있다는 것을. 각 위상의 몸 색깔은 그대로였는데, 그 표면이 백금색의 빛으로 휩싸여 있었다. 그 빛이 파직거리며 고동치는 것까지 훤히 들여다보였다. 그리고 위상들의 자세가 어쩐지…… 차분해 보였다. 싸움에 집중하는 건 분명한데도 전혀 다급해 보이지 않았다. 그들에게는 목표가 있었고, 네 개체가 아니라 하나의 총체로써 그 목표를 향해 전진하고 있었던 것이다.

크로마투스 역시 그 이변을 알아차렸는지, 하늘 높이 날아올라 긴장한 자세로 빙빙 선회했다.

"나를 이겨보겠답시고 수작을 부렸나보군. 너희가 결합했다는 게 느껴진다. 참으로 대단하시군 그래. 하지만 어차피 실패하게 되어 있다. 너희는 결코 온전해질 수 없다! 한 명이 빠졌다는 걸 알기는 하는 거냐? 아니면 잊어버린 거냐? 데스윙은 나의 주군이시고, 너희 모두가 파멸하는 걸 똑똑히 지켜볼 것이다!"

그 음성은 예전보다 더 크고 무시무시하게 쩌렁쩌렁 울려 퍼졌다. 스랄은 마지막이 될지도 모르는 이 전투에서 동료들을 절박하게 도우려 하면서도 한편으로는 위상들이 펼치는 장관에서 눈을 뗄 수가 없었다. 자신도 그 총체의 일부이기 때문일 것이다. 스랄은 용의 위상들과 연결되어 있기에, 단순한 본연의 자신이 되는 것은 어려울 수밖에 없었다.

결합의 의식에 데스윙은 필요없었다. 크로마투스가 아무리 저렇게 도발을 해봤자, 데스윙이 그들의 편이어야 할 필요가 없다는 걸 스랄은 잘 알았다. 위상들에게는 대지를 수호하는 스랄이 이미 있었으니까. 그 짧은 시간 동안 생명의 정령이 스랄에게 티탄들의 축복을 받아들일 수 있을 만큼 강하고 심원한 힘을 주었으니까.

이제야 비로소 깨달았다. 예전에 자신이 갑옷을 벗고 로브를 입었을 때, 전장의 싸움이 아니라 대지를 치유하고 진정시키는 싸움에 임하기로 결심했을 때, 그는 개개인을 도울 능력을 포기한 대신 훨씬 더 위대한 능력을 얻었음을. 스랄은 결코 위상이 될 수는 없었다. 하지만 위상들이 결합하도록 도울 수는 있었다.

틱은 스랄에게 왜 싸우지 않냐고 굳이 묻지 않고 자기 몫의 전투를 계속했다. 틱이 쓴 마법에 황혼 용 몇 마리가 딱딱하게 굳었다. 그들의 시간이 멈춰버린 것이다. 틱은 급강하했다가 다시 솟아오르며, 강력한 발톱과 거대한 꼬리를 적들에게 인정사정없이 휘둘러댔다. 스랄은 그 싸움을 관찰하고 있었지만 실제로는 위상들의 결합을 유지하는 데에 전념하고 있었다.

그런데 집중이 잘 되지 않았다. 스랄은 고개를 흔들었다. 왜 이러지? 방금 전까지만 해도 완전히 몰입하고 있었는데. 생각이 뒤죽박죽이 되어 손가락 사이로 다 빠져나가는 기분이었다. 공포가 스멀스멀 치밀었다. 자신은 닻이 되어 지탱해야 하는데…… 그런데 뭘 지탱해야 하더라?

스랄은 화가 치밀어 왼손으로 자신의 오른팔을 할퀴었다. 통증 덕분에 비로소 정신이 좀 깨는 것 같았다. 그래도 여전히 머리가 잘 돌아가지 않았다. 위를 올려다보니, 크로마투스 위에 타고 있는 한 사람이 자신을 향해 손을 뻗고 있는 게 보였다. 그 사람에게서 검푸른 그림자가 일렁이고 있었다. 스랄은 얼굴을 일그러뜨리며 자신의 팔에 손톱을 더 꽉 박아 넣고 그 마법에서 자신의 정신을 떼어냈다.

크로마투스가 흉측한 머리들을 흔들었다. 위상들은 그들보다 더 크고 구부정한 체격의 크로마투스 주위를 곡예 하듯이 날아다니고 있었다. 놈의 눈동자열 개에서 발산되는 역겨운 보라색 빛은 위상들의 몸을 둘러싼 광채를 사악하게 모방하고 있었다. 그 보라색 빛 때문에 크로마투스의 기형적인 생김새가 섬뜩하게 강조되었다. 놈이 뒤로 물러나서 아가리들을 벌리는 걸 지켜보며, 스랄은 자신이 불타는 군단만큼이나 사악하고 비정상적인 존재와 싸우고 있다는 느낌이 들었다.

예전에 다섯 머리가 위상을 하나씩 맡아 제각각 공격했던 것과는 달리, 지금 그 머리들은 기괴하게 일치하여 움직이고 있었다. 크로마투스는 머리들을 일제히 뒤로 젖히고 숨을 깊이 들이쉬더니 입김을 토해냈다. 그 입김들은 이제 다섯 가지의 색깔이 아니라 똑같이 짙은 보라색이었다. 그 입김이 위상들의 백금색 광채에 맞자, 두 마리 이상의 위상들이 고통으로 고함을 질렀고 칼렉고스와 이세라는 잠깐 비틀거렸다. 광채가 사그라지면서 위상들의 몸 색깔이 어둑해졌지만, 이내 다시 빛에 휩싸여 밝아졌다.

위상들은 다시금 우아하고 일사분란하게 움직여 하강하더니 그 거대한 아가리들을 벌려 새하얀 불길을 내뿜었다. 그 에너지는 불꽃 모양을 띠고 있었고, 비전 마법의 라벤더빛은 조금도 스며 있지 않은 순백색이었다. 스랄이 한 번도 본 적 없는 종류의 마법이었다. 그리고 그 불꽃들이 겨냥하는 곳은 단 하나, 다시 공격하려고 다섯 머리를 뒤로 젖히느라 훤히 노출되어 있는 크로마투스의 가슴이었다.

그 섬광이 너무 눈부셔서 스랄은 눈을 가려야 했다. 네 줄기의 강렬한 순백색 빛에 강타당한 크로마투스는 허공으로 빙글빙글 날려가면서 비명을 내질렀다. 한참 휘청거리다가 겨우 날개를 퍼덕이며 어색하게 균형을 잡았지만, 그 머리들은 이제 조화를 이루어 움직이지 못하고 마구잡이로 꿈틀거리고 있었다. 놈이 또다시 보라색 불길을 뿜었지만 전부 엉뚱한 방향으로 빗나가버렸다. 전투태세를 갖추려고 버둥거리는 크로마투스는 이미 시커멓게 타들어간 가슴을 또다시 노출하고 있었다. 위상들은 일제히 숨을 들이켜 그 불꽃 아닌 불꽃을 크로마투스의 심장께에 명중시켰다.

크로마투스가 껑충 뛰면서 경련을 일으켰다. 머리들이 일그러지면서 꽥꽥 욕설을 질러댔다.

"나를 막지는 못한다!"

푸른 머리가 비명을 지르고는 눈이 감기면서 고개가 푹 꺾여버렸다.

"너희의 비밀은 다 알고 있어!"

붉은 머리가 윽박지르더니 역시 눈에서 생기가 빠져나갔다. 그리고 검은 머리가 누구보다도 소름끼치는 저주를 뇌까렸다.

"나를 죽이는 데만 해도 너희 모두가 기를 쓰고 덤벼야 했다! 하물며 데스윙을 상대하는 게 쉬울 줄 아느냐? 그분은 너희를 파멸하기 위해 이 세상을 찢어발길 것이다! 그때 나는 그분과 함께……."

크로마투스가 마지막으로 경련하더니, 검은 머리로 꺽 소리를 지르면서 추락했다.

황혼의 신부는 필사적으로 크로마투스를 붙잡고 매달렸다. 너무 공포스러워서 이성이 마비될 지경이었지만 가까스로 자기 몸에 보호 마법을 걸 수는 있었다. 아까 위상들이 뱉은 그 이상한 입김에 크로마투스가 치명타를 입었을 때, 황혼의 신부는 온갖 의문에 사로잡혀 아찔해졌다. 위상들에게 무슨 일이 일어난 건가? 어떻게 저런 새로운 능력을 얻은 걸까? 그게 도대체 뭐지? 어떻게 이런 일이 생길 수 있나? 크로마투스는 무적인데!

그러나 크로마투스가 지상에 펼쳐진 삐죽삐죽한 설산을 향해 곤두박질치기 시작하자, 그 모든 의문은 사라져버렸다.

황혼의 신부는 눈을 질끈 감았다. 용의 육중한 몸이 쿵 하고 지면에 충돌했고, 신부는 비명을 지르며 굴러 떨어져 눈 속에 빠졌다. 그는 부들부들 떨며 미친 듯이 손을 놀려 눈을 파냈다. 간신히 목숨을 건져서 다행이었지만 실패의 대가를 치를 생각에 겁이 났다.

크로마투스를 만져보니 생명의 흔적은 전혀 없었다. 그런데…… 그렇다고 죽은 것은 아니었다. 언데드가 된 것도 아니었다. 호흡도, 움직임도, 심장 박동도 없었지만, 몸뚱이가 텅 빈 느낌이 들진 않는 걸 보니 생과 사의 중간 단계에 있는 듯했다. 어떻게든 방법만 찾아낸다면 저 몸을 되살릴 수 있을 게 분명했다. 그나마 다행이었다. 크로마투스가 완전히 파괴되었다면, 황혼의 신부는 차라리 전투에서 죽는 편이 나았을 것이다. 데스윙의 벌을 받는 것에 비하면 그편이 차라리 행복했을 테니까. 어쩌면 지금도 그 벌을 피할 수 없을지도 모른다.

저 위에 튀어나와 있는 작은 바위가 보였다. 황혼의 신부는 용의 몸을 그 자리에 놔두고, 눈을 헤치고 돌바닥을 짚으면서 그리로 올라갔다. 축축하게 젖은 로브가 몸에 들러붙었다. 이러다가 꼴사납게 얼어 죽는 게 아닐까 싶었다. 데스윙과 대화하는 용도로 쓰는 구슬은 고스란히 남아 있었다. 그게 깨지려면 높은 데서 추락하는 충격 정도로는 어림도 없다. 얼얼한 손가락으로 허리춤의 주머니에서 구슬을 꺼내 물끄러미 들여다보노라니 그냥 이대로 사라지고 싶다는 생각이 들었다. 하지만 그럴 방법이 없었다. 이 외딴 곳에서 도와줄 사람도 없고, 금방이라도 연합 용군단의 용들에게 발각될지도 모른다. 게다가 막대한 힘을 얻은 네 위상의 눈에 띈다면 그야말로 최악이었다.

데스윙에게 연락해야 한다. 괜찮을 것이다. 데스윙은 황혼의 신부를 이 자리에 있게 하기 위해 많은 시간과 노력을 기울였다. 그 노력을 한 순간 변덕으로 날려버리지는 않을 것이다. 크로마투스가 죽지는 않았으니, 그것만으로도 용서 받을 명분이 될지도 모른다.

황혼의 신부는 초라한 피난처에 옹송그리고 앉은 채 눈밭에 구슬을 올려놓았다. 몸이 덜덜 떨렸다. 투명한 구슬이 잉크와 같은 암흑으로 가득 차면서 오렌지빛 눈동자가 나타나더니, 구슬이 쩍 갈라져 열리고 검은 연기가 뭉게뭉게 피어올라 비좁은 공간을 가득 메웠다. 무시무시한 검은 용의 형상은 연기에 갇혀 있었지만 그렇다고 해서 덜 공포스럽지는 않았다.

"놈들이 살았군. 죽었다면 내가 진작 느꼈겠지."

데스윙이 거두절미하고 말했다.

"그렇습니다, 주…… 주군이시여. 위상들이…… 무언가 수작을 부렸…… 그래서 당신이 내보낸 전사를 무찔렀습니다. 그는 생명력을 잃고 쓰러졌지만…… 죽지는 않은 상태입니다."

길고 무시무시한 침묵이 흘렀다.

"그렇다면 최악의 실패로군."

그 차가운 말 한 마디가 노기 띤 고함보다도 더 살벌했다. 황혼의 신부는 움츠러들며 말했다.

"아닙니다, 크로마투스는 죽지 않았습니다! 잠시 쓰러졌을 뿐입니다."

머리 위에서 날갯짓 소리가 들렸다. 황혼의 신부는 위를 올려다보았다가 눈을 휘둥그레 뜨고 몸을 한껏 움츠렸다. 진정하려고 아무리 애를 써도 패닉에 빠진 목소리가 튀어나왔다.

"주군이시여, 저는 당신이 맡기신 소임을 다하고 싶습니다. 하지만 그럴 시간이 얼마 남지 않은 것 같습니다. 적들이 저를 찾고 있고…… 황혼의 용…… 용군단도 도망치고 있는 것 같습니다……."

"대단히 실망스럽다. 승리가 바로 코앞에 있었거늘, 위상들은 살고 크로마투스는 망가졌고 교단은 심각한 타격을 입었다니. 너를 적들의 손에 넘겨버리지 않을 이유가 무엇이란 말이냐?"

황혼의 신부는 데스윙의 손을 부여잡듯 구슬을 두 손으로 붙잡고 애걸했다.

"교, 교단은 아직 쓸모가 있습니다! 저를 신뢰하는 이들이 있지 않습니까…… 당신도 잘 아실 겁니다. 제가 보복할 수 있게 허락해 주십시오. 제가 그들을 당신께 바칠 수 있게 해주십시오. 교단의 세력은 여전히 온 세상에 퍼져 있습니다. 비록 이 전투에 참여한 교도들은 용군단들이 죽였을지언정, 그 세력을 완전히 파괴하진 못할 겁니다! 제 위치에 다른 사람을 앉히려면 얼마나 시간 낭비일지 생각해보십시오."

데스윙이 으르렁거렸다.

"글쎄, 인간들은 한심할 만큼 탐욕스럽고 조종하기 쉽지. 하지만 네 말도 일리는 있다. 이미 시간은 많이 낭비했으니 더 이상 차질을 빚고 싶지 않아. 이리 오거라. 연기에 네 몸을 맡겨라."

검고 부드러운 연기로 이루어진 데스윙의 형상이 흩어지더니, 어둠의 촉수들이 뻗어 나와 진저리를 치는 황혼의 신부의 몸을 더듬었다.

"차원문을 통해 너를 고향으로 되돌려주겠다. 거기서 너를 존경하고 신뢰하는 자들을 계속 배신하고 있다가, 내가 다시 부르거든 내 뜻을 이루거라."

황혼의 신부는 두건을 걷어 내리고, 자신을 이동시켜줄 어둠의 연기에 몸을 맡겼다. 그러자 그는 더 익숙하고 전통적인 성직자의 로브 차림이 되었다.

"감사합니다, 나의 주군이시여. 감사합니다!"

베네딕투스 대주교가 속삭였다.

제 2 2 장

네 위상과 한 오크는 고룡쉼터 사원의 꼭대기층에 서서 새벽을 맞이했다. 모두 기진맥진했지만 승리감으로 고무되어 있었다.

크로마투스가 추락한 이후, 그들은 전투의 여파를 수습하면서 엄숙한 시간을 보냈다. 죽은 자들의 수를 세고 신원을 확인하고, 부상자들을 치유하고, 낙오자가 있는지 수색했다. 전사한 용들이 너무나 많았다. 그들의 시신을 추스르고 처리하는 침통한 작업은 해가 뜬 뒤에 개시할 것이다. 지금 할 수 있는 일은 모두 끝냈다.

죽은 교도들 사이에서 황혼의 신부는 보이지 않았다. 불에 타버려서 얼굴을 알아볼 수 없는 인간 남자의 시체들 중 하나가 아니겠냐고 스랄이 말했더니, 키리고사는 검푸른 머리를 저으며 부정했다.

"그 시체가 있었다면 내가 알아봤을 거요. 나는 어디서든 그를 알아볼 수 있소."

칼렉고스는 걱정스러운 표정으로 키리고사를 바라보았다. 키리고사가 몇 달 동안의 고문에서 입은 상처를 회복하려면 시간이 걸릴 것이다. 그래도 자기 용군단의 품으로 돌아왔고, 생명의 어머니에게 진실한 보살핌을 받고 있으니 괜찮아질 거라고 스랄은 생각했다.

그들이 찾아낸 황혼 용들은 모두 시체뿐이었다. 살아남은 놈들은 지도자를 잃고 뿔뿔이 흩어진 것 같았다. 그리고 크로마투스는…….

크로마투스가 어떤 사악한 힘에 의해 또 되살아날지도 모르니, 용들은 그 시체를 찾아서 확실히 없애려 했다. 그러나 아무리 해도 그 몸이 파괴되지 않았다. 어떤 강력한 마법이 그 몸을 보호하고 있는 모양이었다. 아마도 크로마투스를 부활시키는 데 쓰였던 마법과 과학 기술이 혼합된 힘이 작용하고 있는 것 같았다.

알렉스트라자가 말했다.

"그 몸을 완전히 없앨 방법을 어떻게든 찾아내야겠군. 그때까지 각 용군단의 대표들이 놈의 시신을 철저히 감시해야 할 거요. 놈은 죽지 않았지만…… 그래도 생명력은 잃었으니 해를 끼치진 못할 거요."

칼렉고스가 말했다.

"마력 전쟁 때 말리고스님이 만드셨던 비전 감옥이 무척 잘 작동했었지요. 이번에도 크고 튼튼한 비전 감옥을 만들어서 크로마투스를 가둬놓으면 될 것 같습니다."

네 용과 한 오크는 동이 터오는 동쪽의 하늘을 바라보았다. 노즈도르무가 조용히 말했다.

"곧 우리는 각자의 길로 흩어질 거요. 허나 진실로 떨어지진 않을 거요. 두 번 다시는."

노즈도르무가 고개를 들어 그들을 응시했다.

"내가 최근에 알게 된 정보가 몇 가지 있소. 스랄…… 네게는 이미 말했었지."

스랄은 고개를 끄덕였다. 노즈도르무는 스랄에게 일찍이 알려주었던 나쁜 소식을 위상들에게 이야기하기 시작했다.

"스랄이 나를 찾아냈을 때, 나는 어떤 의문에 대한 해답을 찾던 중이었소. 그대들이 알다시피 나는 내가 언제 어떻게 죽을지 알고 있고, 그 올바른 결말을 바꿀 생각은 전혀 없다오. 그런데 어떤 시간의 길에서 나는 무한의 용군단의 수장이 되어 있더구먼."

위상들은 경악하여 노즈도르무를 쳐다보았다. 한참 동안 누구도 입을 열지 못하다가, 알렉스트라자가 매우 조심스럽게 말을 꺼냈다.

"내 오랜 친구여, 그 시간의 길은 올바른 길이었소?"

"그건 모르겠소. 바로 그 해답을 알아내려고 탐색에 나섰던 거요. 내 존재의 모든 의미를 정반대로 거스르는 그 사태를 피할 방법을 찾기 위해서. 그 조사 과정에서 우리 모두의 고난이 서로 연결되어 있다는 사실을 알아냈던 거라오. 말리고스와 데스윙의 광기, 에메랄드의 꿈이 악몽으로 변한 것, 황혼의 망치단…… 그 모든 것이 상호 연결되어 있다는 사실을. 여기까지는 그대들도 스랄을 통해 전해 들어 알고 있겠지요. 그리고 내가 그대들을 도우러 오는 데에 늦은 까닭은, 또 다른 실마리를 추적하던 중이었기 때문이었소. 이 어마어마하고 끔찍한 음모의 배후가 누구인지 드디어 발견해냈소."

밝아오는 여명의 빛 속에서, 의분으로 가득한 노즈도르무의 눈동자가 번뜩였다. 그는 나지막이 속삭이듯 말을 이었다.

"그건 고대 신들이오!"

강력한 용의 위상 셋은 충격에 빠져 눈을 휘둥그레 뜨고 노즈도르무를 쳐다보았다. 그 표정만으로도 스랄은 공포에 휩싸여 심장이 마구 날뛰었다. 그 오래된 사악한 존재들에 대해서는 스랄도 아는 바가 있었다. 그중 둘은 울두아르와 안퀴라즈에 도사리고 있다는 것.

"저도 그들에 대해 들어본 적이 있습니다. 하지만 분명 여러분이 저보다 많이 알고 계시겠지요."

위상들은 고대 신에 대해 언급하기만 해도 그들이 눈앞에 나타날까봐 불안하기라도 한 듯 섣불리 말을 꺼내지 못했다. 그러자 이번에도 알렉스트라자가 먼저 입을 열었다. 특유의 생기가 가라앉아버린 목소리였다.

"스랄, 너도 옛날이야기들에서 들은 적이 있을 것이다. 마음속에 들려오는 어떤 사악한 속삭임에 이끌리면 끔찍한 악행을 저지르게 된다는 이야기 말이다. 그 속삭임은 매우 교묘해서, 마치 자신이 스스로 떠올린 생각인 것처럼 느껴진다고 하지."

스랄은 그런 이야기를 들어본 기억이 났다.

"타우렌 족에게 그런 전설이 있습니다. 그들이 최초로 악을 저지른 기원은, 그들이 어두운 속삭임에 귀를 기울였을 때였다고."

이세라가 참담한 표정으로 고개를 끄덕였다.

"심지어 에메랄드의 꿈에도 그 속삭임이 침투했다."

칼렉고스가 덧붙였다.

"데스윙도 마찬가지입니다. 대지의 수호자 넬타리온이 광기로 치달은 원인은 고대 신들 때문이었거든요. 스랄, 그들이 검은 용군단을 몽땅 미치게 만든 겁니다."

노즈도르무가 말했다.

"고대 신들은 아주 오래된 존재다. 우리보다도 훨씬 더. 심지어 티탄들이 오기도 전부터 존재하고 있었고, 우리의 창조주들이 개입하지 않았더라면 이 세상은 그들의 손에 멸망했을 게야. 그때 일어났던 전쟁이 이 세상의 역사상 가장 큰 전쟁이었다. 그 이후로 고대 신들은 땅의 어두운 곳들에 봉인되어 잠들게 되었지."

"그 이후로 고대 신들은 오로지 그 사악한 속삭임으로만 우리에게 영향을 미칠 수 있었다. 그런데…… 이제는 그렇지가 않은 모양이로군."

알렉스트라자가 그렇게 말하고 노즈도르무를 돌아보았다.

"이 모든 일이 정녕 고대 신들의 소행이란 말이오? 우리가 익히 알고 있는 넬타리온의 타락과 시간의 길에 생긴 균열만이 아니라, 모든 것이? 지난 수만 년 동안 벌어진 그 모든 일들이?"

"대체 무슨 목적으로?"

칼렉고스의 질문을 이세라가 받아쳤다.

"목적이 굳이 필요하오? 고대 신들의 생각이나 꿈을 누가 알 수 있겠소? 그들은 악마요. 심지어 잠들어 있을 때에도 사악한 힘이 새어나오는 존재란 말이오."

노즈도르무가 말했다.

"확실한 것은 고대 신들이 그 모든 일을 일으켰다는 것이오. 단순한 증오 때문에 저지른 것인지, 아니면 무슨 음모가 있는지는 우리가 알 도리가 없지. 우리가 알아야 할 것은 다만 그 일들이 실제로 벌어졌고 끔찍한 여파를 낳았다는 것이오."

노즈도르무가 열띤 눈으로 그들을 쳐다보았다.

"그 일들 하나하나가 우리에게 얼마나 큰 피해를 입혔는지 생각해보시오. 우리는 서로 찢어졌고, 서로 불신하게 되었잖소. 코리알스트라즈가 영웅적인 희생을 했을 때 우리는 너무나도 쉽게 그를 배신자로 낙인찍었소. 심지어 그대도 그를 의심했지."

노즈도르무가 알렉스트라자에게 부드럽게 말하자, 그는 진홍색 머리를 떨구었다.

"내가 무한의 용군단 수장이 되는 것도 마찬가지요. 만약 정말로 그런 일이 일어난다면 고대 신들이 원인일 거요. 그런데…… 오늘 우리는 한 수 배웠지. 나이를 이만큼 먹었으면 현명할 법도 하건만, 그런 중요한 진실을 이제야 뒤늦게 깨달은 게야. 우리가 다가올 재앙에 맞서려면 하나가 되어 싸워야 한다는 것을."

노즈도르무가 키득키득 웃으며 이세라를 보았다.

"그대의 생각은 어떠시오? 달리 맞설 방법이 있을 것 같소?"

이세라가 고개를 저었다.

"다른 방법은 없소. 오늘 우리가 찾아낸 화합이 없이는 절대로 안 되오. 그리고 앞으로도 그 화합을 찾고, 찾고 또 찾아야 할 거요. 그래야만 내가 환상 속에서 본 황혼의 시간을 막을 수 있소."

"네? 저는 오늘 일어난 사건이 바로 그 황혼의 시간인 줄 알았는데요."

스랄이 어리둥절해져서 말하자, 이세라는 또 고개를 저었다.

"당연히 아니다."

이세라는 지극히 단순명쾌한 사실을 참을성 있게 말해주는 듯한 분위기였지만, 스랄은 무슨 뜻인지 도통 알아들을 수가 없었다. 다른 용들도 마찬가지로 어리둥절한 표정인 걸 보니 그나마 안심이 되었다. 이세라는 분명 강력하고 인자한 위상이지만, 다른 존재들에게서 약간 동떨어진 세상을 살아가는 것도 사실이었다. 이세라가 좀 더 구체적으로 설명해주었다.

"너는 내가 환상에서 보았던 대로 우리를 도와주었지. 나는 정확한 방법까지는 몰랐는데…… 네가 결국은 성공했고, 그 덕분에 흩어져 있던 색색의 돌멩이들이 모여 모자이크를 이루고 있다. 내가 본 환상과 꿈들이 뚜렷한 형체와 구조를 갖추면서 의미가 분명해지고 있다는 뜻이야. 우리가 하나가 되려면 외부 존재의 개입이 필요했는데, 이제 너를 통해 하나가 되었으니…… 황혼의 시간이 닥쳐도 지지 않을 수 있게 되었다."

알렉스트라자가 말했다.

"나는 용군단들 사이의 화합을 진심으로 바라며 여기로 왔다. 그리고 너무나 큰 고통과 상실감과 싸운 끝에…… 그 화합은 내가 전혀 예상치 못한 방식으로 일어났구나. 스랄, 듀로탄과 드라카의 아들이여. 내 붉은 용군단은 너를 언제나 환영할 것이다. 약속의 증표로 네게 이것을 주마."

알렉스트라자가 발톱으로 심장께의 가슴을 긁자 조그마한 비늘 하나가 바닥에 떨어졌다. 스랄은 진홍빛으로 반짝이는 그 비늘을 주워서 공손히 주머니에 넣었다. 한때 고대정령의 도토리를 넣고 다녔던, 그리고 한 인간 소녀에게 받은 목걸이가 지금도 들어 있는 그 주머니에.

"시간의 친구들인 내 청동 용군단 또한 그럴 것이니라."

노즈도르무도 자신의 귀중한 비늘을 스랄에게 선물로 주었다.

"주술사여, 에메랄드의 꿈은 너의 영역이 아니지만, 이따금씩 네게 치유의 꿈을 보내주겠다. 내 비늘도 가지거라. 내 부탁을 들어줘서 진심으로 고맙다."

이세라에 이어, 칼렉고스도 그 거대한 머리를 구부리고 자기 심장께의 비늘을 뜯어주었다. 밝아오는 따스한 여명의 빛 속에서 칼렉고스의 눈에 반짝이는 눈물이 분명히 보였다.

"한 점 의혹도 과장도 없이 말하건대, 그대가 푸른 용군단을 구했습니다. 나는 그대의 부탁이라면 무엇이든 들어드릴 겁니다."

스랄은 감격에 북받쳐서 잠시 꼼짝도 하지 못하다가 겨우 평정을 되찾았다.

"모두의 비늘을 선물로 주셔서 정말 감사합니다. 하지만 제가 부탁할 것은 여러분의 우정뿐입니다. 아, 그리고⋯⋯."

스랄은 미소를 짓고 말을 이었다.

"한 가지 더. 저를 사랑하는 이에게 돌려보내 주시겠습니까?"

스랄은 자신이 용의 등을 타고 나는 데에 아주 이골이 났구나 싶었다. 특히 틱이라는 이 용의 등은 아주 익숙했다. 틱은 지난 몇 주 동안 스랄과 함께 여행하고 싸우면서 친한 친구가 되었다. 앞으로 틱이 그리워질 것 같았다.

처음 틱이 혼돈의 소용돌이까지 데려다주겠다고 했을 때, 스랄은 평범한 용이 여행하기에는 너무 먼 곳 아니냐고 걱정했다. 그러자 틱은 키득키득 웃었다.

"우리는 시간의 속도를 조절하는 능력이 있잖소. 기억하시오? 내가 시간을 빨리 돌리면 먼 거리도 금방 갈 수 있다오."

스랄은 소위 '평범'하다는 용에게도 이런 능력이 있다는 데에 새삼 경탄하고 겸허해졌다. 과연 틱은 불과 몇 초 만에 혼돈의 소용돌이 근처까지 도달했다. 사납게 출렁거리는 소용돌이를 보며 틱이 숨을 재빨리 들이쉬는 게 스랄에게도 느껴졌다.

"데스윙이 우리 세상으로 들어온 곳이 여기로군. 땅이 이렇게 고통스러워하는 것도 당연하오."

"대지모신을 위해 슬퍼하는 내 타우렌 친구가 할 법한 말처럼 들리는군요."

틱이 목을 틀고 스랄을 빤히 쳐다보았다.

"타우렌들이 틀렸다고 누가 그랬소?"

스랄은 소리 내 웃었다.

"나는 안 그랬소. 절대로."

대지고리회의 정착지에서 좀 떨어진 곳에 착륙하기 적당한 장소가 보였다. 틱은 땅이 불안정한 상태라는 것을 고려해 조심스럽게 내려앉았고, 스랄은 그 등 위에서 미끄러져 내린 뒤 오래도록 틱을 바라보았다. 그러자 틱이 담담하게 말했다.

"용군단들은 그대에게 감사하고 있소. 우리의 도움이 필요할 땐 그대가 가진 비늘들을 쓰시오. 그대의 정성과 헌신으로 우리가 은혜를 입었듯, 상처받은 아제로스 역시 그럴 수 있기를 바라마지 않소."

"친구여, 부끄럽군요. 나는 할 수 있는 일을 했을 뿐이외다."

비늘투성이 얼굴에 씁쓸한 미소가 번졌다.

"할 수 있는 일을 하려고 시도하는 자들조차 의외로 그리 많지 않다오. 스랄, 그대는 목적지에 도착했소. 나는 이제 돌아가야 하오. 황혼의 시간이 오기 전에 내 주군 노즈도르무와 함께 대비를 해야겠지요. 우리가 우리 자신을, 서로를 찾을 수 있게 도와주어서 다시금 고맙소."

틱이 머리를 땅에서 몇 미터 거리까지 낮게 숙여 인사했다. 그건 깊은 경의의 표현이었다. 스랄은 얼굴이 화끈 달아오른 채 고개를 끄덕이고, 틱이 공중으로 날아오르는 모습을 지켜보았다. 눈부신 햇빛 속에서 눈을 가늘게 뜨고 바라보노라니 그 강력한 용은 새 한 마리 정도로 작아져갔고, 이내 조그마한 곤충처럼 보이다가 완전히 사라졌다.

홀로 남은 스랄은 눈을 감고 바람결에 속삭이듯 와이번을 불렀다. 이윽고 도착한 와이번을 손으로 두드려준 뒤, 그 위에 올라타 야영지로 날아갔다.

보초들이 스랄을 먼저 발견하고 대지고리회에 소식을 전했기에, 스랄이 야영지에 도착했을 땐 주술사들이 이미 한자리에 모여 있었다. 멀른 어스퓨리가 성큼성큼 다가와 스랄의 어깨를 잡았다.

"어서 오시오. 오래 떠나 있더니만 결국은 돌아와 줬군요."

스랄은 그 타우렌에게 미소를 지었다.

"어떤 깨달음은 시간을 들여야 얻을 수 있는 법이지요. 나는 나의…… 망령들을 떨치고, 우리의 일과 이 세상에 도움이 될 만한 지식과 정보를 가지고 돌아왔다오."

"더더욱 기쁘구먼. 그대가 우리에게 도움이 되기 때문만이 아니라, 지금 당장 나 스스로 느낄 수가 있기 때문이오. 내 친구여, 그대는……."

멀른이 뿔 달린 머리를 기울이면서 적당한 말을 찾았다.

"안정된 것 같구려. 차분해졌소."

스랄은 고개를 끄덕였다.

"사실이오."

"드디어 돌아오셨군!"

노분도가 다가와 애정 어린 손길로 스랄의 어깨를 꽉 거머쥐었다. 그 뒤틀린 드레나이는 기쁨으로 환해진 얼굴에 함박웃음을 띠고 있었다.

"잘 왔소. 그대가 멀른과 나누는 이야기를 들었소. 정말 기쁜 일이오! 고된 여행을 했을 텐데, 시장하지 않으시오? 지금 불에 고기를 굽고 있던 참이라오."

"모두들 고맙소. 만나서 정말 반갑긴 하지만, 이곳에 보이지 않는 이가 한 명 있군요. 그를 만나봐야 하니 잠시 실례하겠소."

스랄은 동료들에게 인사했다.

아그라가 만약 이 야영지에 있었다면 당연히 스랄을 보러 왔을 것이다. 그런데 나타나지 않았으니 어딘가 다른 데에 있다는 뜻이었고, 스랄은 거기가 어딘지 알 것 같았다.

이 지역의 다른 곳들에 비해 피해를 덜 받은 작은 언덕이 하나 있었다. 아그라는 자주 그곳에 찾아가서, 땅에서 힘겹게 자라난 약초들을 조심조심 캐기도 하고 가만히 앉아 명상을 하기도 했다.

지금도 아그라는 그 언덕에서 눈을 감고 책상다리를 하고 앉아 있었다.

스랄은 잠시 아그라를 지켜보았다. 오랫동안 이 순간을 꿈꿨다. 저 근사하고 경이로운 여자의 곁에 돌아오는 순간을. 아그라는 그의 마음에 다 가둬두기도 어려울 만큼 눈부시고 강인한 사랑을 한껏 채워주었다. 입술 밖으로 송곳니가 드러나 있는 저 튼튼한 갈색 얼굴은 스랄이 추위에 지지 않도록 지켜주는 힘이 되었다. 저 근육질의 풍만한 몸을 스랄은 이제부터 평생토록 품에 안고 싶었다. 아그라의 웃음은 우주의 음악이었고, 아그라의 미소는 태양과 달과 별이었다.

"아그라."

말끝에서 목소리가 갈라졌지만 스랄은 창피하지 않았다. 아그라가 눈을 뜨더니, 눈꼬리에 주름을 잡으며 미소를 지었다.

"돌아왔군요. 어서 와요."

아그라의 조용한 목소리가 기쁨으로 가득했다. 스랄은 두 걸음 만에 성큼 다가가서 그를 와락 끌어안았다. 아그라는 깜짝 놀라서 소리 내 웃더니 스랄을 마주 안아주었다. 아그라가 스랄의 어깨에 머리를 기대자 맞춘 것처럼 꼭 맞아들어갔고, 가슴에 맞부딪혀 울리는 아그라의 심장 박동이 점점 빨라지고 있었다.

스랄은 한참 동안 안은 팔을 풀지 않았다. 놔주고 싶지 않았다. 아그라 역시 아무 불평도 하지 않고 스랄에게 매달렸다.

마침내 스랄은 살짝 물러나서 커다란 녹색 손으로 아그라의 얼굴을 감싸 쥐었다. 그리고 단도직입적으로 운을 뗐다.

"당신이 옳았습니다."

아그라가 스랄에게 계속 이야기하라는 뜻으로 눈썹을 치켜세웠다.

"나는 대족장이라는 역할 뒤에 숨고 있었습니다. 호드를 임무로 여기고, 호드의 노예로 묶여 살아왔죠. 그래서 나 자신을 깊이 들여다보지 못했고, 마음에 들지 않는 것에서는 눈을 돌리게 되었으며, 결과적으로 그 무엇도 바꿀 수 없었던 겁니다. 나는 더 나은 존재가 될 수 없었어요."

스랄은 아그라의 갈색 손을 잡고 다섯 손가락을 깍지 꼈다. 지금 이 순간 존재하는 그 손. 서로의 손을 문지르며 그 거친 감촉을 음미하다 보니, 녹색 손과 갈색 손에 뒤덮인 칼자국이며 흉터들이 처음으로 또렷하게 보였다. 스랄은 아그라의 손을 들어 올려 자신의 이마를 만지게 했다가 다시 내려뜨리고, 그의 두 눈을 들여다보았다.

"그래서 큰 것도, 사소한 것도 소중히 여기지 못했습니다. 지금 내 손을 잡은 이 굳센 손마저도."

아그라의 눈이 빛났다. 눈물이 고여 반짝이는 걸까? 아니, 아그라는 다만 활짝 웃고 있었다. 자신이 그때 했던 말을 떠올리고 있는 것이다.

"아그라, 나는 이제 이런 것들을 소중히 여길 줄 압니다. 빗방울 하나, 햇빛한 줄기, 폐를 채우는 숨결 한 번, 심장 박동 하나까지도. 삶에는 위험과 고통도 따르지만, 즐거운 것들이 늘 존재한다는 것을 알고 기억하면 고요한 기쁨이 끊임없이 이어지는 법입니다. 나는 내가 누구인지도 몰랐습니다. 스랄로서 세웠던 모든 것을 떠나고 나니, 스스로 무엇이 되어야 하는지 몰랐던 것입니다.

하지만 이제는 압니다. 내가 누구인지, 내가 무엇을 해야 하는지…… 내가 누구를 원하는지.”

아그라는 더 크게 웃음 지었다.

“그리고 나는 필요할 때 주어진 일을 해낼 준비가 되었습니다.”

“어떤 일이 있었나요?”

아그라가 물었다. 그래서 스랄은 그를 부둥켜안은 채 지난 이야기들을 들려주었다. 고대정령들과 데샤린과의 만남, 정당한 시간의 길에 침입해 스랄을 죽이려 했던 오랜 숙적, 부모님이 살해당하는 걸 막지 못하고 지켜봐야만 했던 고통, 아버지에게 당신의 아들이 살 거라고 말씀드렸을 때 느꼈던 기쁨에 대해.

스랄은 그 대목에서 자신이 본 것, 느낀 것, 실천한 것들을 떠올리며 흐느껴 울었다. 공포와 동시에 부모님의 사랑이 마음속에 밀려와 울음이 쏟아지자, 아그라의 갈색 손이 스랄의 얼굴에서 눈물을 닦아주었다.

타레사와 크라서스에 대한 이야기도 했다. 노즈도르무, 알렉스트라자, 칼렉고스, 이세라, 키리고사에 대해서도. 무언가를 이해하고 소중히 여기는 것과 현재에 충실히 하는 경험에 대해서도. 한낱 필멸자이자 오크로서 견뎌야 했던 엄청난 사건들과, 강력한 용의 위상들에게 도움을 주었던 일까지도.

스랄의 말이 끝나자 아그라가 입을 열었다.

“은총을 받으셨군요. 자신이 누구인지를 들여다보고 실수를 통해 배울 기회를 얻은 거예요. 그래서 변화하고 성장한 거죠. 그런 통찰력을 얻는 사람은 흔치 않답니다, 내 사랑.”

스랄은 자신이 잡은 아그라의 손을 꼭 쥐었다.

“최악의 위기를 이겨낸 건 당신 덕분이었습니다. 그리고 당신 덕분에 나는 비탄에 빠진 생명의 어머니를 일으켜줄 수 있었고요."

스랄은 아그라를 다시 만나고 그 얼굴을 바라보고 싶었던 간절한 열망에 대해 이야기했다. 아그라는 그 말을 들으면서 눈시울이 젖어들었다. 연인의 얼굴에는 상대방에 대한 사랑이 그대로 드러나는 법이라던데, 그 말은 과연 진실이었다.

"그렇게 해서 나는 집으로 돌아왔습니다. 예전보다 더 겸손해졌으면서도 한편으로는 내가 참여한 일들에 자긍심을 느끼며, 더 많은 것들을 할 준비가 되었죠. 언제나 최고의 나 자신이 되어 당신을, 동료들을, 이 세상을 명예롭게 할 겁니다. 나는 언제든 준비가 되어 있습니다."

아그라는 오랫동안 침묵하다가, 한참 뒤에야 뿌듯함과 행복에 북받쳐 터질 듯한 음성으로 대답했다.

"그래요. 그래야 나의 고엘이지요."

스랄은 입술을 구부려 송곳니를 드러내고 빙긋 웃었다.

"고엘."

그 단어가 묘하게 편안하게 느껴졌다.

"태어났을 때 받은 내 본명."

스랄이 아그라를 바라보다가 다시 말을 하려고 입을 열었을 때, 뒤에서 누군가의 쾌활한 목소리가 들렸다.

"스랄! 방금 소식 들었소. 살아서 돌아왔군!"

레가르였다. 자기가 두 연인의 사적인 순간을 방해하고 있다는 걸 전혀 모르고 있거나, 아니면 알고도 개의치 않는 것이리라. 레가르가 웃으면서 허둥지둥 다가와서 스랄의 어깨를 탁 짚었다.

"우리에게 들려줄 얘기가 아주 많겠지!"

스랄은 아그라에게서 약간 물러나 레가르를 마주보고, 그의 어깨를 짚었다.

"레가르, 내 오랜 친구…… 그대가 아는 스랄은 이제 더 이상 없다오. 나는 듀로탄과 드라카의 아들 고엘이오. 나는 오로지 나 자신과……."

스랄은 아그라의 허리를 꼭 끌어안으며 미소 지었다.

"내 연인에게만 노예라오."

레가르가 머리를 뒤로 젖히고 웃음을 터뜨렸다.

"말 잘했소, 친구. 말 잘했어! 다른 사람들에게도 이야기하게 해줄 테니, 얼른 서두르시오. 고기가 거의 다 익었고 우리는 배고파 죽을 지경이거든. 우리가 천년만년 그대를 기다려주진 않는다오!"

레가르가 마지막으로 윙크를 보내고 야영지로 돌아갔다. 고엘은 미소를 지으며 그 뒷모습을 지켜보다가 아그라에게 고개를 돌렸다. 그리고 진지한 얼굴로 아그라의 두 손을 잡고서 나지막이 말했다.

"아까 그 말은 진심이었습니다. 나는 오로지 나 자신과 내 사랑에게만 노예이고자 합니다. …… 그 여자가 여생을 나와 함께 해준다면."

아그라는 행복한 웃음을 지으며 스랄의 손을 놀랄 만큼 꽉 거머쥐었다.

"나는 스랄을 세상 끝까지 따라가려고 했는걸요. 하물며 고엘과 평생을 함께하는 건 얼마나 기쁜 일이겠어요?"

스랄은 미소를 멈출 수 없었다. 이보다 더 행복해질 수는 없을 것 같았다. 그는 아그라와 이마를 맞대고서, 자신이 순간을 음미하는 법을 배웠다는 것에 감사했다. 지금 이 순간은 너무나 달콤했으니까. 결국은 그 순간을 과거로 흘려보내고 현재를 맞이해야 했지만, 그것도 괜찮았다. 역시 행복했으니까.

"야영지로 돌아가서 다른 동료들에게도 말해줍시다. 우리에게는 여러 도전과 임무가 기다리고 있어요. 그중 몇 가지는 승리할 테고, 어쩔 때는 악전고투를 겪기도 하겠지요. 하지만 무엇이 어떻게 되든…… 우리는 함께할 겁니다."

미래의 동반자와 손을 맞잡은 고엘은 대지고리회의 일원들이 기다리고 있는 곳을 돌아보았다. 오늘 밤은 고엘의 귀환과 미래를 축하하는 잔치로 시끌벅적할 것이다. 그리고 다음 날이면 상처받은 세계를 치유하는 엄숙한 임무가 다시 시작될 것이다.

고엘은 준비가 되었다.

일 러 두 기

　여러분이 방금 읽은 이 소설은 블리자드 엔터테인먼트 사의 컴퓨터 게임 〈월드 오브 워크래프트〉의 세계관을 바탕으로 쓰여진 것이다. 수상 이력을 갖춘 온라인 롤플레잉 게임 〈월드 오브 워크래프트〉에서, 플레이어들은 자신만의 영웅을 만들어 수천 명의 다른 플레이어들과 함께 거대한 세계를 탐험하고 모험하며 퀘스트를 수행하게 된다. 이 풍성하고 광활한 게임 속에서 플레이어들은 이 소설에 나온 강력하고도 흥미로운 캐릭터들과 교류하고, 맞서 싸우고, 함께 싸울 수 있다.

　2004년 11월에 출시된 이래 〈월드 오브 워크래프트〉는 세계에서 가장 인기 있는 요금제 멀티플레이어 온라인 롤플레잉 게임이다. 확장팩 '리치 왕의 분노'는 첫 발매일에만 280만장이 판매되었고, 첫 한 달 동안 400만장 이상 판매되면서 PC게임 사상 공전의 판매고를 기록했다. 이 소설의 결말 뒤에 이어지는 이야기를 담은 확장팩 〈대격변〉에 대한 정보는 worldofwarcraft.com에서 찾아볼 수 있다.

추 천 도 서

이 소설에 등장하는 캐릭터나 상황과 배경 등을 더 알고 싶다면 다음의 책을 통해 아제로스에 관한 또 다른 이야기들을 읽을 수 있다.

• 대격변은 아제로스의 물리적, 정치적 풍경을 완전히 바꾸어버렸다. 스랄의 친구 케른 블러드후프의 죽음을 비롯하여 대격변 이전에 진행된 사건들은 『부서지는 세계: 대격변의 전조』(크리스티 골든)에서 볼 수 있다.

• 스랄은 호드의 대족장 자리에서 내려와, 아제로스에 영향을 미치는 정령들의 동요를 치유하는 데에 집중하겠다는 어려운 결정을 내린다. 『부서지는 세계: 대격변의 전조』(크리스티 골든)에 그 계기가 나와 있다. 또한 스랄이 대족장으로 지낸 시간, 에델라스 블랙무어 밑에서 노예로 살았던 시간, 타레사 폭스턴과의 우정과 같은 과거 이야기는 『워크래프트: Lord of the Clans』(크리스티 골든), 『월드 오브 워크래프트: Cycle of Hatred』(키스 R.A. 데칸디도), 단편소설 『가로쉬 헬스크림: Heart of War』(이블린 프레드릭슨, www.worldofwarcraft.com), 『워크래프트: Legends volume 2 – Fear』(리처드 A.

나크, 김재환), 월간『월드 오브 워크래프트』만화 15~20호(월터 심슨, 루이스 심슨, 존 뷰런, 마이크 보딘, 필 모이, 월든 윙, 팝 만)에서 볼 수 있다.

- 데스윙은 고대 신들에 의해 타락하기 전에는 대지의 수호자 넬타리온이었고, 검은 용군단의 존경 받는 위상이었다. 그가 다른 용군단들에게 섬뜩한 배신을 하는 이야기가 'War of the Ancients' 3부작(리처드 A. 나크)인『워크래프트: The Well of Eternity』,『워크래프트: The Demon Soul』,『워크래프트: The Sundering』에서 펼쳐진다. 데스윙의 다른 음모들은 같은 작가의『워크래프트: Day of the Dragon』과『월드 오브 워크래프트: Night of the Dragon』에 등장하며,『월드 오브 워크래프트: Beyond the Dark Portal』(애런 로젠버그, 크리스티 골든)과 'Shadow Wing' 시리즈(리처드 A. 나크, 김재환)에서도 찾을 수 있다.

- 알렉스트라자, 이세라, 노즈도르무, 말리고스, 그들의 용군단들에 대한 정보는 'War of the Ancients' 3부작과,『워크래프트: Day of the Dragon』,『월드 오브 워크래프트: Night of the Dragon』,『월드 오브 워크래프트: 스톰레이지』에서 찾을 수 있다.

- 사악한 황혼 용들이 데스윙의 전 배우자 시네스트라에 의해 창조되는 과정은『월드 오브 워크래프트: Night of the Dragon』에서 그려진다.

- 의지력 강한 오크 여성 아그라는, 스랄이 아제로스의 정령들이 동요하는 현상에 해답을 찾기 위해 나그란드로 떠났을 때 처음 그와 조우한다. 이 만남에

서부터 그들의 관계가 시작되어 아그라가 스랄과 함께 아제로스로 떠나기로 결정하는 이야기를『부서지는 세계: 대격변의 전조』가 다루고 있다.

• 현명한 타우렌 멀른 어스퓨리, 그를 비롯한 대지고리회 동료 주술사들을 이끌어준 믿음에 대해서는『월드 오브 워크래프트: Shaman』(폴 벤저민, 로시오 주키)에서 읽을 수 있다.

• 노분도는 지금 대지고리회에서 존경 받는 주술사이지만, 한때는 아웃랜드를 방황하던 추방자였다. 그가 주술사가 되기까지의 여정은 단편소설『Unbroken』(마이키 닐슨, www.worldofwarcraft.com)에 나온다.

• 혼돈의 소용돌이에서 대지고리회를 돕기 전에, 레가르 어스퓨리는 스랄의 신뢰 받는 고문관이었고, 트리스팔 의회의 일원이었으며, 바리안 린이 검투사로 살던 시절 그를 소유했던 노예 주인이기도 했다. 레가르의 흥미로운 인생역전은 월간『월드 오브 워크래프트』만화 1~3호, 15~20호, 22~25호에서 엿볼 수 있다.

• 크라서스라는 이름으로도 알려진 코리알스트라즈는 아제로스 역사의 굵직한 사건들에 많이 연관되었다. 고대의 전쟁에서 그의 역할은 'War of the Ancients' 3부작에 밝혀진다. 또한 알렉스트라자와 칼렉고스와의 관계를 비롯한 코리알스트라즈의 더 많은 정보는 다음의 소설들에 포함되어 있다. 'Sunwell' 3부작(리처드 A.나크, 김재환),『월드 오브 워크래프트: 스톰레이지』,『월드 오브 워크래프트: Night of the Dragon』,『워크래프트: Day of the

Dragon』, 『월드 오브 워크래프트: Tides of Darkness』(애런 로젠버그), 『월드 오브 워크래프트: Beyond the Dark Portal』(애런 로젠버그, 크리스티 골든)

- 칼렉고스가 태양샘과 관련된 마법의 혼란을 조사하는 이야기, 칼렉고스와 코리알스트라즈와의 관계에 대한 이야기는 'Sunwell' 3부작, 『월드 오브 워크래프트: Night of the Dragon』에서 그려진다. 칼렉고스는 'Shadow Wing' 시리즈(리처드 A. 나크, 김재환)의 2권에서 잠깐 등장하기도 한다. 이 소설에는 불가사의하고 강력한 황천의 용군단에 대한 이야기도 들어 있다.

- 오래전 아리고스는 흐르는 모래의 전쟁에 참여한 바 있다. 사악한 퀴라지들의 제국과, 나이트엘프와 용들이 연합한 세력 간에 벌어진 그 전쟁에서 아리고스의 활약상이 단편소설 『The War of the Shifting Sands』(마이키 닐슨, www.worldofwarcraft.com)에 짧게 나온다.

- 에델라스 블랙무어, 스랄의 친구 타레사 폭스턴의 진짜 최후는 『워크래프트: Lord of the Clans』에서 알 수 있다. 또한 『워크래프트: Legends volume 5 – Nightmares』(리처드 A. 나크, 롭 텐 파스), 『월드 오브 워크래프트: 아서스 – 리치 왕의 탄생』(크리스티 골든)에서는 블랙무어에 대한 상세한 내용을 더 찾아볼 수 있다.